Laura Lippman

Wenn niemand nach dir sucht

Roman

Aus dem amerikanischen Englisch von Kathrin Bielfeldt und Jürgen Bürger

Kampa

Die amerikanische Originalausgabe erschien 2019 im Verlag
William Morrow/Harper Collins Publishers, New York.

Für den Blick hinter die Verlagskulissen:
www.kampaverlag.ch/newsletter

Der Kampa Verlag wird vom Bundesamt für Kultur
mit einem Strukturbeitrag für die Jahre 2021–2024 unterstützt.

Lektorat: Ulrike Ostermeyer, Berlin

www.kampaverlag.ch
Covergestaltung: Lara Flues, Kampa Verlag
Covermotiv: © Tomasz Majewski
Satz: Tristan Walkhoefer, Leipzig
Gesetzt aus der Stempel Garamond LT / 210125
Druck und Bindung: GGP Media GmbH, Pößneck
Auch als E-Book erhältlich
ISBN 978 3 311 12026 1

In Gedenken an:
Rob Hiaasen
Gerald Fischman
John McNamara
Rebecca Smith
Wendi Winters

TEIL I

Einmal habe ich dich gesehen. Ich sah dich und du hast mich bemerkt, meinen auf dich gerichteten Blick. Hin und her, hin und her. So, wie gutaussehende Frauen es tun. Die Blicke treffen sich, man mustert einander. Mir war sofort klar, dass du nie an deinem guten Aussehen gezweifelt hast und aus reiner Gewohnheit noch immer jeden Raum auslotest, um dich zu vergewissern, dass du die Schönste bist. Dein Blick flog über die Menschenmenge auf dem Bürgersteig, blieb an meinen Augen hängen, wenn auch nur kurz, und glitt dann fort. Du hast mich gesehen, hast verglichen und die Punkte zusammengezählt. Wer hat gewonnen? Ich vermute, dass du dir selbst die Krone aufgesetzt hast, denn du hast eine Schwarze gesehen, noch dazu eine arme. Schon merkwürdig, dass es im Tierreich genau umgekehrt ist. Das Männchen wirbt um das Weibchen, lockt mit seinen wunderschönen Federn oder der wallenden Mähne und versucht immer, die Konkurrenten auszustechen. Warum ist es bei den Menschen andersherum? Das ergibt keinen Sinn. Die Männer brauchen uns mehr als wir sie.

Du warst in der Minderheit damals, warst in unserem Viertel, und fast jeder andere dort hätte mich gewählt. Mich, die ich jünger, größer und kurviger war. Vielleicht sogar Milton, dein Mann. Du fielst mir unter anderem deshalb auf, weil du neben ihm standst. Er sah inzwischen exakt so aus wie sein Vater, ein Mann, an den ich mich mit einer gewissen Zuneigung erinnere. Von Milton kann ich das nicht behaupten. So, wie die Leute sich auf den Stufen der Synagoge um ihn scharten, ihm auf den Rücken klopften und seine Hände in ihre nahmen, nahm ich an, dass es sein Vater gewesen sein musste, der gestorben war. Und die Art, wie die Leute warteten, um Milton Trost zu spenden, sagte mir, dass er ein hohes Tier sein musste.

In all den Jahren, in denen ich in der Nähe gewohnt habe, habe ich es nie geschafft, den Namen der Synagoge mit den vielen zusätzlichen Konsonanten richtig auszusprechen. Für mich hörte es sich so an, als würde ein Komiker aus der Ed Sullivan Show mit einem lustigen Akzent sprechen.

Die Synagoge lag einen Block vom Park entfernt. Der Park und der See und die Fontäne. Interessant, nicht? Ich habe an jenem Nachmittag wahrscheinlich einen Umweg gemacht und bin mit einem Buch in der Tasche zum Druid Hill gegangen. Nicht, dass ich so gerne draußen gewesen wäre, aber wir lebten zu acht in unserer Wohnung – mein Vater, meine Mutter, meine Schwester und zwei Brüder, meine beiden Jungs und ich – und man hatte nie eine ruhige Minute, um meinen Vater zu zitieren. Ich schmuggelte für gewöhnlich ein Buch in meine Handtasche – Jean Plaid oder Victoria Holt – und sagte: »Ich gehe in die Bibliothek«, und meine Mutter brachte es nicht übers Herz, es mir zu verbieten. Sie hat es mir nie zum Vorwurf gemacht, dass ich mir zwei Nichtsnutze ausgesucht hatte und hinterher wieder zu Hause auf der Matte stand. Ich war ihre Erstgeborene und ihr Liebling. Aber die Liebe war nicht so groß, als dass ich mit einem dritten Fehler davongekommen wäre. Mama hockte mir auf der Pelle, damit ich wieder in die Schule ging und Krankenschwester würde. Krankenschwester. Ich konnte mir nicht vorstellen, eine Arbeit anzunehmen, bei der ich Leute anfassen musste, die ich nicht anfassen wollte.

Wenn es mir zu Hause zu viel wurde, wenn da zu viele Körper und Stimmen waren, ging ich für gewöhnlich in den Park, spazierte auf den Wegen, genoss die Stille, ließ mich dann auf eine Bank fallen und versank im England alter Zeiten. Später sagten die Leute über mich, ich wäre eine schlechte Person gewesen, die einfach allein weggegangen sei und ihre Kleinen bei den Großeltern zurückgelassen hätte, doch ich habe immer an sie gedacht. Ich brauchte einen Mann und nicht nur irgendeinen alten Kerl. Das hatten die Väter meiner Jungs mir gezeigt. Ich musste einen Mann finden, der für uns sorgte, für uns alle. Um das zu tun, musste ich ein bisschen für mich allein sein, selbst wenn das bedeutete, dass ich bei meiner Freundin Laetitia wohnte, die im Grunde genommen Einzelunterricht darin gab, wie man Männer dazu brachte, für alles zu bezahlen. Meine Mama glaubte, dass es zumindest ein wenig appetitlich aussehen musste, wenn man Käse für eine Maus auslegte. Den Schimmel abschneiden oder das Stück so in die Falle legen, dass man den Schimmel nicht sieht. Ich musste gut aussehen und so wirken, als könnte mich kein Wässerchen trüben, aber das schaffte ich in unserer überfüllten Wohnung in der Auchentoroly Terrace nicht.

Okay, vielleicht konnte ich mir also doch vorstellen, einen Job anzunehmen, bei dem man Leute anfassen musste, die man eigentlich nicht anfassen wollte.

Aber, welche Frau tut das nicht? Bei dir war es vermutlich genauso, als du Milton Schwartz geheiratet hast. Denn in den Milton Schwartz aus meiner Jugend konnte sich niemand märchenhaft verlieben.

Es war – ich kann mich erinnern, wenn ich mir klarmache, wie alt meine Babys damals waren – im Spätherbst 1964, mit einem Hauch Kälte in der Luft. Du trugst einen schlichten Pillbox-Hut, keinen Schleier. Ich wette, die Leute haben dir gesagt, du würdest aussehen wie Jacky Kennedy. Und ich wette, das hat dir gefallen, selbst wenn du es mit einem lachenden Wer, ich? *abgestritten hast. Der Wind zerzauste dein Haar, aber nur ein bisschen; die Frisur hielt, Haarspray sei Dank. Du hattest einen schwarzen Mantel an, mit Fellbesatz an Kragen und Ärmeln. An den Mantel erinnere ich mich, das kannst du mir glauben. Und, Himmel, sah Milton seinem Vater ähnlich, und erst da wurde mir bewusst, dass der alte Mr. Schwartz in meiner Jugend recht jung und recht gutaussehend gewesen war. Als ich ein kleines Mädchen war und mir in seinem Laden Süßigkeiten gekauft habe, fand ich ihn alt. Dabei war er noch nicht einmal vierzig.*

Inzwischen war ich sechsundzwanzig und Milton musste fast vierzig sein, und da standst du neben ihm, und ich konnte gar nicht fassen, was für eine feine Frau er abbekommen hatte. Vielleicht ist er jetzt netter, dachte ich. Menschen ändern sich, das tun sie, in der Tat. So wie ich. Nur, dass niemand es je erfahren wird.

Was hast du gesehen? Ich erinnere mich nicht mehr daran, was ich getragen habe, und kann nur raten. Einen Mantel, selbst für die milde Jahreszeit zu dünn. Wahrscheinlich aus der Gemeinde-Kleiderkiste, also voller verfilzter Fusseln, formlos und mit schlaffem Saum. Abgewetzte Schuhe, abgelaufene Sohlen. Deine Schuhe waren schwarz und glänzten. Meine Beine waren nackt. Du trugst eine von diesen Strumpfhosen, die fast schimmern.

Als ich dich sah, erkannte ich den Trick dahinter: Um an einen Mann mit Geld zu kommen, musste ich aussehen, als würde ich kein Geld brauchen. Ich musste mir einen Job suchen, in dem das Trinkgeld aus gefalteten Scheinen bestand, nicht aus achtlos auf den Tisch geworfenen Münzen. Problem war nur, dass solche Läden keine Schwarzen einstellten, zumindest nicht als Kellnerinnen. Ein einziges Mal hatte ich einen Job in einem Restaurant und war Tellerwäscherin, hing dort fest, wo kein Trinkgeld hinkam. Die besten Restaurants stellten keine Frauen als Bedienung ein, selbst wenn sie weiß waren.

Ich musste kreativ werden und irgendwo einen Job finden, wo ich die Art von Männern kennenlernen würde, die einer Frau schöne Dinge kauften, die mich dann anziehender für jene Männer machte, die Größeres im Sinn hatten, wodurch ich mich hocharbeiten würde, hoch und immer höher. Ich wusste, was es bedeutete, welche Gegenleistung ich für diese Dinge erbringen musste. Ich war kein Kind mehr. Meine beiden Söhne sind der Beweis.

Als du mich also sahst – und das hast du, dessen bin ich mir sicher, denn unsere Blicke trafen sich –, hast du meine abgewetzten Klamotten gesehen, aber auch meine grünen Augen und die gerade Nase. Das Gesicht, dem ich meinen Spitznamen zu verdanken habe, obwohl ich später einen Mann kennenlernte, der meinte, ich würde ihn eher an eine Herzogin erinnern als an eine Kaiserin, und Helen passe besser zu mir. Er sagte, ich sei schön genug, um einen Krieg auszulösen. Und, habe ich das nicht auch? Ich weiß nicht, wie man es anders nennen soll. Vielleicht keinen großen Krieg, aber immerhin einen Krieg, in dem Männer aufeinander losgingen und Verbündete zu Feinden wurden. Und alles nur meinetwegen. Es war wie ein kurzes Aufblitzen, mit dem du mir gezeigt hast, wo ich hinwollte und wie ich dort hinkam. Ich hatte noch eine Chance. Ein weiterer Mann.

An jenem Tag hätte ich nicht gedacht, dass sich unsere Wege jemals wieder kreuzen würden, so klein Baltimore auch sein kann. Du warst einfach nur die Frau, die den widerlichen Teenager geheiratet hatte, der mich immer quälte, und jetzt war der widerliche Junge ein gutaussehender Mann, der seinen Vater beerdigte. So einen Ehemann brauche ich, *dachte ich.* Keinen Weißen, natürlich nicht, aber einen Mann, der mir einen Mantel mit Pelzbesatz am Kragen und Ärmeln kaufen kann, einen Mann, der allen Respekt abnötigte. Eine Frau ist nur so gut wie der Mann an ihrer Seite. *Mein Vater hätte mir eine Ohrfeige gegeben, wenn er solche Worte aus meinem Mund gehört hätte, er hätte mich gezwungen, alle Bibelverse über Eitelkeit und Stolz herauszusuchen und auswendig zu lernen. Aber das war nicht Eitelkeit meinerseits. Ich brauchte einen Mann, der half, mich um meine Jungs zu kümmern. Ein gut situierter Mann braucht eine hübsche Frau. Das wurde mir an diesem Tag klar. Du warst da, um Milton zu trösten, ihm bei der Beerdigung seines Vaters zur Seite zu stehen, aber du warst auch eine Reklame für seine Arbeit und seinen Erfolg. Ich kann nicht glauben, dass du ihn ein Jahr später verlassen hast, aber der Tod kann Menschen verändern.*

Mein Tod hat mich verändert, so viel steht fest.

Im Leben war ich Cleo Sherwood. Im Tod wurde ich zur Lady im See, zu einem ekligen, zersetzten Etwas, das man aus dem Brunnen der Fontäne zerrte, nachdem es dort monatelang eingeweicht wurde, den ganzen kalten Winter über, dann während des launischen Frühjahrs, fast bis in den Hochsommer. Gesicht weg, der Großteil meines Fleisches weg.

Und keinen Menschen interessierte das, bis du gekommen bist, mir diesen blöden Spitznamen verpasst und angefangen hast, an Türen zu klopfen und Leute zu belästigen und an Orten aufzukreuzen, an denen du nichts zu suchen hattest.

Niemand außerhalb meiner Familie hätte es eigentlich kümmern sollen. Ich war ein unvorsichtiges Mädchen, das mit dem Falschen ausgegangen war und nie mehr gesehen wurde. Du bist am Ende meiner Geschichte aufgekreuzt und hast sie zu deinem Anfang gemacht. Warum war das nötig, Madeline Schwartz? Warum konntest du nicht in deinem wunderschönen Haus und deiner passablen Ehe bleiben und mich auf dem Boden des Brunnens lassen? Dort war ich sicher.

Alle waren sicherer, als ich da unten war.

Maddie
Oktober 1965

»Wie meinst du das, du hast Wallace Wright zum Abendessen eingeladen?«

Maddie Schwartz hätte die Frage am liebsten direkt wieder zurückgenommen, sobald sie ihr über die Lippen gekommen war. Maddie Schwartz benahm sich nicht so wie die Frauen in den Songs und Unterhaltungsshows im Fernsehen. Weder keifte sie, noch intrigierte sie. Sie brauchte keinen Song von Jack Jones, der sie daran erinnerte, dass sie ihre Frisur in Ordnung zu bringen und frisches Make-up aufzulegen hatte, bevor ihr Mann am Abend durch die Tür trat. Maddie Schwartz war stolz darauf, sich von nichts aus der Ruhe bringen zu lassen. Den Chef spontan zum Abendessen einladen? Mit zwei Cousins aus Toledo auftauchen, die noch nie erwähnt worden waren, oder einen alten Freund aus der Highschool mitbringen? Maddie war stets bereit für eine neue Herausforderung. Sie führte ihren Haushalt, wie ihre Mutter ihn geführt hatte, mit routiniertem Esprit und müheloser Effizienz – zumindest *wirkte* es mühelos.

Doch im Unterschied zu ihrer Mutter basierten ihre Haushaltswunder auf einem sehr großzügigen Umgang mit Geld. Miltons Hemden kamen in die beste Wäscherei von North Baltimore, obwohl sie dafür einen riesigen Umweg machen musste. (Sie brachte hin, Milton holte ab.) Zweimal die Woche kam eine junge Reinemachefrau. Maddies »berühmte« Hefebrötchen kamen aus der Dose, ihre Gefriertruhe war immer gut gefüllt. Für die anspruchsvolleren Gesellschaften der Schwartzens beauftragte sie Caterer, wie die Open-House-

Party für Miltons Kollegen aus der Kanzlei am Neujahrstag und die spontane Frühlingsparty, die so ein Erfolg war, dass sie sich verpflichtet fühlten, sie jedes Jahr zu wiederholen. Die Leute liebten diese Party, sprachen das ganze Jahr über in aufrichtiger Vorfreude davon.

Ja, Maddie Schwartz war eine gute Gastgeberin, und es bereitete ihr Freude. Besonders stolz war sie darauf, fast ohne Vorlauf ein Abendessen auszurichten. Selbst wenn sie mal von einem Gast nicht begeistert war, nörgelte sie nie. Also war Milton an diesem Nachmittag über ihren gereizten Tonfall zu Recht überrascht.

»Ich dachte, du wärst begeistert«, sagte Milton. »Er ist, nun ja, relativ berühmt.«

Maddie fing sich schnell wieder. »Alles gut. Ich mache mir nur Sorgen, dass er Exquisiteres gewohnt ist als das, was ich auf die Schnelle improvisieren kann. Aber vielleicht kann man ihn mit Hackbraten und Kartoffelgratin bezaubern? Wenn man Wallace Wright heißt, besteht das Leben vermutlich nur aus Hummer Thermidor und Steak Diane.«

»Er meinte, er würde dich flüchtig kennen. Aus der Schule.«

»Oh, wir waren *Jahre* auseinander«, sagte Maddie in dem Wissen, dass ihr wohlwollender Ehemann annehmen würde, Wallace Wright sei der Ältere gewesen. Genau genommen war er zwei Jahre jünger, auf der Park School eine Klasse und auf der gesellschaftlichen Leiter der Highschool viele Stufen unter ihr.

Damals war er noch Wally Weiss. Heute konnte man kaum noch WOLD TV einschalten, ohne Wally Wright ausgesetzt zu werden. Er moderierte die Mittagsnachrichten und interviewte für die Sendung Berühmtheiten, die sich gerade auf der Durchreise in Baltimore befanden, und außerdem »Wright at Night«, ein relativ neues Abendformat, das sich mit Verbraucherbeschwerden befasste. In letzter Zeit sprang Wallace auch ein, wenn Harvey Patterson, der beliebte Chefmoderator von WOLD, sich einen seiner seltenen freien Abende nahm.

Und Wally war ebenfalls, obwohl eigentlich ein wohlgehütetes Geheimnis bei WOLD, der stumme Landstreicher, der *Donadio* moderierte, ein aufgezeichnetes und samstags ausgestrahltes Kinderprogramm. Donadio, Baltimores einfallslose Antwort auf Bozo den Clown, sprach nie ein Wort, und sein Gesicht war unter mehreren Lagen Schminke versteckt. Doch damals, als Seth noch klein war und die Sendung guckte, hatte Maddie die Maske sofort durchschaut.

Inzwischen war Seth auf der Junior High. Es war Jahre her, seit sie das letzte Mal *Donadio* gesehen hatte, oder sonst was auf WOLD. Sie bevorzugte WBAL, den Marktführer.

»Ist ein netter Kerl, dieser Wallace Wright«, fuhr Milton fort. »Überhaupt nicht eingebildet. Ich habe dir doch erzählt: Wir spielen immer Einzel in der neuen Tennishalle in Cross Keys.«

Milton neigte zum Namedropping und war gerade einfältig genug, um beeindruckt zu sein, wenn ein Fernsehpromi Tennis mit ihm spielte, selbst wenn es einer war, den man wegen seines unverkennbaren Baritons Mittagsnebel nannte. Süßer, ehrfürchtiger Milton. Maddie konnte ihm seinen Hang zur Heldenverehrung nicht übelnehmen, wenn man bedachte, wie sehr sie bisher davon profitiert hatte. Selbst nach achtzehn Ehejahren gab es noch unbeobachtete Momente, in denen er sie ansah, als wäre er nicht sicher, wie er je einen solchen Hauptgewinn hatte landen können.

Sie liebte ihn, das tat sie wirklich, und sie führten eine harmonische Ehe, und während sie, so, wie es sich gehörte, nach außen hin darüber klagte, dass ihr einziges Kind in zwei Jahren aufs College gehen würde, konnte sie es in Wahrheit kaum erwarten. Sie fühlte sich, als lebte sie in einem dieser Schukarton-Dioramen, die Seth in der Grundschule gebastelt hatte – die *sie* gebastelt hatte, seien wir ehrlich –, und inzwischen löste sich der Deckel und der Karton fiel langsam auseinander. Milton hatte kürzlich begonnen, Flugstunden zu nehmen, und sie gefragt, was sie von einem Zweitwohnsitz in Florida halte? Gefiele ihr der Atlantik besser oder der Golf? Boca oder Naples?

Mehr Auswahl gibt es nicht?, hatte Maddie sich gefragt. *Die beiden Seiten von Florida? Die Welt ist doch sicher größer als das.* Gesagt hatte sie allerdings nur, dass ihr Naples gefiele.

»Bis später, Liebling.« Sie legte den Hörer auf und erlaubte sich den Seufzer, den sie unterdrückt hatte. Es war Ende Oktober, die Hohen Feiertage waren endlich vorbei. Sie hatte keine Lust mehr, die Gastgeberin zu spielen und die Unterbrechungen ihrer gewohnten Tagesabläufe gingen ihr auf die Nerven. Rosch ha-Schana und Jom Kippur sollten Zeiten der Reflexion sein, der inneren Einkehr, doch Maddie konnte sich nicht erinnern, wann sie es zum letzten Male geschafft hatte, vor dem Fastenbrechen zu beten. Schließlich war der Haushalt wieder zur Normalität zurückgekehrt, da wollte Milton einen Gast mit nach Hause bringen, und ausgerechnet Wally Weiss.

Es war jedoch wichtig, *Wallace Wright* mit dem Abendessen zu beeindrucken. Die Hühnerbrust, die im Kühlschrank abtaute, hielt sich noch einen weiteren Tag. Und Hackbraten war, selbst mit überbackenen Kartoffeln, nicht der Ton, den sie anschlagen wollte. Maddie kannte einen cleveren Trick, ein Boeuf Bourguignon so zuzubereiten, dass es jedem schmeckte; es war zwar nicht à la Julia Child, jedoch blieb nie etwas übrig. Niemand ahnte, dass die Schlüsselzutat aus zwei Dosen Campbell's Champignoncremesuppe bestand, plus zwei großzügig bemessenen Schuss Wein. Der Trick war, einen solchen Rinderschmortopf mit Dingen zu umgeben, die Eleganz und Planung durchschimmern ließen – Brötchen aus der Bäckerei Hutzler's, die Maddie eigens zu diesem Zweck in der Tiefkühltruhe lagerte; einen Caesar Salad, den Milton erst am Tisch zubereitete und dann mit derselben Technik den Käse darüber hobelte, wie der Kellner im Marconi's. Sie würde Seth zu Goldman's schicken, um dort einen Kuchen zu kaufen. Immerhin war es eine gute Gelegenheit für ihn, Autofahren zu üben. Sie würde ihm zudem sagen, dass er sich Fast Food kaufen konnte, was immer er wollte. Zweifellos würde er sich etwas aussuchen, was *treife* war, aber Milton verlangte ja nur, dass sie zu Hause koscher lebten.

Maddie begutachtete die Bar, doch die war immer gut gefüllt.

Vor dem Abendessen würden sie zwei Runden Cocktails trinken – oh, sie würde etwas Raffiniertes mit Nüssen vorbereiten, oder vielleicht Pâté auf Toast-Ecken servieren –, während des Essens würde der Wein fließen und hinterher Brandy und Cognac. Sie wusste nicht, ob Wally viel trank, aber sie hatte ja auch seit dem Sommer, als sie siebzehn war, nicht mehr mit ihm gesprochen. Damals hatte niemand getrunken. Heute trank jeder in Maddies Umfeld.

Natürlich würde er sich verändert haben. Jeder verändert sich, aber ganz besonders pickelige Teenager. Man sagt, die Welt sei eine Männerwelt, aber man hört nie jemanden sagen, es sei eine *Jungs*-Welt. Das wurde Maddie sprichwörtlich klar, als Seth auf die Highschool kam. Sie hatte ihm gesagt, dass er Geduld haben solle. Irgendwann würde er so groß sein wie sein Vater, und sein Gesicht wäre glatt und hübsch, und ihre Prophezeiungen hatten sich bereits bewahrheitet.

Zu Wally hätte sie das nie sagen können. Trauriger, kleiner Wally. Wie er sich nach ihr verzehrt hatte. Wenn es ihr gerade gelegen kam, hatte sie diese Sehnsucht ausgenutzt. Aber das tun Mädchen nun mal, diese Macht besitzen sie. Wem wollte er etwas vormachen? Er mochte inzwischen größer sein, keine Pickel mehr haben, einen gebändigten Haarschopf, aber jeder in Northwest Baltimore wusste, dass er Jude war. *Wallace Wright!*

War Wally verheiratet? Maddie erinnerte sich an eine Frau, möglicherweise an eine Scheidung. Die Frau war keine Jüdin, dessen war sie sicher. Sie beschloss, zum Ausgleich noch ein weiteres Paar einzuladen, die Rosengrens, die für die staunende Bewunderung sorgen würden, zu der Maddie selbst mit Mühe nicht fähig wäre. Sie konnte Wallace nie ansehen, ohne Wally zu sehen. Würde es für ihn genauso sein? Würde er unter der Oberfläche der Maddie Schwartz die Maddie Morgenstern lauern sehen? Und würde er ihre neue Version als einen Fortschritt betrachten? Sie war damals ein hübsches Mädchen gewesen, daran gab es nichts zu deuteln, doch auch furchtbar, ja, geradezu tragisch naiv. In ihren Zwanzigern war sie darin aufgegangen, ihr Kind großzuziehen, und hatte riskiert, altbacken zu werden.

Jetzt, mit siebenunddreißig, genoss sie das Beste aus beiden Welten. Im Spiegel sah ihr eine wunderschöne Frau entgegen, immer noch jugendlich, aber in der Lage, sich all das leisten zu können, was dafür sorgte, dass dies auch so blieb. Sie hatte eine silberne Haarsträhne und sich entschieden, sie als eleganten Stilbruch anzusehen. Den Rest zupfte sie aus.

Als sie Wally an jenem Abend die Tür öffnete, freute sie sich über seine unverhohlene Bewunderung.

»Junge Dame, ist deine Mutter zu Hause?«

Das ärgerte sie. Es war ein so plattes Geschmeichel, etwas, was man zu einer einfältigen Oma sagte, die zu viel Rouge aufgetragen hatte. Dachte Wally, sie hätte diese Art von Aufmunterung nötig? Während sie die erste Runde an Drinks und Snacks servierte, versuchte sie, ihre Frostigkeit zu überspielen.

»Also«, sagte Eleanor Rosengren, nachdem sie ihren ersten Highball heruntergekippt hatte, »kennen Sie sich wirklich schon von der Park?« Wie Milton hatten die Rosengrens eine staatliche Highschool besucht.

»Flüchtig«, gab Maddie mit einem Lachen zu, einem Lachen, das signalisieren sollte: *Es ist schon so lange her, langweilen wir die anderen nicht damit.*

»Ich war in sie verliebt«, sagte Wally.

»Warst du *nicht*.« Lachend, ein wenig verlegen und – wieder – nicht geschmeichelt. Als machte man sich über sie lustig, als bereitete er einen Witz vor, dessen Pointe sie sein würde.

»Natürlich war ich. Weißt du nicht mehr – ich bin mit dir zum Abschlussball gegangen, als – wie hieß er noch gleich – dich versetzt hat.«

Ein neugieriger Blick von Milton.

»Oh, er hat mich nicht versetzt, Wally. Entschuldige, *Wallace*. Wir haben zwei Wochen vor dem Abschlussball Schluss gemacht. Das ist etwas ganz anderes, als versetzt zu werden.« Sie hätte auch gut auf den Ball verzichten können, wäre da nicht das neue Kleid gewesen. Es hatte 39,95 Dollar gekostet – ihr Vater wäre außer sich gewesen, wenn sie es nach all der Bettelei nicht getragen hätte.

Mit dem Namen, nach dem er gesucht hatte, half sie ihm nicht aus. Allan. Allan Durst Junior. Zu Beginn ihrer Beziehung hatte der Name jüdisch genug geklungen, um ihre Mutter zu besänftigen. Sein Vater *war* ja auch Jude, zumindest irgendwie. Aber nachdem Mrs. Morgenstern ihn erst einmal gesehen hatte, ließ sie sich nicht mehr täuschen. »Das sollte besser nichts Ernstes werden«, hatte ihre Mutter gesagt, und Maddie hatte nicht widersprochen. Mit jemand anderem wurde es gerade ernst, jemandem, der ihrer Mutter vermutlich noch weniger gefallen würde.

»Gehen wir ins Esszimmer?«, schlug Maddie vor, obwohl die Gäste ihre Cocktails noch gar nicht ausgetrunken hatten.

Wally – Wallace – war der Jüngste von den fünf, die am Tisch saßen, doch er war es eindeutig gewohnt, dass die Leute Wert auf seine Meinung legten. Die zuvorkommenden Rosengrens löcherten ihn mit Fragen. Wer würde für das Amt des Gouverneurs kandidieren? Was dachte er über Agnews neueste Entgleisung? Baltimores Kriminalitätsrate? Wie war Gypsy Rose Lee denn nun wirklich? (Sie war kurz zuvor in Baltimore gewesen, um Werbung für ihre eigene senderunabhängige Talkshow zu machen.)

Für jemanden, der seinen Lebensunterhalt mit Interviews verdiente, stellte Wallace nur wenige Fragen. Als die Männer ihre Meinungen zu aktuellen Ereignissen kundtaten, hörte er mit geduldiger Herablassung zu und widersprach ihnen dann. Maddie versuchte die Unterhaltung in Richtung eines Romans zu steuern, den sie gelesen hatte, *Die Hüter des Hauses*, der einige ausgezeichnete Argumente bezüglich der Rassenproblematik im Süden anführte, doch Eleanor meinte, sie hätte es nicht zu Ende lesen können, und die Männer hatten noch nie davon gehört.

Vermutlich war es aber doch ein gelungener Abend, dachte Maddie. Milton war hocherfreut, einen berühmten Freund zu haben, und die Rosengrens waren von Wallace überaus angetan. Er schien sie offensichtlich auch zu mögen. Später am Abend, tief in seinen Brandy versunken, das Licht gedämpft, sodass die Enden ihrer Zigaretten wirkten wie sich langsam durch das Wohnzimmer bewegende Glühwürmchen, sagte Wallace: »Du hast dich ja ganz ordentlich geschlagen, Maddie.«

Ganz ordentlich? *Ganz ordentlich?*

»Stell dir mal vor«, fuhr er fort, »du wärst bei diesem Kerl hängengeblieben. Durst, so hieß er. Er ist Anzeigentexter. Ein Werbefritze.«

Sie sagte, sie hätte Allan Durst seit der Highschool nicht mehr gesehen, was der Wahrheit entsprach. Dann ergänzte sie, sie wisse aus dem Ehemaligenblatt der Park School von seinem Job, was nicht stimmte.

»Ich wusste gar nichts von einer großen Highschool-Liebe«, meinte Milton.

»Weil's keine gab«, erwiderte Maddie schärfer, als beabsichtigt.

Gegen elf hatten sie sie alle schwankend und darauf bestehend, dass es eine Wiederholung geben müsse, auf den Heimweg geschickt. Die Drinks und die Aufregung hauten Milton schlagartig um und er stolperte ins Bett. Normalerweise hätte Maddie das Saubermachen ihrer Freitagshilfe überlassen. Es war kein Verbrechen, schmutziges Geschirr im Becken stehen zu lassen, sofern man es abgespült hatte. Tattie Morgenstern hätte allerdings noch nicht einmal eine Gabel in ihrem Spülbecken liegenlassen.

Doch Maddie beschloss, aufzubleiben und Ordnung zu schaffen.

Im Jahr zuvor war die Küche umgebaut worden. Maddie war so stolz auf ihre neue Küche gewesen, als sie fertig war, so glücklich mit ihren neuen Geräten, doch die Freude war schnell verflogen. Jetzt erschien der Umbau töricht, regelrecht sinnlos. Was bedeutete es schon, die neuesten Geräte zu haben, all diese schicken Einbauten? Man sparte überhaupt keine Zeit, obwohl der Umbau der Schränke den Gebrauch zweier Essgeschirre einfacher machte.

Wally hatte sich überrascht gezeigt, als er während des Salats feststellte, dass die Familie Schwartz einen koscheren Haushalt führte, was ein Zugeständnis an Miltons Elternhaus war. Zwei Sets Geschirr, kein Vermengen von Fleisch und Milch, Vermeidung von Schweinefleisch und Schalentieren – es war nicht allzu schwer, und es machte Milton glücklich. Sie verdiente seine Hingabe, sagte sie sich, während sie die Kristallgläser einschäumte und abspülte, das gute Porzellan von Hand abtrocknete.

Als sie sich umdrehte, um die Küche zu verlassen, erwischte sie mit der Spitze ihres Ellenbogens ein Weinglas, das auf dem Abtropfgestell stand. Es stürzte zu Boden, wo es zersprang.

Wir müssen ein Glas zerbrechen.

Worüber redest du da?

Egal. Ich vergesse immer, was für eine Heidin du bist.

Das zerbrochene Glas bedeutete, dass sie fünf weitere Minuten mit Besen und Kehrblech zubringen musste, um jeden Splitter zu finden. Als sie fertig war, war es fast zwei Uhr, doch Maddie hatte Schwierigkeiten, einzuschlafen. Ihr schwirrte der Kopf, im Geiste ging sie Listen von unerledigten oder übersehenen Dingen durch. Doch nichts davon war Teil der Gegenwart. Die Dinge, die sie nicht getan hatte, lagen zwanzig Jahre zurück, damals, als sie Wally kennengelernt hatte – und ihre erste Liebe, denjenigen, von dem ihre Mutter nie etwas ahnte. Sie hatte sich geschworen, sie würde – ja, was eigentlich? Ein kreativer und origineller Mensch werden, jemand, der sich nicht im Geringsten um die öffentliche Meinung scherte. Sie – *sie beide* – würden nach New York City gehen und im Greenwich Village leben. Er hatte es versprochen. Er würde sie aus dem trübseligen Baltimore herausholen, und sie würden ein leidenschaftliches Leben führen, das der Kunst und dem Abenteuer gewidmet wäre.

All diese Jahre hatte sie ihn aus ihren Gedanken verbannt. Nun war er zurück, Elias, der kommt, um seinen Pessach-Wein zu trinken.

Maddie schlief ein, während sie einen imaginären Kalender durchblätterte und herauszufinden versuchte, welcher Zeitpunkt der beste wäre, um ihre Ehe hinter sich zu lassen. Nächsten Monat hatte sie Geburtstag. Dezember? Nein, nicht während der Feiertage, so unwichtig Chanukka auch war. Februar erschien zu spät, Januar ein Klischee, ein Nachäffen der guten Vorsätze fürs neue Jahr. Der 30. November ist es, entschied sie. Am 30. November würde sie gehen, zwanzig Tage nach ihrem siebenunddreißigsten Geburtstag.

Wir müssen ein Glas zerbrechen.

Worüber redest du da?

Egal.

Der Klassenkamerad

Ich umfasse das Lenkrad meines neuen Cadillac und führe den ganzen Weg von Maddies bis zu meinem Haus Selbstgespräche, so kurz er auch ist, eine scharfe Kurve die Greenspring runter, vorbei an der Park School – unsere Alma Mater, obwohl die Uni zu unserer Zeit noch woanders war –, dann links abbiegen und den Hügel hinauf nach Mount Washington. Ich rede mit mir wie ein Trainer, nicht, dass ich je für irgendein Team gespielt hätte. Habe es noch nicht mal bis zum Wasserträger geschafft. Konzentrier dich, Wally, konzentrier dich.

In meinem Kopf bin ich immer Wally. Jeder sieht zu Wallace Wright auf, ich eingeschlossen. Ich würde es nicht wagen, mit ihm genauso zu reden wie mit Wally.

Ich habe panische Angst, die Mittellinie zu überqueren und ein anderes Auto anzufahren, oder Schlimmeres. *Verkehrsunfall – WOLD-Anchorman Wallace Wright in der Nähe seines Hauses in Northwest Baltimore wegen fahrlässiger Tötung verhaftet.*

»Der Journalist darf nie als Schlagzeile enden, Wally«, ermahne ich mich. »Fokussiere dich.«

Von der Polizei angehalten zu werden wäre allerdings fast genauso schlimm. *WOLD-Anchorman wegen Trunkenheit am Steuer verhaftet.* Nur deshalb eine Nachricht, weil ein Nachrichtenmann drin vorkommt. Wer fährt denn nicht von Zeit zu Zeit mal ein bisschen beschwipst? Doch ein Cop könnte mich auch weiterwinken, vielleicht sogar um ein Autogramm bitten.

Wo hat Maddie so zu trinken gelernt? Vermutlich ist es wie

in dem alten Witz darüber, wie man es in die Carnegie Hall schafft: *Üben, üben, üben.* Ich hatte nie Gelegenheit mir das Cocktailtrinken anzugewöhnen, denn ich bin selten vor acht Uhr abends zu Hause und muss am nächsten Morgen spätestens um neun im Studio sein, um dann mittags auf Sendung zu gehen. Diese Routine eignet sich nicht für Alkohol. Oder die Ehe.

Mount Washington ist um Mitternacht so dunkel, so leise. Warum ist mir das noch nie aufgefallen? Das einzige Geräusch ist das Knirschen des Herbstlaubs unter meinen Reifen. Als ich endlich die South Road hochkrieche, erscheint es mir vernünftiger, am Bordstein zu parken, als zu versuchen, die Einfahrt hochzufahren, geschweige denn in die Garage.

Warum bin ich so lange geblieben? Es lag bestimmt nicht an der glänzenden Unterhaltung. *Du bekommst nicht jeden Tag die Chance, deiner ersten großen Liebe zu zeigen, welchen Fehler sie begangen hat.*

Selbst wenn man mich heute Morgen gefragt hätte – und die Leute fragen mich viele Sachen, Sie würden staunen, was für ein Orakel ich bin –, hätte ich aufrichtig geantwortet, dass ich nie an Maddie Morgenstern gedacht habe.

Doch in dem Moment, als ich sie auf ihrer Türschwelle stehen sah, wurde mir klar, dass sie immer bei mir gewesen war, mein Einpersonenpublikum. Von Montag bis Freitag, wenn ich zwischen zwölf und halb eins in den Mittagsnachrichten vor der Kamera stand, war sie dort. Mittwochabends, wenn ich »Wright sorgt für Ihr Recht« drehte. Wann immer ich das Glück hatte, für Harvey Patterson einzuspringen, dessen Job ich eines Tages übernehmen werde. Irgendwie hatte Maddie den Trick raus, ein siebzehnjähriges Mädchen zu sein *und* gleichzeitig eine Vorstadtmutti, die nach getaner morgendlicher Hausarbeit bei einer Tasse Kaffee daheim sitzt, Kanal 6 schaut und denkt: *Hätte ich meine Karten richtig ausgespielt, könnte ich heute Mrs. Wright sein.*

Selbst, wenn ich mein Make-up auflege und den Donadio gebe, den traurigen, schweigenden Clown, der mir durch Zufall die Tür zu WOLD-TV geöffnet hat, ist sie dort.

Ich hatte beim Radio gearbeitet, wo man mich wegen meiner Stimme schätzte, aber nicht für telegen hielt. Der Donadio-Auftritt bedeutete 25 Dollar mehr pro Woche. Einzige Bedingung war, dass ich nie jemandem davon erzählen durfte, und ich habe mehr als glücklich eingewilligt.

Eines Samstags, als ich mich gerade abschminkte, kam die Nachricht eines Polizistenmordes herein. Ich war der einzige verfügbare Journalist. Irgendwie war ich während der vierzehn Monate der Donadio-Maskerade ein Stück gewachsen, mein Haar war weicher und mein Teint seltsamerweise glatter. Vielleicht hatte ich mein Gesicht besser gereinigt, nachdem ich angefangen hatte, regelmäßig Make-up zu tragen. Jedenfalls passten mein Gesicht und mein Körper nun endlich zu meinem dröhnenden Bariton. Ich fuhr zum Tatort, ich trug die Fakten zusammen, ein Star ward geboren. Nicht Maddie, nicht dieser *Poz*, mit dem sie auf der Highschool gegangen ist, und auch nicht ihr tadelloser Anwaltsehemann. Ich, Wally Weiss. Ich bin der Star.

Kennengelernt haben wir uns ausgerechnet in der Amateurfunk-AG unserer Schule. Wir stellten schnell fest, dass wir beide Edward R. Murrow verehrten, dessen Kriegsberichterstattung aus London einen tiefen Eindruck bei uns hinterlassen hatte. Ich hatte vorher noch nie ein Mädchen getroffen, das sich über Murrow und Journalismus unterhalten mochte, und schon gar kein hübsches. Es war wie dieses erste große Kunstwerk, das einen in Bann schlägt, dieser eine Roman, der einen für den Rest des Lebens begleitet, selbst, wenn man später viel bessere liest. Ich konnte mich kaum zurückhalten, sie mit offenem Mund anzustarren.

Maddies Erscheinen in der Funk-AG stellte sich als ein einmaliges Ereignis heraus; sie hatte gedacht, es sei eine *Hör-*

funk-AG, also für Leute mit Interesse am Schreiben und an Hörspielen, kein Raum voller Schluffis, die gern herumtüftelten. Sie wechselte zur Schülerzeitung, zog sich schnell eine Kolumne an Land und schloss sich einer sehr zügellosen, nichtjüdischen Clique an, zu der auch Allan Durst gehörte. Ganz offensichtlich konnte Maddie Morgenstern es nicht ernst mit ihm meinen, aber ihre Eltern waren schlau genug, nicht gegen eine Highschool-Liebelei einzuschreiten. Ich habe gehört, dass sie Allans Eltern sogar am Schabbes zu sich eingeladen haben. Die Mutter war eine bekannte Malerin riesiger abstrakter Bilder, die in Museen hingen, der Vater ein fähiger Porträtmaler, der sich auf Baltimore-Witwen spezialisiert hatte.

Kurz vor dem Abschlussball machte Allan mit Maddie Schluss. Ich entdeckte sie zufällig in einem leeren Klassenraum, weinend. Sie vertraute sich mir an, was eine Ehre für mich war. Ich schlug vor, dass sie mit mir zum Ball ging.

»Was könnte ihn mehr treffen?«, sagte ich und klopfte ihr mit einer streichenden Bewegung auf den Rücken, fast wie einem Baby, dem man beim Aufstoßen hilft. Meine Hand berührte etwas, das sich wie der Verschluss eines BHs anfühlte, meine bis dahin erotischste Erfahrung.

Sie stimmte meinem Plan mit fast schmerzlichem Eifer zu.

Fürs Handgelenk kaufte ich ihr ein Ansteckstäußchen mit der teuersten Orchidee, die man in Baltimore auftreiben konnte. Und sie spielte mit, ignorierte Allan, der allein gekommen war, und lachte über meine Witze, als wäre ich Jack Benny. Irgendwann sprach Allan sie dann an und bat um einen Tanz, »der alten Zeiten wegen«. Maddie legte ihren Kopf schief, als versuchte sie sich zu erinnern, welche alten Zeiten genau sie miteinander geteilt hätten, und meinte dann: »Nein, nein, ich freue mich, den Abend mit meinem *Rendezvous* zu verbringen.«

Ich wirbelte mit ihr davon und fühlte mich vom Scheitel bis

zur Sohle wie der junge Fred Astaire. Wenn man mal darüber nachdenkt, sah Astaire im herkömmlichen Sinn nicht wirklich gut aus. Er war nie der größte Mann im Raum, und er war kein Athlet. Aber er war *Astaire*.

Als ich sie nach dem Tanzabend im Buick meines Vaters nach Hause fuhr, rutschte sie über den Sitz zu mir und legte ihren Kopf auf meine Schulter. Sie vertraute mir an, dass sie schreiben wolle, wirklich schreiben, Gedichte und Romane, was fast aufregender war als ihr sehr realer Kuss vor der Haustür. Wieder im Wagen, entdeckte ich, dass die Blume von ihrer Schleife abgefallen war. Vielleicht duftete sie nur nach ganz gewöhnlicher Orchidee, aber für mich war es Maddies unverwechselbarer Duft, so einzigartig wie ihre für einen Teenager sehr dezente und rauchige Stimme. Maddie quiekte nie, so eine war sie nicht. Sie war würdevoll, majestätisch, das Mädchen, das bei der Purim-Aufführung immer die Königin Esther spielte.

Drei Tage später, in der Annahme, dies sei die angemessene Frist, rief ich sie an, um zu fragen, ob ich sie ins Kino ausführen dürfte, zu einem echten Rendezvous. Ich wollte weder zu eifrig klingen noch zu distanziert. Sehr Astaire.

Ihr Ton war verdutzt, aber höflich. »Das ist süß von dir, Wally, dass du dir meinetwegen Sorgen machst«, sagte sie. »Aber mir geht's gut.«

Innerhalb eines Jahres war sie mit Milton Schwartz verlobt, groß, behaart und älter, er zweiundzwanzig, sie achtzehn. Er hatte das erste Jahr seines Jurastudiums bereits hinter sich. Ich war bei ihrer Hochzeit. Es war, als sähe man zu, wie Alice Faye mit King Kong davonläuft.

Über zwanzig Jahre hatte ich nicht mehr an Milton Schwartz gedacht, bis ich ihn in der Umkleidekabine der Tennishalle wiedertraf, aufgrund der räumlichen Nähe zum Television Hill der einzige geeignete Ort, an dem ich vor der Arbeit Sport treiben konnte.

Wir spielten Einzel, passten von der Spielstärke her gut zusammen, und Milton schien es offensichtlich zu freuen, einen berühmten Freund zu haben. Es war nur eine Frage der Zeit, bis er mich zum Abendessen zu sich nach Hause einlud. »Keine große Sache«, sagte er. »Nur meine Frau, vielleicht unsere Nachbarn, und Ihre Begleitung, wenn Sie mögen.«

Bettina und ich sind inzwischen seit zwei Jahren getrennt, und obwohl ich mit Frauen ausgehe, ist es mit keiner was Ernstes. Ich entschied, allein hinzugehen, wie Allan auf den Abschlussball. Milton wusste, dass ich dieselbe Highschool besucht hatte wie Mrs. Schwartz, sagte jedoch, seine Frau hätte mich nie erwähnt. Dass Maddie nicht mit unserer Bekanntschaft prahlte, versetzte mir jedoch keinen Dämpfer, ich betrachtete es eher als Kompliment. Wenn sie ihrem Mann gegenüber nicht erwähnt hatte, dass sie den »Mittagsnebel« von Baltimore kannte, dann bestimmt, *weil* sie in manchen Momenten darüber fantasierte, was hätte sein können. Am Küchentisch, bei ihrem Kaffee, eine brennende Zigarette zwischen den Fingern, ließ sie die Erinnerung an den Abschlussball und meinen Anruf drei Tage später noch einmal aufleben und ohrfeigte sich, dass sie nicht ja gesagt hatte. Ihr dunkles Haar vermutlich vorzeitig ergraut, ihre schlanke Figur mit Wespentaille inzwischen pummelig und plump. Wie sich herausstellen sollte, entsprach nichts davon der Wahrheit, aber so hatte ich sie mir vorgestellt.

Es überraschte mich herauszufinden, dass sie einen koscheren Haushalt führten. Ich habe mich nie bewusst vom Judentum distanziert, aber ein Fernsehstar wie ich muss zu seinem Publikum eine Verbindung aufbauen, und meine Zuschauer sind hauptsächlich Christen. Das ist der Preis dafür, ein Orakel zu sein. Andererseits gibt es orthodox und *orthodox*, und die Weigerung der Schwartzens, Fleisch und Milchprodukte zu mischen, war das einzige Zugeständnis ihres Haushalts an den Judaismus, den ich erkennen konnte. Ich war etwas entsetzt über die Dinge, die sie über die sich verändernden Wohngegenden im Süden sagten, die religiöseren Juden, die an der Park Heights Avenue leben, denen sie sich klar überlegen fühlten. Wenn Sie mich fragen, gibt es keine schlimmeren Antisemiten als Juden der Mittelschicht.

Aber wir haben nicht viel über das Judentum geredet. Wir haben über Politik diskutiert, wobei sich die Schwartzens und ihre Gäste meiner Meinung anschlossen, wie es Leute für gewöhnlich tun. Wir haben über Spiro Agnews neuesten Schnitzer gelacht, die Rede in Gettysburg, bei der er ganz offenkundig durcheinandergebracht hatte, wer auf dem Schlachtfeld den Sieg davongetragen hatte. Als wir bei den Drinks nach dem Essen angekommen waren, war die Atmosphäre herzlich und vertraut. Ich dachte, ich könnte das Thema gefahrlos auf den Abschlussball lenken – und Maddies anschließende Weigerung, erneut mit mir auszugehen.

Und sie hat es bestritten. Sie hat darauf beharrt, dass ich sie nie angerufen hätte. Ja, stimmte sie zu, wir seien zusammen auf den Ball gegangen, aber sie bestand darauf, ich hätte sie nie mehr angerufen, obwohl ich genau weiß, dass dem so war.

»Denn natürlich wäre ich dann mit dir ausgegangen!«, sagte sie als Argument dafür, dass sie recht hätte. Aber sie musste noch einen draufsetzen: »Und wenn auch nur aus reiner Höflichkeit.«

Dennoch war ihre hitzige Reaktion bei diesem Thema unangemessen. Es gab keinen Grund, sich deswegen so zu echauffieren.

Als ich wieder sicher vor meiner eigenen Tür stehe, lasse ich den Schlüssel zwei-, dreimal fallen, bevor ich in mein Haus stolpere, immer noch verdutzt über Maddies Feindseligkeit. Hat sie gemerkt, dass ich sie durchschaut hatte? Ich mochte derjenige mit dem Gojim-Namen sein, doch im Herzen war ich stets ein jüdischer Junge, während die Schwartzens mit ihren beiden Geschirrsets nur *ersatz* waren. Alles in ihrem Haus war nur Getue.

Mein Haus ist so still – und so staubig –, seit Bettina ausgezogen ist. Ich nahm an, sie würde darum kämpfen, es zu behalten. Während unserer sechs gemeinsamen Jahre war dieses Haus ihre Hauptbeschäftigung. Doch am Ende wollte Bettina nichts mehr damit zu tun haben. Oder mit mir. Wir haben keine Kinder. Ich weiß nach wie vor nicht, wie ich das finde. Ein Kind wäre begeistert gewesen, Donadio als Vater zu haben.

Obwohl ich erschöpft und stockbesoffen bin, gehe ich in das »Arbeitszimmer«, das Bettina im ersten, hoffnungsvollen Jahr unserer Ehe für mich eingerichtet hat. Nur Leder und Mahagoni, mit Drucken englischer Pferderennen, die mir peinlich sind, obwohl die Nähe zu Pimlico solche Allüren rechtfertigen. Bettina hat die Bücher nach Optik einsortiert, was mich in den Wahnsinn treibt, aber schließlich finde ich das Gesuchte: Meine alte, zerlesene Ausgabe von *Arc de Triomphe*, mit den anderen Taschenbüchern in eines der obersten Regale verbannt. Nachdem ich es das erste Mal gelesen hatte, wollte ich schreiben, wollte anderen Menschen die Gefühle vermitteln, die Romane mir vermittelten. Stattdessen teile ich ihnen die Schlagzeilen und das Wetter mit und hebe gelegentlich wegen eines Stars eine Augenbraue.

Und da ist sie, zwischen den Seiten 242 und 243, braun und vertrocknet, Maddies Orchidee.

Natürlich beweist die Existenz der Blume überhaupt nichts: Wir hatten verabredet, gemeinsam zum Abschlussball zu gehen. Und doch ist es der rauchende Colt, der unumstößliche Beweis – doch, von was? Dass alles so passiert ist, wie ich erzählt habe. Warum hat sie es bestritten? Meine Geschichte ist ein Beweis ihrer Macht, der Herrlichkeit ihrer Jugend.

Aber letztendlich ist es gut, dass aus der Sache nicht mehr geworden ist. Mit fünfunddreißig bin ich noch jung, mein

Leben besteht aus lauter Möglichkeiten. Ich mag zwar momentan nur die zweite Garnitur interviewen, aber eines Tages werde ich mich mit Präsidenten und Königen unterhalten, vielleicht für einen der großen Sender arbeiten. Wohingegen Maddie Schwartz, die auf die vierzig zugeht, nichts mehr hat, worauf sie sich noch freuen kann.

Januar 1966

Erst, als der Juwelier die Lupe ans Auge hob, wurde Maddie bewusst, dass sie das Geld für den Verkauf ihres Verlobungsrings mental schon ausgegeben hatte. Was würde er ihr dafür geben? Tausend? Vielleicht sogar zweitausend?

Sie brauchte so viel. Die neue Wohnung hatte zwei Zimmer und war spärlich eingerichtet. Sie hatte angenommen, Seth würde bei ihr wohnen. Doch er weigerte sich und sagte, er würde lieber bei seinem Vater in Pikesville bleiben, in der Nähe seiner Freunde und der Schule. Selbst, nachdem sie ihm angeboten hatte, ihn zur Schule zu fahren, weigerte er sich umzuziehen. Miltons Einfluss, vermutete Maddie. Sie tröstete sich mit dem Wissen, dass Seth sowieso in zwei Jahren zu Hause ausziehen würde.

Aber hätte sie geahnt, dass Seth Widerstand leisten würde, hätte sie sich eine Einzimmerwohnung in einer besseren Gegend genommen. Und dann hätte sie auch ein Telefon gehabt, obwohl es kein großes Drama war, kein Telefon zu besitzen. Es bedeutete, dass ihre Mutter nicht jeden Tag anrufen konnte, um über Maddies Zukunft zu diskutieren und das, was Tattie Morgenstern stets ihre *eingeschränkten Verhältnisse* nannte.

Jetzt, da du in eingeschränkten Verhältnissen lebst, Madeline, willst du vielleicht Rabattmarken sammeln. Ich habe gesehen, dass die Hochschilds gute Sachen im Ausverkauf anbieten – du wirst dich an Ausverkäufe und Rabattmarken gewöhnen müssen, jetzt, bei deinen eingeschränkten Verhältnissen. Angesichts deiner eingeschränkten Verhältnisse ist es vielleicht sinnvoll, kein eigenes Auto zu besitzen.

Ärgerlich war, dass ihre Mutter recht hatte. Alles an Maddies Post-Milton-Leben war kleiner und schäbiger. Das Appartement war recht schön, aber wie sich herausstellte, war die Gist Avenue, obwohl auf der richtigen Seite des Northern Parkway, *gar nicht* schön. Der Vermieter hatte sie überredet, sich nachmittags mit ihm zu treffen, wenn das Viertel menschenleer und ruhig war. Zu dieser Tageszeit erinnerte die Wohnung Maddie an ein 3D-Bild von Paul Klee: Die warme Wintersonne malte goldene Quadrate auf den leeren Holzboden und glitzerte auf den winzigen blauen und rosafarbenen Kacheln im Bad. Sie sah nur Formen und Licht, Raum und Möglichkeiten.

Erst als sie mit dem Umzug begann, stellte sie fest, dass, so charmant die Wohnung auch war, die Nachbarschaft eindeutig *gemischt* war. Gemischt auf dem Weg zu weniger gemischt. Maddie hatte keine Vorurteile, natürlich nicht. Wenn sie jünger und kinderlos gewesen wäre, wäre sie vor ein paar Jahren in den Süden gezogen, um sich dem Wähler-Registrierungsprojekt anzuschließen. Dessen war sie sich fast sicher. Doch es gefiel ihr nicht, in ihrer neuen Nachbarschaft so *sichtbar* zu sein, eine einzelne Weiße, die zufällig einen Pelzmantel besaß. Nur Biber, aber dennoch. Sie trug ihn gerade. Vielleicht würde der Juwelier mehr zahlen, wenn sie wie jemand wirkte, der das Geld nicht brauchte.

Als Milton ihre neue Adresse erfuhr, sagte er, Seth könne sie überhaupt nicht besuchen, nicht über Nacht. Er sagte, sie könne die Wochenenden mit Seth in ihrem alten Zuhause verbringen, wenn sie wolle, Milton würde das Feld räumen, damit Mutter und Sohn zusammen sein könnten. Eine freundliche, eine großzügige Geste, aber Maddie fragte sich, ob Milton bereits eine Neue hatte. Diese Vorstellung ärgerte sie, doch sie tröstete sich damit, dass eine neue Frau an seiner Seite vermutlich die Einzige war, die Milton davon überzeugen könnte, in die Scheidung einzuwilligen.

Sie hatte sich tiefer über die Ladentheke gebeugt, als ihr bewusst war, so weit, dass ihr Atem kleine Wolken auf dem Glas hinterließ.

»Den haben Sie nicht hier gekauft?« Der Juwelier ließ es wie eine Frage klingen, doch diese Information hatte sie bereits gegeben.

»Nein, er ist aus einem Geschäft in der Innenstadt. Steiners. Ich glaube, die sind dort nicht mehr.«

»Ja, ich erinnere mich. Sehr nobler Laden. Die haben eine Menge Geld in die Einrichtung gesteckt. Wir halten es hier eher schlicht. Ich sage meinen Angestellten immer: In einem Juweliergeschäft sind es die Juwelen, die funkeln sollen. Wenn sie von guter Qualität sind, braucht man sie nicht auf Samt zu betten. Man braucht keine Innenstadtlage, wo die Mieten hoch sind und es keine Parkplätze gibt. Weinstein's mag nicht besonders schick sein, aber wir sind nach wie vor im Geschäft und das genügt mir.«

»Und mein Ring …«

Er sah sie betrübt an, doch es war eine höfliche, zur Schau gestellte Betrübtheit, als wäre eine unsympathische Bekanntschaft gestorben und er täte jetzt so, als berührte es ihn mehr, als es tatsächlich der Fall war.

»Fünfhundert, mehr kann ich da nicht machen.«

Es war wie ein Schlag in die Magengrube, auch wenn Maddie nie geschlagen worden war.

»Aber mein Mann hat tausend Dollar bezahlt, und das ist fast zwanzig Jahre her.« Sie machte sich ein bisschen älter, denn sie war erst siebenunddreißig und hatte mit neunzehn geheiratet. Doch zwei Jahrzehnte wogen mehr als achtzehn Jahre.

»Ach, die Leute waren in den Vierzigern leichtfertiger, nicht wahr?«

Stimmte das? Sie war damals ein Teenager, ein hübsches Mädchen; leichtfertig zu sein war ihr Naturzustand. Doch

Milton war ein pragmatischer junger Mann, stets vorsichtig, was Schulden betraf, und klug, wenn es um Investitionen ging. Er hätte keinen Ring ohne einen guten Wiederverkaufswert ausgesucht.

Nur – Milton hatte nie in Betracht gezogen, dass dieser Ring verkauft werden würde; selbst die Männer, die Elisabeth Taylor den Hof machten, glaubten, sie würden auf ewig mit ihr zusammen sein.

»Ich verstehe nicht, wie ein Ring, der 1946 tausend Dollar gekostet hat, heute nur noch halb so viel wert sein kann.« Schon beim Sprechen merkte sie, wie schnell sie von einer Übertreibung zu einer Lüge übergegangen war, wie aus »fast zwanzig«, im Grunde absolut richtig, zwanzig *geworden war.*

»Wenn Sie das wirklich wissen wollten, könnte ich Sie mit einem Vortrag über den Markt für gebrauchte Diamanten und Gewinnmargen langweilen. Ich könnte Ihnen etwas über Schliff und Reinheit erzählen und darüber, wie Moden sich ändern. Das alles erkläre ich Ihnen gern, aber unter dem Strich steht, dass ich Ihnen nicht mehr als fünfhundert Dollar geben kann.«

»Wir hatten ihn mit zweitausend Dollar versichert«, sagte sie. Stimmte das? Es klang richtig. Oder vielleicht hatte sie ja auch nur gehofft, zweitausend Dollar zu bekommen.

Milton zahlte ihr Unterhalt, seit sie ihn verlassen hatte, doch es reichte nicht und kam unregelmäßig, ohne ein festes Datum oder einen bestimmten Betrag. In der Annahme, Seth würde mit ihr ausziehen, hatte sie eine großzügigere Unterhaltssumme erwartet. Milton würde seinen einzigen Sohn nie verleugnen. Doch da Seth im Haus in Pikesville geblieben war, hatte sie keinen derartigen Hebel. Sie brauchte Geld. Milton versuchte, sie auszuhungern und durch Knauserigkeit zur Rückkehr zu zwingen.

»Was den langweiligen Teil angeht, macht er keine Witze«, sagte eine junge Frau mit rötlichem Haar, die gerade einen

Schaukasten polierte. Maddie überraschte es, dass eine Angestellte es wagte, so frech mit ihrem Chef zu sprechen, doch Jack Weinstein lachte nur.

»Jetzt reicht es aber, Judith. Ich sag Ihnen was, Mrs. Schwartz – lassen Sie mir Ihre Nummer da, und wenn ein Kunde kommt und einen solchen Ring sucht, können wir vielleicht doch noch etwas machen. Es ist nicht der Stil –«

»Es ist ein klassischer Solitär.«

»Genau. Die jungen Mädchen, die heutzutage heiraten, haben interessante Vorstellungen. Manche wollen noch nicht mal Steine.« Jetzt blickte er aufrichtig betrübt.

»Ich habe noch kein Telefon. Ich warte darauf, dass es angeschlossen wird. C&P hat angeblich einen schrecklichen Auftragsüberhang.«

Er legte seine Lupe beiseite und gab Maddie den Ring zurück. Sie hasste es, ihn anstecken zu müssen. Das würde sich wie eine Niederlage anfühlen, genauso, als würde sie zurück nach Pikesville ziehen. Die junge Frau, Judith, begriff sofort, was Maddie bedrückte. Sie zog einen Umschlag hervor und sagte: »Zur sicheren Aufbewahrung. Ich würde Ihnen ja eine Schachtel geben, aber den darauf mit Sicherheit folgenden Vortrag meines Bruders, wie teuer heutzutage alles ist, würde ich nicht aushalten.«

»Ihr Bruder? Das erklärt einiges.«

»Sie haben ja keine Ahnung.«

Die junge Frau war eher adrett als hübsch. Aber sie drückte sich witzig aus, und ihre Kleidung war auf eine Art abgestimmt, die nur das Resultat von Stunden vor dem Kleiderschrank sein konnte, von Anprobieren, Kombinieren, Bügeln und Flicken, Bürsten und Polieren. Maddie wusste das, weil Maddie selbst eine solche Frau gewesen war. Der Stil dieser jungen Frau war schon fast *zu sehr* aufeinander abgestimmt, was sie ein wenig alt machte. Doch ihre Freundlichkeit war überwältigend, wie es Freundlichkeit manchmal ist, und es kostete Maddie enorme Selbstbeherrschung, nicht in Tränen auszubrechen.

Sie schaffte es bis hinters Lenkrad ihres Wagens, bevor sie anfing zu schluchzen.

Sie hatte fest mit dem Geld gerechnet. Sie hatte sich ausgemalt, ein neues Bett zu kaufen, ein schickes, modernes. Ein Telefon an der Küchenwand, vielleicht noch einen Anschluss im Schlafzimmer. Kein Telefon zu besitzen war doch schrecklich lästig.

Doch sie weinte nicht wegen der Dinge, die sie hätte haben können, sondern weil es ihr peinlich war, bei ihrer Sehnsucht danach ertappt worden zu sein. Es war schon lange her, seit Maddie zugelassen hatte, dass jemand mitbekam, wie sie wagte, sich etwas zu wünschen. Sie wusste, wie gefährlich es war, wenn die eigenen Sehnsüchte vor anderen aufblitzten, wenn auch nur für einen Moment.

Es klopfte am Fenster; das Gesicht des drolligen Mädchens – ihr Bruder hatte sie Judith genannt – füllte den Rahmen aus. Maddie tastete nach ihrer Sonnenbrille und kurbelte das Fenster herunter.

»Ganz schön grell heute«, bot Judith höflich als Rechtfertigung an.

»Stimmt. Ich glaube nicht, dass es Ende der Woche schneien wird – wenn wir den Wetterfröschen Glauben schenken dürfen.«

»Ein dickes Wenn. Hören Sie, wir kennen uns zwar nicht, aber ich weiß, wer Sie sind. Natürlich.«

Natürlich? Warum natürlich? Eine verwirrte Sekunde dachte Maddie, sie wäre die Frau, die sie beinahe geworden wäre, eine in einen Skandal verwickelte Siebzehnjährige. Aber, nein, dieses Schicksal hatte sie vermieden. Das Problem waren all die anderen Schicksale, die sie auch vermieden hatte, die Lügen, die sie sich eingeredet hatte und die sie inzwischen glaubte. Wenn Judith sagte, sie wüsste, wer Maddie sei, war es wahrscheinlich wegen des Klatsches im Club, dieser scheußlichen neuen Clique um Bambi Brewer, mit ihren Allüren, ihren Salem-Zigaretten und ihren Gefolgsleuten. Verglichen mit diesen Leuten waren die Morgensterns alter Geldadel.

»Benötigen Sie noch etwas von mir?«

Als würde irgendwer einen Rat von einer Frau mittleren Alters benötigen, die gerade versuchte, ihren Verlobungsring zu verkaufen. Die Welt hatte sich so verändert. Diese junge Frau, die sich da neben Maddies Wagen duckte, konnte unmöglich dieselben Probleme haben, wie Maddie sie vor zwanzig Jahren gehabt hatte. Heutzutage konnten Frauen sorgenfreien Sex haben, wenn sie täglich eine Pille nahmen. Wenn sie den Mann gefunden hatten, den sie heiraten wollten, taten die meisten wahrscheinlich immer noch so, als wären sie Jungfrauen, das allerdings mindestens so sehr für die Mütter wie für die Ehemänner.

»Ich dachte, Sie hätten vielleicht Interesse, an einem Treffen im Stonewall Democratic Club teilzunehmen. In diesem Jahr gibt es bei der Gouverneurswahl ein Kopf-an-Kopf-Rennen. Und es ist eine gute Möglichkeit, Leute kennenzulernen. Mein Bruder – nicht Jack, Donald, Jack ist ein bisschen schräg, aber Donald ist süß –, er ist politisch sehr aktiv.«

»Ist das jetzt ein Verkupplungsversuch?«

Diese Frage schien Judith zu amüsieren. »Nein, nein, Donald ist nicht – zu haben, soweit ich weiß. Er ist Junggeselle und sehr zufrieden damit. Mit ›Leute kennenlernen‹ meinte ich genau das – Leute kennenlernen. Manche sind Männer. Manche sind Single. Für mich ist es eine Möglichkeit, ohne viele Fragen das Haus meiner Eltern zu verlassen. Und wenn ich zusammen mit einer netten Lady aus Northwest Baltimore hingehe, machen sie sich vielleicht nicht ganz so viele Gedanken darüber, wann ich wieder nach Hause komme.«

Maddie riskierte ein ängstliches Lächeln. Freundlichkeit konnte so viel schmerzvoller sein als Grausamkeit. Sie kramte in ihrer Handtasche nach einem Stück Papier, schrieb dann die Telefonnummer ihrer Mutter auf die Rückseite eines Kassenzettels von Rexall, nachdem sie sich vergewissert hatte, dass nichts Peinliches draufstand, Hygieneartikel zum Beispiel.

Dann fuhr sie nach Hause, obwohl es ihr schwerfiel, die Wohnung an der Gist Avenue als ihr Zuhause anzusehen. Kein Seth, so wenig Möbel, und die Nachbarn schnitten sie, als wäre *sie* die Unerwünschte in dieser Wohngegend von Dienstmädchen und Wäscherinnen, Milchmännern und Straßenbahnschaffnern. In der Wohnung angekommen, war ihr merkwürdig warm; der Vermieter, normalerweise ziemlich geizig, was die Heizung betraf, hatte die Temperatur zu hochgestellt. Sie öffnete die Schiebetür ihres Schlafzimmers, die auf eine kleine Terrasse führte. Dann nahm sie, wie sie sich einredete einem Impuls folgend, den Verlobungsring und stopfte ihn tief in die Erde eines Usambaraveilchens, das auf einem klapprigen Tischchen neben der Terrassentür stand. Sie zog die Schiebetür so weit zu, dass nur noch ein leichter Hauch Winterluft durch den Schlitz hereinkriechen konnte. Systematisch schuf sie den Anschein von Chaos, indem sie in der Küche und im Schlafzimmer Schubladen aufzog und Kleidungsstücke auf den Boden warf.

Anschließend holte sie tief Luft, rannte auf die Straße und schrie um Hilfe. Von nicht weit entfernt kam ein farbiger Streifenpolizist auf sie zugelaufen.

»Ich bin ausgeraubt worden«, sagte sie. Wegen ihrer Kurzatmigkeit war es leicht, völlig verängstigt zu klingen.

»Hier, auf der Straße?«, fragte er und sah auf ihre Handtasche.

»Meine Wohnung«, sagte sie. »Schmuck – das meiste war nur Modeschmuck, aber ich hatte einen Diamantring, und der ist weg.«

Ferdie Platt, so hieß er – »Kurz für Ferdinand? Wie der

Stier?«, fragte sie, erhielt jedoch keine Antwort –, begleitete sie zurück in ihre Wohnung. Sein Blick fiel auf die nicht ganz geschlossene Terrassentür und die Unordnung in der Wohnung. Glitten seine scharfen Augen auch über das Usambaraveilchen, analysierten es? Plötzlich meinte Maddie, man könne sehen, wo ihre Fingerspitzen Spuren in der Blumenerde hinterlassen hatten. Sie kontrollierte verstohlen ihre Hände auf Schmutz unter den Fingernägeln. Er war einer dieser Männer, die stets wie aus dem Ei gepellt wirken und immer nach Seife duften. Kein Aftershave oder Cologne, einfach nur Seife. Er war nicht besonders groß, hatte jedoch breite Schultern und bewegte sich wie ein Sportler. Er war vielleicht zehn Jahre jünger als sie und zu jung, um sich bereits Gedanken über ausreichend Bewegung machen zu müssen.

»Wir sollten das Einbruchdezernat anrufen«, sagte er.

»Ich habe kein Telefon. Das ist einer der Gründe, warum ich auf die Straße gerannt bin und nach Hilfe gerufen habe. Aber außerdem – ich hatte Angst, dass der Einbrecher noch hier sein könnte.«

Ihre Angst war fast echt. Sie fing an, selbst zu glauben, dass bei ihr eingebrochen worden war, dass ein Fremder all das getan hatte. Sie hätte eine sehr gute Schauspielerin sein können, wenn sie diesen Weg nur eingeschlagen hätte.

Streifenpolizist Platt antwortete: »Und ich hab kein Funkgerät, weil – nun, ich habe keins. Aber ich habe einen Schlüssel für die Rufsäule, die sich in der Nähe eines Drugstores befindet. Die werde ich benutzen, und dann warten wir dort. Wir wollen vermeiden, hier irgendwelche Spuren zu beseitigen.«

Nachdem er die Meldung durchgegeben hatte, gab er ihr im Drugstore eine Limonade aus. Maddie saß am Tresen, nippte daran und wünschte sich, es wäre ein Cocktail. Außerdem wünschte sie sich, er würde sich setzen, statt mit verschränkten Armen neben ihr zu stehen und sie wie ein Wachposten zu beobachten.

»Ich sehe Sie hier nicht«, sagte er.

»Ich wohne erst seit ein paar Wochen hier.«

»So hab ich das nicht gemeint. Ich meinte – das hier ist nicht die richtige Gegend für Sie. Sie sollten hier nicht wohnen.«

»Weil ich weiß bin?« Sie fühlte sich frech. Sie fühlte Dinge, die sie seit Jahren nicht mehr gefühlt hatte, falls überhaupt.

»Nicht unbedingt. Sie brauchen einen Ort, an dem Sie nicht so auffallen. Einen Ort, an dem Sie Ihre Privatsphäre haben. Vielleicht mehr im Zentrum, verstehen Sie?«

»Ich habe einen Mietvertrag unterschrieben. Eine Kaution hinterlegt.«

»Mietverträge kann man kündigen. Aus wichtigem Grund.«

Zwei Wochen später tat Ferdie Platt genau das. Überzeugte den Vermieter, ihren Mietvertrag ohne Vertragsstrafe aufzulösen, bekam sogar ihre Kaution zurück. Maddie hielt es für besser, nicht nachzufragen, wie er das angestellt hatte. Dann inspizierte er die Wohnung, die sie im Stadtzentrum in der Nähe der Bibliothek gefunden hatte, eine Lage, wo sie gleichzeitig ungestört und sicher wäre, wie er befand. »Hier wird niemand Ihr Kommen und Gehen überhaupt *bemerken.*«

Und noch eine Woche später half er ihr, das neue Bett einzuweihen, dass sie von einem Teil des Versicherungsgeldes gekauft hatte. Außerdem hatte sie das Geld aus dem Verkauf ihres Wagens, obwohl sie dafür ausgerechnet Miltons Einverständnis benötigt hatte. Eine Unverschämtheit. Aber sie hatte ein neues Telefon auf dem Nachttisch stehen, in einem wunderbar leuchtenden Rot. Daneben hielt das Usambaraveilchen Wache, still und stumm.

Die Angestellte

Ich war schon immer außergewöhnlich geduldig. Das sagt jeder. Nun – jeder sagt, ich sei geduldig; nur Donald, mein Lieblingsbruder, benutzt Wörter wie »außergewöhnlich«. Wenn ich etwas haben will, kann ich monatelang Pläne schmieden, damit es klappt. Unter Umständen sogar Jahre, wenn es sein muss. In dem Augenblick, in dem ich Madeline Morgenstern Schwartz durchschaut hatte, wie sie versuchte, ihren Verlobungsring zu verkaufen, als wäre es ihr vollkommen gleichgültig, wie viel Geld sie dafür bekäme, erkannte ich mein Mittel zum Zweck. Maddie Schwartz ist meine beste Chance, aus dem Haus zu kommen, ohne vorher zu heiraten.

Ich bin die Jüngste von fünf Kindern und das einzige Mädchen. Meine Brüder wurden nicht gezwungen, bis zur Eheschließung zu Hause zu leben, aber sie sind ja auch Männer. Meine Mutter, die Herrscherin über unseren Haushalt, hat verfügt, dass ich dableiben muss, bis ich heirate, worauf ich nicht gerade scharf bin. Ich war kein wildes Kind, eher im Gegenteil, und ich bin auch keine wilde junge Frau. Doch mir wird immer klarer, was ich nicht will. Ich will an keiner Schule unterrichten und auch nicht in die Krankenpflege, diese sicheren Jobs, die mich aus meinem Elternhaus befreien würden. Ich möchte nicht mit Männern ausgehen, die so sind wie mein Vater oder meine Brüder. Ich will nicht wirklich heiraten, zumindest noch nicht.

Aber weil ich ein nettes jüdisches Mädchen bin, muss ich bis dahin zu Hause wohnen. Meine Eltern sind in dieser Hinsicht altmodisch. »Wir könnten ja damit leben, wenn du mit einer anderen jungen Frau zusammenwohnen würdest, sofern wir sie für geeignet halten, aber deine Freundinnen sind alle so flatterhaft«, hat meine Mutter gesagt. Sind sie? Spielt keine Rolle. Meine Mutter hat gesprochen. Die einzige mir zur Verfügung stehende Taktik besteht darin, Informationen aus meiner Mutter herauszukitzeln, welche Handlungen ihre seltene Zustimmung verdienen könnten.

So habe ich es geschafft, aufs College zu gehen. Meine Eltern wollten mir nicht erlauben fortzugehen, selbst wenn ich ein Stipendium erhalten würde, das alle Kosten abdeckte. Sie trauten mir nicht, sobald sie mich nicht länger im Auge behalten konnten. Außerdem war das Geld nach dem Bankrott meines Vaters einfach zu knapp, egal wie viel meine Brüder beisteuerten. Für eine Pendlerin ohne Auto war College Park unerreichbar.

Also bewarb ich mich um ein Stipendium an der University of Baltimore und arbeitete dann den ganzen Sommer über, um meine übrigen Kosten zu decken – Bücher, Busfahrten, Kleidung. Dagegen konnten sie nichts einwenden, und letztes Jahr habe ich meinen Abschluss in Politikwissenschaften gemacht. Dasselbe Vorgehen muss ich nun auf das Problem des Auszugs von zu Hause anwenden. Welche Einwände haben meine Eltern? *Kosten.* (Also habe ich den Job angenommen und arbeite in Jacks Juweliergeschäft, obwohl ich überhaupt keinerlei Hang zum Einzelhandel habe – all die Lügerei und das Beschwatzen.) *Sicherheit.* Dann also eine Mitbewohnerin. *Sitte und Anstand.* Nicht *irgendeine* Mitbewohnerin, sondern eine verlässliche, bodenständige Person. Und, versteht sich praktisch von selbst, eine Jüdin.

Maddie Schwartz könnte genau die Richtige sein. Wenn sie ihren Ring verkaufen muss, sollte ihr eine Mitbewohnerin, mit der sie sich die Kosten teilen kann, bestimmt willkommen sein. Richtig, alle sagen, es sei doch merkwürdig, dass sie ihren Sohn nicht mitgenommen hat, als sie Milton verließ, aber dafür war bestimmt Milton verantwortlich. In

Northwest Baltimore wartet doch jeder auf den Tag, an dem Milton mit einer Sekretärin oder Krankenschwester am Arm aufkreuzt. Egal wer's ist, im Vergleich zu Maddie wird es ein Abstieg sein.

Es ist schon lange her, seit meine Familie sich den Country Club leisten konnte, aber ich erinnere mich an Geschichten über Maddie Schwartz, als sie noch Maddie Morgenstern war. Ich glaube, es war mein Bruder Nathan, der in sie verknallt gewesen war. Er ist derjenige, der mir erzählt hat, welches Aufsehen sie an dem Tag erregte, an dem sie einen fleischfarbenen Anzug trug. Und intelligent ist sie auch – mit siebzehn hat sie ihren Highschool-Abschluss gemacht und war zwei Jahre auf dem College, bevor sie geheiratet hat. Natürlich könnte sie vom Alter fast meine Mutter sein, aber warum darauf aufmerksam machen? So gesehen könnte mein ältester Bruder auch mein Vater sein. Altersmäßig, meine ich.

Außerdem ist Maddie völlig anders als meine Mutter. Meine Mutter ist schon alt auf die Welt gekommen. Auf Fotos aus den 1920ern hat Papa etwas von einem Dandy, jemand, der Spaß am Leben hat; Mama sieht schon als Kind ernst und unglücklich aus. Allerdings ist Papa auch die zweite Generation, während Mama drei Jahre alt war, als ihre Familie rüberkam. Das macht einen Unterschied, manchmal eben den entscheidenden. Wir reden nie über die Familienangehörigen, die nicht rechtzeitig rausgekommen sind. »Was gibt's da schon zu sagen«, antwortete Mama, als ich sie frage.

Nein, Maddie ist meine beste Chance. Aber ich wusste nicht, wie ich sie erreichen sollte. Sie hatte mir die Nummer ihrer Mutter gegeben; ich vermutete, sie hatte kein Telefon. (Ein weiterer Hinweis, dass sie von der Hand in den Mund lebte.) Ich würde wohl den richtigen Augenblick abwarten müssen.

Erst letzte Woche bin ich dann an der Feinkosttheke im Seven Locks zufällig Maddies Mutter über den Weg gelaufen, Mrs. Morgenstern. (Das ist noch etwas, dem ich gern entkommen möchte. Meine Mutter zwingt mich, sämtliche Einkäufe zu erledigen, weil sie der Ansicht ist, es sei eine gute Übung für später, wenn ich meinen eigenen Haushalt habe.)

»Mrs. Morgenstern«, habe ich schüchtern gesagt. »Ich bin's, Judith, Judith Weinstein? Aus dem Club?«

Sie musterte mich über den Rand ihrer Brille hinweg. »Das ist *Jahre* her.«

Es war schwer, diese harmlose Bemerkung zu entschlüsseln, zu verstehen, ob Mrs. Morgenstern die Zeit meinte, die vergangen war, oder aber den skandalösen Bankrott, der die Weinsteins aus dem elitären Kreis katapultiert hatte, als ich noch ein Kind war. Vermutlich belegt die Tatsache, dass ich ihre Intention nicht erkannte, was für eine Lady sie ist.

»Ich frage mich, ob Sie wohl wissen, wie ich Kontakt zu Maddie aufnehmen kann? Sie war neulich im Geschäft und« – ich suchte nach einem plausiblen Grund – »wir haben etwas hereinbekommen, das eher dem entspricht, wonach sie gesucht hat.«

»Tatsächlich? Ich glaube kaum, dass Maddie in der Lage wäre, irgendetwas zu *kaufen*. Doch sie war in dieser Hinsicht immer schon ein *Luftmensch*. Wie dem auch sei, sie hat jetzt eine neue Telefonnummer. Sie ist ins Zentrum gezogen.«

Sie nahm ein winziges Notizbuch heraus und schrieb die siebenstellige Nummer auf. Drei drei zwei – die ersten drei Ziffern für die Vermittlungsstelle sagten mir nichts. Mrs. Morgensterns Handschrift war genauso bemerkenswert wie die Frau selbst, sehr gerade, sehr senkrecht, hübsch, aber doch auch einschüchternd. Ich dachte nicht, dass eine Mutter noch dominanter sein könnte als meine eigene, doch Mrs. Morgenstern schien ihre eigene Art zu haben, um das zu bekommen, was sie wollte.

Das war am Freitag. Ich habe mit dem Anruf bis heute gewartet. Ich vermutete, Mrs. Morgenstern hätte inzwischen von unserer Begegnung erzählt haben, weswegen mein Anruf Maddie nicht zu sehr überraschen würde. Und ich hatte das Treffen des Stonewall Democratic Club erwähnt.

Ich rufe abends um acht an, finde, das ist eine zivile Uhrzeit. Eine alleinlebende Frau sollte bis dahin zu Abend gegessen und den Abwasch erledigt haben, würde sich bald vor den Fernseher setzen. Um neun beginnt *Big Valley*. Das schaue ich auch gern, selbst wenn ich bei den ständigen Kommentaren meiner Mutter – »Barbara Stanwyck sieht jünger aus als der Mann, der ihren Sohn spielt, sie hat schon recht, weißt du, Frauen müssen die Verantwortung dafür übernehmen, Männern etwas vorzumachen, selbst wenn sie so verrückt sind, wie nennt man noch gleich diese Hosen, Gauchos?« – am liebsten schreien würde.

Das Telefon klingelt und klingelt. Ich lasse es fünf-, acht-, zwölfmal klingeln – man könnte ja zum Beispiel im Bad sein. Oder vielleicht habe ich mich verwählt. Ich versuche es noch mal, nur um sicherzugehen.

Maddie meldet sich beim zweiten Klingeln, atemlos.

»Maddie? Judith hier, Judith Weinstein.«

»Meine Güte – ich meine, waren Sie das eben? Das endlose Klingeln? Ich konnte nicht ans Telefon und dachte, es wäre nichts Wichtiges, aber als es dann wieder anfing, habe ich mir Sorgen gemacht, es könnte etwas mit meinem Sohn sein …« Ihre Worte scheinen alle möglichen Gefühlsregungen zu durchlaufen, Erleichterung und Verärgerung und noch etwas anderes, das ich nicht einordnen kann.

»Es tut mir so leid. Ich habe nur noch mal angerufen, weil ich dachte, ich hätte mich beim ersten Mal verwählt.«

»Was wollen Sie?« Ihr Tonfall grenzt an Unhöflichkeit. Aber sie hat sich ja Sorgen gemacht.

»Ich wollte mich nur noch mal melden wegen dem, was ich erwähnt hatte. Gemeinsam zum Stonewall Democratic Club zu gehen. Ich glaube wirklich, es könnte Ihnen dort gefallen. Wenn ich mir den Wagen meiner Eltern ausborge, kann ich Sie sogar abholen.« Natürlich will ich mir die Wohnung ansehen und herausfinden, ob sie groß genug ist. Falls nicht, werde ich Maddie überreden müssen, eine Zweizimmerwohnung zu mieten.

»Oh.« Es klingt, als würde sie sich gar nicht an unsere Unterhaltung erinnern. Sie wirkt unbestimmt. Wüsste ich es nicht besser, würde ich denken, sie wäre beschwipst. Aber wohlerzogene jüdische Damen betrinken sich nicht an einem Mittwochabend.

»Nächste Woche ist wieder ein Treffen. Es ist interessant. Ich weiß, in einem Bundesstaat wie Maryland scheint es nicht so wichtig zu sein, die Demokraten zu unterstützen, aber man sollte nichts für selbstverständlich nehmen. Die Vorwahlen sind von Bedeutung, und es gibt viele Möglichkeiten, sich zu engagieren.«

»Kann ich Sie zurückrufen? Nicht heute Abend, aber – im Verlauf der Woche?«

»Klar, ich gebe Ihnen die Nummer.«

Maddie muss den Hörer hingelegt haben. Ich höre die Geräusche, die man macht, wenn man nach Papier und Stift sucht, aber auch noch – etwas anderes. Ein Rumpeln, ein kurzer scharfer Aufschrei von Maddie – »Oh nein! Wirklich jetzt … nein!« Als wäre sie mit der Hüfte gegen eine Schublade gerannt, aber auch, so kommt es mir vor, als genösse sie das Gefühl.

»Ich höre …«, sagt sie, und ich rassele die Nummer meiner Eltern herunter, obwohl ich inzwischen nicht mehr erwarte, jemals wieder von Maddie Schwartz zu hören. Maddie Schwartz verbringt ihre Mittwochabende nicht mit *Big Valley*, da bin ich mir ziemlich sicher. Noch sicherer bin ich, dass sie keine Mitbewohnerin möchte.

Während ich es mir mit meinen Eltern vor dem Fernseher gemütlich mache und meine Mutter redet und redet und uns wirklich jeden ihrer Gedanken mitteilt, von denen manche sogar etwas mit dem Programm zu tun haben, das wir uns ansehen, versuche ich, einen Seufzer zu unterdrücken. Mein Vater schweigt, wie üblich. Er hat es nie wirklich verwunden, Weinstein's Drugs verloren zu haben. Ich dachte immer, ein Teil des Problems wäre, dass sein Name so eng mit dem Laden verknüpft war, dass mitanzusehen, wie das Geschäft den Bach runterging und die Schilder abmontiert wurden, das Gleiche war, wie dabei zuzusehen, wie der eigener Körper zerlegt und für 'n Appel und 'n Ei verscherbelt wird.

Heute Abend erlaubt er sich einen Kommentar, und zwar über die Schauspielerin, die die Audra spielt. »Die sieht wirklich sehr gut aus.« Mama ist empört. »Oh, jetzt magst du also *Blondinen*. Das ist ja mal was ganz Neues.«

Irgendwie muss ich es schaffen, aus diesem Haus rauszukommen.

Februar 1966

Maddie legte ihren Kopf auf den karierten Stoff und staunte selbst über das, was sie gleich tun würde. Es erschien so unwirklich – sogar gefährlich. Doch Ferdie wollte, dass sie es tat. Nicht, dass er es gesagt hätte, nicht ausdrücklich. Eigentlich hatte er gar nichts gesagt, nur versucht, seine Finger durch ihre Haare gleiten zu lassen, was wegen dem Haarspray, das sie benutzte, um ihre langen, aufgebauschten Haare in Form zu halten, nicht funktionierte.

»Ich kenne eine Frau …«, hatte er angesetzt.

»Ich nehme an, du kennst viele Frauen«, hatte Maddie ihn geneckt. Das nahm sie wirklich an. Ferdie könnte theoretisch sogar verheiratet sein. Was spielte das schon für eine Rolle? Sie konnten sich außerhalb der Wohnung sowieso nirgendwo zusammen sehen lassen – nicht angesichts ihrer noch laufenden Scheidung und nicht … nun, es war einfach keine gute Idee, in dieser Welt, wie sie eben war, und Baltimore war eben Baltimore.

»Eine Frau, die einem die Haare macht«, hatte er gesagt. »Man nennt so eine auch *Küchenfee*. Sie würde das preiswert machen.«

»*Was* machen?«

»Es glätten.« Er hatte das Wort fast wie eine Silbe ausgesprochen, *gläddn*. Ferdie war in der vierten Generation in Baltimore ansässig, seine Wurzeln reichten weiter zurück als Maddies. Die Familie Platt war nach dem Bürgerkrieg aus Carolina in den Norden gekommen, und dank einer Klage in den frühen 1950er Jahren hatte er die Poly besuchen können, eine Tatsache, die er schon direkt zu Anfang in eine Unterhaltung hatte einfließen lassen. Man musste ein herausragender Schüler sein, um auf das Polytechnic Institute zu kommen, eine öffentliche Highschool nur für Jungen mit einer technischen Begabung, und doch behielt Ferdie für sich, warum zwischen seinem Highschool-Abschluss und der Entscheidung, zum Baltimore Police Departement zu gehen, eine Lücke klaffte. In Maddies Ohren hörte er sich mit seinen langgezogenen O's und extra R's an wie jeder andere aus Baltimores Arbeiterklasse. Die ersten paar Male, als er sie angerufen hatte, auf dem Telefon, auf das er bestanden hatte, weil sie es bräuchten, hatte sie gedacht, er sei irgendein fremder weißer Mann. Obwohl er alles andere als ein Fremder war, als sie schließlich in ihre Wohnung Ecke Mulberry und Cathedral Street zog.

Zwei Tage nach dem »Einbruch« war er in ihre Wohnung in der Gist Avenue gekommen. Die Angelegenheit war zwei Detectives übergeben worden, die alles aufnahmen und Maddie sagten, sie würden bei den Pfandhäusern nachfragen, doch sie solle sich nicht zu große Hoffnungen machen. Da sie wusste, dass der Ring nicht gefunden werden würde, dachte sie nicht länger über die Sache nach und war daher überrascht – und ein wenig besorgt –, als Ferdie Platt vorbeikam.

»Wollte nur nach Ihnen sehen«, hatte er gesagt. Jedes Wort schien voller Ironie und Anspielungen zu sein. Waren seine aufmerksamen Augen an dem Usambaraveilchen hängengeblieben, als er sich in ihrer Wohnung umgesehen hatte? Kannte er ihr Geheimnis? War es rassistisch zu denken, dass ein Farbiger sie verdächtigen könnte, während sie sich bei den beiden Weißen, die alles offiziell aufgenommen hatten, keine Gedanken gemacht hatte?

Dann hatte er sie angestarrt, richtig angestarrt, hatte seinen Blick nicht abgewendet und – *oh*. Dass es solche Blicke gab, hatte sie ganz vergessen.

»Ich würde mir gern noch mal die Schiebetür ansehen.«

»Die in meinem Schlafzimmer?« Bei dem letzten Wort quiekte ihre Stimme.

»Die, durch die der Einbrecher reingekommen ist.«

»Die in meinem Schlafzimmer.«

»Genau.«

Sie führte ihn dorthin, doch bis zur Schiebetür schafften sie es nicht mehr. Kaum war sie über die Schwelle, da schlang er die Arme um ihre Taille, drehte sie herum und begann sie zu küssen. In einem Teil ihres Kopfes fühlte sie sich durch seine Dreistigkeit beleidigt, doch ihr übriger Körper brüllte diesen letzten Rest von Mrs. Milton Schwartz nieder. Sie *hatte* an jenem Tag im Drugstore mit ihm geflirtet, und auch wenn es ihr zu dem Zeitpunkt überhaupt nichts bedeutet hatte, war sie froh, dass sie nun Farbe bekennen musste. So hatte sie sich nicht mehr gefühlt seit … nun, sie würde nicht sagen, dass sie sich bei Milton nie so gefühlt hatte, aber sie waren sehr lange verheiratet gewesen.

Er machte sich nicht mal die Mühe, sie oder sich selbst auszuziehen, er drückte sie einfach nur aufs Bett hinunter und schob ihren Rock hoch, sodass er fast ihr Gesicht bedeckte. *Wahrscheinlich ist er nicht beschnitten*, nölte Mrs. Milton Schwartz, aber Maddie war's egal. *Und was ist mit Schwangerwerden?*

Er wird schon das Richtige tun, beruhigte sie ihr früheres Selbst.

Dann stöhnte *sie*, gab Laute von sich, die sie kaum wiedererkannte. Der Sex mit Milton hatte Maddie immer Spaß gemacht, doch dank Ferdie musste sie nun in Erwägung ziehen, dass sie möglicherweise einfach nur Spaß am Sex hatte.

Wirklich Sorgen machte sie sich nur darüber, dass das alles wäre, was er wollte, nur dieses eine Mal.

»Das mussten wir erst einmal aus dem Weg räumen«, sagte er, als er fertig war. Er küsste sie, nahm sich ein paar Papiertücher vom Nachttisch, säuberte sich und tupfte das Laken sauber. »Das nächste Mal wird's schön und langsam. Aber seit ich dich getroffen hab, konnte ich an nichts anders mehr denken.«

Selbst in ihrem vernebelten Zustand vermutete Maddie, dass dies eine Lüge war. Er war zu schlau, zu fokussiert, um sich in einem Tagtraum zu verlieren. Trotzdem war an dieser Form von Schmeichelei nichts verkehrt. Wie sehr sie das vermisst hatte. Oh, über die Jahre war sie schon gelegentlich auf einer Party von einem betrunkenen Ehemann bedrängt worden, der schwor, von ihr besessen zu sein, doch Maddie hatte sich stets geschickt, aber gut gelaunt und freundlich aus diesen liederlichen und völlig aussichtslosen Umarmungen gewunden.

Das hier war anders.

»Das nächste Mal ...«, setzte sie an, obwohl sie nicht sicher war, was sie eigentlich sagen wollte. Dass es kein nächstes Mal geben würde? Dass sie es kaum erwarten konnte?

»Keine Sorge«, sagte er. »Ich muss nirgendwo hin.«

Später, unter den Laken, untersuchten sie wie zufriedengestellte Kunden gegenseitig ihre nackten Körper. Er war immerhin beschnitten – »Jüdischer Arzt«, sagte er, als ihre Hand dort kurz verweilte. Die größte Überraschung an seinem schlanken, athletischen Körper war der nach außen gewölbte Bauchnabel, groß und rund. Er wiederum schien sich hauptsächlich für ihre Brüste und ihr Haar zu interessieren. Sie hätte ihn gern gefragt, ob sie die erste Weiße war, mit der er geschlafen hatte, doch die Frage erschien ihr unhöflich. Es war einfacher, stattdessen ein drittes Mal Liebe zu machen.

Sein Vorschlag, sich die Haare zu »gläddn«, kam erst einige Wochen später, nachdem sie umgezogen war und sich eine Routine zwischen ihnen eingespielt hatte. Er rief für gewöhnlich an und fragte, ob sie Zeit habe. Für ihn immer. Er kam und brachte Essen vom Chinesen mit oder Pizza. Meist wurde das Essen kalt, sie aßen im Bett und spülten die Bissen mit großen Schlucken schaumigen Biers herunter. Er trank gern Ballantine's Ale, also hatte sie immer welches vorrätig und trank es mit ihm, obwohl sie Wein oder Wermut bevorzugte.

Bevor er kam, rief er an, damit sie nach unten schleichen und die Haustür öffnen konnte. In der Regel traf er nach Einbruch der Dunkelheit ein und verschwand in den frühen Morgenstunden. Er trug immer seine Uniform. Zwangsläufig wurde er von Leuten gesehen – und ihr Nachbar von nebenan *sah* ihn nicht nur, das wusste Maddie. Komisch, früher war sie nie laut gewesen. Doch sie wollte, dass es jemand hörte und wusste, dass sie zwei-, dreimal pro Nacht Sex hatte, selbst wenn es nur ein Haufen Nachbarn war. Manchmal drückte Ferdie sie über das Waschbecken im Badezimmer, und während er die Augen fest geschlossen hielt, war sie fasziniert von ihren Spiegelbildern. Sie hatte noch nie so blass und winzig ausgesehen. Vor Ferdie hatte sie ihren Teint eher für dunkel gehalten.

Und irgendwie hatte das alles dazu geführt, dass Maddies Wange nun nicht sehr weit von ihrer Wohnung in der Gist Avenue entfernt im Haus einer Fremden auf dem karierten Bezug eines Bügelbrettes lag, und sie darauf wartete, dass die *Küchenfee* ihr Haar glättete. Die Frau war groß, dick und trug ein formloses Kleid und Latschen. Ihr eigenes Haar war von einem Kopftuch bedeckt.

»Wie haben Sie von mir gehört?«, fragte sie.

Ferdie hatte Maddie eingepaukt, was sie sagen sollte. »Von der Putzfrau meiner Mutter.«

»Sie können dieselbe Frisur kriegen, als würden Sie Ihr Haar auf Orangensaftdosen wickeln.« Sie sprach es *Orondschn* aus. »Aber wenn die Luftfeuchtigkeit nicht zu hoch ist, wird das hier ein bisschen länger halten.«

Danach wusste Maddie nicht so genau, wie sie es fand. Hübsch, ja, nicht unähnlich einer Schauspielerin mit großen braunen Augen und langem, glänzendem Haar, die sie kürzlich in verschiedenen Fernsehshows gesehen hatte. Aber gleichzeitig fühlte sie sich auch so, als hätte sie einen Teil von sich aufgegeben, besonders, als sie Seth abholte und er sagte: »Was hast du gemacht?«

Einen Moment lang war ihr nicht klar, dass er ihr Haar meinte.

Sie berührte ihre glatten, schimmernden Locken, stellte sich Ferdies Finger darin vor und hoffte, er würde anrufen, bevor sie sich wieder kräuselten. »Ich wollte nur mal was Neues ausprobieren.«

»Hast du dieses Jahr nicht schon genug Neues ausprobiert?«

War es möglich, dass er etwas wusste? Maddie war aufgefallen, dass sie auf der Straße immer mehr Männern auffiel, je häufiger sie Sex mit Ferdie hatte, fast als würde sie einen animalischen Duft verströmen. Doch Seth war bloß ein mürrischer Teenager, der tat, was mürrische Teenager eben so tun – ihre Mutter quälen. Er war sauer auf sie. Natürlich war er das. Vermutlich hätte sie warten sollen, bis er mit der Highschool fertig war. Ihre »Verabredungen« Mitte der Woche waren jedes Mal seltsam angespannt. Sie sagte, er solle sich ein Restaurant aussuchen, er sagte, es sei ihm egal, sie entschied sich dann für das Suburban House oder den Chop Suey-Laden in der Reistertown Road, und anschließend nörgelte er dann an ihrer Entscheidung herum. Sie stellte ihm Fragen, er antwortete mit einsilbigem Genuschel. Beide waren erleichtert, wenn es vorbei war.

Heute Abend jedoch versuchte sie, mehr aus ihm herauszubekommen. »Seth – wenn du sauer auf mich bist, ist das schon okay.«

»Oh, *vielen Dank.*« Sie waren im Suburban House, wo er sich gegrilltes Käse-Sandwich und Fritten bestellt hatte, und sie es durchgehen ließ, ohne ihn an seinen Teint zu erinnern, mit dem er erst kürzlich einen heiklen Waffenstillstand geschlossen hatte. Er aß mit offenem Mund. Auch um das zu korrigieren, fehlte ihr die Energie.

»Es tut mir wirklich leid, dass dein Vater und ich uns scheiden lassen.«

Er zuckte die Achseln und zog eine Fritte durch den Ketchup. »Geht mir am Arsch vorbei.«

»*Seth*. Du weißt doch nicht mal, was das eigentlich bedeutet, nicht wirklich.«

Er hielt inne, um nachzudenken. »Klar, weiß ich das. Es bedeutet …«

»Nun, es ist nicht nett. Und so spricht man nicht mit seiner Mutter.«

»Du bist gegangen. Du bist nicht mehr meine Mutter.«

»Ich werde immer deine Mutter sein. Ich wollte nur nicht länger die Frau deines Vaters sein.«

Sie sah, wie er versuchte, sich betont lässig zu geben. Doch er konnte nicht anders: »Warum? Ihr streitet nicht. Also, jetzt ja, aber früher nicht. Ich *kapier's* einfach nicht.«

»Ich weiß nicht, wie ich es ausdrücken soll. Es war, als hätte ich einen Blick auf etwas erhascht … wie in dem Gedicht *Der unbegangene Weg*. Ich glaube nicht, dass ich der Mensch bin, der ich eigentlich sein sollte.« Dann fügte sie hastig hinzu: »Ich war dazu ausersehen, deine Mutter zu sein! Du musstest existieren, die Welt braucht dich, Seth. Das war Teil meiner Bestimmung. Aber es war nicht alles. Du bist jetzt fast erwachsen. Ich möchte etwas aus meinem Leben machen.«

»Zum Beispiel arbeiten? Aber, du hast nie gearbeitet. Was willst du denn tun?«

Er war ihre Arbeit gewesen, doch Maddie machte Seth keinen Vorwurf, dass es ihm nicht bewusst war. Auch sie hatte das nie anders gesehen. Einen Haushalt führen, einen lieben, wenngleich etwas mürrischen Jungen großziehen und eine hingebungsvolle Ehefrau sein – bis sie gegangen war, war das alles keine Arbeit für sie gewesen. Von seinen Kindern bekam man Karten zum Muttertag. Zum Geburtstag erhielt man Schmuck von seinem Ehemann, sofern er vermögend genug war. Selbst die Kultur war voller Volkslieder, in denen Mütter gepriesen wurden. Aber es war eben kein *Job*.

Als Junge hatte Seth Biografien über die Kindheit bedeutender Amerikaner gelesen – Präsidenten, Sportler. Darunter befanden sich auch ein paar Mädchen, und einige davon waren herausragend – Jane Addams, Amelia Earhart, Betsy Ross. Doch eine der ausgewählten Frauen war Juliette Low, die Gründerin der Girl Scouts, was in Maddies Augen keine besondere Leistung war. Wie brillant musste man sein, um eine weibliche Version der Boy Scouts zu erfinden? Die Herausgeber der Bücher suchten so verzweifelt nach Frauen, dass sie sogar Nancy Hanks einen Band widmeten, deren einzige historische Rolle darin bestand, Abraham Lincoln zur Welt gebracht zu haben.

»Ich weiß, dass ich nur zwei Jahre auf dem College war, aber ich könnte eine ganze Menge tun.«

»Zum Beispiel?«

»Ich könnte – in einem Museum arbeiten. Oder vielleicht einen Job bei einem Radiosender annehmen.« Wenigstens das war Wally Weiss ihr schuldig, dachte sie gequält, obwohl sie sich nicht vorstellen konnte, ihn anzurufen und um Hilfe zu bitten.

Seth spürte einen schwachen Punkt in ihrer Argumentation und fragte, ob er eine zweite Cola trinken dürfte.

»Klar«, sagte Maddie geschlagen. Es war unrealistisch, von einem Kind zu erwarten, dass ihm die Träume und Sehnsüchte der Eltern irgendetwas bedeuteten.

Als sie nach Hause kam, starrte sie das Telefon an und wollte es zum Klingeln zwingen. Mittwochs rief Ferdie fast nie an. Nicht, weil er von ihrer Abendessenverabredung mit Seth wusste, sondern weil – nun, er hatte es nie gesagt, und sie mochte nicht fragen. Es gab eine Ehefrau, es musste eine Ehefrau geben. Das könnte Maddie noch ertragen. Doch sie war ziemlich sicher, dass es noch andere Frauen gab, und sie war wahnsinnig neugierig auf sie. Sie starrte aufs Telefon und war sich nur allzu bewusst, dass sie sich wie in dieser Geschichte von Dorothy Parker benahm, in der die flehenden Gebete des Mädchens das Telefon zum Klingeln brachten. Als Teenager hatte Maddie Dorothy Parker geliebt, aber Sorgen, von Jungs nicht angerufen zu werden, machte sie sich nie. Alles war nach Plan gelaufen, bis zu diesem Sommer nach der Highschool, als sie versucht hatte, sich einen Fisch zu angeln, der sich für ihre unerfahrenen Hände als zu groß erwies. Sie war selbstkritisch genug, um zu begreifen, dass die Beziehung zu Ferdie diese ungezügelte Zeit wiederaufleben ließ, dass sie sich durch ihre heimliche Beziehung wieder jung fühlte.

Das Telefon klingelte nicht.

Doch da war ein anderes Geräusch, wie ein Graupelschauer gegen ihre Fensterscheibe. Sie ging ins Schlafzimmer, und da stand Ferdie auf der Feuerleiter.

»Ich bin gerade vorbeigefahren«, sagte er, »und habe Licht brennen sehen.«

»Du solltest nicht da draußen sein«, sagte sie. »Jemand wird die Polizei rufen.«

»Glücklicherweise ist die Polizei schon da.« Er schwang sein uniformiertes Bein über ihre Fensterbank.

Als das Telefon zu klingeln begann, war sie bereits zwischen seinen Beinen. Er legte ihr entschieden eine Hand auf den Kopf, und sie spürte, wie sie dem Rhythmus des Klingelns folgte. Es klingelte und klingelte. Wer rief an und ließ es zwanzigmal klingeln? Schließlich gaben Ferdie und das Telefon nach, und sie sackte zufrieden mit sich zurück, als das Telefon erneut zu klingeln begann. Es musste Milton sein, und wenn es Milton war, dann musste es etwas mit Seth zu tun haben. Was konnte in den zwei Stunden passiert sein, seit sie ihn das letzte Mal gesehen hatte?

Sie nahm den Hörer ab, aber es war nur das Mädel aus dem Juweliergeschäft, die fragte, ob sie zu diesem politischen Treffen mitgehen wollte. Klar, warum nicht, irgendwann, es kam auf ihren Terminplan an. Sie hätte alles gesagt, um aufle-gen und sich wieder Ferdie widmen zu können.

Später, als Ferdie neben ihr schlummerte, fragte Maddie sich, wie sie das ihrem Sohn gegebene Versprechen halten könnte. Sie musste etwas aus ihrem Leben machen.

Sie musste etwas bedeuten.

Am Neujahrstag aß meine Familie Schwarzaugenbohnen. Kennst du diesen Brauch? Er soll Glück bringen. Meinem Vater gefiel das nicht. Er mochte nichts, was mit Aberglaube zu tun hatte. Wenn man Salz auf dem Tisch verschüttete, hielt er es für besser, es einfach liegenzulassen. Er ging unter Leitern hindurch und kreuzte den Weg jeder schwarzen Katze. Für meinen Vater war Aberglaube gottlos. Lebe anständig, folge den zehn Geboten, und man braucht sich keine Gedanken um Leitern, Katzen oder die Zahl Dreizehn zu machen. Aber er ließ Mama am Neujahrstag ihre Schwarzaugenbohnen kochen, solange wir nicht darüber redeten; und ich glaubte an diese Bohnen.

Als ich am ersten Januar nicht erschien, um mit meiner Familie zu essen, machte sich jedoch niemand einen Kopf. Sie kannten das Leben, das ich lebte. »Flatterhaft«, nannte mein Vater es meiner Mutter gegenüber. »Sie ist ein flatterhaftes Mädchen, und dir muss ich daran die Schuld geben, Merva.« Selbst an einem stinknormalen Samstagabend würde ich arbeiten oder wäre mit jemandem verabredet. Manchmal arbeitete ich und hatte eine Verabredung. Ist ja kein Verbrechen. Offensichtlich war ich am Silvesterabend ausgegangen, egal, wie lange ich gearbeitet hatte. Es war ein ungewöhnlich schöner Tag für Dezember, sogar ein noch feinerer für Januar, über fünfzehn Grad.

Es war, wie sich herausstellte, ein hervorragendes Wetter zum Sterben.

Wann fiel meiner Familie ein, mal nach mir zu fragen? Ich war zwei Tage zuvor dort gewesen, um die Jungs zu sehen.

Und obwohl ich sie Weihnachten mit Geschenken überhäuft hatte – denn das konnte ich inzwischen, ich hatte meine Quellen –, brachte ich ihnen am neunundzwanzigsten noch mehr Spielsachen mit. Ich kam nie mit leeren Händen nach Hause. Spielzeug für die Jungs, Lebensmittel für Mama – Schinken und Braten, Dinge, die sie sich selbst nie gönnte; sie kaufte im No-Name-Lebensmittelladen in unserem Viertel immer nur die Angebote. An jenem Abend brachte ich ihr eine Jacke von mir mit, von der ich wusste, dass sie ihr gefiel. Ich hätte ihr auch Bargeld gegeben. Aber mein Vater würde das nicht erlauben. Er sagte, mein Geld sei schmutzig, und dass er es nicht wolle. Er sagte, dass ich es sparen solle, um die Jungs wieder zu mir zurückzuholen.

Er hatte nicht unrecht. Doch es ist verführerisch, in bar bezahlt zu werden. Es fühlt sich irreal an, besonders, wenn jemand sich um alle anderen Rechnungen kümmert. Natürlich mit Ausnahme meines Mietanteils an Laetitia, aber darüber machte ich mir nie groß Gedanken. Wenn ich mal knapp bei Kasse war, musste ich nur ein paar hübsche Tränen weinen. Und natürlich habe ich auch ein bisschen für mich selbst ausgegeben. Nicht so viel wie die Leute denken – meine besten Klamotten waren nicht neu, aber so gut wie. Noch besser, wie ich finde, denn die wunderschönen Klamotten kamen alle mit einer Geschichte. Jeder Mann kann einer Frau Klamotten kaufen. Mein Liebhaber ging ein Risiko ein, wenn er mir etwas schenkte.

Wird man wirklich vermisst, wenn einen praktisch keiner vermisst? Ich war tot, doch als Geist hat man weniger Privilegien, als man annehmen könnte. Ich konnte meine Familie nicht besuchen, konnte nicht in ihren Zimmern herumhängen, sosehr ich mich auch danach sehnte. Hätte ich jedoch das Recht, jemanden heimzusuchen, hätte ich nicht meine Familie gewählt. Sie verdienen etwas Besseres als meinen traurigen kleinen Geist, der voller Selbstmitleid bei ihnen abhängt.

Das milde Wetter fand ein schnelles Ende, es wurde bitterkalt, gefolgt von diesem Schneesturm Ende des Monats. Erst um diese Zeit begann überhaupt jemand, meine Mama ernst zu nehmen. Es hatte Gerüchte gegeben, ich sei nach Florida gegangen, zusammen mit Laetitia, die nach Elkton abhaute und am Neujahrsabend heimlich heiratete. Sie schickte mir ein Telegramm, dass sie mit ihrem neuen Mann nach Florida ziehen würde, doch das Telegramm lag ungelesen inmitten von Rechnungen und Werbepost, die unter der Tür unserer Wohnung in der Druid Hill Avenue durchgeschoben worden waren. Der Vermieter entdeckte den Haufen, als er am 15. Januar kam, um sich wegen des Mietrückstands zu beschweren. Er war drauf und dran, unseren gesamten Kram auf die Straße zu werfen, doch meine Mama übernahm meine Hälfte und löste den Teil meiner Habseligkeiten aus, den zu behalten sich lohnte. Sie packte meine wunderschönen Klamotten ein und nahm sie mit nach Hause. Sie wollte unbedingt an dem Glauben festhalten, ich würde die Sachen wieder tragen.

Der Baltimore Afro-American *brachte am 14. Februar den ersten Artikel über mich. Mein Happy Valentine; meine Mutter liebte mich genug, um die Leute davon zu überzeugen, dass ich nicht von mir aus weggegangen war. Die Polizei fing an, Fragen zu stellen, wenn auch nur aus Respekt. Das letzte Mal hatte mich mit Sicherheit jemand gesehen, als ich am 31. Dezember – genau genommen am frühen 1. Januar – loszog, um, wie ich allen erzählt hatte, so richtig, richtig einen draufzumachen.*

Tommy, der im Flamingo hinter der Theke steht, erinnerte sich sogar an meine letzten Worte: »Es heißt, was immer man am ersten Januar macht, das macht man dann das ganze Jahr. Ich muss keine Schwarzaugenbohnen essen, um zu wissen, dass 1966 ein großartiges Jahr wird.«

Das alles hättest du im Afro-American *lesen können,*

Maddie Schwartz, aber vermutlich liest du nicht regelmäßig den Afro.

Der März kam wie ein Löwe, sie hatten mich immer noch nicht gefunden und die Tageszeitungen hatten nach wie vor kein Wort über mich geschrieben.

Tessie Fine – die wurde sofort vermisst. Ich weiß, ich weiß: Sie war erst elf. Und eine Weiße. Trotzdem, es ist meiner Aufmerksamkeit nicht entgangen, dass ihr Verschwinden praktisch sofort bemerkt wurde. Du hast es ganz sicher bemerkt. Es war dein Vorgeschmack, das kleine Mädchen. Du bist morbid, Maddie Schwartz.

Und wieder muss ich diese Frage stellen: Wird man wirklich vermisst, wenn keiner einen vermisst?

Das Schulmädchen

Ich kann nicht glauben, dass ich mich an meinem elften Geburtstag mit meinem Rektor gestritten habe, aber ich bin eine der besten Schülerinnen der Bais Yaakov und ich streite gern. Ich bin gut im Debattieren. Ich bin in allem gut. Ich bin wütend, dass ich nicht öffentlich zur Tora gerufen werde, vor meiner Familie und meinen Freunden. Ich will eine Bat Mizwa, doch moderne orthodoxe Familien wie meine erlauben das nur den Jungen. Einige der konservativen Familien geben ein Fest für das Mädchen, und was die Reformer angeht – niemand interessiert sich dafür, was die Reformer-Familien tun. Meine Eltern sagen, die Reformer sind keine echten Juden.

»Es ist Hochmut«, sagt der Rabbi mir. »Das hat nichts mit deinem Leben als Jüdin zu tun. Du sehnst dich nur danach anzugeben. Und darum geht es bei der Bar Mizwa nicht.«

Es ist nicht das erste Mal, dass man mich wegen Hochmut ermahnt, also habe ich eine passende Antwort parat. »Ich bin stolz darauf, Jüdin zu sein, ja. Und die Jungs sind auch stolz. Obwohl die meisten von denen nicht so gut Hebräisch lesen können wie ich.«

»Du solltest dich in Bescheidenheit üben, Tessie.«

»Warum?« Ich stampfe mit den Füßen auf und freue mich über das laute Geräusch der Stoßplatten, die meine Mutter unter meinen Sohlen angebracht hat, damit sie länger halten.

»In der Tora steht …« Ich höre dem Rabbi nicht wirklich zu. Ich bereite mein eigenes Argument vor. Das Schöne an der Tora ist, dass man darin immer genau das findet, was man braucht, um einen Streit zu gewinnen.

Ich werfe die Haare zurück, sodass meine Locken, die so glänzen wie in der Shampoo-Werbung, auf meinen Schultern hüpfen. Mein Haar ist wie das meiner Tante, und sie nennt es meine krönende Pracht. Als ich *Anne auf Green Gables* gelesen habe, konnte ich nie verstehen, warum Anne nicht entzückt darüber war, rothaarig zu sein. Ich finde es toll, die einzige Rothaarige in meiner Klasse zu sein. *Ein Rotkehlchen unter den Sperlingen*, sagen die Leute. Sie denken, ich würde das nicht hören. Ich bin auch die Größte, und die Erste, die langsam Form annimmt. Mein Plan ist, das Geld zu nehmen, das ich von meiner Oma zum Geburtstag bekommen habe, und mir einen BH zu kaufen.

Das mache ich natürlich heimlich. Meine Mutter wäre niemals einverstanden. Aber wenn ich den BH erst einmal ins Haus geschmuggelt habe, was will sie dann schon machen? Einen getragenen BH kann man nicht mehr umtauschen, und meine Mutter würde niemals ein Kleidungsstück wegwerfen. Wir haben jede Menge Geld, aber meine Mutter ist knauserig. Aus Kirschen stellt sie hausgemachten Brandy her, und sie stopft unsere Socken. Ich bin mehr wie meine Tante, die, die sie Geldverschwenderin nennen.

Der Rabbi leiert weiter über Bescheidenheit, *Zniut.* »Wir müssen uns immer darauf besinnen, dass das Streben nach Wissen zwar löblich ist, man damit aber nicht prahlen sollte. Noch sollte man es als Waffe verwenden, um andere dazu zu bringen, zu tun, was wir wollen.«

Hmmmm. Mir ist schon aufgefallen, dass Jungs gepriesen werden, wenn sie ihr Wissen genau wie eine Waffe einsetzen, Mädchen hingegen nicht. Mir wird immer gesagt, ich solle zuhören und nicht unterbrechen. Als ich vor zwei Jahren einen Aufsatz über mein zukünftiges Leben schreiben sollte, schrieb ich, ich wolle Opernsängerin werden oder Rabbi. Sie sagten zu mir, ein Mädchen könne niemals Rabbi werden, noch nicht einmal Kantor. Sie hielten mir denselben Vortrag über Bescheidenheit, *Zniut*. Würde ich jedes Mal einen Dollar bekommen, wenn mir gegenüber jemand die Bibel mit *Es ist alles ganz eitel* zitiert, könnte ich mir fünf neue BHs kaufen, einen für jeden Schultag. Bescheidenheit ist für Leute, die nicht das Glück haben, etwas zu besitzen, worauf sie stolz sein können.

Ich kann es kaum erwarten, in meiner weißen Bluse in die Schule zu gehen. In der, die so durchscheinend ist, dass die anderen Mädchen meine echten Träger sehen können, statt bloß ein Unterhemd. Ich werde einen BH von Vassarette kaufen, denn das sind die besten, das habe ich in einer Werbung gesehen, als ich im Drugstore heimlich die Zeitschrift *Seventeen* gelesen habe. Ich werde meine Strickjacke über die Bluse ziehen und zuknöpfen, damit meine Mutter nichts mitbekommt.

Ich habe diesen Einkaufsausflug schon seit Tagen geplant. Zuerst erzähle ich der Mutter, die uns heute Nachmittag mit dem Auto von der Schule abholt, eine überzeugende Lüge. Das Wäschegeschäft liegt direkt neben der Zoohandlung, also erzähle ich Mrs. Finkelstein, dass mein Bruder Fischfutter für sein Aquarium braucht und sie mich dort absetzen kann. Sie wird sich Sorgen machen – sie muss mich eigentlich vor der Haustür absetzen –, doch wir wohnen nur zwei Blocks weiter, innerhalb des *Eruv*. Die Tage werden langsam länger, doch es ist weiterhin kalt, und heute ist es besonders scheußlich, es regnet in dicken Tropfen, so hart wie Kieselsteine. Sie wird auch nach Hause wollen, und ich bin das letzte Mädchen, das abgesetzt werden muss. Es gibt keinen Parkplatz – in dieser Straße gibt es nie Parkplätze –, also muss ich ihr versprechen, dass ich direkt nach Hause gehe.

Das Versprechen kann ich ihr ohne Weiteres geben, muss nicht mal meine Finger kreuzen. Was heißt denn schon »direkt nach Hause«? Ich kann gar nicht nach Hause gehen, ohne dass ich am Wäschegeschäft vorbeikomme.

Da ich weiß, dass Mrs. Finkelstein mir hinterhersieht, schiebe ich mich in die Zoohandlung, die scheußlich riecht. Es ist die langweiligste Sorte Zoohandlung, die es gibt, nur Fische, Schildkröten und Schlangen, nichts mit Fell. *Fell.* Ich bekomme einen Pelzmantel, wenn ich achtzehn bin. Das haben mir meine Großeltern versprochen, die ein Pelzgeschäft haben. Doch ich will ihn schon früher, vielleicht mit sechzehn. Das ist noch ganze fünf Jahre hin, in einem neuen Jahrzehnt. Ich will einen Pelz. Und ich will einen Ring wie den meiner Mutter, mit einem großen grünen Stein, von dem meine Mutter behauptet, es sei kein Smaragd, doch ich glaube, es ist einer. Ich will glitzernde Ohrringe. Ich will einen reichen Mann heiraten oder selbst ganz viel Geld verdienen, damit ich haben kann, was immer ich will, wann immer ich will.

Aber jetzt gerade will ich einen Vassarette-BH, am liebsten in rosa.

»Kann ich dir helfen?« Die Stimme eines Mannes, sie kommt aus dem hinteren Teil der Zoohandlung. Ich tue so, als würde ich mir die Schlangen in den Glaskästen vorn im Fenster ansehen, doch eigentlich sehe ich nur durch die staubige Scheibe und stelle sicher, dass Mrs. Finkelsteins Wagen weiter über die Kreuzung gefahren ist.

»Nein«, sage ich in dem Ton, den meine Familie mein vornehmes Gebaren nennt. »Ich *gucke* nur.«

Der Mann ist dünn und bleich, mit orangefarbenem Haar und rot geränderten Augen. Wenn ein Schnupfen ein Mensch sein könnte, würde er aussehen wie dieser Mann. Seine Augen erinnern mich an weiße Mäuse, nicht, dass sein Laden etwas so Knuddeliges wie eine Maus verkaufen würde. Er schnieft und hat herabhängende Schultern.

»Du bist ein Rotschopf«, sagt er. »Wie ich.«

Nein, bin ich nicht. Er ist keiner. Sein Haar ist orange. Ich drehe ihm den Rücken zu.

»Willst du eine Schlange? Oder vielleicht zwei kleine Schildkröten?«

»Ich sage Ihnen Bescheid, wenn ich irgendetwas sehe, was ich haben möchte. Man wird doch wohl noch in einem Laden herumgehen und schauen dürfen.«

»Aber einige unserer Fische benötigen spezielle Aquarien, und man kann nicht einfach irgendwelche Fische zusammensetzen …«

»Ich werde Ihnen Bescheid geben, wenn ich Sie brauche«, sage ich. Ich will nicht mit einem Mann sprechen, der in einem schmutzigen, stinkenden Laden arbeitet. Ein Mann mit orangen Haaren, der meint, er könnte mir, Tessie Fine, die ich zehn Dollar in der Tasche habe, sagen, was ich tun darf und was nicht. Meine Tante lässt sich von Verkäufern nicht so ansprechen. Ich habe sie bei Hutzler's erlebt, als die Verkäuferin versuchte, sie mit Parfüm einzusprühen. »Meine Gute«, sagte sie, mit langgezogenem u, »ich trage nur Joy.« Der Kunde hat immer recht.

»Okay, aber du kannst nicht einfach so herumlaufen und Sachen anfassen …«

Ich will hier nichts anfassen, aber er hat mir nicht zu sagen, was ich zu tun und zu lassen habe.

»Das hier ist ein freies Land.« Ich stampfe mit dem Fuß auf. Ich mag das Geräusch, das die Metallplatten unter meinen Sohlen auf dem Holzboden machen.

»Lass das sein«, sagt der Mann und zieht ein Gesicht, als täte ihm das Geräusch weh.

»Sie sagen mir nicht, was ich zu tun habe.« Ich stampfe mit dem Fuß auf. Es ist ein herrliches Geräusch. Ich stampfe und ich stampfe und ich stampfe und ich …

März 1966

Gibt es etwas Lästigeres, als etwas nicht tun zu dürfen, was man sowieso nie tun wollte?«

Maddie wollte einen Witz über sich machen, eine Äußerung über das endlose Geschiebe und Gezerre zwischen Müttern und Töchtern.

Doch Judith Weinstein musste es für eine tiefgründige Frage gehalten haben, deren Antwort längeres Nachdenken wert war, denn sie äußerte sich nicht direkt. Maddie konnte Judiths Gesicht nicht sehen – sie gingen einen engen Pfad entlang, Maddie vorweg –, doch als Judith endlich antwortete, hörte sie sich an wie jemand, der gern zustimmen würde, obwohl sie nicht ganz der gleichen Meinung war.

»Es ist frustrierend, dass wir uns die Mühe gemacht haben, und sie uns nicht helfen lassen. Aber sie konnten uns nicht aufhalten, stimmt's?«

Ihre Stimme war so unsicher wie der Untergrund, auf dem sie liefen. Judith dachte vermutlich, Maddie wäre verrückt, bei Einbruch der Dunkelheit diesen alten Pfaden durch das Arboretum zu folgen. Wie waren sie bloß hier gelandet?

Weil ihre Mutter sie an diesem Morgen angerufen hatte, wie sie es jeden Morgen um neun Uhr tat, seit Maddie einen Telefonanschluss besaß, und es Maddie nie in den Sinn gekommen wäre, nicht abzuheben. Der tägliche Anruf ihrer Mutter war das Einzige, was in ihrem neuen Leben unverändert geblieben war.

»Maddie, hast du schon das über Tessie Fine gehört?«

»Natürlich, Mutter. Ich lebe in der Cathedral Street, nicht

in Sibirien. Wir bekommen die gleichen Zeitungen. Ich höre auch WBAL.«

Ihre Mutter hatte ein leises, aber unüberhörbares »Pfffft« von sich gegeben. Es bedeutete, dass sie bezüglich der Fakten anderer Meinung war als Maddie, aber keine Lust hatte sich zu streiten. Sie schien sich außerdem bei der reinen Erwähnung der »Cathedral« reflexartig zu schütteln, als wäre allein der Straßenname schon ein Affront. Sie wäre noch entsetzter gewesen, wenn sie wüsste, dass Maddies Wohnung zwar auf der Mulberry-Seite des Gebäudes lag, man von dort aber direkt auf die Kathedrale blickte.

»Es ist schon zwei Tage her. Unsere Synagoge hat Freiwillige geschickt. Man trifft sich auf dem Parkplatz und geht zu zweit los …«

Das »man« war ganz spezifisch gemeint, nicht allgemein. Maddies Mutter, Tattie Morgenstern – eine merkwürdige, aus Kindheitstagen stammende Verniedlichung von *Harriet*, an der sie stur festhielt – erklärte Maddie, dass *Sie* zum Parkplatz gehen würde, *Sie* würde sich mit jemandem zusammentun und *Sie* würde eine zugeteilte Route in dem ständig weiter ausgedehnten Umkreis um die tropische Zoohandlung abgehen, in dem Tessie das letzte Mal gesehen wurde.

Seit Tagen erhitzten sich inzwischen die Gemüter Baltimores wegen dieser Geschichte. Tessie Fine, so hübsch, so jung. Sie hatte der Mutter, die sie dort abgesetzt hatte, gesagt, sie wolle noch Futter für die Fische ihres Bruders kaufen. Doch ihr Bruder besaß gar keine Fische. Der Mann in der Zoohandlung sagte, sie wäre hereingekommen, aber fünf Minuten später wieder gegangen, ohne etwas zu kaufen. Er sagte, sie habe sich ihm gegenüber unhöflich benommen. Familie und Freunde sagten mit offensichtlicher Bewunderung, »Ja, das ist unsere Tessie.«

Maddies Mutter kannte Tessies Großmutter. Sie mochte sie nicht, doch sie kannte sie. Sie waren Klassenkameradinnen auf der Park School gewesen, als sie noch an der Auchentoroly Terrace lag. Die Park war, obwohl nicht konfessionsgebunden, die bevorzugte Schule der deutsch-jüdischen Familien gewesen, deren Kinder an den älteren Privatschulen der Stadt nicht willkommen waren. Als das Viertel um den Druid Hill Park sich »veränderte« – der bevorzugte Euphemismus für ethnische Vermischung –, siedelten die Familien und die Schule in den Nordwesten um. Maddie war auf die Park gegangen, als sie sich noch in Liberty Heights befand, inzwischen war die Schule in Brooklandville, fast direkt am Autobahnring, und Seth war ein Schüler der dritten Generation. Maddie war als Jugendliche sogar ein- oder zweimal mit Tessies Vater ausgegangen.

Tessies Vater, Bobby Fine, war konservativer als seine Eltern. Er hatte sich entschieden, innerhalb des *Eruvs* in Park Heights zu leben. Tattie zufolge gab seine Mutter Bobbys Frau die Schuld an dieser anstößigen orthodoxen Lebensweise. Zwei Sets Geschirr zu haben und Schweinefleisch und Schalentiere zu meiden, war eine Sache. Aber Bobbys Frau ging, was das Judentum betraf, einfach zu weit. Für Maddie schienen Tattie Morgensterns Tiraden über Religion nie ein Ende zu finden, darüber, welches die richtige war (konservatives Judentum) und welches das richtige Maß. Alles Protestantische bezeichnete sie zudem abschätzig als »presbyterianisch«.

In all den Jahren war Maddie Tessies Mutter hier und da mal begegnet, hatte sie als mausgrau wahrgenommen, wenngleich gut gekleidet. Doch die gesellschaftlichen Kreise der Fines und der Schwartzens überschnitten sich nicht, und es kam ihr geschmacklos vor, sich der Tragödie der Familie Fine zu bemächtigen. Wären sie echte Freunde gewesen, hätte Maddie gern geholfen. Doch sie hatten noch nicht einmal an ihren jeweiligen Hochzeiten teilgenommen oder an –

Maddie mochte den Gedanken über die nächste Zeremonie der Fines, an der sie nicht teilnehmen würde, nicht fortsetzen.

»So furchtbar«, sagte Tattie. »Ich weiß nicht, wie Eltern so etwas überleben können.«

»Sie könnte noch am Leben sein«, sagte Maddie. Ein glücklicher Ausgang des Falls war durchaus noch möglich, oder? Ein kleines Mädchen könnte von zu Hause weggelaufen sein, sich verlaufen haben, sich vielleicht den Kopf gestoßen haben und nicht mehr wissen, wo sie ist? Doch Ferdie hatte am vorherigen Abend so ziemlich das Gleiche gesagt wie Tattie: Tessie Fine war mit hoher Wahrscheinlichkeit tot, und die Detectives vom Morddezernat standen unter hohem Druck, so schnell wie möglich Erfolge zu liefern.

»Wenn man sie findet …«, versuchte Maddie erneut.

»Falls«, korrigierte ihre Mutter. »Ich weiß noch, wie ich als kleines Mädchen von dem Perversen gehört habe, der kleine Mädchen zuerst vergewaltigt und dann umgebracht hat. Es war da, wo du heute wohnst, das war damals ein Ghetto. Ist es ja eigentlich immer noch, ein Ghetto. Wie auch immer, er griff ein kleines Mädchen an, und ihre Mutter hatte eine Waffe und hat ihn erschossen, und das war's dann.«

Maddies Viertel war kein Ghetto, und die Geschichte ihrer Mutter stammte fast wortwörtlich aus *Ein Baum wächst in Brooklyn*, einem Buch, das beide, Mutter und Tochter, sehr mochten. Doch es hatte keinen Sinn, ihre Worte infrage zu stellen. Tattie Morgenstern war fest überzeugt von allem, was sie sagte.

»Ich hoffe, sie finden sie, und das schon bald«, sagte Maddie, von der eigenen Anteilnahme überrascht.

Sie sagte ihrer Mutter, sie müsse Schluss machen, obwohl sie gar nichts zu tun hatte. Sie hatte das Geld der Versicherung für ihren »gestohlenen« Ring und den Erlös aus dem Verkauf ihres Autos, sodass sie über die Runden kam, bis Milton gezwungen wurde, ihr regelmäßig Unterhalt zu zahlen. Ihr Anwalt war zuversichtlich, dass Maddie schon bald die Hälfte des Hauses zugesprochen würde, die Hälfte von fast allem, einschließlich Seth. Wenn sie sparsam war, konnte sie bis dahin von dem leben, was sie hatte.

Sie zog den Mantel an, um spazieren zu gehen. *So schlimm* war ihr Viertel nun auch wieder nicht. Sie hatte eine eigenartige Fantasievorstellung, die selbst sie merkwürdig fand. Sie stellte sich vor, einer der Männer, die sie auf der Straße sah, würde sie schnappen und versuchen, sie in eine Gasse zu zerren. Er wäre Ausländer, würde unverständliche Silben ausstoßen und sie begrapschen. Sie hätte entsetzliche Angst, wäre aber gleichzeitig erregt, weil es ein Beweis war, wie begehrenswert sie noch war, selbst in ihrem Alter. Mit ihrem glatten Haar und den enganliegenden Pullovern wirkte sie jünger als siebenunddreißig. Der Mann würde versuchen, seinen Mund auf ihre Lippen zu drücken, doch dann plötzlich – das musste sie nicht erklären, denn ihre Träume folgten einer eigenen Logik – würde Ferdie dort sein, er würde sie retten, und sie wären beide so überwältigt, dass sie sich ganz in der Nähe einen Ort suchen würden – ein WC, ein Auto –, um Sex zu haben. Mit dem in jeglicher Hinsicht bestehenden Risiko der Bloßstellung.

Es war ein eigenartiges Hirngespinst, doch Fantasien lagen nie daneben, zumindest hatte Maddie das irgendwo gelesen.

Gedankenverloren war Maddie weiter spaziert, als sie es beabsichtigt hatte. Was sollte sie heute unternehmen? Der Rausch der Freiheit in den ersten Wochen, in denen sie sich um niemanden kümmern musste, war verebbt, und die Affäre – war dies das richtige Wort dafür? – hatte die Tatenlosigkeit des restlichen Lebens nur noch unterstrichen. Sie versuchte, nicht *allzu* verfügbar für Ferdie zu sein. Manchmal zwang sie sich, abends genau um die Zeit essen zu gehen, in der er normalerweise anrief, nur, um ihn auf Trab zu halten. Sie besaß nach wie vor die Instinkte, die sie in ihrer Jugend zu einem der begehrtesten Mädchen Baltimores gemacht hatten. Damals hatte sie sogar ein kleines Notizbuch mit einem

Geheimcode geführt, um sich daran zu erinnern, wie weit sie mit dem jeweiligen Freund gegangen war. K (offensichtlich), FK (»Französischer Kuss«, was sie schöner fand als »Zungenkuss«), ÜK, ÜB, UB (»über Kleidung«, »über BH«, »unter BH«). Nur zwei Jungs hatten ein UR (»unter Rock«) geschafft, und den zweiten davon hatte sie geheiratet.

Wally Weiss hatte sich keinen Eintrag in ihrem Notizbuch verdient. Er hatte nur einen Kuss erhalten, ein einziges Mal, und es war so was wie ein schwesterlicher Kuss gewesen, eher ein Versprechen, dass er eines Tages auch ein Mädchen für K und FK finden würde.

Und doch hatte sie sich bei Ferdie nicht geziert. Sie errötete bei dem Gedanken, wie weit sie in so kurzer Zeit gegangen waren. Das erste Mal, als er sie geschnappt und geküsst hatte, hatte sie angenommen, er täte es, weil er Bescheid wusste. Sie hatte wegen des Rings gelogen, und das wäre der Preis, den sie zahlen müsste. Sie war ein böses Mädchen, und er hätte sie in der Hand. Doch seit dieser ersten Annäherung war ihr bewusst geworden, dass Ferdie keine Ahnung hatte, dass sie im Grunde eine Kriminelle war. Sie hatte ein Pfandhaus gefunden, das sich keine Umstände mit Papierkram machte, was sich in ihrem Viertel als einfach herausgestellt hatte, und man zahlte ihr die Hälfte von dem, was Weinstein geboten hatte, doch zu diesem Zeitpunkt machte sie damit sowieso nur zusätzlichen Profit. Maddie hatte das Bargeld benutzt, um allerlei Dinge für die Wohnung zu kaufen – Bistro-Stühle und einen Tisch mit Marmorplatte, Zierkissen und einen hübschen Teppich.

Sie war ins Beehive gegangen und hatte sich einen Becher stark gerösteten Kaffee zum Mitnehmen geholt. Als sie auf dem Bett lag – es war so dekadent, mitten am Tag auf dem Bett zu liegen, obwohl man nicht krank war –, hatte sie versucht, sich auf ihren Roman *Herzog* zu konzentrieren, den sie sich in der Bücherei ausgeliehen hatte. Die Gedichte, die sie als Teenager geliebt und zu schreiben versucht hatte, berührten sie nicht länger, doch die von der Pratt Library empfohlenen Romane berührten sie ebenfalls nicht. Sie hatte sich für *Herzog* entschieden, weil jemand aus der Frauenorganisation Hadassah gesagt hatte, es sei antisemitisch, und sie bildete sich gern ihre eigene Meinung. Bisher war Maddie noch nicht überzeugt, dass Bellow ein »Jude voller Selbsthass« war, doch sie krümmte sich unbehaglich bei dem Zufall, dass die zweite Frau der Hauptfigur Madeleine hieß, fast so wie sie selbst. Sie war eine scheußliche Person, diese Madeleine, und es fiel Maddie schwer, das nicht persönlich zu nehmen.

Maddie fragte sich, ob sie je die zweite Frau von jemandem werden würde. Sie wollte leidenschaftlich leben, aus dem Vollen. Ist das in einer langjährigen Ehe überhaupt möglich? Sie und Milton waren in ihren ersten Jahren sehr verliebt gewesen. Fast *zu* verliebt. Bei dem Gedanken, wie sie beide eine Woche vor der Hochzeit an einer beliebten Stelle in der Nähe des Cylburn Arboretum parkten und kurz davor waren, es zu tun, errötete sie immer noch.

Er sagte nein.

Er sagte nein.

Sie war an ihm zugange, etwas, was sie nur für ihn und einen einzigen anderen Mann getan hatte – noch etwas, was sie nie aufgeschrieben hatte. Ihr Tagebuch war wie der Feldzug eines Generals, in dem nur notiert wurde, welche ihrer Territorien erobert worden waren. Es kam ihr gar nicht in den Sinn, ihre eigenen Einsätze zu dokumentieren. Und dann kam eine Zeit, in der sie überhaupt nichts mehr notierte, als es undenkbar war zuzugeben, was sie tat – und mit wem.

Sie machte die Beine breit und versuchte, Milton in sie hineinzuführen; sie hielt es für das größte Geschenk, das sie ihm geben konnte. Sie waren verlobt, fast schon verheiratet. Was sollte es da groß schaden?

»Ich möchte vor Gott nicht lügen«, sagte Milton. Einen

kurzen Moment hatte sie ihn falsch verstanden und dachte, er hätte »liegen« gesagt.

»Natürlich«, sagte sie und ihre stets zuverlässigen Instinkte geleiteten sie zurück zur Wiederherstellung ihrer Würde, ihres guten Rufs. »Ich habe mich nur so von dir hinreißen lassen, Miltie.«

In ihrer Hochzeitsnacht war sie gegenwärtig genug, den Schmerz vorzutäuschen, den sie bei ihrem ersten Mal verspürt hatte. Falls Milton je vermutet hatte, dass seine Braut keine Jungfrau mehr war, so war er höflich – oder enttäuscht – genug, es sich nicht anmerken zu lassen. Es war eine wichtige Lektion in einer jungen Ehe. Einige Lügen sollte man ruhen lassen.

Gegen Mittag hatte Maddie ihr Buch zur Seite gelegt und im Kühlschrank nach etwas Essbarem gestöbert. Die vergangenen Jahre hatte sie mittags üblicherweise Dinge wie Melba Toast mit Hüttenkäse gegessen. Doch Ferdie wollte, dass sie zunahm, und so drängte er sie ständig, mehr zu essen. »Jemand muss sich um dich kümmern, Schatz«, sagte er und hatte offensichtlich entschieden, dass ihre schlanke Figur ein Nebenprodukt des sich immer um andere Kümmerns war und nicht das Ergebnis eiserner Disziplin. Maddie, die sich stets modisch kleidete, konnte nicht übersehen, dass plötzlich überall ein Mädchen namens Twiggy auftauchte. Der neue Stil favorisierte dünne Frauen. Natürlich war sie zu alt für solche Kleidung. Oder doch nicht? Egal, wie viel sie abnahm, ihre Brüste schienen nie zu schrumpfen. Sie dachte daran, wie viele Jungs gebettelt, *gebettelt* hatten von ÜK zu ÜB zu UB vorzudringen, wie die Entdeckung ihrer Brüste ihnen den Atem verschlagen hatte, als wären sie Männer, die nach langer Zeit auf See endlich wieder Land sahen.

Cylburn Arboretum. Das war nicht weit von der Stelle, wo Tessie Fine das letzte Mal gesehen worden war, nur knapp zwei Kilometer entfernt, ein Stückchen Wildnis im Herzen der Stadt. Wenn man eine Leiche irgendwo loswerden wollte …

Sie blickte auf die Uhr. Vielleicht *sollte* sie hingehen, um bei der Suche nach Tessie Fine zu helfen. Etwas aus Trotz nicht zu tun, nur, weil ihre Mutter es vorgeschlagen hatte, war ein Benehmen, was man eher von einer Jugendlichen erwarten würde. Maddie würde diese junge Frau anrufen, die aus dem Juwelierladen, und fragen, ob sie mitkäme. Sie wusste nicht, warum sie lieber in Begleitung ging, doch es erschien ihr irgendwie seriöser.

Judith, deutlich erfreut, von Maddie zu hören, sagte, ihr Bruder ließe sie angesichts der ernsten Mission sicher früher Feierabend machen. Sie würden jeweils den Bus zum Parkplatz der Synagoge nehmen und wären pünktlich dort, wenn die Freiwilligen losgingen.

»Nur Männer«, sagte der Präsident der Synagoge, der die Suche leitete.

»Das ist doch absurd«, sagte Maddie.

»Das ist keine Aufgabe für Frauen.« Er musterte ihre Kleidung, als könnte er sie allein auf dieser Basis ausschließen, doch sie trugen feste Schuhe und geeignete Mäntel, in denen man Gassen und leere Grundstücke durchkämmen konnte.

»Dann suchen wir eben auf eigene Faust«, sagte Maddie. »Ist ja nicht so, als bräuchten wir Ihre Erlaubnis, um durch Baltimore zu laufen.«

Das Arboretum war weiter den Northern Parkway hinunter, als sie in Erinnerung hatte, das Gelände größer und dichter bewachsen. Der Tag, der mit der Verheißung von Frühling begonnen hatte, hatte sich zu etwas Rohem und Strafendem entwickelt. Sie gingen systematisch die Pfade ab, in dem Wissen, dass sie das Gelände um siebzehn Uhr verlassen mussten, dem Ende der Winter-Öffnungszeit. Die Pfade führten tief hinein, ganz bis hinunter zur Cylburn Avenue. Als sich das Ende der Öffnungszeit näherte, sagte Maddie zu

Judith: »Lassen Sie uns diesen letzten Pfad gehen, ganz bis hinunter zum Zaun.«

Später, wenn sie gefragt wurden: *Wie sind Sie darauf gekommen, dort nachzusehen?*, war Maddie perplex. Sie konnte schlecht sagen: *Mir ist eingefallen, dass ich dort immer mit all den Jungs geparkt habe, mit denen ich ausgegangen bin*, und noch weniger: *Ich habe dort versucht, meinen zukünftigen Ehemann zum Sex zu verführen, aber er wollte warten, weil er dachte, ich sei noch Jungfrau.*

Also sagte sie: *Nur so eine Ahnung*.

Mit dieser Ahnung gingen sie den letzten Pfad hinunter Richtung Zaun, der entlang der Straße verlief. Das Gelände fiel hier ab und formte eine Senke. Der Zaun war kaputt, aufgerissen, doch man konnte von der Straße aus nicht bis zum Grund der Senke blicken; um das zu sehen, was Maddie sah, musste man schon oben auf dem Hügel stehen.

Sie erhaschte einen Blick auf etwas Glänzendes, zu glänzend für das winterlich graugrüne Buschwerk. Es war das hellglänzende, halbmondförmige Stoßplättchen unter einer Schuhsohle. An dem Schuh war ein Bein, das zu einem Körper gehörte, der Körper zu einem Kopf, einem Gesicht. Ein Gesicht, das zu gefasst, zu still war. Kein Kindergesicht war je so still.

Mit ihrem grünen Lodenmantel und den braunen Strumpfhosen war Tessie Fine zwischen den Büschen kaum zu erkennen. Doch ihr rotes Kleid flammte auf wie eine Wildblume, die zur falschen Jahreszeit blüht, und ihre Schuhe glänzten im letzten Abendlicht.

Der Streifenpolizist

Als der Notruf reinkommt, ist mein erster Gedanke, Gott sei Dank, jetzt muss ich nicht ins Burger Chef. Jeden Abend streiten mein Partner Paul und ich uns wegen des Abendessens, und an diesem Abend hatte er gewonnen. Ich persönlich gehe lieber ins Gino's. Das klingt vielleicht herzlos, ans Abendessen zu denken, wenn jemand einen Leichenfund meldet, vielleicht die Leiche, nach der alle suchen, aber Sie müssen verstehen, dass ich dachte, es handle sich um einen dicken Flop. Genau genommen war ich irgendwie der Meinung, dass es Jugendliche wären, Junge und Mädchen, die etwas taten, was sie besser nicht tun sollten. Sie haben auf die Uhr gesehen, gemerkt, dass sie eigentlich längst zu Hause beim Abendessen sein sollten, hatten keine Ausrede, also brauchen sie eine.

Da wir aber ohnehin in westlicher Richtung auf der Northern Parkway unterwegs sind, der dem Arboretum nächste Streifenwagen, übernehmen wir den Einsatz. Normalerweise wäre der Park um diese Uhrzeit geschlossen, doch die Wärter sind geblieben und haben das Tor offen gelassen.

Als Erstes fällt mir auf, dass es sich bei dem Pärchen nicht um einen Jungen und ein Mädchen handelt, und Teenager sind es auch nicht. Es sind zwei Frauen, die eine in den Zwanzigern, die andere in den Dreißigern, eindeutig nicht miteinander verwandt. Und obwohl die Ältere mindestens zehn Jahre älter ist als ich, ist sie der Kracher von den beiden. Die Jüngere ist präsentabel, bitte nicht falsch verstehen, sie hat glänzendes Haar und ein hübsches Gesicht. Aber die Ältere hat dunkle Haare, helle Augen und eine sehr schmale Taille

– sie trägt einen Trenchcoat, fest zugebunden – und man denkt einfach nur: *Wow!* Ich bin verheiratet und hure nicht herum, wie manche meiner Kollegen, aber blind bin ich nicht.

Trotzdem glaube ich nicht, dass sie das Mädchen gefunden haben, besonders, als sie uns raus und um das Arboretum herumführen, runter zur Cylburn Avenue. Es ist keine besonders befahrene Straße, aber doch auch wieder belebt genug, dass jemand in den vergangenen zwei Tagen eine Leiche entdeckt hätte. Wir lassen den Streifenwagen auf dem Parkplatz stehen und gehen zu Fuß, jeweils zu zweit, wie das schrecklichste Doppel-Date, das man sich vorstellen kann. Ich gehe neben der Dunkelhaarigen, die den Weg zeigt.

Sie hat geweint. »Ich hab einen Sohn«, sagt sie. »Einen Teenager.« Ich erzähle ihr, dass ich noch nicht lange genug verheiratet bin, um Kinder zu haben, was mehr oder weniger der Wahrheit entspricht. Wir sind jetzt drei Jahre verheiratet und hatten schon zwei Fehlgeburten. Der Arzt meint, es gibt keinen Grund, warum wir nicht eines Tages gesunde Kinder haben werden. Söhne, hoffe ich, um mir im Dienst nachzufolgen. Mein Vater war Polizist, und ich bin Polizist. Mein Großvater kam 1912 aus Polen, und sein Englisch war nie besonders gut, sonst wäre er vielleicht auch Polizist geworden. Heute reden die Leute immer von Vorurteilen und solchen Sachen, als hätten wir anderen so was nie kennengelernt. Als meine Familie nach Amerika kam, nach Baltimore, regierten hier die Iren, und die kümmerten sich um ihre Leute. Dann waren die Italiener am Ruder und kümmerten sich um ihre Leute. Dann waren endlich wir Polaken dran. Und so geht's immer weiter und weiter, so ist's schon immer gewesen und so wird's auch immer bleiben. Man muss einfach nur warten, bis man an der Reihe ist.

Ich frage, was ihr Mann beruflich macht, und sie zuckt zusammen, als würde die Frage sie überraschen, aber wenn man ein Kind hat, dann hat man auch einen Ehemann, richtig? Sie antwortet, »Anwalt«, und fügt dann schnell hinzu, »Kein Strafrecht. Zivilrecht. Immobilienrecht.«

»Jede Wette, da wird er gut verdienen«, sage ich, nur um irgendwas zu sagen. Es ist ein so stiller Abend. Man kann die Verkehrsgeräusche hören – der Northern Parkway ist nicht weit entfernt, das ständige Rauschen der Autos auf der neuen Schnellstraße, dem Jones Falls Expressway, den man zu dieser Jahreszeit durch die Bäume sehen kann – und doch fühlt sich die Stille irgendwie gedämpft an, als wäre man in einer Kirche. Aus Respekt sprechen wir mit gesenkter Stimme.

Was mich angeht – die meiste Zeit kann ich nicht sagen, was in Pauls Kopf vor sich geht, mal abgesehen von dem Wunsch, im Burger Chef essen zu gehen und Flittchen hinterherzujagen –, ich würd mir wünschen, dass diese beiden Frauen sich irren. Nicht, weil's andernfalls eine lange Nacht wird. Unsere Schicht hat gerade erst begonnen, wir haben nichts Besseres vor. Aber ich will einfach nichts mit einem toten Kind zu tun haben. Das kommt mir wie ein schlechtes Omen vor. Zwei Fehlgeburten reichen mir, was den Tod angeht. Manchmal frage ich mich, ob die Fehlgeburten eine Strafe sind. Aber, wofür? Ich bin ein guter Mensch. In meiner Jugend war ich schon ein bisschen wilder, aber das ist doch völlig normal und in Ordnung. Für einen Mann. Meine Frau Sophia ist sechs Jahre jünger als ich, eine reine Seele. Sie hat's verdient, Kinder zu bekommen. Wenn Gott meint, er müsse mich aus irgendeinem Grund bestrafen, dann ist das eine Sache, aber Sophia hat das nicht verdient. Und wenn er uns Kinder schenken würde, dann würden wir sie zu wirklich anständigen Bürgern erziehen, Jungs, die meine Nachfolger im Polizeidienst werden, und Mädchen, die lernen, all die wunderbaren Dinge zu kochen, die Sophia kochen kann, Kohlrouladen, Rinderbrust und Piroggen.

Wir erreichen also die Cylburn Avenue, und zunächst

sieht's so aus, als ob mein Wunsch in Erfüllung ginge. Nirgends ist eine Leiche zu sehen.

»Wo ist –?«, sagt die Dunkelhaarige beunruhigt. »Ich dachte, sie hätte direkt hier gelegen.« Die Jüngere hat bisher kaum ein Wort gesagt, Paul hat sie den ganzen Weg den Hügel hinunter zugetextet. Faktisch ist er Single, mit einer ziemlich festen Freundin, obwohl, vermutlich geht mich das nichts an. Was immer man vor der Hochzeit treibt, es geht niemanden was an.

Die Jüngere sagt: »Nein, ein Stück weiter.« Die Nacht ist hereingebrochen, schnell und finster, und wir nehmen unsere Taschenlampen. Ich versuche sie aufzumuntern: »Sie würden staunen, wie oft Leuten ein solcher Fehler unterläuft« – und dann blitzt irgendwas im Licht von Pauls Taschenlampe auf, und da ist sie. Tessie Fine, ihr Genick gebrochen wie bei einem Huhn. Man muss kein Gerichtsmediziner sein, um das zu erkennen.

Wir geben's durch. Paul bietet an, die Frauen zurück zum Arboretum-Parkplatz zu begleiten, doch sie sagen, sie hätten dort keinen Wagen stehen, seien vielmehr zu Fuß von der Synagoge hergelaufen.

»Wir können Ihnen ein Taxi rufen«, sage ich.

Die Ältere wehrt ab. »Nein, nein. Ich – ich muss bleiben. Ich bin eine Mutter. Wenn meinem Jungen etwas zustoßen würde, und eine andere Mutter würde ihn finden, dann würde ich wollen, dass sie bleibt.« Das verstehe ich zwar nicht, aber ich muss es respektieren. Ich wette, Sophia würde dasselbe tun.

Ohne die Sonne kriecht uns langsam die Kälte in die Knochen; die Feuchtigkeit im März ist manchmal schlimmer als der tiefste Winter. Ich fühle mich unwohl, weil ich nichts habe, was ich den Ladys über die Schultern legen kann, doch wenn ich meine Jacke ausziehe, stehe ich nur im Hemd da, und die zwei tragen Mäntel. Die Detectives von der Mordkommission treffen ein, aber Paul und ich müssen die Straße freihalten, und die Frauen wollen nicht gehen, nicht, bevor die kleine Leiche fortgebracht wird, deren Kopf in einem so schrecklichen Winkel herunterhängt. Man muss nicht besonders stark sein, um einem kleinen Mädchen so was anzutun. Wer könnte eine solche Wut auf ein kleines Mädchen haben? Ich hoffe, es ist kein Sexualdelikt. Wenn eines meiner Kinder so sterben würde, ich glaube, das würde mich in den Wahnsinn treiben.

Aber ich sehe, die Dunkelhaarige trifft's noch härter. Für sie ist es aus irgendeinem Grund persönlicher, weil sie selbst ein Kind hat. Oder, weil's ihre Idee war, hier unten zu suchen. *Warum haben Sie ausgerechnet hier gesucht?*, fragen wir sie, aber sie sagt kein Wort, umfasst sich nur mit beiden Armen.

Schließlich bekommt die Presse Wind von der Sache. Wir haben uns über Funk ziemlich bedeckt gehalten, doch wir sind gerade mal anderthalb Kilometer vom Television Hill entfernt, und die Straße ist abgesperrt worden. In einer klaren Nacht im Spätwinter kann man das rot-blaue Blinken der Einsatzleuchten meilenweit sehen. Die ersten besorgten Bürger haben sich wahrscheinlich schon ans Telefon gehängt. Die Reporter werden an der Straßenmündung zurückgehalten, manchmal brüllen sie Fragen, doch die meiste Zeit sind sie still. Irgendwann sehe ich Jack Diller die Straße herunterkommen, den Polizeireporter des *Star*. Diller ist schon so lange dabei, dass er inzwischen mehr Cop als Reporter ist, und als ich ihm sage, dass er zurückgehen soll, reagiert er freundlich und entgegenkommend. »Klar, aber ist es Tessie Fine? Verrat mir nur so viel«, sagt er. Irgendwoher bekommt er seine Bestätigung, aber von mir hat er's nicht.

Wir fahren die Frauen natürlich nach Hause. Wäre mir nie in den Sinn gekommen, dass sie in entgegengesetzten Richtungen wohnen. Ich frage mich, woher sie sich kennen, wieso ausgerechnet sie zu zweit auf die Suche geschickt wurden.

Die Ältere setzt sich auf den Beifahrersitz, und wir lassen es durchgehen. Paul setzt sich nach hinten und quasselt ohne Punkt und Komma. Er flirtet, dieser Penner. Wir fahren rauf nach Pikesville, wo, wie ich dachte, alle Juden leben. Doch dann sagt uns die andere, die Lady mit dem Anwalt-Mann: »Ich wohne im Zentrum. Tut mir leid – ich weiß, das ist ein ziemlicher Umweg für Sie.«

Wir versichern ihr, dass uns das nichts ausmacht.

Auf dem Weg in die Stadt gebe ich ihr einen Rat: »Sie müssen nicht mit der Presse reden. Es ist besser, wenn Sie's nicht tun.«

»Warum?«

»Da draußen läuft ein Killer herum. Je weniger er weiß, was wir wissen, desto besser. Und in der Zwischenzeit, bis es eine Festnahme gibt, sind Sie die Story.«

Das scheint sie nachdenklich zu machen. »Ist das schlecht?«

»Weder gut noch schlecht. Aber wenn's erst mal passiert ist, können Sie's nicht ungeschehen machen. Das ist alles. Diese Reporter, die sind wie Bluthunde. Die schnappen nach jedem Bissen, den sie kriegen können. Und weil es so viele von denen gibt, will jeder eine andere Perspektive bringen. Der, der als Erster zu Ihnen durchdringt, der wird Sie aufbauen. Also werden die anderen Sie zerreißen müssen.«

»Mich zerreißen? Was habe ich denn getan?« Anscheinend ist sie jetzt wirklich erschüttert, und ich hab sofort ein schlechtes Gewissen.

»Nichts. Ich will Sie nur warnen – die Reporter können aus einer guten Sache eine schlechte machen. So sind die nun mal.« Einer hat meinem Vater mal ziemlich übel mitgespielt. Es hat kein schlimmes Ende genommen, aber ich hab daraus meine Lektion gelernt.

Wir setzen sie vor diesem heruntergekommenen Wohnblock neben der Kathedrale ab. Ich will sie noch nach oben begleiten, aber sie lehnt energisch ab. Fast zu energisch, als ob sie denkt, ich würd irgendwas versuchen, das kränkt mich. Ich versuche nur, die Einzelteile ihrer Geschichte zusammenzusetzen. Ein Sohn, also gab's irgendwann einen Ehemann. Ist der Sohn erwachsen? Könnte sein, falls sie früh angefangen hat. Ich kann mir nicht vorstellen, dass ein Kind in diesem Mietshaus lebt. Meine Frau und ich, wir wohnen in einem Reihenhaus in der Nähe von Patterson Park, doch wenn erst einmal Kinder kommen – und ich weiß, das werden sie, wir hatten bislang nur einfach kein Glück – und ich befördert werde, dann suchen wir uns ein Haus weiter draußen, mindestens mit ein bisschen Rasen. Kinder brauchen einen Garten, nicht, dass ich je einen gehabt hätte. Wie auch immer, was mache ich jetzt, mit Paul auf dem Rücksitz und dem Streifenwagen, der wieder zurück in unseren Bezirk muss, bevor ich nach Hause gehen und zu meiner Frau ins Bett schlüpfen kann, die entweder schon schläft oder so tut, als würde sie schlafen. Sie macht gerade eine Phase durch, in der sie nicht gern angefasst wird. Ihr Körper hat sie hängen lassen, und nun meint sie, sie hätte mich hängen lassen, aber ich geb ihr keine Schuld, kein bisschen.

Also trinke ich mit Paul und ein paar anderen Typen noch ein Bier, übertreibe vielleicht ein bisschen, was unsere Rolle beim Auffinden von Tessie Fine angeht, und spiele das, was diese Maddie und ihre Freundin gemacht haben, ein bisschen runter, aber es war Pauls Taschenlampe, die den Schuh erwischt hat, wir beide waren die Profis am Tatort. Wie auch immer, nachdem ich mein Bier ausgetrunken hab, kommt's mir vernünftig vor, auf dem Heimweg an ihrem Wohnblock vorbeizugehen, einfach so – ich weiß nicht. Ich mache mir Sorgen um sie. Das ist nicht der richtige Wohnort für eine nette Lady.

Als ich hinkomme, parkt vor der Tür ein Streifenwagen. Jetzt mache ich mir wirklich Sorgen. Ist irgendwas passiert? Eine Leiche zu finden, kann was mit einem machen, hab ich zumindest gehört. Es war auch meine erste Leiche. Jedenfalls, ich will also gerade die Straße überqueren, als ich einen uniformierten Polizisten, allein, aus dem Gebäude kommen und in diesen Streifenwagen steigen sehe. Und es kann nicht sein, kann überhaupt nicht sein, dass der Typ sauber ist.

Denn er ist schwärzer als Tinte, und Farbige dürfen die Wagen nicht benutzen.

Ich notiere mir das Kennzeichen und die Nummer. Er ist aus meinem Bezirk, Northwest. Morgen werde ich mich umhören und versuchen herauszufinden, warum ein Wagen aus dem Northwest Bezirk um drei Uhr morgens vor der Wohnung von Maddie Schwartz geparkt hat.

Und wieso ein farbiger Cop mitten in der Nacht da rausgekommen ist.

März 1966

Es war eigenartig, sich mit einem Geheimnis durch die Welt zu bewegen. Nicht Ferdie – Ferdie war für Maddie ein Arrangement, etwas, was sie wegen der Vorurteile anderer für sich behalten musste. Doch nur eine Handvoll Menschen – Judith und die Polizisten – wussten, dass sie diejenige gewesen war, die Tessie Fine gefunden hatte. »Entdeckt von zwei Passanten«, so drückten die Tageszeitungen sich aus, während die Moderatoren im Fernsehen, einschließlich Wally Wright, sagten, es wäre ein »junges Paar« gewesen. Nicht falsch, aber auch nicht richtig. Und es war nicht nur der Ausdruck »junges Paar«, der die Leute verleitete zu denken, es hätte sich um einen Mann und eine Frau gehandelt. Alles Gesagte ließ Maddies Rolle bei der Entdeckung wie einen Zufall aussehen. Sie hatte den Ort ausgewählt, es war ihre Idee gewesen, diesen letzten Weg hinunterzugehen, aber wenn man die Nachrichten sah oder las, käme einem das nie in den Sinn.

Es war bislang noch keine Festnahme erfolgt, obwohl Ferdie ihr erzählt hatte, dass es einen dringend Tatverdächtigen gab, ein Verkäufer in einer Zoohandlung. Der Verkäufer sagte, das Mädchen sei in seinem Laden gewesen und dann direkt wieder gegangen, doch niemand glaubte ihm.

Und von Ferdie erfuhr Maddie, dass sie und Judith, wenn auch nur kurz, »Tatverdächtige« gewesen wären.

»Wie meinst du das?«, fragte sie, als sie zwei Tage nach Auffinden von Tessie Fines Leiche im Bett Bier tranken.

»Zuallererst schenken die Cops von der Mordkommission immer den Leuten besondere Aufmerksamkeit, die eine Leiche gefunden haben. Das gehört zu ihrem Job. Hier sind also diese beiden Frauen, die bei anbrechender Dunkelheit die Cylburn Avenue hinuntergehen – man hat überlegt, ob ihr vielleicht Lesben seid. Wahrscheinlich denken sie das immer noch.«

»Ich habe denen gesagt, dass wir vom Suchtrupp abgelehnt wurden und daraufhin beschlossen haben, auf eigene Faust loszuziehen«, sagte Maddie. Wie kam nur jemand auf die Idee, sie wäre lesbisch? Falls es so wäre, würde sie sein wie Lakey in *Die Clique*.

»Liebling, wenn Detectives alles glauben würden, was die Leute ihnen erzählen, dann würden sie ihren Job nicht besonders gut machen.« Pause. »Ich wäre gern Detective.«

»Ich bin sicher, dass du alles erreichen kannst, was du dir in den Kopf setzt.«

»Im Department herrscht Rassentrennung, Maddie. Schwarze Cops gehen auf Streife, arbeiten eventuell noch undercover bei der Drogenfahndung. Wir dürfen keine Wagen benutzen. Ich hab noch nicht mal ein Funkgerät, nur einen Rufsäulen-Schlüssel. Weißt du noch, wie wir uns kennengelernt haben?«

Ihr Blick wanderte zu dem Usambaraveilchen. »Das werde ich wohl kaum vergessen.«

»Jedenfalls, da sind also diese beiden Frauen, die nach Einbruch der Dunkelheit eine ruhige Straße hinuntergehen, weit entfernt von ihren Wohnorten. Ich wette, die haben euch gefragt, ob ihr das Mädchen gekannt habt.«

Das hatten sie tatsächlich. Doch für Maddie war es fast wie eine nette Unterhaltung gewesen, Gójim, die versuchten, die Verbundenheit und das enge soziale Geflecht der jüdischen Gemeinde zu verstehen. Oh, und wie sie geschwatzt hatte! *Ihre Großmutter und meine Mutter kannten sich – ich vermute mal, so ungefähr jede Frau in Northwest Baltimore, die einen Pelzmantel besitzt, kennt die Fines. Und ich bin vor Jahren mit ihrem Vater zur Schule gegangen. Er hat mich einmal zu einem Ball ausgeführt.* Im Nachhinein war es ihr peinlich, wie leichtfertig sie ihnen ihre Geschichten erzählt hatte, und fragte sich, ob sie ihre kleinen Details ominös fanden, zumindest ein klein wenig. Es war ihr außerdem nicht in den Sinn gekommen, sich darüber zu wundern, warum sie und Judith am nächsten Tag getrennt voneinander befragt worden waren.

»Nicht, dass du je ernsthaft zu den Verdächtigen gehört hättest«, fügte Ferdie hinzu. Irgendwie war das noch kränkender. Wie war sie zu einer Komparsin in einer Geschichte geworden, die es ohne sie noch nicht einmal gegeben hätte? Offensichtlich wollte sie nicht in der Zeitung oder im Fernsehen erscheinen, da man sie dann – ja, als was genau bezeichnen würde? Eine geschiedene Frau, die frühere Frau von, die (nicht freiwillig) getrenntlebende Mutter von. Wer war Madeline Schwartz? Sie konnte keinen Anspruch auf die Entdeckung von Tessie Fine erheben, ohne dass man ihr diese Frage stellte.

Als sie jedoch am nächsten Tag von einem Spaziergang nach Hause kam und einen korpulenten Mann mit Hut und Trenchcoat auf ihren Stufen sitzen sah, wurde ihr klar, dass sie sich mit diesem Kompromiss hätte zufriedengeben sollen.

»Bob Bauer«, sagte er und streckte die Hand aus.

»Ich weiß, wer Sie sind«, sagte sie. Er schrieb eine beliebte Kolumne im *Star*. Sie wurde immer von einer gefälligen Tuschzeichnung illustriert.

»Und Sie sind …«

»Madeline Schwartz.«

»Genau die Frau, wegen der ich hier bin«, sagte er.

»Darf ich fragen, warum?«

»Ich denke, das wissen Sie – hören Sie, können wir reingehen? Ich bin hergelaufen, und es ging immer bergauf. Das ist für einen fetten Mann wie mich sehr mühsam.«

»Ich würde Sie nicht fett nennen«, sagte sie.

»Nun, ich wüsste nicht, wie man es sonst nennen sollte.«

Umgarnt, und in dem Wissen, umgarnt zu werden, ließ sie ihn herein und bot ihm ein Glas Wasser an. Als sie in ihrer Wohnung im zweiten Stock angelangt waren, schnaufte er regelrecht.

»Schöne Wohnung«, sagte er. »Ich wäre versehentlich fast zu der anderen Adresse gefahren, aber meine Quelle hat das richtiggestellt.«

»Die andere …?«

»Wo Sie vorher gewohnt haben.«

Einen Augenblick dachte sie, er meinte die Gist Avenue. Dann wurde ihr klar, dass er beinahe zu dem Haus gefahren war, in dem Milton und Seth nach wie vor lebten. An einer Katastrophe vorbeigeschrammt, dachte sie und fragte sich dann, warum sie das so sah. Sie hatte nichts falsch gemacht. Es wäre nett gewesen, wenn zumindest Seth erfahren hätte, dass sie Tessie Fine gefunden hatte.

»Mein Mann und ich leben derzeit in Scheidung«, sagte sie.

»Kommt in den besten Familien vor. Jedenfalls dachte ich, dass es doch wirklich eine Geschichte aus dem Leben ist, wie Sie und Ihre Freundin Tessie Fine gefunden haben, finden Sie nicht auch?«

Ein Teil von ihr sehnte sich danach, ja zu sagen. Doch das bedeutete, zu viel preiszugeben. Nicht nur ihre derzeitigen Lebensumstände, sondern auch die Gedankenkette, die sie zum Arboretum geführt hatte. Es erschien ihr plötzlich unmöglich, ihre Gedankengänge ohne Erwähnung des fürchterlichen Geknutsches zu erklären, das an diesem Ort stattgefunden hatte. Sie fürchtete, am Ende doch alles zu erzählen, selbst wenn sie nur eine gesäuberte Version dieser Geschichte anbieten würde. Ferdie, wie sie in der Hochzeitsnacht so getan hatte, als sei sie Jungfrau, vielleicht sogar die Identität des Mannes, der diese Täuschung notwendig gemacht hatte, ein Geheimnis, das sie all die Jahre gehütet hatte.

»Ich habe kein Interesse an öffentlicher Aufmerksamkeit«, sagte sie.

»Wir könnten nur Ihren Vornamen nennen«, sagte er. Sein Auftreten war freundlich und höflich, und doch hatte er eine angespannte Hartnäckigkeit an sich. Obwohl er noch Hut und Mantel trug, würde er sich keinen Zentimeter von ihrem Küchenstuhl bewegen. »Lassen gewisse Details im Dunkeln.«

»Ich muss nicht mit Ihnen reden. Das weiß ich. Mein Mann ist Anwalt.«

Er lächelte. »Natürlich müssen Sie das nicht. Nicht per Gesetz. Aber es ist eine Geschichte, die die Menschen gerne hören würden, und sie gehört Ihnen. Möchten Sie sie nicht teilen?«

Sie gestattet sich, diesen Augenblick in ihrer Fantasie zu durchleben. Alle Augen auf sie gerichtet. Wie würde sich das anfühlen? Und warum wollte sie das so gern wissen? Aber, nein, nicht so, entschied sie. Sie erinnerte sich an die Warnungen des Streifenpolizisten.

Und doch hatte sie das Gefühl, sie müsse diesem Mann etwas geben. Warum? Das konnte sie nicht sagen. Sie wusste nur, wenn ein Mann bei ihr aufkreuzte und etwas von ihr benötigte, dann fühlte sie sich verpflichtet, ihm zu helfen. Doch es war wie bei Kindern. Man konnte sie ablenken. Man ersetzte den Lolli oder die Süßigkeiten, die sie haben wollten, durch gesundes Essen und brachte sie dazu zu denken, es sei ihre eigene Idee.

»Ich bin nicht die Geschichte«, sagte sie. »Der Mann aus der Zoohandlung – er ist es.«

»Woher wissen Sie das? Man hat ihn nicht festgenommen.«

Sie konnte nicht sagen: *Ich weiß es, weil mein Liebhaber es mir gesagt hat.* Stattdessen sagte sie: »Da ist etwas mit der Leiche, was die Polizei noch nicht veröffentlicht hat. Etwas, das man darauf gefunden hat. Man wartet noch auf den entsprechenden Bericht. Wenn sie den haben, werden sie den Verkäufer wahrscheinlich verhaften.«

Er war beeindruckt. Wichtiger noch, er war tatsächlich nicht länger an ihr interessiert. »Ich frage das wirklich nur sehr ungern – denn es ist nichts, was jemals in der Zeitung gedruckt werden könnte –, aber glauben Sie, es handelt sich um ein Sexualverbrechen?«

Sie kannte die Antwort nicht, und doch hatte sie das eigenartige Bedürfnis, Tessie Fine zu beschützen. »Nein«, sagte sie. »Aber er ist derjenige, welcher. Sie werden sehen.«

Er lupfte den Hut. »Mrs. Schwartz, Sie waren mir eine außerordentliche Hilfe.«

»Sie werden meinen Namen nicht nennen, richtig?«

Er lächelte. »Nein, ich kann Sie noch nicht mal eine ›Gewährsfrau‹ nennen. Aber wenn ich mit meinen Freunden in der Redaktion spreche, kann ich denen sagen, ich hätte meine Informationen aus erster Hand. Sie sind doch aus erster Hand, oder?«

Sie war nicht ganz sicher, was in dieser Situation »aus erster Hand« bedeutete, doch sie nickte.

Der Kolumnist

Ich bin Kolumnist. Ich muss nicht als Erster mit einer Nachricht herauskommen oder mir Sorgen machen, dass mir ein anderer zuvorkommt. Ich berichte kaum noch über echte Neuigkeiten. Angeblich soll es ja ein Zeichen der Ehre sein, wenn man über dem Alltagsgetümmel steht, sich klug über die Dinge auslassen darf oder diese kurzen Sketche über das eigene Leben schreibt. Das ist mein Job, meistens jedenfalls. Ich schreibe über das Vorstadtleben – meine Frau, meine Kinder. Doch dann überkommt mich manchmal das Gefühl, mich richtig in eine Story hineinstürzen zu müssen. H. L. Mencken hat sein eigenes Zimmer in der Pratt-Bibliothek nicht bekommen, weil er witzige Geschichten über seine Frau geschrieben hat. Wenn du in Baltimore Reporter bist, dann ist Mencken der Fahnenträger. Mencken, Jim Bready, vielleicht noch Russell Baker, obwohl ich mich noch erinnere, wie er bei den Cops der Nachtschicht angefangen hat und nicht gerade umwerfend war.

Aber Tessie Fine – über die musste ich einfach schreiben. Ich musste der Sache auf den Grund gehen. Das Naheliegende wäre gewesen, loszuziehen und mit den Eltern zu sprechen. Sie hätten mir ihre Tür geöffnet. Das tut fast jeder. Aus irgendeinem Grund sind die Leute empfänglicher dafür, einem zu vertrauen, wenn man eine Karikatur ist. Was kann's schaden, mit mir zu reden? Ich bin ja nur diese lebendig gewordene witzige Zeichnung.

Darüber denke ich oft nach. Dass ich eine lebendige Karikatur bin.

Jedenfalls hab ich mit Diller gequatscht, unserem Polizeireporter aus der Nachtschicht, der seinen Job schon so lange macht, dass er mehr Cop ist als Reporter. Einer der uninteressiertesten Typen, die mir je begegnet sind. Von der Sorte gibt's bei Zeitungen mehr, als man so denkt. Könnte man einem Hund beibringen, sich einen Fedora aufzusetzen und ein Notizbuch mit sich herumzuschleppen, dann würde er seinen Job genauso erledigen wie Diller, der den Redakteuren der Nachtschicht seine Fakten ins Ohr brüllt. *Mädchen, tot. Aufgefunden Nähe Cylburn Avenue. Derzeit noch keine Festnahmen. Quellen bestätigen, es handelt sich um Tessie Fine.* Manchmal jedoch weiß Diller Dinge, ohne zu wissen, dass er sie weiß, und er war derjenige, der mir die beiden Frauen am Tatort beschrieb. Ich habe immer noch genügend Gewährsleute bei der Polizei, um den Namen einer der beiden auszugraben.

Ich gehe zu Fuß zu ihrer Adresse in der Cathedral Street, denn ich vergesse immer wieder, wie hügelig die Stadt ist, wenn man vom Hafen aus, wo sich die Redaktionsbüros des *Star* befinden, Richtung Norden geht. Es ist kein schlechtes Viertel, aber auch kein gutes. *Was macht ein nettes Mädel in einer solchen Gegend?*, liegt mir auf der Zunge, als ich sie die Straße hochkommen sehe. In ihren Beatnik-Klamotten sieht sie jung aus. Okay, nicht mehr ganz so jung, als sie näher kommt, aber immer noch kess und frisch, wie die Brise, die an diesem Tag weht und sich mehr nach Frühherbst als nach Spätwinter anfühlt. Sie erinnert mich an meine Frau, meine richtige Frau, nicht an die Frau, mit der ich jetzt verheiratet bin. Ich meine, ich bin nach wie vor mit derselben Frau verheiratet, inzwischen fast siebenundzwanzig Jahre, aber sie ist nicht mehr die Frau, die ich damals auf der Highschool in Quincy, Pennsylvania, kennengelernt habe. Und ich bin nicht mehr derselbe Mann. Ich kann's ihr nicht verübeln. Nicht mal Hiob persönlich hätte überlebt, was wir durchgemacht haben.

Ich bin fassungslos, als diese Lady nicht mit mir reden will. Jeder will mit Bob Bauer reden. Aber sie gibt mir, schwer anständig, etwas viel Besseres. Ich vermute, sie hat am Tatort gelauscht, oder irgendein Streifenpolizist war indiskret. Eine hübsche Frau wie sie – da kann man schon mal versucht sein, den Mund ein bisschen zu voll zu nehmen. Ich rufe also einen mir bekannten Detective an, der mir immer wohlgesonnen war. Vermutlich aus Mitleid, aber das ist schon in Ordnung. Damit komm ich klar. Ich hab's mir verdient. Ich bitte ihn, sich mit mir in einer Bar zu treffen, wo wir von anderen Cops und Reportern nicht gesehen werden, also landen wir im Alonso's an der Cold Spring Lane.

Und, was soll man sagen, die Lady hatte recht. Der Verkäufer ist tatsächlich der Hauptverdächtige.

»Sie haben was unter den Fingernägeln gefunden«, sagte mein Detective-Freund. »Und in ihrem Haar. Hauptsächlich.«

»Das Blut von jemandem?« Und ich denke: *Sie hat mir versprochen, dass es kein Triebverbrechen war.*

Mein Freund schüttelt den Kopf. »So komischer Dreck, eher wie Sand. Anders als alles, was man in diesem Park findet. In ganz Maryland findest du so was nicht.«

»Wie kann so was sein?«

»Aquariumsand!«, sagt der Bursche. »Aber das kannst du erst schreiben, nachdem sie morgen den Haftbefehl zugestellt haben. Sie werden ihn zu Hause verhaften. Er wohnt bei seiner Mutter.«

Wir beide schnauben, weil wir wissen, dass ihn das zu einem echten Loser macht, obwohl mein Herz jubeln würde, wenn mein erwachsener Sohn wieder bei uns einziehen wollte.

»Wär vielleicht gut, wenn man das einem Reporter stecken würde«, sage ich. »Einem, bei dem ihr euch darauf verlassen könnt, dass er deutlich macht, wie clever ihr Jungs seid.«

Die Schmeichelei wirkt. Funktioniert eigentlich immer. Ich

begleite die Cops nicht bei der eigentlichen Festnahme, aber ich bin im Präsidium, als sie den Kerl reinbringen. Er versucht zu sagen, er wäre verrückt, aber die wirklich Verrückten sagen sowas nie.

Wenn er doch nur besser geputzt hätte. Der Keller dieser Zoohandlung ist voller Spuren. Und warum befinden sich die Spuren im Keller? Es hätte keinerlei Grund für sie gegeben, dort hinunterzugehen, wenn er ihr nicht etwas versprochen hätte. Der Gerichtsmediziner sagte, er hätte sie zunächst geschlagen, hart, aber nicht hart genug, um sie zu töten, und ihr dann das Genick gebrochen. Nein, ich bin ziemlich sicher, der Typ ist nicht durchgedreht. Wahrscheinlich hat er den Film *Psycho* gesehen und gedacht, er hätte eine wasserdichte Verteidigung.

Mein Exklusivbericht ist eine Sensation. Ich wusste es von vornherein. Alle anderen Zeitungen müssen mir hinterherhecheln. Die jungen Polizeireporter, selbst die meines eigenen Blatts, sind angepisst. (Bis auf Diller, der sich nur dafür interessiert herauszufinden, wer meine Quelle ist.) Wer bin ich, eine der fettesten Storys aus dem Polizeirevier aufzureißen? Ich sag euch, wer ich bin. Ich bin Bob Bauer. Ich hab im Zweiten Weltkrieg gedient, bin nach Hause gekommen, habe meine Highschool-Liebe geheiratet, ganz unten angefangen und mich bis nach ganz oben geschrieben. Ich kann alles – Kultur, Schlagzeilen, politische Analysen. Ich bin eine Naturgewalt, an der keiner vorbeikommt und die immer genau da ist, wo ich es will. An dem Tag, an dem meine Story erscheint, sitze ich im Newsroom, und die anderen Reporter kommen vorbei, um mir die Ehre zu erweisen, mir zu gratulieren und zu fragen, wie ich das gedreht habe. Ich wackle mit dem Finger und lächle. »Berufsgeheimnis, Männer. Berufsgeheimnis.«

Nach der Arbeit lädt mich niemand auf einen Drink ein. Ich bin nicht sicher, ob ich überhaupt hätte mitgehen können, wenn's anders gewesen wäre. Aber nett wär's schon gewesen, hätte jemand gefragt. Ich habe schon vor langer Zeit aufgehört, mit den Jungs einen trinken zu gehen, und sie haben irgendwann aufgehört zu fragen.

Also gehe ich nach Hause in das dunkle, traurige Haus in Northwood, wo die Frau, die mich zu der »Betty« in meinen Kolumnen inspiriert hat, mit von MS zerschundenem Körper im Rollstuhl sitzt. Sie trinkt den ganzen Tag, und wer kann's ihr verübeln? In meinen Kolumnen geht »Betty« tanzen, zieht, stets ein gutartiges Chaos hinterlassend, durchs Viertel, kocht und putzt. Sie kann nicht mehr wirklich putzen, vom Kochen ganz zu schweigen. Ich gebe mein Bestes, aber das ist nicht viel. Doch ich möchte niemanden einstellen, denn das würde bedeuten, jemanden hereinzulassen und die Lüge des Fantasielebens bloßzustellen, das ich für die Zeitung erschaffen habe, die Geschichten über das glückliche Zuhause, in dem die Frau völlig konfuse Dinge anstellt, ihr Ehemann das genaue Gegenteil von ihr ist, und der Sohn und die Tochter einfach nur über alles lachen und lachen und lachen.

Der Sohn lebt in Kalifornien. Die Tochter ist im Alter von drei Jahren an Leukämie gestorben.

Das hätte ich Maddie Schwartz erzählen sollen: *Jeder hat seine Geheimnisse. Ich habe Geheimnisse. Ich finde einen Weg, um deine Geheimnisse herumzuschreiben. Ich werde der Welt nicht verraten, dass du geschieden bist. Ich muss nicht wissen, woher du weißt, dass sie den Verkäufer aus der Zoohandlung im Visier hatten. Aber, deine Quelle war ein Mann, nicht wahr, Maddie Schwartz? Bei einer Frau wie dir – da ist es immer ein Mann.*

Meine Frau und ich essen vor dem Fernseher. Meine Geschichte ist überall in den Nachrichten. Sie versucht, sich zusammenzureißen, mir Beifall zu spenden, aber wir wissen beide, wie bedeutungslos meine Siege sind. Der Verkäufer aus einer Zoohandlung, Leukämie – bei dem Verkäufer kann man sich zumindest vorstellen, ihn zu erwürgen oder ihn in die Gaskammer gehen zu sehen. Ich will nicht sagen, dass ich die Fines beneide. Ich gönne keinem, diesem grausamen Club beizutreten. Aber sie hatten elf Jahre, ich hatte nur drei.

Drei Jahre. Tausend Tage und ein paar Zerquetschte.

Meine Kolumne ist morgen fällig. Ich werde über die Zeit schreiben, in der meine Tochter dachte, der Teufel würde in unserer Garage leben. Ist es so gewesen? Welche Rolle spielt das schon. Ich muss nicht akkurat sein, was mein Leben betrifft. Wer sollte sich beschweren, wenn ich einen Fehler mache?

Als ich elf Jahre alt war, mussten wir in Sozialkunde Berichte über die zehn größten Städte der USA schreiben. Baltimore war Nummer sechs, doch was mir besonders auffiel, war die krasse Differenz von Platz fünf zu Platz sechs, von Detroit mit fast zwei Millionen Einwohnern zu Baltimore, das noch nicht mal eine Million hatte. New York, an der Spitze der Liste, hatte fast acht Millionen Einwohner. Chicago, Los Angeles, Philadelphia – das waren Städte. Baltimore war ein Dorf. Die anderen Kids wollten Baltimore, vielleicht aus Heimatstolz, vielleicht in der Überzeugung, das wäre einfacher. Doch ich wollte nur New York. Der Lehrer steckte mich in das Team von Saint Louis, damals die Nummer zehn. Sehe ich vielleicht aus wie ein Saint-Louis-Mädchen? Ich war so wütend. Blödes Saint Louis, mit nichts anderem als dem Mississippi River und den Schuhfabriken. Saint Louis war mickerig, und ich wusste, dass ich für die Großstadt bestimmt war.

Ich erwähne das alles nur, Maddie, um dich daran zu erinnern, wie klein Baltimore ist, noch kleiner innerhalb der einzelnen Ethnien. In meinem Teil der Stadt kannte jeder Ferdie Platt und wusste von seiner Schwäche für Frauen, seiner Vorliebe für Ballentine's. Bei mir hat er es nie versucht, aber nur, weil er wusste, dass ich schon mit jemandem zusammen war, jemand, der Kohle hatte, und Ferdie ist kein Dummkopf. Davon abgesehen guckte er sich nur Frauen aus, die er nicht einladen musste, was ihm Geld sparte. Ferdie Platt hielt seine Dollars zusammen, wie du sicher schon selbst herausgefunden hast. Und welche Frau erwartet nicht von ihrem Mann, dass er sie ausführt und verwöhnt? Frauen, die sich in der Öffent-

lichkeit nicht mit ihm zeigen können, verheiratete Frauen und weiße Frauen. Mit dir hat er wirklich einen Doppeltreffer gelandet, Maddie Schwartz.

Aber Ferdie ist immer in den Club gekommen, in meinen Club, das Flamingo. Die Leute haben vermutet, er hielte die Hand auf. Er war dicke mit Mr. Gordon und ein paar anderen Männern seiner Sorte. Nur einmal habe ich mich getraut, ihn darauf anzusprechen, als er an der Bar etwas trank. Vielleicht hab ich geflirtet, ich weiß es nicht. Es wäre gefährlich für uns gewesen, sich mit ihm einzulassen, soviel ist sicher. Aber am Ende war ich tot, also hätt ich's vielleicht nur dieses eine Mal auf einen Versuch ankommen lassen sollen.

Ich sagte, so kess wie ich lustig war: »Nur, weil Sie hier für lau trinken, heißt das nicht, dass Sie kein Trinkgeld geben sollten.«

»Tu ich doch.«

»Nicht genug.«

Er ist ein gutaussehender Mann, verstehst du. Wäre mir klar gewesen, dass ich mir den Luxus erlauben konnte, mir die Männer allein zu meinem Vergnügen auszusuchen, dann hätte ich ihn in Betracht gezogen. Ich wette, das ist dir nie in den Sinn gekommen, stimmt's, Maddie Schwartz? Sich die Männer, mit denen man schläft, allein wegen des eigenen Vergnügens auszuwählen, das ist es doch, was eine Frau wirklich reich macht.

Ich lehnte mich auf die Theke, was meine Brüste anhob, die in dem dürftigen Kleidchen, das sogar ich tragen musste, ohnehin bereits zur Schau gestellt wurden. Er würdigte mich kaum eines Blickes.

»Ich werd versuchen, mich zu bessern. War mir nicht klar, dass ich hier für Beschwerden sorge, wenn ich einmal die Woche vorbeischaue.«

»Warum kommen Sie hierher? Ist doch nicht Ihr Revier?«

»Was denken Sie, Miss Sherwood?«

Ich sagte, frech wie Oskar, weil Frechsein bei mir immer funktioniert hat: »Weil Sie die Hand aufhalten.«

Es war merkwürdig, wie er darauf reagierte. Er wurde nicht wütend. Er hat's nicht sofort abgestritten. Er klopfte nachdenklich auf seine Taschen und sagte: »Ich denke, wenn ich korrupt wäre, würde ich ein deutlich höheres Trinkgeld geben.«

»Das ist kein Nein«, betonte ich.

»Er sagte nicht ja, er sagte nicht nein.« Er sang die Worte, aber ich war mir nicht sicher, ob's ein richtiges Lied war oder ob er es sich gerade ausdachte.

»Ist das ein richtiger Song? Hört sich an wie ein richtiger Song. Selbst mit Ihrer schiefen Stimme.« Seine Stimme war genau genommen recht gut, aber das brauchte er von mir nicht zu hören.

»Ach, die jungen Leute heutzutage.«

»Sie sind doch höchstens fünf Jahre älter als ich.«

»Ich besitze außerdem jedes Album, das Ella Fitzgerald je aufgenommen hat. ›She Didn't Say Yes‹, komponiert von Jerome Kern. *Aufgenommen 1963. Ich habe eine schöne Stereoanlage.« Er schwieg kurz, und ich hielt den Atem an. Er würde mich zu sich einladen, was verrückt war und gefährlich. Aber mutig, das musste ich zugeben. Zu dem Zeitpunkt ließen mich die Männer im Flamingo bereits in Ruhe. Dafür sorgte Mr. Gordon. Ein Mann, der verrückt genug war, das zu riskieren – vielleicht hat er letztendlich doch etwas für mich empfunden.*

Er sagte: »Vermutlich bekommen Sie die Platte bei Korvette's oder Harmony Hut. Ich könnte Ihnen ja meine borgen, aber ich verleihe meine Platten ungern. Ich bin sehr pedantisch, was ihre Pflege angeht.«

Und schon spuckte er wieder große Töne. Ich war ziemlich sicher, es hatte etwas mit Panik zu tun, aber ich würde nicht fragen und ihm Gelegenheit geben, mich vorzuführen.

»Ist schon okay«, sagte ich. »Mir gefällt diese Alte-Leute-Musik sowieso nicht. Ich steh mehr auf die Supremes.«

»War ja klar«, sagte er.

An jenem Abend hat er mir einen Fünf-Dollar-Schein dagelassen. Ich hab ihn nie wiedergesehen. Was daran liegt, dass ich zwei Wochen später gestorben bin. Wenn ich Ferdie Platt gewollt hätte, ich hätte ihn haben können. Nur, damit du das weißt, Maddie Schwartz. Ich hätte ihn haben können.

April 1966

Der Frühling wirkte in diesem Jahr zaghaft, als wäre er womöglich nicht willkommen. Doch selbst an den kältesten Tagen saß Maddie draußen auf der Feuerleiter und rauchte. Sie hatte vor zwei Jahren aufgehört zu rauchen, nachdem der erste Bericht des Gesundheitsministers veröffentlich worden war. Es war ihr sehr leichtgefallen, allerdings war sie auch nie wirklich süchtig gewesen. Rauchen war für sie eine Nebentätigkeit, etwas, was zu einer Tasse Kaffee gehörte oder zum Warten auf Milton an einem öffentlichen Ort, wo sie sich unsicher fühlte.

Doch in letzter Zeit stellte sie fest, wie sie sich nach Zigaretten sehnte. Sie beruhigten ihre Nerven, und sie konnte dann klarer denken. Freiheit war schwindelerregend und lähmend. Es gab das Sprichwort »wie ein Kind im Süßwarenladen«, um einen rasenden Vergnügungsrausch zu beschreiben, doch Maddie hatte den Verdacht, dass die meisten Kinder nach dem Bad in den Süßigkeiten, die sie am liebsten mochten, nicht wussten, was sie als Nächstes tun sollten. Sollten sie sich auf Quantität oder Qualität konzentrieren? Direkt alles aufessen, oder so viel wie möglich für später sammeln? Es gab eine neue Fernsehshow, *Supermarket Sweep*, in der Frauen die Frage beantworten müssen, wie viel irgendwas kostet, um damit ihrem Mann Zeit zum »Einkaufen« zu verschaffen, wobei es darum geht, sich die teuersten Dinge zu schnappen. Selbst wenn sie noch mit Milton zusammen wäre, konnte Maddie sich nicht vorstellen, bei einer solchen Gameshow mitzumachen, und das nicht nur, weil Milton sich aus Prinzip weigern würde, nach den Langustenschwänzen zu greifen. Milton hatte keine

Ahnung von den Preisen im Supermarkt. Und sie selbst hatte eigentlich auch schon vor Jahren aufgehört, auf Preise zu achten. Maddie war stolz darauf, eine Lebensphase erreicht zu haben – »Lebensphase«, dieser Ausdruck schien ihr plötzlich neu zu sein –, in der sie keine Coupons mehr auszuschneiden oder Sonderangebote kaufen musste. In den ersten Jahren ihrer Ehe war Sparsamkeit unerlässlich. Doch es machte mehr Spaß, Geld zu besitzen, statt keines zu haben.

Sie studierte die Anzeigen der Rubrik »Hilfe gesucht, weiblich«. Krankenschwestern, Kassiererinnen, Kellnerinnen, Sekretärinnen, Bürokräfte. Nichts schien ihr passend zu sein. Aber, Moment – da gab es einen Job, eine Bürokraft, beim *Star*. Würde der nette Bob Bauer ihr weiterhelfen? Sie hatte ihm geholfen, oder? Er hatte eine große Titelseiten-Story über den Mörder von Tessie Fine geschrieben. Am Ende hatte die ganze Sache extrem ernüchternd gewirkt, so vorhersehbar. Ein kleines Mädchen betritt einen Laden, stampft mit den Füßen auf, und der Mann dreht einfach durch. Ferdie hatte Maddie erzählt, dass die Detectives dem Kerl nicht glaubten, dass man nicht einfach so durchdreht, jemandem eins überzieht und dann noch so geistesgegenwärtig ist, das Opfer in den Keller zu zerren und dort sein Werk zu vollenden, indem man ihr das Genick bricht. Sie glaubten, der Mann besäße – wie hatte Ferdie es noch genannt? – »Inklinationen«.

Bei dem Gedanken daran musste sie lächeln. Ferdie mochte große Worte, obwohl es bei der korrekten Verwendung etwas haperte. Aber in diesem Fall kam es der Sache recht nahe, obwohl es sich für eine solch scheußliche Angelegenheit noch viel zu freundlich anhörte. Die Polizei ging nicht davon aus, dass Stephen Corwin bereits früher getötet hatte, obwohl sie vermuteten, dass er bereits andere Kinder angefasst hatte. Vermutlich hatte er bei seinen vorherigen Opfern mehr Glück gehabt, da er letztendlich an einem für ein Kind sehr verführerischen Ort arbeitete und Dinge tat, die Kindern nicht allzu merkwürdig erschienen. Eine kleine Hand in seine Hose lenken und um nicht mehr als die eine oder andere Berührung bitten. Die selbstbeherrschte und souveräne Tessie Fine wehrte sich wahrscheinlich, als er es bei ihr versuchte. Doch bisher hatte man noch kein anderes Kind finden können, das schon einmal im Keller der Zoohandlung gewesen war, und die ihnen vorliegenden Beweismittel würden nicht ausreichen, auf die Todesstrafe zu plädieren.

»Es ist ja nicht so, als könnte man im Fernsehen auftreten und sagen: ›Hey, Mamas von Northwest Baltimore, glauben Sie, dieser Perverse hat Ihr Kind befummelt?‹ Wir haben Frauen, die die Schulen abklappern, Nachforschungen anstellen und mit Krankenschwestern in den Notaufnahmen reden. Aber wenn er nur ein Grapscher war – oder schlau genug, dafür zu sorgen, dass sie ihn berührten, ohne dass er ihnen auch nur ein Haarschleifchen herausnehmen musste –, werden wir nichts finden.«

Maddie war das *wir* aufgefallen. Ferdie sehnte sich danach, als Detective der Mordkommission zu arbeiten. Er hatte ein paar Detectives bezirzt, hatte sie wie Götter eines unerreichbaren Olymps behandelt, und sie vertrauten ihm.

Als Ferdie diese speziellen vertraulichen Informationen über Tessie Fine mit ihr teilte, saßen sie gerade im Bett und rauchten. Wenn sie genau darüber nachdachte, war es möglicherweise Ferdie gewesen, der das Rauchen wieder in ihr Leben zurückgebracht hatte. In der Ehe mit Milton war Maddie schon lange über das Stadium hinaus, nach dem Sex noch reden und tratschen zu wollen. Doch bei Ferdie war eine Rauchpause der Weg, ihn noch etwas länger dazubehalten. Sie wollte nicht, dass er die ganze Nacht blieb. (Was schon gut war, denn das tat er nicht.) Doch sie wollte ihn immer dazu bringen, noch ein wenig länger zu bleiben, als er eigentlich vorhatte. Sie stellte ihm Fragen und kitzelte ihm Dinge über seine Arbeit heraus. Auf die Art erfuhr sie ein wenig über seine Jugend. *Der Jüngste von sieben Kindern, spielte Baseball auf der Poly.* Doch bei so ziemlich jeder anderen persönlichen Frage machte er sofort dicht.

Er wollte ein Rätsel bleiben, das wurde Maddie klar. Er würde aus ihrem Leben genauso plötzlich und vollständig verschwinden, wie er darin aufgetaucht war. Manchmal kam es ihr vor, als seien sie wie eine von Seths Mathematikaufgaben: *Ein Zug verlässt um 18:00 Uhr Baltimore Richtung Westen mit einer Reisegeschwindigkeit von 160 Stundenkilometern, während um 20:00 Uhr Ortszeit ein nach Osten fahrender Zug Chicago mit einer Reisegeschwindigkeit von 190 Stundenkilometern verlässt. Wenn die Entfernung zwischen diesen beiden Städten 1150 Kilometer beträgt, wann werden sie aneinander vorbeifahren?*

Was passiert, wenn diese Züge eine Weile auf einem Nebengleis anhalten? Wer wird es bemerken, wer wird es wissen? Werden die Züge anders sein, wenn sie ihre Fahrt wieder aufnehmen?

Ferdie wollte vorwärtskommen. Er wollte Detective werden, und das nicht etwa als verdeckter Ermittler im Rauschgiftdezernat. Gerüchten zufolge stand die ganze Polizei, wo die Rassentrennung schon so lange währte, vor gravierenden Veränderungen. Es würden sich schon sehr bald Chancen ergeben.

»Du bist gut«, hatte sie gesagt. »Ich bin sicher, du schaffst das.«

Er hatte gelacht. »Es geht nicht nur darum, gut zu sein. Sie werden andere Leute dazuholen und versuchen, die Quoten schnell zu verbessern. Gut zu sein allein wird nicht ausreichen. Ich brauche auch Glück.«

Also raste Ferdie mit maximalem Tempo auf Baltimores Penn Station zu, was immer das bedeutete. Maddie hingegen schlich dahin, war unsicher, wohin sie überhaupt wollte. Jetzt gerade konnte sie sich noch nicht mal entscheiden, ob sie Stoff für Sommerkleider kaufen sollte, diese zauberhaft bedruckten Marimekko-Stoffe, die sie in einer Boutique gesehen hatte. Sehr neumodisch für Baltimore, obwohl es Fotos von Jackie Kennedy gab, die diese Marke schon vor Jahren getragen hatte, zu Beginn der Präsidentschaft ihres Mannes. Aber die neuen Muster waren aufdringlicher, größer. Maddie hatte sie sich sehnsüchtig angeschaut, in einem Laden namens Store Ltd. in Cross Keys, der neuen geschlossenen Wohnanlage im Norden der Stadt, eine Art Dorf innerhalb Baltimores. Maddie mochte Cross Keyes. Vielleicht würde sie dorthin ziehen, sobald zwischen Milton und ihr alles geregelt war.

Der Stoff war nicht das Einzige, was im Store Ltd. begehrenswert war. Der Eigentümer stellte wunderbaren Schmuck her. So einfach – ausgefallene, geschwungene Silberbänder, eindrucksvolle Formen und wenn überhaupt, dann nur wenige Edelsteine. Und doch so teuer. Das war die Zukunft, glatt und schnittig. Beim Blick auf den Schmuck hätte Maddie ihr Haar am liebsten abgeschnitten, so kurz wie möglich, aber Ferdie hätte etwas dagegen gehabt. Ach ja, es würde noch Zeit genug sein, sich das Haar abzuschneiden. Und er konnte doch nichts dagegen haben, wenn sie sich Ohrlöcher stechen ließ, oder?

Während sie auf der Feuertreppe saß, fingerte sie an ihren Ohrläppchen, die von den schweren Clips, manche von ihnen vermutlich wertvoll, lang und dünn geworden waren. Sie hatte den Großteil ihres Schmucks bei ihrem Auszug zurückgelassen, um, wie sie meinte, guten Willen zu zeigen. Doch möglicherweise hatte genau das Milton und Seth irregeleitet, vielleicht waren sie wütend auf sie, weil sie glaubten, sie wäre dieses merkwürdige Experiment schnell leid und würde zu ihnen zurückkehren. Seth hatte sie natürlich nie verlassen wollen. Sie hatte gedacht, er würde sich ihrem neuen Leben anschließen. Angesichts der Erfahrung, die sie beim Verkauf ihres Verlobungsrings gemacht hatte, würde sie sich nicht die Mühe machen herauszufinden, was sie für diese alten Dinger bekommen könnte. Aber sie wollte sich Ohrlöcher stechen lassen. Sie suchte in den Gelben Seiten und fand einen Juwelier in Pikesville, der es für den Preis der Vierzehn-Karat-Goldohrringe tun würde, die sie tragen müsste, bis die Ohrläppchen verheilt waren.

Von Pikesville fuhr sie direkt zum Store, um liebevoll auf die Betty-Cooke-Kreationen zu starren, die sie sich nicht leisten konnte. Die Verkäuferin, die sie von ihrem vorherigen Besuch wiedererkannte, holte neue Muster von Marimekko heraus.

»Das sollte ich nicht tun, das sollte ich wirklich nicht tun«, sagte Maddie. Da gab es einen blauen Blumenstoff mit Schwarz, der perfekt zu ihrer Haarfarbe passte. Und der Frühling nahte. Sie nahm sechs Meter und fand dann ein Schnittmuster für ein einfaches Trägerkleid, so einfach, dass sie es vermutlich selbst nähen könnte, wenn sie nur eine Maschine hätte. Doch auch die war noch bei Milton. Sie hasste es, ihn darum zu bitten. Sie wollte gar nichts von ihm, vom Geld mal abgesehen.

In dem kleinen Lebensmittelladen gegenüber vom Store kaufte sie einen Apfel, schlenderte dann die geschwungenen Fußwege von Cross Keyes entlang und schaute sich die Wohnungen und Stadthäuser an. Irgendwann gelangte sie zur Tennishalle. Was wäre passiert, wenn Milton nicht mit Tennis angefangen und Wally Weiss zu ihnen nach Hause eingeladen hätte? Maddie wäre vermutlich nicht ausgezogen, zumindest nicht zu diesem Zeitpunkt. Und wenn sie nicht ausgezogen wäre, hätte ihre Mutter sie an diesem Tag nicht gemaßregelt, und sie hätte nicht die Leiche von Tessie Fine gefunden. Sie wusste, dass es ein logischer Trugschluss war zu denken, dass Tessie dann nie gefunden worden wäre, aber sie wäre doch nicht an genau diesem Tag gefunden worden, denn so weit war der Suchradius noch nicht ausgedehnt worden. Maddie hatte etwas Wichtiges getan; Maddie war wichtig. Selbst, wenn das niemand wusste.

Und wichtig gewesen zu sein, selbst wenn keiner das wusste, hatte sie auf den Geschmack gebracht. Sie wollte etwas bedeuten. Sie wollte, dass die Welt anders war, weil sie geboren wurde. Nur Seths Mutter zu sein, war nicht mehr genug. Selbst, wenn er der erste jüdische Präsident der Vereinigten Staaten werden würde oder ein Arzt, der den Krebs besiegte, seine Errungenschaften würden diese schreckliche Sehnsucht nicht stillen können. Sie brauchte etwas Eigenes, etwas, was über Ferdie und ihr Schlafzimmer hinausginge, von dem aus man die Kathedrale sehen konnte.

Sie wünschte, sie könnte mit dem Mann reden, der es getan hatte. Sie würde ihn gern auf eine Weise verstehen, die für die Polizei vermutlich keine Rolle spielte. Ihnen war es egal, warum er getötet hatte. Wichtig war nur, dass er hinter Gittern saß und anderen Kindern nichts mehr antun konnte. Doch wenn Maddie Tessie Fines Mutter wäre, dann würde sie mehr wissen wollen. Es fühlte sich alles so unvollendet an.

Vielleicht könnte sie doch mit dem Mann sprechen, der es getan hatte. Nicht sprechen – korrespondieren. Ihm einen Brief schreiben, ihn ermutigen, sich ihr anzuvertrauen, ihm erklären, was sie beide verband – die Leiche von Tessie Fine.

Auf dem Weg zurück in ihre Wohnung stieg sie zwei Stationen früher aus und betrat einen Schreibwarenladen an der Charles Street.

Trotz des schwachen Lichts und der kalten Brise nahm sie die Schachtel Briefpapier mit hinaus auf die Feuerleiter. Einfaches, cremefarbenes Velinpapier, keine Zeit für Monogramme. Davon abgesehen, welche Initialen sollte sie denn verwenden? Sie schrieb mehrere Entwürfe in ihr Notizbuch, widmete sich dann der Seite, die vor ihr lag, und überzog sie mit ihrer feinen, kräftigen Handschrift.

Lieber Mr. Corwin,
mein Name ist Madeline Schwartz, und ich bin die Frau, die Tessie Fines Leiche gefunden hat. Infolgedessen fühle ich mich Ihnen verbunden, was auch immer des bedeuten mag. Sie waren der Letzte, der sie lebend gesehen hat, ich war die Erste, die sie tot gesehen hat …

Sie ging zur Hauptpost, um sicherzustellen, dass der Brief so schnell wie möglich ausgeliefert würde.

Es kam ihr nie in den Sinn, dass er eventuell nicht zurückschreiben würde, denn Männer taten fast immer, was Maddie wollte. Fast.

Der Tatverdächtige

Der erste Brief enthält ein Foto von ihr. Sie sieht aus wie eine nette Lady. Sie möchte meine Seite der Geschichte hören. Sie interessiert sich für mich. Für mich.

Ich habe nicht wirklich gestanden, wissen Sie. Ich habe einfach nur aufgehört zu reden, nachdem sie mich festgenommen hatten. Was sollte ich auch sagen? Der Aquariumsand, die Leute, die gesehen hatten, wie sie in den Laden gegangen war – was könnte ich sagen? Ich sagte, ich sei durch, weigerte mich, noch mehr zu reden, und als ich schließlich meinen Anruf tätigen durfte, habe ich den nicht für einen Anwalt verschwendet. Ich habe meine Ma angerufen, weil ich weiß, dass sie alles Nötige regelt, dass sie sich um alles würde kümmern wollen. Sie hat mir gesagt, ich sei dumm, aber das bin ich gewohnt. An dem Morgen, an dem alles passiert ist, hat sie zu mir gesagt, ich sei dumm. Dass ich dumm sei, hat sie mir fast jeden Tag gesagt.

Aber das meint sie nicht so. Sie ist schnell frustriert, meine Ma. Sie ist nervös. Sie muss Pillen nehmen. Es war ein hartes Leben, zuerst von meinem Vater verlassen, und dann musste sie auch noch ein Kind wie mich großziehen. Ich war nie bei irgendwas gut. Ich wünschte, ich könnte sagen, dass ich meinen Job im Laden mochte, dass ich einer von den Leuten war, die Fische und Schlangen mögen, weil das etwas wäre, was ein cleverer Bursche sagen würde. Ich war ein Typ, der einen Job brauchte. Der Mann, dem der Laden gehörte, brauchte jemanden, der samstags arbeiten konnte, denn samstags lief das Geschäft gut. Die Juden sind nicht die einzigen Leute, die Fische und Schlangen kaufen, sagte er. Ich kann dichtmachen, wenn ich samstags nicht aufmache. Und jeder wird wissen, dass *Du* kein Jude bist.

Ich weiß nicht, was es bedeutet, nicht so auszusehen wie ein Jude. Ich hab rote Haare und blaue Augen und eine sehr helle Haut, allerdings keine Sommersprossen. Wenn man raten sollte, würde man wahrscheinlich sagen, ich sei irisch, aber unser Name kommt eigentlich aus Spanien, obwohl wir keine Spanier sind, wie man ja sieht. Meine Ma sagt, eigentlich gibt's gar nicht so viele rothaarige Iren, es wär nur so, dass die Iren eher rote Haare haben als andere Menschen. Meine Ma ist klug. Deshalb ist sie meinetwegen ja auch so oft entmutigt. Ich kann's ihr nicht übelnehmen.

Ich bin aber nicht langsam oder zurückgeblieben. Ich bin nur nicht so klug wie meine Ma, aber sie ist ja auch *sehr* klug. Sie hätte alles werden können, was sie wollte, wenn sie nur ein Mann gewesen wäre. Stattdessen hat sie einen Mann geheiratet, der nicht wirklich gut genug für sie war, einen Penner, der sich aus dem Staub gemacht hat, als ich noch ganz klein war. Das ist jedenfalls noch so ein Grund, warum ich, glaub ich wenigstens, der Lady geantwortet hab, die mir geschrieben hat. Ich wollte zeigen, dass ich nicht zurückgeblieben bin. Und es war ja nur eine Lady, die mir geschrieben hat. Ich wusste ja nicht, dass sie meinen Brief irgendwem zeigen würde.

Plus, ich hab gar nicht wirklich was erzählt. Genau genommen hab ich ihr gesagt, dass ich nicht mit ihr oder irgendwem reden darf, dass mein Anwalt da ziemlich streng ist. Ja, es sieht schlecht aus, weil das Mädchen im Laden war, aber das beweist nicht, dass ich's war. Ich hab den Laden um fünf zugemacht. Nachdem ich gegangen war, könnte alles Mögliche passiert sein. Die Hintertür wurde aufgebrochen.

Ich sag ihr nur, dass ich das Mädchen getroffen hab und dass sie unhöflich zu mir war. Ich hatte einen schlechten Tag. Ma und ich hatten uns an dem Morgen gestritten. Es war so dumm. Unsere Streitereien sind immer dumm. Ich glaub, an diesem Tag war sie sauer auf mich, weil ich nur zwei Eier übriggelassen habe. Sie sagte, man könne mit zwei Eiern kein anständiges Rührei machen, und ich sagte, ich mache dir zwei Spiegeleier, und sie sagte, sie will weder Spiegeleier noch gekochte Eier, sie will Rührei, und mit zwei Eiern wird's nicht fluffig genug. Und eh wir uns versehen, brüllen wir uns an. So haben wir uns gestritten. Wie Hund und Katz, wie Willi Wacker und Flo, wir schreien uns an, und sie sagt, ich könnte an dem Tag nicht den Wagen haben und müsste zu Fuß durch den Regen zur Arbeit.

Während ich zur Arbeit getrottet bin, wusste ich schon, dass sie sich mies fühlen würde, wenn ich nach Hause kam. Sie würde sich entschuldigen, mir ein Handtuch für die Haare bringen und meine Schuhe trocknen, damit sie nach dem langen Fußmarsch nicht am Ende starr wurden und sich verzogen. Sie würde mir Tee kochen und wir würden, jeder auf einem Tablett, zusammen zu Abend essen. Wir streiten uns oft, aber wir vertragen uns immer wieder. Doch bis wir uns wieder vertragen, stehe ich immer irgendwie neben mir, so als wär die Welt nicht in Ordnung. Deshalb hab ich das Mädchen angeschrien und ihr gesagt, sie soll den Laden sofort verlassen. Sie muss später noch mal zurückgekommen sein. Vielleicht ist sie eingebrochen, wollte irgendeinen Unfug anstellen, und jemand ist ihr gefolgt. So ist es nämlich gewesen, glaube ich, und das ist alles, was ich der Lady, die mir geschrieben hat, geantwortet habe. Okay, ich habe ihr auch noch von der Army erzählt und von den Sachen, die sie mir dort angetan haben.

Wie ich schon sagte, ich bin nicht so clever wie meine Ma. Diese Frau hat mich benutzt. Eine hübsche Lady legt ihr Foto in den Brief und schreibt, wir hätten was gemeinsam, und ich wär der Letzte gewesen, der Tessie Fine lebend gesehen hat, und sie die Erste, die sie tot gesehen hat, und das würde uns verbinden. Ich war nicht so blöd, darauf reinzufallen. Ich hab geschrieben, *Nein, der Letzte, der Tessie Fine lebend gesehen hat, das war ihr Mörder, und das bin nicht ich*. Aber ich hätte trotzdem zu viel erzählt und nichts davon vertraulich, wie mein Anwalt und Ma mich immer wieder anbrüllen, seit es rausgekommen ist.

Aber dann hat sich mein Anwalt wieder beruhigt und gesagt, *Vielleicht ist es letztendlich ein Geschenk. Vielleicht kann ich das benutzen.* Ma war zuerst stinksauer. Sie hat gesagt: »Niemand wird sagen, mein Stephen sei verrückt.« Aber der Anwalt hat ziemlich schnell dafür gesorgt, dass sie ihre Meinung geändert hat.

Mai 1966

Für ihren Besuch beim *Star* wählte Maddie ihre Kleidung sorgfältig aus. Instinktiv wusste sie, dass sie sich bei dieser Gelegenheit als ihr früheres Selbst präsentieren sollte. Handschuhe und Hut, obwohl das Wetter endlich wärmer geworden war. Wie merkwürdig sie aussah, so ganz anders als die Frau, die sie heute war. Aber die kürzeren Röcke und Kleider, und die leuchtenden Farben, die sie inzwischen trug – in denen würde sie nicht seriös wirken. Sie musste Ernsthaftigkeit ausstrahlen, Zielstrebigkeit.

Es war ein Kinderspiel, den Hügel hinunter zum Zeitungsverlag zu laufen, keine anderthalb Kilometer von ihrem jetzigen Wohnort entfernt. Wie einfach es wäre, falls sie einen Job bekäme, von Montag bis Freitag diese Strecke zu gehen, wie befriedigend, müde nach einem langen Tag bergauf nach Hause zurückzukehren. Sie fragte sich, ob die Leute bei der Zeitung wohl auch privat miteinander verkehrten, ob man sie einladen würde.

Sie frage sich auch, wie es Ferdie damit ginge, wenn sie ihm nicht mehr jederzeit zur Verfügung stünde. Würde es ihn stören? Oder wäre er erleichtert? Es könnte ihm den Vorwand für einen eleganten Abgang bieten, sofern er das vorhätte.

Doch bereits das Betreten des Gebäudes nagte an ihrem Selbstbewusstsein. Sie musste zu einem riesigen Empfangsschalter, wo eine Frau, wie ein Richter ein wenig erhöht, vor einer Reihe von Telefonen saß.

»Zu wem möchten Sie?«, fragte sie herrisch.

»Mr. Bauer?«, antwortete Maddie und hasste es, wie ihre Stimme quiekte, als hätte sie nicht das Recht, an diesem heiligen Ort zu sein und nach dem prominenten Mann zu fragen, der in ihrer Wohnung gesessen und sie angebettelt hatte, ihm ihre Geschichte zu erzählen.

»Erwartet er Sie?«

»Nein.«

»Wie ist Ihr Name?«

Sie antwortete im Flüsterton, fast so, als hätte sie Angst belauscht zu werden, und wartete dann auf Anweisung der Telefonistin auf einer Holzbank. Nach reichlich Gemurmel und Geseufze sagte die Frau: »Vierter Stock.«

»Was?«

»Vierter Stock, vierter Stock. Er ist im vierten Stock, in der Sonntagsredaktion.«

Maddies erster Eindruck vom Newsroom war, nun ja, es war schmutzig dort. Schmutzig und laut. So viele Zeitungen stapelten sich überall. Leute riefen sich alles Mögliche zu, Schreibmaschinen klackerten, irgendwo klingelte es. Und so viele Männer. Aber hier arbeiteten auch Frauen, erinnerte sie sich. Sie hatte ihre Verfasserzeilen gesehen, ihre Artikel gelesen. Auch Frauen konnten Reporter sein.

Mr. Bauer hatte seinen Schreibtisch in der Ecke des Raums, wo die Leute der Sonntagsredaktion arbeiteten. Sein Fenster ging nach Süden, Richtung Wasser, und es hätte einen großartigen Panoramablick geboten, wären die Fenster nicht völlig eingestaubt und schmutzig gewesen. Jemand hatte in den Schmutz *Der Star, eine der Zeitungen der Welt* geschrieben. Maddie brauchte einen Moment, um den Witz zu verstehen. Der *Beacon*, die seriösere, konservativere Tageszeitung mit eigenen Auslandsbüros und einer großen Belegschaft in Washington, nannte sich selbst *Eine der besten Zeitungen der Welt*.

»Ich bin überrascht, Sie hier zu sehen«, sagte er und lehnte sich auf seinem Stuhl zurück. Auf den ersten Blick wirkte er anders, und Maddie begriff, dass der Mann, den sie kennengelernt hatte, eine Art Rolle gespielt hatte. Interesse an ihr vortäuschend, Empathie heuchelnd, alles das vorgebend, was er vorgeben musste, um zu bekommen, was er wollte. Jetzt brauchte er nichts von ihr – zumindest dachte er das.

»Ich möchte hier arbeiten.«

Er lächelte. »Ich bin hier nicht der Herausgeber, Ms. Schwartz. Ich stelle niemanden ein. Und wenn ich es täte, weiß ich nicht, ob ich eine Frau ohne Berufserfahrung nehmen würde.«

»Aber Sie können mir helfen.«

»Ja, vielleicht. Aber, warum sollte ich? Das hier ist ein ernsthafter Ort für ernsthafte Menschen. Man kommt nicht einfach so von der Straße hier hereinspaziert und fängt an.«

»Ich habe Ihnen geholfen, einen …« Sie überlegte, ob sie das Wort benutzen sollte oder ob sie sich damit nur lächerlich machte. »Ich haben Ihnen geholfen, einen Aufmacher zu landen.«

Noch ein Lächeln. Doch es schüchterte sie nicht ein. Sie fühlte sich nicht lächerlich. Sie wusste, was sie in ihrer Handtasche hatte.

»Sie haben mich abgelenkt. Und Sie hatten Glück, dass diese Ablenkung funktioniert hat.«

»Ich habe Ihnen etwas Besseres angeboten als das, was Sie eigentlich wollten. Das würde ich nicht Ablenkung nennen.«

»Und jetzt meinen Sie, Sie möchten bei der Zeitung arbeiten? Was bringen Sie denn Ihrer Meinung nach für diesen Job mit?«

Sie zog einen Stoß Schriftstücke heraus, zusammengebunden mit einer Schnur. »Das hier sind Briefe. Von Stephen Corwin. Ich habe ihn wegen des Mordes an Tessie Fine angeschrieben, und er hat mir geantwortet. Zwei Mal.«

Es wurde nicht still im Raum – Maddie spürte, dass es an diesem Ort niemals still war. Doch etwas veränderte sich. Andere Leute hörten ihnen jetzt zu oder versuchten es zumindest. Vielleicht bemerkte das auch Mr. Bauer, denn er sagte: »Lassen Sie uns einen Spaziergang machen.«

Sie nahm an, er meinte draußen, doch er ging mit ihr auf den Flur und dann durchs Treppenhaus ein Stockwerk tiefer. »Darf ich sie sehen?«

»Ich werde Ihnen den ersten zeigen«, erwiderte sie.

Mr. Bauer konnte sehr schnell lesen. »Na und?«, sagte er. »Er gesteht nichts. Er wiederholt nur seine fadenscheinige Geschichte, dass das Mädchen zurückgekommen ist und er nicht mehr dort war. Keiner glaubt das.«

»Ich auch nicht«, sagte Maddie. »Aber ein Detail deutet darauf hin, dass er einen Komplizen hat.«

Er hob eine Augenbraue. »Ich kenne den Ausdruck, zwischen den Zeilen zu lesen, aber Sie gehen da wohl eine Nummer zu weit. Das ist ein ziemlich gewagter Rückschluss. Er hat sich also eine Geschichte ausgedacht, dass jemand anderer es getan hat. Wie kommen Sie da auf einen Komplizen?«

»Nicht aus dem Teil«, sagte Maddie. »Lesen Sie noch mal den ersten Teil des Briefes, wie er sich am fraglichen Tag mit seiner Mutter gestritten hat.«

»Das Gefasel mit den Eiern. Nicht mal ich könnte daraus was Interessantes basteln.«

»Nein, der Abschnitt darüber, wie er zur Arbeit gegangen ist.«

»Ja. Und?«

»Tessie Fines Leiche wurde gut drei Kilometer von der Zoohandlung entfernt gefunden. Wie ist sie dorthingekommen? Wessen Wagen hat er benutzt? Ich bin in die Enoch Pratt Library gegangen und habe noch mal sämtliche Artikel über ihn gelesen.« Wie zielbewusst und wichtig sie sich gefühlt hatte, als sie in die nur wenige Schritte von ihrer Wohnung entfernte Hauptstelle gegangen war und sich die langen hölzernen Stäbe mit den Tageszeitungen hatte kommen lassen. Sie hatte die Pratt bislang nur selten benutzt. Verglichen mit der modernen Nüchternheit der öffentlichen Bibliothek in Randallstown, wo sie sich die neuesten Romane ausgeliehen hatte, erschien ihr die Zentralbibliothek wie eine Burg.

»Er hat die Leiche vermutlich über Nacht versteckt und sie am nächsten Tag weggebracht.«

»Vielleicht. Oder ihm ist klar geworden, dass er sich verplappert und etwas erzählt hat, aus dem man schließen könnte, dass es einen Komplizen gibt oder jemanden, der weiß, was er getan hat. Deshalb hat er mir den zweiten Brief geschrieben, über seine Zeit in Fort Detrick.«

»Was ist damit?«

»Stephen Corwin wurde vor fünf Jahren zum Militärdienst eingezogen. Als Mitglied der freikirchlichen Sieben-ten-Tags-Adventisten verweigerte er den Kriegsdienst. Er wurde nach Fort Detrick geschickt und nahm an einem Experiment teil, das als Operation Whitecoat bekannt ist.«

»Das ist doch lächerlich«, sagte Mr. Bauer. »Die Army führt keine Versuche durch, die Männer zu Mördern kleiner Mädchen macht.«

»Ich finde auch, dass es lächerlich klingt«, sagte Maddie. »Als würde er nach dem letzten Strohhalm greifen. Aber *spannend* ist es, oder nicht? Ich würde gern einen Bericht über unsere Korrespondenz schreiben.«

»Würde Sie das nicht all den Dingen aussetzen, vor denen Sie sich bei meinem ersten Besuch gefürchtet haben? Enthüllungen über Ihr Privatleben? Peinlichkeiten für Ihren Sohn?«

»Nicht, wenn es unter meinem Namen erscheint. Wenn ich die Autorin bin.«

Er brauchte ein paar Sekunden, um zu begreifen, was sie wollte. »Eine Verfasserzeile«, sagte er. »Sie wollen eine Verfasserzeile. Sie wollen, dass wir Sie anstellen und Ihr erster Artikel der Aufmacher auf der Titelseite wird. Aber so läuft der Hase nicht. Was werden Sie danach tun, sich in jeden großen Mordfall einmischen? Sich wie eine Schnapsdrossel kleiden und losziehen, um den Tic-Tac-Toe-Killer zu finden, der Baltimores Obdachlose in Angst und Schrecken versetzt? Vielleicht den Kerl vom Grassy Knoll finden? Das ist kein Journalismus. Das macht Sie eher zu einer Stuntfrau, einem billigen Abklatsch von Nellie Bly.«

Eine weitere Maske war gefallen. Sie war ihm auf den Schlips getreten. Und Maddie mit ihrem untrüglichen Instinkt dafür, was Männer brauchen, wusste sofort, wie sie es wieder geradebiegen konnte.

»Wäre es denn so falsch, wenn ich den Artikel mit Ihrer Hilfe schreibe, sozusagen als Feuerprobe? Ich fange liebend gern ganz unten an und arbeite mich dann hoch. Ich verlange keine Extrawurst.«

»Ach, Maddie, die Arbeit bei einer Zeitung ist zu derb und vulgär für Frauen, und es färbt ab. Sie sollten mal die Schreckschraube sehen, die über die Gewerkschaften berichtet.«

»Ich denke, dass ich bei allem, was ich tue, immer und in erster Linie eine Frau sein werde.«

»Darauf wette ich«, sagte er. »Hören Sie, es wär einfacher, wenn ich die Briefe haben könnte, um sie meinem Boss zu zeigen –«

Sie schob den Brief zurück in ihre Handtasche. »Genau genommen habe ich den zweiten Brief gar nicht bei mir. Ich bin zuerst hierhergekommen. Ich bin zuerst zu *Ihnen* gekommen. Aber wir haben in der Stadt zwei andere Zeitungen, den *Beacon* und die *Light*. Vielleicht sollte ich dort mal vorbeischauen und hören, was die mir anbieten.«

* * *

Zwei Tage später – zwei Tage, an denen sie Seite an Seite mit Mr. Bauer gesessen, getippt, geredet, ihm erlaubt hatte, ihren Text umzuschreiben, sich aber in gewissen Momenten bei der Wahl der Worte, die sich in seiner störrischen Schreibmaschine auf dem Papier abbildeten, auch durchgesetzt hatte – erschien Maddies Artikel auf der Titelseite. EIN MÖRDER GESTEHT. Mr. Bauers Name stand in der Verfasserzeile, doch ihr Name erschien in Kursivschrift dahinter: Basierend auf einem Briefwechsel mit Madeline Schwartz, Angehörige der Suchmannschaft, die Tessie Fines Leiche entdeckte.

Ihre Korrespondenz war eingebettet in eine größere, um Mr. Bauers Berichterstattung erweiterte Geschichte. Ein Sprecher der Army erklärte unerschrocken, dass die »Behandlungen«, denen Stephen Corwin unterzogen worden war, keinesfalls eine Psychose verursachen könnten oder würden. Seine Mutter sagte, Stephen sei ein unglücklicher Mensch und aus ihrer Sicht schon immer eine Enttäuschung gewesen, und dass alles, was er sagte, eine Lüge sei, selbst die Geschichte mit den Eiern. Er hätte zwielichtige Freunde, Männer, die sie nicht guthieß.

Schließlich versuchte der Anwalt, Maddie unter Strafandrohung als Zeugin vorzuladen, nur um darauf hingewiesen zu werden, dass ihre Notizen durch das Informantenschutzgesetz des Staates Maryland geschützt seien, da sie Angestellte der *Star* war. Sobald der Anwalt der Zeitung stillschweigend andeutete, dass dieser Arbeitsvertrag bereits vor ihrem Briefwechsel mit Corwin abgeschlossen worden war statt erst im Anschluss an das Rechtsersuchen auf die Schnelle nachgeschoben, sagte er dies nie ausdrücklich, weshalb der unerfahrene Strafverteidiger diese Stoßrichtung aufgab und beschloss, sich stattdessen auf eine Verhandlungsunfähigkeit Corwins zu konzentrieren.

Die Story war eine Sensation und beherrschte mehrere Tage die Nachrichten. Zum Teil war Maddie die Story – attraktive, noch nicht ganz geschiedene Frau bringt Kindesmörder zu der Enthüllung, einen Komplizen zu haben –, aber sie verlor die Tatsache nie aus den Augen, dass die Story *ihr* Baby war und sie die Story, mit Mr. Bauers Hilfe, geschrieben hatte. Immerhin hatte sie sich bereits sehr früh danach gesehnt, Gedichte und Romane zu schreiben, hatte auf der Highschool für die Schülerzeitung geschrieben, war allerdings klug genug, dies nicht gegenüber Mr. Bauer oder sonst jemandem beim *Star* zu erwähnen. Bei der Schülerzeitung hatte sie auch Allen Durst kennengelernt, der indirekt beinahe ihr Leben zerstört hatte.

Jetzt würde das Schreiben ihr möglicherweise auf Umwegen helfen, ihr Leben neu zu erfinden.

Maddies Belohnung für ihren Aufmacher war ein Job als Assistentin von Don Heath, dem Verantwortlichen für die »Kummerkasten«-Kolumne des *Star*, der allerdings extrem skeptisch war. »Ich hatte noch nie eine Assistentin, warum glauben Sie, ich brauche auf einmal eine Assistentin?«, echauffierte sich Mr. Heath. »Ich denke, Sie könnten die Post aufmachen. Wenn Sie den Bogen dann raushaben, lasse ich Sie einige der leichteren Fragen bearbeiten, solche, die wir nicht für die Zeitung aufarbeiten.«

In Anbetracht der banalen Anfragen, die es in die Zeitung schafften, fragte sich Maddie, wie einfältig die anderen wohl sein könnten. Aber das spielte keine Rolle. Sie hatte einen Schreibtisch. Sie hatte einen Job. Während sie die Umschläge aufschlitzte, die täglich eintrafen, eine sisyphusartige Abfolge völlig belangloser Klagen, stellte sie sich eine zukünftige Maddie vor, die einem jungen Bewunderer erzählte, wie alles angefangen hatte. Vielleicht Seth oder vielleicht einem Raum voller College-Mädchen. »Man sagt, jede Reise beginnt mit dem ersten Schritt. Nun, meine persönliche Reise von nicht mal fünfzig Schritten vom »Kummerkasten« in den echten Newsroom begann mit tausend Papierschnittwunden.«

Abends cremte Ferdie ihre Hände ein und machte sich Sorgen, weil ihre wunderschönen Fingernägel so litten. Maddie erklärte ihm mit einem Selbstvertrauen, das sich so anders anfühlte als ihr altes Selbstvertrauen: »Ich werde nicht ewig die Post aufmachen.«

Mr. Kummerkasten

Ich habe nie um eine Assistentin gebeten und es macht mir Angst, als es jetzt plötzlich heißt, ich bräuchte eine. Man hat mir vor vier Jahren den »Kummerkasten«-Job gegeben, als ich anfing, nun, sagen wir mal, Fehler zu machen. Nichts Schwerwiegendes oder Ehrenrühriges. Eines Tages hab ich etwas durcheinandergebracht, als ich schrieb, dass ein hiesiger Banker, der eine Auszeichnung erhielt, die Crown University auf Long Island besucht hätte. Nein, ich hatte noch nie was von so einer Einrichtung gehört, aber so hatte es sich eben für mich angehört. Diese verfluchten jungen Leute murmeln und nuscheln heutzutage ja auch so. Okay, dann war's eben die Brown University in Rhode Island. Man hat's noch vor Drucklegung bemerkt. Ist die Schlussredaktion denn nicht genau dafür da, solche Fehler zu finden? Die haben mich dann zu einem Audiologen geschickt, aber mit meinem Hörvermögen war alles in bester Ordnung. Ich hab denen gesagt, dass ich mir an dem fraglichen Tag zum Mittagessen ein paar Drinks genehmigt hätte. Ist ja nicht so, als würden andere Reporter das nicht auch tun. Wir sind die Abendausgabe. Redaktionsschluss ist vierzehn Uhr. Man reicht sein Zeug ein, lässt den zuständigen Redakteur dran rumfrickeln, schlägt sich wacker und mit Zuversicht und geht dann mittagessen. Ich mag das Connolly's, liegt praktisch genau gegenüber. Anständiges Fisch-Sandwich. Kam dann zurück, machte das Interview. So was könnte doch jedem passieren. Ich hab versprochen, ich würde nichts mehr trinken. Ich hab denen nicht gesagt, dass ich an dem Tag überhaupt nichts getrunken hatte.

Die haben's geschluckt. Aber sie haben mich aus der Kolumne befördert, haben sie Bauer gegeben, dieser falschen Schlange. Oh, was für ein netter Mann mit seinen netten Geschichten über seine nette Familie. Ich würde mir eher die Augen ausstechen, als solch einen sentimentalen Scheiß zu schreiben. Sie haben mir die »Kummerkasten«-Kolumne gegeben und einen guten Redakteur, und von Zeit zu Zeit haben sie unauffällig (zumindest dachten sie das) an meinem Atem geschnüffelt.

Wenn's da doch nur etwas zu schnüffeln gäbe. Ich hätte lieber Gin oder Wodka auf den Lippen. Aber ich schätze, wenn das Hirn langsam verrottet, geschieht das wohl eher geruchlos.

Mein Arzt sagt, es gäbe keine Anzeichen einer Demenz. Er vergisst – haha, der Arzt, den ich gebeten habe, meine Demenz zu diagnostizieren, vergisst Dinge –, dass ich da gewesen bin, dass ich's aus nächster Nähe mitbekommen habe. Die Demenz hat mir meine Mom genommen, und erzählen Sie mir nicht, solche Sachen sind nicht erblich. Es hat bei ihr genauso angefangen wie bei mir. Ein gedanklicher Ausrutscher hier, ein gedanklicher Ausrutscher da. Mein Arzt sagt, Dinge zu vergessen wäre gar nicht das eigentliche Problem. Er will von mir wissen, ob ich die Menschen in meinem Leben wiedererkenne, ob ich schon mal grundlegende Worte vergessen habe. So weit, so gut. Aber falls es sich so verhält, warum haben sie mir dann eine Assistentin gegeben? Bring ihr was bei, haben sie gesagt. Sie ist lernbegierig. Nicht jung, aber lernbegierig. Aber mir können die nichts vormachen. Sie ist schon fast vierzig, wer fängt denn in dem Alter noch bei einer Zeitung an? Ich frag mich, ob sie eine Krankenschwester ist oder ob sie mich ausspionieren soll. Es ist keine Paranoia, falls sie's wirklich auf einen abgesehen haben. Die Gewerkschaft macht's ihnen schwer, mich loszuwerden, aber wenn ich einen dicken Fehler mache oder ernsthaft krank bin, kann mich auch die Gewerkschaft nicht beschützen. Man kann sich in einer Ecke des Newsroom zu Tode saufen, so wie Ned Brown es in diesem Augenblick macht. Das ist okay. Aber wenn ich hier eines Tages ohne Hosen aufkreuze, bin ich draußen. Glücklicherweise ist es schwer, beim »Kummerkasten« einen dicken Schnitzer zu landen. Jeder Affe kriegt das geregelt. Solange er nicht senil wird.

In ihrer ersten Woche hier weiß ich überhaupt nicht, was ich mit der Assistentin anfangen soll. Ich sitze in einer Ecke des Büros, wo man mich in Ruhe lässt. Sie schaffen es, für sie einen kleinen Platz abzuzwacken, was mich nervt. Ich bin es gewöhnt, allein und ungestört zu sein, zu telefonieren, ohne dass irgendwer mithört. Ich schicke sie Kaffee holen, was jeden Tag insgesamt, ach, alles in allem vielleicht zehn Minuten dauert. Schließlich gebe ich ihr die Post mit der Bitte, alles durchzusehen. Ich sage: »Das gibt mir mehr Zeit, an meiner unsterblichen Prosa zu arbeiten.« Sie lacht. Sie ist eine dieser Frauen, die über die Witze von Männern lachen, selbst wenn die überhaupt nicht lustig sind.

Der eigentliche Witz ist ja, dass ich die mit Abstand dämlichste Kolumne der Zeitung habe, aber auch die beliebteste. Sie können sich nicht vorstellen, welche Berge an Post sie generiert, und ja, ich gestehe – ich hab nie alles gelesen. Ich hab gelesen, bis ich genug Material hatte, um die Zeilen zu füllen. Bei vier Kolumnen pro Woche brauche ich mindestens zwölf gute Fragen. Und es müssen Beschwerden von Verbrauchern sein, Dinge, bei denen ich etwas *tun* kann. Ich bin nicht so berühmt wie *Dear Abby*, aber angesichts der Berge von Post würde man das fast denken.

Ich glaube nicht, dass irgendjemand lange genug lebt, um eine klare Vorstellung davon zu haben, wie das nächste Jahrzehnt wohl aussehen wird. Man wird dreißig und denkt, man wüsste genau, wie's so sein wird mit vierzig, aber man weiß es nicht, und dann kommt fünfzig, und, Mann, die Vierzig sieht verdammt gut aus. Ich bin jetzt achtundfünfzig und werde nicht so tun, als hätte ich die geringste Ahnung, wie mein siebtes Jahrzehnt aussehen wird, abgesehen von enttäuschend. Denn bislang war jedes Jahrzehnt weniger gut, als ich gehofft hatte, warum also sollte es im nächsten anders sein?

Und ich beichte noch was: Ich habe ein System, meine Post auszusortieren. Schreibmaschine vor von Hand geschrieben, männliche Handschrift vor weiblicher Handschrift, nur Schreibschrift, keine Knastbrüder, und es ist mir egal, ob sie Fotobeweise davon haben, dass die Cops ihnen was anhängen. Ich bin hier, um Verkehrsampeln zu reparieren und herauszufinden, warum man bei Hutzler's keine Lammfellhandschuhe zurückgeben kann, wenn das Preisschild noch dranhängt. (Das Geschäft hat schließlich eingewilligt, sie gegen einen Gutschein zurückzunehmen. Ich vermute, bei Hutzler's dachte man, die Handschuhe wären geklaut, und, ja, wahrscheinlich waren sie das auch. Aber Mr. Kummerkasten ist nicht dazu da, moralische Urteile zu fällen.)

Also habe ich der Streberin die Post gegeben. Sie macht ihren Job gut, vielleicht zu gut. Kapiert schnell, die Kleine. Sie versteht, was eine gute Frage ausmacht, und lernt, die Blindgänger zu erkennen. Sie hängt sich ans Telefon und vergewissert sich, dass es Antworten gibt, bevor sie mir die Briefe zeigt. Sie kreiert eine ganz neue Kategorie – einfache Probleme, die keine Erwähnung in der Kolumne wert sind, aber mit einem kurzen Telefonanruf erledigt werden können. Zunächst gefällt mir das gar nicht, aber dann beschließe ich – warum nicht? Ich gehe den Sachen immer noch nach, schreibe immer noch die Kolumne, und es ist mein Stil, der sie so beliebt macht. Wegen meinem Stil und der Tatsache, dass es eine von zwei Rubriken der Zeitung ist, die wirklich versuchen, den Leuten zu helfen. Die andere sind die Nachrufe. Man wird mich zwar nicht dabei erwischen, wie ich das in der Redaktion laut sage, aber die Leute haben schon recht, Zeitungen bevorzugen meistens schlechte vor guten Nachrichten. Mit schlechten Nachrichten verkauft man Zeitungen. Es gibt keine »*Happy Valley Gazette*«.

Die hier strahlt Ehrgeiz aus, als wär's Hitze. *Woher kommen Sie?*, möchte ich sie fragen. *Gibt's keinen Ehemann, so hübsch, wie Sie sind? Versucht Bob Bauer, Ihnen an die Wäsche zu gehen? Nach allem, was ich so höre, wären Sie nicht die Erste. Mr. Familienvater, professionell netter Typ von nebenan. In dieser Branche gibt's keine netten Kerle, aber das werden Sie noch früh genug lernen.*

Ich werde dafür sorgen, dass sie mir mein Mittagessen bringt.

Juni 1966

»Okay, Miss Aufmacher – dann lassen wir Sie jetzt mal Ihre Stützräder ausprobieren.«

Calvin Weeks, der stellvertretende Ressortleiter der Lokalredaktion thront über Maddie, ein ominöses Blatt Papier in Händen. Obwohl Maddie erst zwei Wochen dabei ist, kennt sie bereits die Legende von Calvin Weeks und seinen »schwarzen Bohnen«, die er normalerweise am Ende seiner Schicht in die Postfächer der Reporter stopft. Er verfasst seine Schriebe mit Kohlepapier, behält selbst die Originale und spendiert den Reportern die verschmierten Durchschläge. Vermutlich waren diese schwarzen Flecken der Grund dafür, dass die Wische *schwarze Bohnen* genannt wurden, aber sicher wusste das keiner. Calvin Weeks war seit zwanzig Jahren stellvertretender Ressortleiter in der Lokalredaktion, und neunzehn davon verteilte er seine schwarzen Bohnen.

»Es gibt einen Grund, warum er schon so lange auf diesem Posten klebt«, hatte Bob Bauer Maddie erzählt. »Sie kennen doch das Peter-Prinzip. Das hier ist der Cal-Folgesatz, die Zeitungsversion des hippokratischen Eides. Erstens, richte den geringsten Schaden an. Deswegen hat er die Schicht von fünfzehn bis einundzwanzig Uhr. Wenn abends noch eine große Sache passiert, übernimmt der Nachtredakteur. Wenn tagsüber große Nachrichten reinkommen, sind die großen Bosse da. Weeks ist bestenfalls ein Verkehrspolizist, der den Strom der Meldungen regelt.«

Es war bereits drei Uhr nachmittags und Maddies Arbeitstag endete um fünf. Das hätte eigentlich als Ausrede genügen sollen, um ihren Kopf nicht in die Schlinge zu stecken, die Cal ihr hinhielt. »Ich habe um fünf Feierabend.«

»Ich bin sicher, Don wird nichts dagegen haben, wenn ich Sie mir mal ausleihe.«

Mr. Heath nickte, ein Herr tritt seinen Diener ab. Besaß er die Befugnis dazu? Wer war eigentlich ihr Boss? Das sollte Maddie wahrscheinlich mal herausfinden.

»Heute Nachmittag findet eine kleine Party statt«, fuhr Cal fort. »Normalerweise schicken wir ja nur einen Knipser. Aber weil die Schwarzen heutzutage alle so empfindlich sind, fand der Big Boss, es wäre eine gute Gelegenheit, ein bisschen guten Willen zu zeigen und zu demonstrieren, dass wir nicht nur über die Krawalle und Überfälle schreiben.«

Er gab ihr das Blatt Papier, die *schwarze Bohne*, und gab den Inhalt wieder, während sie den Text überflog. »Violet Wilson Whyte feiert heute ihr neunundzwanzigjähriges Dienstjubiläum bei der Polizei. Das ist doch mal was, oder? Der erste schwarze Cop war eine Frau. Also findet heute im Polizeipräsidium eine kleine Party für sie statt. Sie gehen da vorbei, holen sich ein paar O-Töne – wie sie angefangen hat, wie geehrt sie sich fühlt, Rhabarber, Rhabarber, Rhabarber – und reichen 220 Wörter ein. Wir benutzen sie morgen im Innenteil.«

Rhabarber, Rhabarber, Rhabarber war ein weiterer von Cals Ticks, seine Version von *et cetera, et cetera, et cetera.* Und wieder hatte niemand eine Ahnung, wie er darauf gekommen war. Er erinnerte Maddie an einen Schauspieler, den sie im Painters Mill in *Der König und ich* gesehen hatte, ein nur mittelmäßiger Darsteller, der in diesem staubigen Theaterzelt jedoch überaus selbstzufrieden über die Bühne stolzierte. In einer Szene hatte er die Bühne betreten, indem er an Maddies Platz vorbei den Gang hochmarschiert war, mit flatterndem Umhang, obwohl Maddie nicht glaubte, dass Mitglieder des Königshauses von Siam solche Umhänge trugen.

Der Saum des Umhangs, der in der Sommerhitze hinter ihm herwirbelte, hatte sie am Augenwinkel getroffen. Es hatte nicht wehgetan, doch der unerwartete Kontakt war überraschend, und Maddie hatte einen kleinen Schrei ausgestoßen. Der Schauspieler hatte sich umgedreht, gelächelt, als hätte er ihr ein Geschenk gemacht, und war dann weiter auf die Bühne gestürmt, wo er fortfuhr, die Lyrik von Rodgers und Hammerstein mit einer Darbietung zu zerstören, die sich an Marlon Brando in *Endstation Sehnsucht* zu orientieren schien.

Sie versuchte es erneut. »Ich habe um fünf Uhr Feierabend.«

»Dann sollten Sie sich jetzt besser auf den Weg machen.«

Sie begriff, oder war ziemlich sicher, dass sie es tat. Die Presseerklärung war spät hereingekommen, aber irgendein höheres Tier hatte angeordnet, dass darüber berichtet werden sollte, und Cal fungierte nun als Wasserträger für die Bosse. Das Jahr wurde überall in den Vereinigten Staaten zunehmend von Unruhen geprägt, und in verschiedenen Städten waren Krawalle ausgebrochen. Baltimore war bislang verschont geblieben. Maddie erhielt diese »große Chance«, weil Cal annahm, dass sie entweder zu ängstlich war, um Überstunden einzureichen, oder aber so sehr nach einer Verfasserzeile hungerte, dass sie auf ihr Recht einer zusätzlichen Bezahlung verzichtete.

In beiderlei Hinsicht hatte er recht.

Sie ging zum Polizeipräsidium und zeigte ihren *Star*-Ausweis. »Das ist kein Presseausweis«, wurde ihr gesagt.

»Ich weiß«, sagte sie. Wusste sie nicht. »Aber ich arbeite dort. Man hat mich hergeschickt, weil Mr. Diller beschäftigt ist.«

Doch Diller, der Polizeireporter, befand sich im Raum. Warum konnte nicht er die Geschichte schreiben? Aber Maddie wusste, wieder dank Mr. Bauer, warum. Diller konnte *überhaupt nichts* schreiben. Er gab seine Fakten durch, und der Textredakteur machte dann daraus einen publizierbaren

Artikel. Es war ein Anfängerjob, und die meisten Männer waren darauf aus, so schnell wie möglich von den Tatorten zu verschwinden, brannten darauf, die Worte zu schreiben, die unter ihrer Verfasserzeile erschienen. Diller hatte keine Ambitionen weiterzukommen. Diller konnte die Fakten über eine schwarze Frau diktieren, wenn sie tot wäre; das konnte er im Schlaf. Aber konfrontiert mit einer Story ohne Verbrechen hatte er nicht den geringsten Schimmer, wo er anfangen sollte.

Maddie packte ihr aufregend neues Reporter-Notizbuch aus und versuchte, die abgedroschenen Glückwünsche des Polizeipräsidenten mitzuschreiben. Sie hatte nie Steno gelernt und war nicht sicher, wie man ohne korrekt zitieren sollte, aber sie improvisierte und gab ihr Bestes, erfand eigene Abkürzungen. Der Raum war überfüllt, allerdings schien nicht Violet Wilson Whyte die Hauptattraktion zu sein, sondern der Kuchen. Als der Commissioner darauf bestand, dass der Ehrengast ein paar Worte sagte, fasste sie sich kurz und sprach zwar leise, aber mit bemerkenswertem Selbstvertrauen und großer Souveränität.

»Danke«, sagte sie. »Ich bin einfach nur froh, neunundzwanzig Jahre später immer noch hier zu sein. Aber meine Arbeit ist nicht erledigt, noch nicht.« Sie betonte das vorletzte Wort.

»Auf weitere neunundzwanzig Jahre«, rief jemand aus den hinteren Reihen. Blöd, dachte Maddie. Im Grunde sogar unverschämt. Es klang sarkastisch, als würde der Mann, der das gesagt hatte, Mrs. Whyte verspotten. Sie fragte sich, ob Ferdie wohl hier war. Es mussten doch sicherlich noch andere schwarze Polizisten zu dieser besonderen Feier ins Präsidium eingeladen worden sein. Doch das Publikum war recht überschaubar und ziemlich weiß.

Sie fragte Diller danach. Nicht nach Ferdie, sondern ganz allgemein nach dem Nichtvorhandensein von Schwarzen.

»Es ist ein Werbezirkus für die Presse«, sagte er. »Für wen wird schon zum neunundzwanzigsten Dienstjubiläum eine Party geschmissen? Die haben das in letzter Minute zusammengeschustert. Ein lupenreiner PR-Trick, um alle daran zu erinnern, dass sie mehr machen mit Schwarzen, als ihnen nur die Köpfe einzuschlagen.«

»Aber, warum berichten wir dann darüber?«

Er sah sie schräg an: »Moment, sind Sie vom *Star*?«

»Bin ich, ich bin Maddie –«

Doch er war bereits gegangen, um sich sein Stück Kuchen zu sichern, ein Stück aus der Mitte. Er stand bei einer Gruppe von Männern. Vermutlich Reporter, wie er. Wie nannte man eine Gruppe von Reportern? *Krähenschwarm* wäre passend, dachte Maddie. Eine krächzende Schar Reporter.

Mit gezücktem Notizbuch näherte sie sich dem Ehrengast und stellte sich als Reporterin vor. Sie machte doch den Job eines Reporters, oder etwa nicht?

Mrs. Whyte sträubte sich. »Ich hatte schon viele Gelegenheiten, um über mich zu sprechen. Wenn Sie einen Blick in die Unterlagen geworfen haben, bevor sie herkamen – und ich bin sicher, das haben Sie –, wissen Sie doch schon alles über mich.«

Eine versteckte Rüge, und zu Recht. Maddie hätte sich die entsprechenden Artikel aus der Bibliothek holen sollen. Ihr Gesicht stand in Flammen, doch sie würde nicht ohne eine Story in die Redaktion zurückkehren. Sie wurde hier getestet, und Tests hatte Maddie schon immer mit links geschafft.

»Wie ist es, die Erste gewesen zu sein?«

»Gar nicht so anders als die Zweite, Dritte oder Tausendste.«

»Aber bei der Polizei gibt es nach wie vor nicht sonderlich viele Schwarze. Und sie haben erheblich weniger Befugnisse als ihre weißen Kollegen.« Das hatte ihr natürlich Ferdie erzählt. Schwarze durften auf Streife gehen oder zur Sitte, und das war's dann so ziemlich. Keine Autos, keine Funkgeräte. Maddie hatte sich entschieden, Ferdie nicht zu fragen, woher er sich einen Streifenwagen für seine spätabendlichen Besuche bei ihr verschafft hatte.

Mrs. Whyte, deutlich überrascht von Maddies Wissen, wurde ein wenig zugänglicher. »Nun, ich bin ein alter Hase und gewohnt, aus allem das Beste zu machen. Als ich jünger war, bin ich auf der Pennsylvania Avenue Streife gelaufen. Ich meinte, in diesem Job mehr für die Kinder in diesem Viertel zu tun, als ich es als Lehrerin tat. Ich will nicht die Lehrer kritisieren. Ich war selbst eine und mein Mann hat seine gesamte Berufslaufbahn im Schulsystem verbracht. Aber es gab viele Frauen, die unterrichteten. Die Kinder sahen sie jeden Tag. Wenn ich in meiner Uniform die Straße hinunterging, zeigte ich ihnen, dass man auch etwas anderes werden kann. Was wir nicht sehen, können wir uns auch nicht vorstellen.«

Maddie kritzelte hektisch mit. Sie war so begeistert von Mrs. Whytes leidenschaftlichem Stolz auf ihren Job, dass sie fast die grundlegenden Fragen vergaß – ihr Alter und den Namen ihres Mannes. Dann stellte sie einige Fragen darüber, wo sie aufgewachsen war, was ihre Eltern von der Berufswahl ihrer Tochter gehalten hatten und was sie am Ende eines Tages tat, um zu entspannen.

Die letzte Frage amüsierte Mrs. Whyte. »Ich sehe ein bisschen fern«, sagte sie, »lese die Zeitung. Habe mal versucht zu stricken, dabei kamen aber nur Schals heraus, und selbst bei denen habe ich das Muster versemmelt. Meine Schwester sagte, meine Maschen wären zu locker.«

Um halb fünf war Maddie wieder im Verlag. Sie konnte zwar schnell tippen, aber nicht so schnell texten, und sie grübelte lange über dem Manuskript. Doch es machte ihr Freude; es war wie damals auf der Highschool, als sie ihre Kolumne schrieb, sich geistreiche Bemerkungen ausdachte und anderen beliebten Schülern Spitznamen verpasste. Als sie ihre angeforderten vierhundert Wörter endlich einreichte, war es bereits fast acht. Sie war zu schüchtern, um wie die anderen Reporter laut »Manuskript« zu rufen, also brachte sie die Seiten persönlich zu Cal.

»Zu lang«, sagte er, ohne den Artikel gelesen zu haben und strich den letzten Absatz einfach mit einem roten X.

»Aber, das ist der beste Teil«, sagte Maddie. »Es waren doch ihre Worte, dass sie hoffte, die Kinder zu inspirieren, die ihr jeden Tag begegnet sind.« *Was wir nicht sehen, können wir uns auch nicht vorstellen.*

»Den besten Teil setzt man nicht ans Ende.«

Seit sie beim *Star* angefangen hatte, las Maddie die Zeitung mit einer Aufmerksamkeit und Konzentration, zu der ihr früheres Selbst nie fähig gewesen wäre. Ihr war aufgefallen, was manchen Storys eine eigene Melodie verlieh, während andere im Stil eines Polizeiberichts abgefasst waren: Wir wollen nichts als die Fakten, Ma'am.

»Es ist doch ein Feature, oder? Features können …« Sie unterbrach sich, war nicht sicher, ob es das richtige Wort war und sie das Recht besaß, es benutzen zu dürfen. »Features können dramaturgische Höhepunkte haben, oder nicht?«

»Es sollten zweihundertzwanzig Wörter über eine Schwarze sein, die weder randaliert noch klaut.«

»Aber sie ist interessant«, sagte Maddie. »Ich denke, da könnte man mehr rausholen.«

»Wir haben schon jede Menge über sie geschrieben. Seien Sie froh, dass es überhaupt einen Artikel gibt – wir hätten das auch mit einem Foto und einer Bildunterschrift lösen können. Aber wenn Sie gut sind, vielleicht schmeiße ich dann noch ein paar weitere Storys in Ihre Richtung.«

Wenn Sie gut sind. Maddie ließ sich nicht täuschen. Cal versuchte, sie für zukünftige Aufträge am Spätnachmittag einzuspannen, und baute dabei auf ihren Ehrgeiz und den Anstand, sie auch anzunehmen. Baute auf ihre Schüchternheit, um nicht das einzufordern, was ihr zustand.

»Es ist schon nach acht«, sagte sie. »Ich habe drei Überstunden gemacht. Wie trage ich die am Ende der Woche auf meiner Stempelkarte ein?«

»Feiern Sie die Stunden ab«, sagte er leichthin. »Ich werd's Don sagen. Sie können drei Tage hintereinander je eine Stunde früher gehen.«

»Abfeiern?«

»Zeitausgleich. Ist okay, solange alle damit einverstanden sind. Oh, streng genommen muss man den in derselben Woche nehmen, damit man unter vierzig Stunden bleibt, aber kein Mensch interessiert sich für solche Formalitäten.«

Maddie war ziemlich sicher, dass es die Geschäftsleitung war, die sich keine Gedanken um solche Formalitäten machte.

»Überstunden werden mit dem anderthalbfachen Satz bezahlt. Müsste ich da dann nicht auch viereinhalb Stunden bekommen? Ansonsten scheint mir Zeitausgleich eine ziemlich schlechte Idee zu sein.«

Sein Blick wurde kalt, und das bisschen Freundlichkeit, das vorzugaukeln er geschafft hatte, verschwand aus seinem Gesicht. Mit seinen ungewöhnlich spitzen Eckzähnen, der extrem bleichen Haut und den viel zu roten Augen sah Cal aus wie ein Vampir oder eine Albino-Katze. Der Mann besaß keine echte Autorität, erkannte Maddie. Wie das an ihm nagen musste.

»Also schön«, sagte er. »Sie haben sich viereinhalb Stunden verdient, die in gegenseitigem Einvernehmen genommen werden müssen. Was werden Sie tun? Eine längere Mittagspause machen? Shoppen gehen?«

»Ich werde mir die Zeit zunächst aufsparen. Man weiß nie, wann man mal Zeit braucht. Werden Sie Don die Situation erklären? Dass Sie mich gebeten haben, diese Sache zu erledigen, und ich mir damit Zeitausgleich verdient habe?«

»Den Sie im Einvernehmen abfeiern werden«, sagte Cal. »Sie können nicht einfach sagen, dass Sie früher gehen. Sie werden das mit Don abklären müssen.«

»Selbstverständlich.«

Sie ging und war sich sehr wohl bewusst, dass sie seine Frage, was sie mit der Zeit zu tun gedachte, nicht beantwortet hatte. Sie hatte nicht die Absicht, ihm zu erzählen, dass sie plante, auf einem anderen Weg in die Zeitung zu kommen. Mit einer richtigen Story.

Als der *Star* am nächsten Tag erschien, war ihr Artikel auf 175 Worte gekürzt worden. Von Maddies Namen fehlte jede Spur, und alles, was sie an dem Text für lebendig oder gut gehalten hatte, auch die Zitate, waren gestrichen worden. Es war ihr egal. Sie schnitt den Artikel aus und legte ihn in den Umschlag, den sie nach einigem Nachdenken mit »Morgenstern, Madeline« beschriftete. Wenn ihr Name irgendwann in einer Verfasserzeile stehen würde, vielleicht sollte sie dann diesen benutzen.

Sie öffnete die Briefe, die sie liegengelassen hatte, nachdem Cal sie zum Polizeipräsidium geschickt hatte. Zwei von ihnen besaßen Potenzial, und sie legte sie zur Seite, um sie Mr. Heath zu geben. Um einen davon konnte sie sich direkt kümmern. Einem Passanten war aufgefallen, dass die Beleuchtung der Fontäne im Druid Hill Park nicht mehr funktionierte. Sie würde am nächsten Tag das zuständige Amt anrufen und den Ausfall melden. Er war keinen Platz in der Kolumne wert. Inzwischen hatte sie gelernt, solche Unterscheidungen zu machen, und war stolz auf ihre Eigeninitiative. Bob Bauer hatte sie gewarnt, Heath mache sich bereits Sorgen, dass Maddie es auf seinen Job abgesehen hatte.

Doch Maddie wollte viel höher hinaus, so hoch, dass sie noch nicht genau erkennen konnte, wohin. Sie hätschelte und verwöhnte Mr. Heath, brachte ihm Kekse von Entenmann's mit oder zum Nachmittagskaffee ein Stück Rührkuchen von Sara Lee. Schon bald würde sie bei ihm wieder gut angeschrieben sein. Viereinhalb Stunden zu ihrer freien Verfügung. Doch was wollte sie damit anstellen? Was konnte man in viereinhalb Stunden machen?

Schon bald sollte ein Elektriker in einem Ruderboot die Antwort liefern.

Lady Law

Ich wollte keine Party. Wer feiert denn bitte sein neunundzwanzigstes Dienstjahr? Ich gehe nicht eher, bis ich zum Captain befördert worden bin, das habe ich meinen Vorgesetzten schon x-mal gesagt. X-mal.

Doch mir war klar, was los war, warum das Departement mich feiern wollte, warum Fotografen und sogar eine Reporterin kamen, obwohl die mir trotz ihres Alters noch recht grün hinter den Ohren zu sein schien. *Für den Job braucht sie viel mehr Selbstvertrauen, das ist mal klar,* habe ich bei mir gedacht. Ich bin schon ein paar Mal interviewt worden, für deutlich substanziellere Artikel. Man muss mich nicht fotografieren, wie ich ein Tortenmesser halte.

An Selbstvertrauen hat's mir noch nie gemangelt. Mein Vater hat mir beigebracht, mich nicht vor dem Tod zu fürchten, und nur deswegen konnte ich überhaupt meine Arbeit machen. Den Tod nicht fürchten ist nicht dasselbe wie furchtlos sein. Es bedeutet, dass ich mir keine Sorgen über die Konsequenzen des Todes machen muss, darüber, wohin die Reise geht. Ich habe kein tadelloses Leben geführt. Aber ich bin eine Christin und bete zu meinem Gott, dass er mich durch die harten Zeiten führt, mir vergibt, wenn ich vom Pfad abkomme, und seine Hand ausstreckt, um mir zurück auf den rechten Weg zu helfen.

Oft mag ich die Dinge nicht, von denen die Leute denken, ich sollte sie mögen. Ich mag keine Partys. Ich mag nicht fotografiert werden. Ich mag keine Aufmerksamkeit. Ich war nicht wirklich gern in dieser Fernsehsendung *To Tell The Truth*, aber zumindest war ich diejenige, die die Wahrheit gesagt hat. Trotzdem hatte die Sache etwas Würdeloses. Im Grunde genommen geht's doch bei der Show nur darum, dass jemand seltsam ist, vielleicht sogar ein Freak. Ich bin kein Freak. Ich bin eine Frau mit einem Collegeabschluss, die sich um Kinder gekümmert hat, um meine eigenen – ich hab selbst vier, zwei hab ich zur Welt gebracht, zwei adoptiert – und um alle Kinder in den Vierteln, in denen ich Streife gegangen bin. In gewisser Hinsicht war ich mehr Sozialarbeiterin als Polizistin. Aber ich glaube, ich hab mehr erreicht als die Sozialarbeiter. Wenn eine Sozialarbeiterin in ein Haus kommt, ist sie der Feind, jemand, der sich einmischt. Wenn ich vorbeikam – normalerweise, weil irgendwer Trunkenheit oder Ruhestörung gemeldet hatte –, empfingen mich die Mütter insgeheim mit offenen Armen. Sie wussten, dass ich verstehe, dass ich mich kümmere. Aber ihre Kinder kamen für mich an erster Stelle, immer.

Sie nannten mich »Lady Law«, Hüterin des Gesetzes. Das gefiel mir, besonders der erste Teil. Ich bin stolz auf meine Manieren, meine vornehme Herkunft. Als ich in den 1950ern mehrere jüngere Frauen unter mir hatte, habe ich stets betont, wie wichtig gute Manieren und ein zivilisiertes Auftreten sind. Es gab keinen Grund, wegen unserer Arbeit männlich oder rau sein zu müssen. Manchmal musste ich nur einfach die strenge Schulmeisterin sein, wenn man so will. Ich habe die kleinen Jungs erwischt, die sich ins Kino schlichen und die Schule schwänzten. Ich hab ihnen gesagt, ich könnte sie nach Hause bringen oder nach Cheltenham, in die Jugendstrafanstalt, sie hätten die Wahl. Sie haben sich immer für zu Hause entschieden.

Wahrscheinlich denken die, ich sollte so langsam an meine Pensionierung denken. Kommenden Herbst werde ich neunundsechzig. Vielleicht war diese Party ein Wink mit dem Zaunpfahl. Aber ich reagiere nicht auf Zaunpfähle, mache mir keine Gedanken über Seitenblicke, gemurmelte Kritik, die nicht für meine Ohren bestimmt ist, oder vielleicht gerade doch. Wenn jemand mir etwas zu sagen hat, dann soll er's mir ins Gesicht sagen. Ich bin noch nicht bereit zu gehen. Ich habe meine Beerdigung noch nicht geplant. Nicht mal, als ich in den Lauf der Pistole eines Mannes gestarrt habe, der von sich behauptete, ein Gesandter Gottes zu sein, in Wahrheit aber nur der Zuhälter junger Frauen war – noch nicht mal dieser Moment hat mich dazu gebracht, meine Beerdigung zu planen. Warum sollte ich es jetzt tun? Ich habe vor, noch sehr lange zu leben. Mein Vermächtnis wird viel größer sein, als einfach nur die Erste gewesen zu sein.

Das habe ich versucht, dieser Reporterin zu erklären, die trotz ihres Alters von Ende dreißig so zaghaft war. (Es ist so leicht, bei Weißen das Alter zu schätzen. Ihre Haut verrät ihr Alter so sicher wie die Jahresringe eines Baumes.) Nun ja, ich selbst war mit vierzig ein Neuling. Vermutlich ist es nie zu spät, eine Karriere zu beginnen. Vielleicht starte ich eine dritte, wenn ich hier raus bin. Ich glaube, ich wäre eine gute Predigerin. Aber ich *tue* die Dinge lieber, anstatt andere zu ermahnen. Vielleicht kann ich meine jahrelange Erfahrung im Zusammenstellen von Geschenkkörben nutzen, um eine kleine Firma zu gründen oder mich für einen guten Zweck zu engagieren. Aber den Namen Lady Law werde ich nicht benutzen. Das wäre unwürdig. Dieser Name wird mit mir in Rente gehen.

Am folgenden Tag, als die Zeitung erscheint, finde ich im Innenteil mein Foto, dazu lediglich ein paar Absätze, und teilweise hat mich das Mädel auch noch falsch zitiert. Aber dann hält mich Ferdinand Platt, einer von den Streifenpolizisten oben in Northwest auf dem Flur an und stellt mir für meinen Geschmack ziemlich alberne Fragen. *Was ich von dem Artikel halten würde? Ob ich zufrieden damit sei?* Ich hab ihm die Wahrheit gesagt, dass ich kein besonderes Interesse an Artikeln über mich hätte und dass es über die Jahre viele davon gegeben habe. Mein Name stand schon lange, bevor ich Polizistin wurde, in der Zeitung, da war ich noch landesweit für Ortsverbände der Woman's Christian Temperance Union tätig. Meiner Meinung nach ist der Alkohol eines der schlimmsten Übel unserer Zeit. Drogen natürlich auch, aber Alkohol ist legal. Wenn ich an der Carling Brauerei am Beltway vorbeifahre, rieche ich mehr als nur verbrannten Hopfen. Das ist der Geruch von zerstörten, zerbrochenen Familien. Ich habe vor dem Kefauver-Ausschuss über die Gefahren von Rauschgift ausgesagt, aber was die Folgekosten betrifft, ist Alkohol sogar noch schlimmer. Ja, ich verstehe das Paradox der Prohibition. Ich war damals eine erwachsene Frau. Ich habe gesehen, was passiert ist. Aber ich bin mir gar nicht sicher, ob das Problem mit der Legalisierung des Alkohols gelöst wurde.

Dieser junge Ferdinand hält es wahrscheinlich für eine tolle Sache, in der Zeitung zu stehen. Er ist ein gutaussehender Mann, vielleicht ein bisschen hübscher, als ihm guttut. Es wird gemunkelt, dass er außerdem etwas zu gute Beziehungen zu gewissen Männern unserer Gemeinde pflegt, zu einem besonders üblen Mann, der sich hinter anständigen Männern zu verstecken versucht. Shell Gordon ist eine Schande. Ihm gehört das Lokal an der Pennsylvania Avenue, dieses zweitklassige Etablissement, in dem die Mädchen gezwungen werden, so scheußliche Kostüme zu tragen. Nach allem, was ich höre, verkehrt Ferdie Platt dort und kennt die Leute, die dort ein und aus gehen. Fast ein harmloses Laster, verglichen mit den anderen Sünden dieser Polizeibehörde.

Davon abgesehen könnte das sogar auf einen guten Polizisten hindeuten. Die Shell Gordons dieser Welt, so kriminell sie auch sein mögen, haben ein tiefsitzendes Interesse daran, die Ordnung aufrechtzuerhalten. Chaos und Kriminalität sind ihr Metier, das sie ankurbeln und organisieren, bei dem sie keine Freiberufler dulden. Ich weiß, dass die Leute im Club zu Beginn der Ermittlungen versucht haben, der Polizei dabei zu helfen, herauszufinden, was mit Cleo Sherwood passiert war. Ihre Eltern sind anständige Leute. Ich weiß nicht, warum das Mädchen so geworden ist, wie sie war. Soweit ich weiß, ist sie als Teenager vom Weg abgekommen. Manche Mädchen sind einfach hübscher, als ihnen guttut, und sie wissen nicht, wie sie damit umgehen sollen. Ich war nie eine hübsche Frau, aber ich darf wohl ohne Eitelkeit behaupten, dass ich durchaus recht attraktiv bin. Wohlgeraten, mit gutem Teint. Mr. Whyte hat sich nie beschwert.

Es ist schade, dass ich die junge Cleo nie kennengelernt habe. Ich hätte ihr bestimmt helfen können, den richtigen Weg einzuschlagen.

Nun hast du also Lady Law kennengelernt, Maddie Schwartz. Ich kannte sie noch aus meiner Kindheit. Jeder in diesem Viertel kannte sie. Sie war diejenige, die mich getröstet hat, als dein zukünftiger Ehemann mich zum Weinen brachte. Milton hat viele Kinder zum Weinen gebracht. Wusstest du das? Er war ein unglücklicher, fetter Junge, der, versunken in seine Bücher, in einer Ecke des Lebensmittelladens seiner Familie hockte. Ich war erst sechs, eine Erstklässlerin, und dieser Collegejunge meinte, er müsste mich verspotten, weil er gehört hatte, wie ein anderes Kind mich bei meinem Spitznamen Cleo gerufen hatte. Mein richtiger Name ist Eunetta. Kann man's mir verübeln, dass mir Cleo lieber war?

Den Spitznamen haben mir andere Kinder gegeben, wie das bei Spitznamen eben so ist. Vermutlich taufen manche Leute sich auch selbst, aber das ist doch ein bisschen armselig, oder? Wir haben in der Schule die alten Griechen durchgenommen, und es gab da eine Zeichnung von Cleopatra, im Profil. Ein Junge, der dachte, er würde mich damit ärgern, sagte: »Miz Henderson, die sieht aus wie Cleo, die, die immer ihre Nase so hochhält.« Meine Nase ist – war – wunderhübsch. Gerade, zierlich, perfekt geformt. Als würd ich mit einem zehnkarätigen Diamanten herumlaufen, den mir allerdings keiner nehmen konnte. Also haben die Leute versucht, sie schlechtzureden, so zu tun, als wär meine Schönheit Hässlichkeit, als wär oben unten und schwarz wär weiß. Aber ihr Spott konnte mir nichts anhaben, denn ganz offensichtlich waren sie nur neidisch. Ich hatte helle Augen, einen hübschen Mund und hohe Wangenknochen. Doch es war meine Nase, die alles zusammenfügte, mich schön machte. So eingebildet das klingen mag, aber ich hatte nie eine schwierige Phase. Vielleicht wär's besser gewesen. Männer spielten viel zu früh eine Rolle in meinem Leben, schon mit vierzehn, fünfzehn, und als ich dann einundzwanzig war, da war ich's leid, sie abzuwehren. Und so hatte ich dann irgendwann zwei Babys, aber keinen Ehemann.

Bald schon war ich einfach nur Cleo, niemand erinnerte sich noch an »Eunetta«, und niemandem war klar, dass sie mich damit vor dem einzig Hässlichen an mir gerettet hatten. Ich selbst hab auch nicht mehr darüber nachgedacht, bis zu dem Tag, an dem dieser Milton mithörte, wie mein Cousin im Laden seiner Eltern meinen Namen benutzte: »Was holst du dir für deine Pennys, Cleo?« Onkel Box war zu Besuch gewesen. Er war nicht unser richtiger Onkel, und ich weiß auch nicht, warum man ihn Box nannte oder was er sonst so machte. Alles, was wir damals wussten, war, dass er kam und ging, und wenn er kam, war's wie eine Party, eine Party ohne Grund, die beste Sorte von Party. Die Kinder bekamen Geld geschenkt, während mein Vater in der Ecke saß und finster vor sich hin starrte. Mein Vater konnte Partys nicht ausstehen, auch keinen Spaß oder sonst irgendwas, was darauf hindeutete, dass wir womöglich Freude am Leben hatten.

»Vielleicht ein paar Kaubonbons«, sagte ich zu Cousin Walker.

»Cleo?«, fragte Milton, als ich ihm mein Geld zuschob. »Was für ein Name ist das denn?«

»Die Abkürzung für Cleopatra«, erwiderte ich. »Die Leute sagen, ich sähe aus wie sie.«

Er lachte. »Als ob ein blödes schwarzes Gör je aussehen könnte wie Cleopatra. Das ist das Dümmste, was ich je gehört hab. Sie war eine Königin. Du bist bloß ein blöder Jig.«

»Jig«, das war ganz klar das Wort, das er benutzt hat. »Jig«, die Abkürzung für »Jigaboo«, »Nigger«. Die anderen Kinder

lachten mich aus, als wären sie irgendwie nicht eingeschlossen in Miltons Verachtung. Ich war allein, wurde verspottet. Ich brach in Tränen aus und rannte aus dem Laden, vergaß meine Süßigkeiten und mein Geld.

»Warum weinst du, Kleine? Hast du dich verlaufen? Gibt's zu Hause Ärger?«

Ich hob das Gesicht, legte meinen Arm über meinen Nasenrücken, meine wunderschöne gerade Nase, und schämte mich. Für diese Tränen würde ich bei meinen Klassenkameraden büßen müssen. Sie würden sie wiedersehen wollen. Sie würden versuchen, mich so zu demütigen, wie dieser scheußliche, fette Milton Schwartz es getan hatte. Ich sah auf, hoch und immer höher, in das Gesicht von Lady Law. Jeder kannte Miz Whyte. Sie war von der Polizei, aber sie war schon okay. Sie mochte niemanden einsperren, wenn sie nicht wirklich musste, aber Gott steh dir bei, wenn du versucht hast, mit einer Flasche in einer braunen Papiertüte die Straße hinunterzugehen, auf der Miz Whyte gerade unterwegs war.

Stotternd und in einem Wirrwarr aus hitzigen, gedemütigten Worten erzählte ich ihr, was passiert war, doch irgendwie verstand sie jedes Detail.

»Es gibt Leute, Gelehrte, die glauben, dass Cleopatra eine Nubierin war«, erklärte sie mir. »Und jetzt gehen wir zurück in den Laden und holen uns dein Geld.«

Sie ging mit mir in den Lebensmittelladen. Ich bekam meine Süßigkeiten und mein Geld, was mich überraschte. War das Gerechtigkeit, war das das Gesetz? Schuldete Milton mir kostenlose Süßigkeiten, weil er versucht hatte, mir welche wegzunehmen? Wenn jemand einem wehtut, schuldet er einem dann mehr, als er getan hat? Wer schuldet dir etwas, Maddie Schwartz, und bei wem stehst du in der Kreide?

Jedenfalls, im Alter von sechs Jahren habe ich mir geschworen, dass die eine Sache, die mir niemals wieder jemand wegnehmen würde, meine Würde war. Doch die Verspre-

chen, die wir uns selbst geben, sind schwer einzuhalten, wie du ja schon gemerkt hast, Maddie Schwartz. Aber zwanzig Jahre lang habe ich meine Würde behalten. Ich habe keinem Mann hinterhergeweint, nicht mal den beiden, die mich mit zwei Kindern und ohne Eheringe sitzengelassen hatten. Ich ging gehobenen Hauptes, selbst wenn ich Kleidung aus der Kleiderkammer der Kirche tragen musste. Ich war Cleopatra, eine verkappte nubische Königin.

Und dann lernte ich einen Mann kennen, den König, den ich immer wollte, und das war dann mein Ende.

Inzwischen waren fünf, sechs Monate vergangen. Das Wasser im See war warm, bewegt. Winzige Kreaturen knabberten an dem, was von meiner Kleidung noch übrig war. Mittags stachen Sonnenstrahlen durch den Modder, doch sie erreichten mich nie. Aber irgendwie bewegte sich dieses Ding, zu dem ich geworden war, dieser leichtfertige, ruhelose Lappen von Leiche, der meine Schönheit ersetzt hatte – er bewegte sich und blockierte oder trennte eine Leitung. Einem Mann auf dem Weg zu einem nächtlichen Rendezvous beim Reptilienhaus fiel auf, dass die Beleuchtung der Fontäne erloschen war. Zumindest glaube ich, dass er es war, und dass er sowas vorhatte. Jemand mit einem heimlichen Leben, einem rasenden Herzen, die Sinne in Alarmbereitschaft. Jeder im Viertel wusste, was für Männer sich nachts am Reptilienhaus herumtrieben. Gleich und gleich gesellt sich gern. Ein Mann mit einem geheimen Leben könnte ein Geheimnis im Zentrum von etwas ganz Gewöhnlichem gespürt haben, könnte erahnen, dass die erloschene Beleuchtung Teil von etwas Größerem war. Etwas Lebloserem. Er schrieb einen Brief an den Kummerkasten und fragte nach, warum man zugelassen hatte, dass dieser Teil der Stadtverschönerung erlischt. Er hat mich zu dir geschickt; du hast einen Mann zur Fontäne geschickt, der über den See ruderte, als wär's der Fluss vor der Unterwelt in den Sagen, die man uns in der Schule beibrachte.

Möget ihr alle in der Hölle verrotten.

Wie ging noch der Vers, den wir alle gelernt haben? »In Ermangelung eines Nagels …« Nun, in Ermangelung einer Glühbirne war man kurz davor, mich zu finden, und, ja, eine Art Königreich wäre damit verloren. Leben würden ruiniert, Herzen gebrochen, ein König würde gestürzt.

Und alles nur deinetwegen, Maddie Schwartz. Ich war klug genug und besaß die Würde zu schweigen.

TEIL II

Juni 1966

Als Maddie aus dem Fahrstuhl trat, einen Karton aus der Imbissstube in der Hand, bemerkte sie im Newsroom, einem Ort, der ihr inzwischen vertraut und ans Herz gewachsen war, sofort etwas, das sie nur als eine Art Abwesenheit beschreiben konnte. Es fehlte eine bestimmte Ebene an Geräuschen. Die Fernschreiber tickten und trillerten vor sich hin, die Telefone klingelten, doch die Unterhaltungen waren verstummt. Keine Rufe, kein Gelächter. Nur das notwendigste Gemurmel, das absolute Minimum an erforderlichen Worten, während die Zeitung auf ihre letzte Ausgabe um acht Uhr abends zuwalzte.

Die Kulturredakteurin namens Honor Livingston, eine vollbusige Frau mit rotem Gesicht, stand mit dem Chefredakteur Mr. Marshall an der Bürozelle des »Kummerkastens«. Es war, als träfe man auf Gott, der am eigenen Briefkasten herumlungert. Mit zitternden Händen stellte Maddie den Karton mit dem Sandwich und dem Kaffee ab. Etwas Schreckliches musste passiert sein, das war die einzige Erklärung. Seth? Milton?

»Madeline Schwartz«, setzte Mr. Marshall an.

»Ja«, sagte sie, obwohl er gar keine Frage gestellt hatte. Es war verstörend, dass er ihren Namen kannte. Steckte sie in Schwierigkeiten? Was könnte sie getan haben? Hatte sie in der Story über Mrs. Whyte einen Fehler gemacht? Wie schlimm konnte es sein? Sie war immer noch in der Probezeit und konnte ohne Grund gekündigt werden. Vielleicht hatte Cal ihr die Schuld an etwas Schrecklichem gegeben, weil sie wegen ihrer Überstunden standhaft geblieben war.

»In meinem Büro sind zwei Polizisten, die Sie sprechen möchten.«

Ihre Knie gaben nach, und sie stützte sich mit den Handflächen auf dem Schreibtisch ab. *Seth*, schrie ein Teil ihres Verstandes, selbst als ein anderer flüsterte: *Ferdie*. Doch niemand wusste von Ferdie. Sie steckte in Schwierigkeiten. Etwas Furchtbares war passiert.

»Wir haben nicht viel Zeit«, sagte Mr. Marshall leise und hastig. »Zum Glück waren Sie beim Mittagessen, als die gekommen sind.« Maddie registrierte die Ungenauigkeit seiner Worte; sie hatte Mittagessen *geholt*, nicht selbst gegessen. An den meisten Tagen brachte sie sich etwas von zu Hause mit. »Die Polizei ist hier, nachdem Mr. Heath uns gesagt hat, dass Sie wegen der Lichter im Druid Hill Park bei der Stadtverwaltung angerufen haben.«

»Ja, das mache ich manchmal. Kümmere mich um kleinere Probleme. Habe ich etwas falsch gemacht?«

»Ein Arbeiter hat dort eine Leiche gefunden, eine Schwarze. Sie werden wissen wollen, warum Sie angerufen haben und was Sie ihnen über die Person sagen können, die wegen der Beleuchtung nachgefragt hat.«

»Es gab einen Brief.« Sie versuchte sich an jedes Detail zu erinnern. Handgeschrieben, eine männliche Schrift. Hatte ein Name daraufgestanden? Sie meinte, ja, aber sie erinnerte sich auch, dass ihr der Name irgendwie unecht vorgekommen war. Nicht John Smith, aber ähnlich allgemein. Sie hatte den Namen nicht überprüft, weil der Brief nicht abgedruckt werden würde, also war es nicht nötig, den Absender zu verifizieren. (Mr. Heath hatte mal versehentlich einen Brief mit der Unterschrift ›Axel Schweiß‹ veröffentlicht, und nun war es Maddies Aufgabe, alle Namen zu überprüfen.)

»Und Sie haben ihn weggeworfen«, sagte Mr. Marshall.

Sie wollte schon verneinen und erklären, dass sie alle Antworten, um die sie sich selbst gekümmert hatte, bis zur Klärung des Problems in einem Ordner ablegte. Doch er fixierte sie mit seinen tiefliegenden braunen Augen, und sie wusste, wie so oft, was ein Mann hören wollte.

»Wir *archivieren* keine Anfragen, die es nicht in die Zeitung schaffen«, sagte sie langsam und bestimmt. »Das ergäbe keinen Sinn.«

»Gut.« Mr. Marshall nickte. »Der Justitiar der Zeitung ist in meinem Büro. Dann begleite ich Sie mal dorthin und lasse Sie den Detectives erklären, dass wir die Anfragen, die es nicht in die Zeitung schaffen, nicht aufbewahren – nicht archivieren.«

Ihre Worte aus Mr. Marshalls Mund zu hören war großartig. Sie musste die richtigen gewählt haben. Wahr, aber irreführend. Der Brief über die Fontäne wäre am Ende der Woche weggeworfen worden. Doch einstweilen befand er sich noch in ihren Unterlagen.

Die beiden wartenden Detectives waren vom Morddezernat und sahen nicht erheblich anders aus als die Reporter der Lokalredaktion. Erst Anfang vierzig, aber durch ihren Job und die schlechten Angewohnheiten, die damit einhergingen, frühzeitig gealtert. Sie waren enttäuscht, als sie hörten, dass die unveröffentlichten Briefe normalerweise weggeworfen wurden, und sie drängten Maddie, sich möglichst an alle Details zu erinnern. Sie antwortete, an den Namen des Absenders könne sie sich nicht erinnern, nur, dass es ein Mann gewesen sei. Er schrieb, er sei spätabends an der Fontäne vorbeigekommen. Niemand war sicher, wie lange die Beleuchtung zu diesem Zeitpunkt schon nicht mehr funktionierte, allerdings bezweifelte man im zuständigen Amt, dass das Problem schon länger bestanden hätte. Man hatte ihr gesagt, dass höchstens ein paar Tage vergangen sein könnten, bis jemandem die dunkle Fontäne auffiel.

»Irgendeine Vorstellung, wessen Leiche das ist?«, fragte Mr. Marshall die Detectives. »Kennt man die Todesursache? Weiß man, wie das Teil überhaupt dorthingekommen ist?«

Das Teil.

»Die Leiche befindet sich in einem ziemlich üblen Zustand.« Die Detectives schienen Maddies Gesicht zu beobachten, um zu sehen, ob dieses Detail sie in irgendeiner Form erschüttern würde. »Eine Schwarze. Wir – nun, momentan können wir nicht mehr sagen.«

Ihr erzählt uns nicht alles, was ihr wisst, also erzählen wir euch nicht alles, was wir wissen. Wie kindisch erwachsene Männer sein konnten, auf eine Art, wie Frauen es nie wären, zumindest Maddies Erfahrung nach. Eingeschnappt und mürrisch spielten sie immer noch nach Bolzplatz-Regeln und waren besessen von Fairness und Stärke. Natürlich war Stärke auch für Frauen wichtig, doch sie mussten sich schon früh im Leben von der Vorstellung verabschieden, das Leben wäre eine Serie fairer Tauschgeschäfte. Dass es nie fair zugehen würde, erfuhr ein Mädchen fast schon in der Wiege.

Wie zur Bestätigung und als wäre Maddie ohne jeden Belang für die weitere Besprechung, entließ Mr. Marshall sie. Sie war ein Instrument, so etwas wie eine Schreibmaschine oder ihr Telefon-Headset. Sie übermittelte Informationen, doch sie durfte nicht erzählen, *wie* sie es machte. Maddie schlitzte die Tagespost auf und kochte innerlich vor Wut. Wie viele größere Verbrechen lauerten hinter den kleinkarierten Beschwerden der Stadt?

Doch eine Stunde später, nachdem die Detectives gegangen waren, wurde sie zurückbeordert und gebeten, alle Unterlagen mitzubringen, von denen »sie meine, sie könnten relevant sein«.

Der Chefredakteur hatte ein prächtiges Büro, was ihr bei ihrem ersten Besuch vor lauter Aufregung gar nicht aufgefallen war. Ein gigantischer Schreibtisch, wahrscheinlich Mahagoni, ein Ledersessel, eine Lampe mit grünem Schirm. Die Gäste saßen in gepolsterten Ohrensesseln. Ein krasser Gegensatz zum schmuddeligen Chaos im Newsroom.

»Ich möchte klarstellen, was hier gerade passiert ist«, sagte Mr. Marshall mit vorgelehntem Oberkörper und verschränkten Händen. »Wie sind gute Bürger. Wir kooperieren mit der Polizei, wo es notwendig ist. Doch wir wollen sehen, was wir haben, bevor wir es teilen. Wenn die Polizei erst einmal Ihre Unterlagen gesehen hätte, hätten wir sie vielleicht nie wiedergesehen. Sie könnten als Beweismittel beschlagnahmt werden.«

»Ich glaube nicht, dass da viel dran ist«, sagte sie und reichte ihm den Aktenhefter, in dem sie »ihre« Fälle aufbewahrte, die Briefe, die sie selbst übernahm und deren Probleme sie löste, die unsichtbare Mrs. Kummerkasten. Oder war sie wieder eine »Miss«? Keine dieser Anreden schien auf sie zu passen. Mrs. war Mrs. Milton Schwartz, die ihren Haushalt mit gnadenloser Nonchalance führte. »Miss« war ein siebzehnjähriges Mädchen.

»Warum nehmen Sie den Brief nicht heraus und lesen ihn uns vor?«, schlug er vor. »Letztendlich sind Ihre Fingerabdrücke ja schon drauf. Das Beweismittel wurde von uns schon berührt, aber wir können versuchen zu vermeiden, es weiter zu verunreinigen.«

Sie fand den Brief sofort. Der Umschlag war daran festgetackert, obwohl die einzige Information, die er lieferte, die Briefmarke war, die bestätigte, dass er in der Woche zuvor in Baltimore aufgegeben worden war. Die Anfrage war kurz und bündig. Der Name, Bob Jones, klang jetzt sogar noch unechter.

»Wir überprüfen die Identität von Leuten nicht, wenn wir die Briefe nicht für die Kolumne verwenden«, erklärte sie. Ihr wurde plötzlich bewusst, dass Mr. Heath nicht zu dem Meeting eingeladen worden war, was sie mit einigem Stolz erfüllte, obwohl sie nicht sagen konnte, warum.

»Führt uns nicht weiter«, sagte Mr. Marshall. »Offen gestanden hatte ich gehofft, er würde uns einen kleinen Vorsprung verschaffen, etwas, womit wir vorpreschen könnten.«

»Tote Schwarze in Fontänenbrunnen«, meinte Harper, der Lokalredakteur. »Das wäre mir noch nicht mal eine Schlagzeile im Lokalteil wert. Diller meint, er habe gehört, es sei vermutlich die Frau, die Anfang des Jahres verschwunden ist, eine Cocktail-Kellnerin aus dem Flamingo, Shell Gordons Laden. Der *Afro* hat groß darüber berichtet, aber meines Erachtens sind das hier keine echten Neuigkeiten.«

Der Justitiar des Verlages starrte Maddie an. »Sie sind die Frau, die Stephen Corwin ausgetrickst hat.«

Sie wurde rot. »Ich würde nicht sagen *ausgetrickst*. Ich habe ihn einfach nur gebeten, mir zu schreiben.«

Mr. Marshall nahm den Faden auf. »Und nun sind Sie hier, rufen zufällig bei der Stadtverwaltung an, und schon taucht eine Leiche auf.«

Sie hatte das Gefühl, man würde ihr etwas vorwerfen. Wichtigtuerei? Unehrlichkeit? Da war durchaus etwas dran, aber sollte man sie nicht stattdessen als tatkräftig loben, als eine vielversprechende Mitarbeiterin mit Instinkt? Sie entschied, nichts zu sagen. Sie konnte es spüren, etwas lag in der Luft. Entweder würde sie belohnt oder ausgesondert werden. Zumindest würde man Mr. Heath wissen lassen, dass sie nicht seine Privatsekretärin war.

Stattdessen wurde sie an diesem Tag ein zweites Mal hinausgeschickt. »Danke für Ihre Hilfe, Madeline.«

Sie war keine zehn Schritte gegangen, als sie aus dem Büro des Chefredakteurs schallendes Gelächter hörte. Sie nahm nicht an, dass sie sich auf ihre Kosten amüsierten, doch auch bei dem Gedanken, wie schnell man zu privater Heiterkeit übergegangen war, fühlte sie sich nicht besser. Geknickt ging sie auf die Damentoilette, um sich kaltes Wasser ins Gesicht zu spritzen und ihre geröteten Wangen zu kühlen.

Die Damentoilette war einer der wenigen ruhigen und verhältnismäßig sauberen Orte auf dem gesamten Stockwerk. Sie hatte sogar einen kleinen Vorraum mit einem Kunstledersofa, obwohl Edna Sperry, die Gewerkschafts-Reporterin, die Einzige war, die je darauf saß. Sie ließ sich dort mit ihrem Artikel, Kaffee und Zigaretten nieder und tauchte erst unmittelbar vor Redaktionsschluss wieder auf, im letzten Moment, wobei sie präventiv über die Veränderungen an ihrem Text schimpfte, die sie schon vorausgesehen hatte.

»Mrs. Sperry …«, sagte Maddie zögernd, nachdem sie sich die Hände gewaschen und Wasser ins Gesicht gespritzt hatte.

»Ja?«

»Ich bin Madeline Schwartz, ich arbeite bei der Kummerkasten-Kolumne. Aber ich würde hier gern als richtige Reporterin arbeiten. Ich weiß, dass ich erst spät angefangen habe – ich bin knapp über fünfunddreißig.« Letztendlich war siebenunddreißig ja nur zwei Stufen über fünfunddreißig, wohingegen »fast vierzig« sich schon fast wie der Tod anhörte. »Darf ich Sie fragen –«

Der Blick der älteren Frau glitt schnell über Maddie hinweg, sie schnipste ihre Asche in den überquellenden Aschenbecher neben sich und gab dann einen Laut von sich, der ein Lachen gewesen sein könnte.

Maddie ließ sich nicht beirren.

»Darf ich fragen, wie Sie Journalistin geworden sind?«

Da lachte Edna ganz eindeutig.

»Was ist daran so komisch?«

»In dem Moment, als Sie zu ›Darf ich fragen‹ angesetzt haben, haben Sie alles an Schärfe verloren, was Sie besitzen«, sagte sie.

»Ich wusste nicht, dass ich ›Schärfe‹ brauche.« Edna war nicht anders als eine der alten Schreckschrauben, die sie damals in der Synagoge und bei der Frauenorganisation Hadassah bezirzen musste, als sie eine junge Braut war und erst anfing, in verschiedenen Komitees mitzuarbeiten.

»Sie brauchen Souveränität und Selbstvertrauen. Wissen Sie, wie ich in diese Branche gekommen bin?« Maddie hielt es für eine rhetorische Frage und antwortete nicht. »Nun, das sollten Sie. Wenn Sie das hier wirklich wollen, müssen Sie sich zunächst auf jedes Interview gut vorbereiten und so viel wie möglich über Ihr Thema herausfinden.«

Maddie war aus dem Konzept, wollte es aber nicht zeigen. »Ich habe Sie nicht als Thema gesehen. Eher als Kollegin.«

»Das war Ihr erster Fehler«, sagte Edna.

Dieser Augenblick, diese alles entscheidende Sekunde, in der die gesamte eigene Zukunft allein davon abhängt, richtig zu reagieren. Maddie hatte Erfahrung mit solchen Augenblicken. Genau wie damals, als sie noch nicht ganz achtzehn war, mit ausdrucksloser Miene in einer Einfahrt in Northwest Baltimore stand und den Umzugsleuten zusah, wie sie die Möbel hinaustrugen und ihre Träume so sicher im Inneren des Lkw verstauten wie das grüne Seidensofa, das sie gerade verluden. Genau wie damals, als sie ein paar Monate später Milton beim Tanzen kennenlernte und ihr klar wurde, dass er gleichzeitig weltgewandt und naiv war, ein Mann, den sie an der Nase herumführen konnte.

»Danke für Ihre Zeit«, sagte sie zuckersüß und dachte dabei: *Nein, mein erster Fehler war zu versuchen, eine Frau dafür zu gewinnen, mir zu helfen. Ich bin besser mit Männern. Ich war schon immer besser mit Männern.*

* * *

Auch Ferdie lachte sie an diesem Abend aus. »Weil sie eine Schwarze ist, Maddie. Deswegen war's keine große Sache, als sie verschwand.«

»Weiß ich doch«, sagte sie. »Ich bin nicht naiv.«

Aber sie war gekränkt. Sie hatte gedacht, ihre Wut über die Gefühllosigkeit der Männer des *Star* sei eine Art Tribut an ihren Liebhaber. Doch was machte das schon, wenn sie sich nie gemeinsam in der Öffentlichkeit zeigen konnten – es ging nicht um die Hautfarbe. Es hatte mehr mit ihrem Familienstand zu tun. Und vielleicht mit seinem, obwohl sie immer noch im Unklaren darüber war, wie dieser nun lautete.

»Es gab eine Zeit, als der Tod einer Schwarzen es noch nicht mal in die Lokalnachrichten schaffte«, sagte Ferdie. »Ich mache deinen Chefs keinen Vorwurf, dass Cleo Sherwood ihnen egal war, bis sie gefunden wurde. Ein Mädchen wie sie – die kam herum. Der *Afro* machte nur deshalb eine große Sache daraus, weil die Mutter so erschüttert war – und weil Cleo in Shell Gordons Laden gearbeitet hat. Er steckt in allem Möglichen drin.«

»Kanntest du sie?«

Wieder dieses Lachen. »Wir kennen uns nicht alle, Maddie. Die Stadt ist groß.«

Sie driftete in den Schlaf, noch bevor ihr klar wurde, dass er ihre Frage nicht beantwortet hatte. Und bis dahin hatte es sich so … *ehefrau*mäßig angefühlt, dem nachzugehen. Was spielte es für sie für eine Rolle, wen Ferdie kannte oder gekannt hatte?

Doch Maddie konnte das Thema nicht auf sich beruhen lassen. So vieles an der Entdeckung der Leiche von Cleo Sherwood schien Parallelen zum Tod von Tessie Fine zu haben, allerdings spiegelverkehrt. Keine Suchtrupps, keine Aufmerksamkeit. Keine offizielle Todesursache, noch nicht. Keine schnelle Festnahme, kein öffentlicher Aufschrei.

Das Einzige, was die beiden Tode gemeinsam hatten, war Maddie.

Ein Zufall, doch wenn man *selbst* der Zufall ist, ist es schwer, dieser Tatsache keine Bedeutung beizumessen. Für Tessie würde es Gerechtigkeit geben, selbst wenn Corvin die Identität seines Komplizen nie preisgab. Aber was wäre mit Cleo? Wie war sie dort hingekommen? Warum war sie dort gewesen? War sie noch am Leben, als sie an der Fontäne ankam?

»Wo, hast du gesagt, hat Cleo Sherwood gearbeitet?« Das schien eine berechtigte, eine ungefährliche Frage zu sein.

»Im Flamingo Club«, antwortete Ferdie. »Maddie, tu's *nicht.*«

»Was soll ich nicht tun?«

»Dich in diese Geschichte einmischen.«

»Wie sollte ich mich denn da einmischen?« Sie hörte selbst, wie hohl das klang.

»Lass mich überlegen, wie würde Madeline Schwartz sich in einen Mordfall einklinken? Nun, sie könnte sich einem Suchtrupp anschließen. Sie könnte einem Zeitungsfritzen ein Interview geben –«

»*Hab* ich nicht.«

»– sie könnte einem Perversen, der in der Todeszelle enden wird, einen Brief schreiben und sich dann in die Zeitung einschmuggeln, um *darüber* zu schreiben. Irgendwas läuft da zwischen dir und dieser Zeitung, Maddie. Wie eine Motte zum Licht, wenn du mich fragst.«

»Ich arbeite jetzt dort. Es ist mein Job. Ich versuche, voranzukommen. Was unterscheidet mich da von dir?«

Eine ganze Weile sagte Ferdie nichts, und in der Stille nahm Maddies Frage mehr Schichten und Bedeutungen an, als sie beabsichtigt hatte. Sie lagen im Bett. Sie waren immer im Bett. Manchmal standen sie auf, tranken Bier und aßen etwas, schienen sich aber dafür nie vollständig anzukleiden. Ein oder zwei Mal hatten sie versucht, sich aufs Sofa zu setzen und sich was im Fernsehen anzuschauen, doch es hatte sich unnatürlich angefühlt, aufrecht und vollständig bekleidet nebeneinanderzusitzen. Ferdie hatte ihren Fernseher ins Schlafzimmer geschleppt und dort auf die Kommode gestellt, wo sie sich nun manchmal auf Kanal 11 den Mitternachtsfilm ansahen. Dieses Schlafzimmer war ihre ganze Welt.

Ferdie sagte: »Ich denke, du –« und verstummte dann. Maddie war aufgeregt und ängstlich. Nur wenige Dinge waren so provokativ wie ein Liebhaber, der einem sagte, wer man war.

»Sprich weiter.«

»Mir fehlen gerade die Worte. Ich glaube, du hast dich, ich weiß nicht, irgendwie vor der Welt verborgen gefühlt. Oder, als würdest du zwischen zwei Welten feststecken. Du bist nicht mehr Mrs. Schwartz. Doch du bist auch nicht *nicht* sie. Dir gefiel es, als dein Name in der Zeitung stand. Und da willst du wieder hin. Nicht in eine Story, sondern obendrüber.«

»In die Verfasserzeile.« Das genau war es, was sie wollte. Warum sie Bob Bauer die Story über Corvin gegeben hatte, *ihre* Story. Sie hatten ihren Namen oben über den Artikel gesetzt, in Kursiv: *Basierend auf einem Briefwechsel mit Madeline Schwartz, Angehörige der Suchmannschaft, die Tessie Fines Leiche entdeckte*. Doch sie wusste, dass dies streng genommen nicht als Verfasserzeile zählte. In gewisser Hinsicht war es noch nicht mal ihr richtiger Name. Aber welche Frau hatte denn überhaupt einen eigenen Namen? Maddies Geburtsname war der angeheiratete Name ihrer Mutter.

Hatte sie Ferdie gewählt, weil eine Ehe zwischen ihnen in Maryland rechtswidrig war, also per Gesetz verboten? Konnte sie überhaupt für sich beanspruchen, ihn ausgewählt zu haben? Sie lebten in einer Blase, in diesem Zimmer, versteckten sich – doch sie war nicht sicher, wovor eigentlich. Vor Milton hatte sie keine Angst. Genau genommen fantasierte sie gern, Milton würde herausbekommen, dass sie einen *Liebhaber* hatte, speziell diesen. Ferdie musste nicht herumrennen und von Wally Weiss gelobbten Tennisbällen hinterherjagen, um fit zu bleiben.

Doch Seth dürfte es nie erfahren. Ein Teenager würde mit den Romanzen seiner Mutter nicht zurechtkommen, und das sollte man auch nicht von ihm erwarten. Was würde passieren, wenn sie endlich geschieden war, wenn sie wieder in die echte Welt zurückkehrte, was immer die echte Welt zu diesem Zeitpunkt sein mochte? Würde sie wieder heiraten? Wollte sie wieder heiraten? Vielleicht, wahrscheinlich. Doch fürs Erste wollte sie nur *das hier*, was immer es war. Das hier und den Newsroom. Es gab dort noch andere Frauen, Frauen, die über den Hafen, die Welt und Washington schrieben.

Edna. Bei dem Gedanken, wie locker diese Frau sie abgefertigt hatte, bekam sie einen heißen Kopf.

Als sie an jenem Abend mit Ferdie im Bett war, erzählte sie ihm nichts davon. Nichts über die Begegnung mit Edna, die sie beschämend fand. Oder dass sie vorhatte, sich zur Beförderung ihrer Ambitionen mit Männern anzufreunden, obwohl er dann bestimmt, schmeichelhafterweise, eifersüchtig wäre. Wenn Ferdie ihr Endspiel wäre, hätte sie sich seine Eifersucht gewünscht, sie geradezu verlangt. So wie bei Milton.

Nur dass Ferdie nicht ihr Endspiel war oder sein konnte. Selbst wenn es legal wäre – doch es war nicht legal, nicht in Maryland. Das war nicht ihr Fehler, und es war auch nichts, woran sie etwas ändern konnte, selbst wenn sie wollte.

Sie schliefen wieder miteinander. Irgendwann gegen drei Uhr morgens merkte sie, wie er sich wegschlich. Er strich ihr übers Haar und küsste sie ein letztes Mal.

Sie dachte: *Vielleicht sollte ich zu meiner alten Frisur zurückkehren.* Kürzer und bauschiger. Edna trug ihr Haar so. Eigentlich die meisten Frauen im Verlag, wenn sie es sich genau überlegte.

Nein, nein, ermahnte Maddie sich. Sie würde sich die Männer zu Freunden machen.

Die Schreckschraube

Ich drücke meine Zigarette in dem Metall-Standaschenbecher aus, der auf der Damentoilette steht. Die meisten Kippen da drin sind meine. Die anderen Frauen der Belegschaft haben schon vor langer Zeit klein beigegeben und eingeräumt, dass diese Damentoilette, eine von nur zweien auf dieser Etage, mein privater Schlupfwinkel ist. Sie ist klein, schäbig und zweckmäßig. Wie ich, würden einige sagen, allerdings nicht mir direkt ins Gesicht.

Ich gehe zu meinem Schreibtisch und fange an, für eine Story herumzutelefonieren, die ich diesen Abend einreichen will. Die Bosse hassen es, wie ich meinen Tag strukturiere, doch ich bin zu gut in dem, was ich für sie tue, als dass sie mich zwingen könnten, mich zu ändern. *Wir sind hier bei der Abendausgabe, Edna. Was, wenn sich über Nacht oder morgen früh etwas ergibt? Was, wenn wir in der Frühausgabe einer Sache nachgehen müssen?* Als ob mir je irgendwer in der Stadt zuvorgekommen wäre. Ich komme, wann es mir gefällt, mache mir Notizen darüber, wie an dem heutigen Artikel wieder herumgeschnippelt wurde, brülle Cal an und beginne dann, den morgigen Artikel zu schreiben. Ungefähr um acht oder neun Uhr abends reiche ich den Artikel ein, damit Cal meine Storys weiterreichen kann. Ich arbeite gern mit Cal zusammen. Er hat ein wenig Angst vor mir, und das ist gut so. Aber trotzdem bastelt er daran herum.

Heute hat er sich bis in die Korrekturspalte vorgebastelt, und da steht dann *Aufgrund eines Fehlers der Redaktion*, das können sie mir glauben. Sie hassen es, das zuzugeben, doch ich zwinge sie dazu. Ich werde Cal später darauf ansprechen und ihm genug Dampf machen, damit er es für ein paar Monate bleiben lässt. Er ist wie ein Hund, ein blöder obendrein, der immer und immer wieder erzogen werden muss. Eigentlich sollte ich ihn mit einer zusammengerollten Zeitung schlagen dürfen, wenn er sich danebenbenimmt. Hier liegen reichlich davon herum und ich denke, meine Lektion wäre dann einprägsamer.

Mein Schreibtisch sieht aus wie ein Bollwerk, eine dieser Kinderburgen aus großen, leichtgewichtigen Klötzen, nur dass die Klötze meine Akten sind, verstaut in Kartons. Zunächst wollte ich mich gar nicht vom Newsroom abkapseln. Ich wollte meine Akten nur einfach in der Nähe haben und hatte irgendwann keinen Platz mehr in den Schubladen. Ich weiß, wo alles ist, und finde alles, was ich benötige, in weniger als zehn Minuten, viel schneller als jeder andere in der Bibliothek. Doch niemand anderes wäre in der Lage, in meinem kleinen Gewirr eine spezielle Akte zu finden. Möglicherweise ist das Absicht.

Ich habe eine hochspezialisierte Sparte, eine, die ich beim *Star* quasi eingeführt habe. Sie nennen mich die Gewerkschaftsreporterin, was bedeutet, dass ich den verschiedenen Gewerkschaften der Stadt an den Hacken klebe. Deshalb komme ich bei großen Storys aus dem Hafen oder von Beth Steel unvermeidlich an zweiter Stelle. Cops, Feuerwehrmänner und Lehrer. Die Gewerkschaften berühren alles in Baltimore. Die einzige Gewerkschaft, über die ich noch nie was geschrieben habe, ist die Journalistengewerkschaft, die möglicherweise Ende des Jahres streiken wird. Wenn sie es tut, werde ich mich meinen Streikposten stehenden Kollegen nicht anschließen. Ich werde behaupten, dass ich unabhängig bleiben muss. Ich würde keine Streikpostenkette durchbrechen – das wäre tollkühn und würde für Unmut sorgen, wenn der Streik wieder vorbei ist, und Streiks werden stets irgendwie beendet –, doch ich würde auch nicht bei einem Streik mitmarschieren.

Die schlichte Wahrheit ist, dass ich Gewerkschaften hasse und für mich eine sogenannte Ausnahmebefreiung ausgehandelt habe, als ich zum *Star* gekommen bin, also kein zahlendes Mitglied der Gewerkschaft bin. Demonstrieren ist etwas für Kinder; Streiks sind Spiele, um die Arbeiter von der bemerkenswerten Tatsache abzulenken, dass niemand auf ihrer Seite steht. Weder das Management noch die eigene Gewerkschaftsführung.

Einige meiner Kollegen haben behauptet, genau aus diesem Grund wäre ich voreingenommen, doch meiner Meinung nach bin ich objektiver, wenn ich nicht in der Gewerkschaft bin. Meine Storys und meine Beziehungen zu den Gewerkschaftsführern Baltimores sprechen für sich. Fakt ist, dass die verschiedenen Gewerkschaftsbosse lieber mit mir sprechen, weil ich eben keine Nachsicht mit ihnen habe. Meine Fragen – direkt, skeptisch, manchmal sogar feindselig – helfen ihnen oft, die Schwächen ihrer Strategien zu erkennen.

Seit elf Jahren arbeite ich als Gewerkschaftsreporterin, seit neunzehn Jahren bin ich beim *Star* und seit vierundzwanzig Jahren arbeite ich als Nachrichtenredakteurin; eigentlich seit achtundzwanzig Jahren, wenn man meine Jahre bei der Schülerzeitung der Northwestern dazurechnet. (Ich tu's.) Wenn man die beiden Jahre dazurechnet, die ich während der Highschool für die Zeitung meiner Heimatstadt Aspen, Colorado, als Freie gearbeitet habe, bin ich inzwischen drei Jahrzehnte bei der Presse. Ich war nie die *erste* Frau im Newsroom, doch wir waren nur wenige, und noch weniger von uns wollten die harten, maskulinen Takte anschlagen.

Was natürlich half, war die Tatsache, dass ich hässlich bin wie die Nacht. Oh, ich weiß, manche Leute werden jetzt sagen, ich sei mir selbst gegenüber unfair, doch als Teenager war ich klein und dünn und pubertierte in einer Zeit, in der Sanduhr-

Figuren angebetet wurden. Und meine Nase ist zwar nicht unansehnlich, aber zu groß für mein Gesicht. Andere Frauen mit diesem Blatt sind vielleicht den Weg von Diana Vreeland gegangen oder haben Martha Graham nachgeeifert. Mir ist das egal. Da ich mir sicher war, bald weiterzuziehen, habe ich in meinen ersten beiden Jobs in Lexington, Kentucky und dann in Atlanta, die Männer komplett ignoriert. Welchen Sinn haben Romanzen an Orten, an denen man sowieso nicht vorhat zu bleiben?

Doch trotz allem, was einige Kollegen hinter meinem Rücken über mich sagen, bin ich eine Frau mit weiblichen Bedürfnissen, und als ich mich in Baltimore niederließ, ging ich meine Optionen in Bezug auf die Männer durch. Kollegen, Cops, Staatsanwälte, Gewerkschaftsbosse. Das sind die Art Männer, die eine Gewerkschaftsjournalistin kennenlernt. Alles nichts für mich. Ich habe mir einen sanftmütigen jungen Mann ausgeguckt, einen Highschool-Englischlehrer, der im Pete's Diner saß und Kaffee trank. Er war scheu und unerfahren und so dankbar für mein romantisches Interesse, dass ihm gar nicht in den Sinn kam, mir keinen Heiratsantrag machen zu müssen. Inzwischen haben wir zwei Kinder, die beide auf die zwanzig zugehen, und auch wenn die ersten Jahre die Hölle gewesen waren – das waren sie –, die gute Nachricht ist, dass ich mich nicht länger an all die Einzelheiten erinnere, wie wir das Ganze überlebt haben. Dass wir es überlebt haben, ist alles, was zählt.

Und jetzt kommt diese *Hausfrau* daher, die beschlossen hat, einfach so im *Star* anzutanzen und Reporterin zu werden. Klar, es gibt viele Kollegen, die denselben Weg gegangen sind, sich von einfachen Bürojobs, sogar aus der Telefonzentrale, hochgearbeitet haben, aber sie alle waren jung und bescheiden. Diese hier – die brennt nicht darauf, Neues zu lernen, da bin ich ziemlich sicher. Sie will nur die Accessoires eines Journalistinnenlebens – eine Verfasserzeile, eine Chance, auf der Schreibtischkante eines Mannes zu hocken und ihre hübschen Beine zu schwingen, während sie eine Zigarette schnorrt. Das Brandrisiko ist einer der Gründe, warum ich selten an meinem Schreibtisch rauche. Aber auch, weil ich erheblich effektiver bin, wenn ich mir meine Zigaretten einteile. Meine Belohnung für abgelieferte Artikel und erledigte Anrufe sind eine Zigarette und ein Kaffee. Ich lese die Artikel auf der Damentoilette Korrektur, und die meisten Frauen der Belegschaft haben gelernt, mich dabei nicht zu stören.

Jeder weiß, dass das hübsche Mädchen den Job als Heaths Assistentin nur bekommen hat, weil sie hübsch ist. Doch dieser Job ist eine Sackgasse. Sie hätte es mit einem Job bei der Sonntagsredaktion versuchen sollen; sie ist sicher ein Naturtalent, wenn's darum geht, über Bräute und Verlobungen zu schreiben. Nicht, dass es besonders viele jüdische Hochzeiten in die Zeitung schaffen würden, doch es wird immer einen Meyerhoff oder gelegentlich einen Herschel geben.

Ich werde oft fälschlicherweise für eine Jüdin gehalten, doch meine Familie waren Schotten, hartgesotten und belastbar, so hart wie der Marmor, den sie abbauten. Und wieder glauben die Leute, ich würde deswegen Sympathien für die Gewerkschaften hegen, doch wieder ist es genau das Gegenteil. Die Gewerkschaften arbeiten für Durchschnittsmenschen, und für die Unfähigen sind sie ein Gottesgeschenk. Wenn du in dem, was du tust, gut bist, wirst du von den Gewerkschaften ausgebremst.

Ich frage mich, was meine Kollegen denken würden, wenn sie wüssten, dass ich von Agnew angesprochen wurde, der dieses Jahr für das Amt des Gouverneurs kandidiert, auch wenn es ein leichter Weg für einen Republikaner sein wird. Er hat mir den Job der Pressereferentin angeboten und gemeint, das könnte zu einer Aufgabe in seinem Regierungsapparat führen. Ich konterte, ich wolle einen Posten in seinem Kabinett, am liebsten Wirtschaft. Dann habe ich Congressman

Sickles kontaktiert, der die besten Chancen hat, für die Demokraten anzutreten, und dem habe ich erzählt, dass Agnew mich haben wolle. Kommenden November habe ich eine Win-win-Situation. Meine Vereinbarungen mit den beiden Lagern beweisen doch, dass ich unparteiisch bin, oder?

Ich habe genug vom Zeitungsleben. Zu viele von diesen hübschen Mädchen, die in ihren hochhackigen Schuhen durch den Newsroom trippeln und alles so spaßig und aufregend finden. Sie wollen sogar mit Journalisten *ausgehen*. Ich habe zu meiner Zeit eine Menge Fehler gemacht, aber dieser gehört nicht dazu.

Juni 1966

Nach der fürchterlichen Unterhaltung mit Edna – und Maddie war nicht dumm, sie wusste, dass sie es vermasselt hatte – machte sie eine kurze Bestandsaufnahme dessen, was sie hatte, was sie wollte und was sie brauchte. Sie veränderte ihr Aussehen etwas, verzichtete auf zu modische Kleidung und band ihr glattgebügeltes Haar zu einem Nackenknoten. (Sie konnte das Glätten nicht einfach aufgeben, dann wäre Ferdie enttäuscht gewesen.) Sie sah sich an, was sie bisher als ihren »Erfolg« verbucht hatte – in der Nähe des Arboretums über Tessies Leiche gestolpert zu sein, Mr. Bauer ein Stück Information hingeworfen zu haben, um ihn davon abzuhalten, sich auf sie zu konzentrieren, das zuständige Amt der Stadt wegen der Fontäne angerufen zu haben. Zufall, ja, aber was war die Gemeinsamkeit? Maddie.

Sie entschied, die Rolle des Glücks nicht zu sehr zu betonen, als sie Mr. Bauer fragte, ob er mit ihr zu Mittag essen würde, um ihr Ratschläge für ihre Karriere zu geben.

Überrascht sah er sie aus zusammengekniffenen Augen an.

»Wo?«

»Hier, bei der Zeitung.«

»Nein, ich meinte, wo wollen Sie essen gehen?«

»Im New Orleans Diner?« Es war ein paar Blocks entfernt, ein Laden, in dem Büroangestellte und Sekretärinnen sich Mittagessen zum Mitnehmen holten, obwohl Maddie sich immer etwas mitbrachte, um Geld zu sparen. Einige Journalisten aßen dort, aber nicht allzu viele. Die Reporter bevorzugten das Fischrestaurant am nahegelegenen Pier oder genossen, wenn sie älter waren, nach Redaktionsschluss eine zweistündige Mahlzeit mit drei Martinis in einem der dunklen, stillen Restaurants. Auf kleinen Gin-Wellen stolperten sie zurück ins Büro, doch da sie ihren Abgabetermin für diesen Tag bereits hinter sich hatten, spielte das keine Rolle. Sie hatten den ganzen Nachmittag und Abend, um wieder in Fahrt zu kommen. Maddie wäre wahnsinnig gern zum Mittagessen in eines dieser Restaurants gegangen, doch wenn sie es vorgeschlagen hätte, käme Mr. Bauer womöglich auf die Idee, dass sie anderes im Sinn hatte.

Außerdem wollte sie die Rechnung übernehmen.

Beim Essen – Thunfischsalat und eine kalorienreduzierte Cola für sie, ein »feuriges« Schinkencremesandwich und ein Kaffee für ihn – sagte sie: »Ich weiß, dass ich keine Journalistin bin. Aber ich denke, ich könnte eine gute werden, wenn man mich ließe. Und ich meine nicht diese blödsinnigen Sachen, die Cal mir aufzudrücken versucht.«

»Sie *ließe*«, wiederholte Mr. Bauer. »Niemand wird Sie irgendetwas tun lassen. Sie müssen schon selbst dafür sorgen, dass etwas passiert.«

»Was, wenn ich eine Story gefunden hätte, eine gute, an der ich in meiner freien Zeit arbeite?«

»Dann wildern Sie vermutlich im Ressort eines Kollegen«, sagte er. »So läuft das nicht.«

»Wenn die Story ignoriert wurde, dann wildere ich doch eigentlich nicht, oder?«

»Sie hören sich an wie ein Kind mit der Hand im Keksglas, das versucht, mit einer Ausrede ungeschoren davonzukommen.« Doch ihre Hartnäckigkeit amüsierte ihn, das sah sie. Er hatte sich ein bisschen in sie verguckt. Das war okay. Daran war Maddie gewöhnt. Zeit ihres Lebens verliebten sich Männer in sie. Der Trick war, diese zarten Gefühle zu erhalten und sie gleichzeitig davon abzuhalten, sich in etwas Ernstes zu verwandeln, was nur zu Herzschmerz und verletztem Stolz führte.

»Sie glauben also, es gäbe eine Story, die wir verpassen würden, wenn Sie ihr nicht nachgehen?«

»Das Mädchen – die Frau – im See.«

Er schüttelte den Kopf. »Das ist keine Story.«

»Warum nicht?«

»Sie war Mitte zwanzig, hat ihre eigenen Kinder vernachlässigt und wollte sich nur amüsieren. War noch nicht mal mit dem Vater der Kinder verheiratet. Sie hat eine Verabredung mit irgendeinem fremden Kerl. Ein Gelegenheitsrendezvous. Danach bringt er sie um. Na und?«

»Wissen Sie, wenn man mich morgen tot in meiner Wohnung finden würde, könnte jemand so was Ähnliches auch über mich sagen.« Das glaubte Maddie zwar nicht ganz, aber sie fand, es klang überzeugend. »Ich bin ja nur eine Frau, die ihren Ehemann verlassen hat. Mein eigener Sohn will nicht bei mir leben. Darum wollte ich damals nicht mit Ihnen reden. Denn sie hätten auch diesen Teil erzählen müssen, was für meinen Sohn Seth sehr peinlich gewesen wäre.«

Bob Bauer schüttelte erfolglos die Ketchup-Flasche. Maddie wollte sie ihm fast schon aus der Hand nehmen, als eine Kellnerin schnell und ungezwungen intervenierte. Sie schien ihn gut zu kennen und hatte über seine Bestellung gewitzelt.

»Warum wollen Sie so unbedingt Journalistin werden, Maddie? Die meisten Frauen in diesem Geschäft fangen entweder jung an oder heiraten ein. Und meiner Meinung nach sind die meisten von ihnen ziemliche Schreckschrauben.«

»Die Welt ändert sich«, sagte sie.

»Nicht zum Besseren, fürchte ich.«

»Was ist mit Margaret Bourke-White?« Selbst Maddie merkte, dass sie sich festkrallte. Warum redete sie über eine Fotografin? Wer waren die berühmten Journalistinnen?

»Die Ausnahme, die die Regel bestätigt. Es wird immer Ausnahmen geben. Glauben Sie von sich, dass Sie außergewöhnlich sind?«

Sie nahm den kleinstmöglichen Bissen von dem unhandlichen Sandwich und kaute gründlicher als erforderlich. »Um genau zu sein, ja, das tue ich. Und Martha Gellhorn. Ich wollte Martha Gellhorn sagen.«

»Dann können Sie aus dieser Story vielleicht etwas machen. Ich sag Ihnen was, lassen Sie uns morgen in Ihrer Mittagspause runter ins Revier gehen, und ich stelle Sie John Diller vor. Er kann Ihnen für den Anfang ein paar Grundlagen beibringen, wie man zum Beispiel einen Polizeibericht anfordert.«

»Ich habe ihn letztens kurz im Polizeipräsidium kennengelernt, doch ich glaube nicht, ihn schon mal in der Redaktion gesehen zu haben.«

»Das werden Sie wahrscheinlich auch nie. Er gibt seine Informationen an den diensthabenden Redakteur durch, denn er könnte noch nicht mal einen Brief an seine Mutter oder eine Einkaufsliste schreiben, ohne einen Redakteur am anderen Ende der Leitung zu haben. Die anderen Reporter nennen ihn hinter seinem Rücken »Deputy« Diller. Wir werden ihm sagen, dass es sich um … eine Art Trainingseinsatz handelt. So bekommt er keine Panik vor einem Mädel, von dem er noch nie gehört hat und das in seinem Revier rumtelefoniert. Wie ich schon sagte, er ist mehr Cop als Reporter. Hat blaues Blut in den Adern. Er weiß alles, was im Police Department passiert.«

Nicht alles, dachte Maddie und wurde rot.

Die Kellnerin

Die reden über Cleo, Mr. B und die Frau bei ihm. Ich hätt mich fast vorgebeugt und gesagt: Ich kannte sie, aber dann erschrecken sich die Leute, weil sie daran erinnert werden, dass Kellnerinnen nicht taubstumm sind. Eine todsichere Methode, kein Trinkgeld zu bekommen, das kann ich Ihnen flüstern.

Ich bin überrascht, als die Frau in Mr. Bs Begleitung die Rechnung übernimmt, und noch überraschter, als sie ein großzügiges Trinkgeld gibt. Nicht, dass alle Frauen wenig Trinkgeld geben, aber diese Frau sieht aus, als wüsste sie nicht, was harte Arbeit bedeutet, und das macht den Unterschied. Rechtsanwälte sind die Schlimmsten, richtig geizig. Aber Hausfrauen, die noch nie einen Job hatten, können genauso schlimm sein.

Vielleicht versucht sie Mr. B zu imponieren. Ich bediene Mr. B nun schon seit fast zehn Jahren. Ich kannte ihn schon, als er noch jünger und schlanker war. Er sagt ständig, er versucht abzunehmen, und bestellt dann ein Schinkencreme-sandwich. Ich kenne ihn gut genug, um ihm einen freundlichen Klaps auf die Hand zu geben, wenn er irgendwem eine Fritte mopsen will.

Diese Frau hat natürlich keine Fritten bestellt.

Warum begleicht eine Frau die Rechnung für Mr. B? Das ist nicht erlaubt. Er hat mir mal gesagt, dass er seinen Kram selbst zahlen muss, und zwar ohne Ausnahme. Dass ich immer darauf achten soll, dass er die Rechnung bekommt, wenn ich ihn mit einem Fremden sehe. Doch diese Frau lässt er zahlen. Wie seltsam. Er hat eindeutig kein romantisches Interesse an ihr, denn dann hätte sie sicher nicht bezahlt. Außerdem ist er verheiratet. Er behauptet »glücklich«, doch ich bin nicht davon überzeugt, dass das Wort glücklich auf irgendwas in Mr. Bs Leben zutrifft, von der Zeitung mal abgesehen. Er mag seinen Job. Er will nicht nach Hause gehen. Das weiß ich, weil er manchmal kurz vor Geschäftsschluss reinkommt und sehr langsam eine Tasse Kaffee trinkt, während ich mein Trinkgeld zähle und er mir erzählt, wo er aufgewachsen ist, einer Stadt wie der, in der ich aufgewachsen bin, damals in West Virginia.

Geht mich nichts an. Mein Job ist es, das Essen an den Tisch zu bringen, schnell und heiß.

Ich kellnere, seit ich dreizehn bin, eine langbeinige Dreizehnjährige, die für sechzehn durchging. Meine Eltern brachten die Familie während des Krieges nach Baltimore, wegen des Geldes, das man bei Glenn Martin verdienen konnte. Aber es wurde nichts draus. Bei ihnen klappte gar nichts. Sie tranken, sie ließen sich scheiden und sie kamen wieder zusammen, was schlimmer war als die Sauferei und die Scheidung. Ich musste einen Weg finden, um dort rauszukommen, obwohl ich erst dreizehn war, also nahm ich einen Job in einem Laden namens Stacey's an. Dann ging ich zu Werner's, und nun bin ich im New Orleans Diner. Das NOD, wie wir es nennen, ist ein langer schmaler Raum. Das hat schon viele Kellnerinnen in die Flucht geschlagen. Ich habe eine Menge junge Kellnerinnen kommen und gehen sehen, weil sie nicht effizient genug waren. Zu viel Trott, nicht genug im Fluss. Aber ich weiß, wie man mit einem Minimum an Schritten die maximale Strecke zurücklegt.

Nicht, dass ich als junges Mädel viel klüger gewesen wäre. Wie sich herausstellte, war es nicht das Beste für einen auf sich gestellten Teenager, am Ende eines Tages viel Bares in der Tasche zu haben. Es gab da eine Reihe dunkler Jahre, in denen ich um ein Haar wie meine Mutter geworden wäre. Das ist doch im Grunde die Lebensgeschichte einer jeden Frau, oder? Du wirst wie deine Mutter oder eben nicht. Natürlich sagt jede Frau, sie wolle nicht wie ihre Mutter werden, aber das ist Blödsinn. Wie ihre Mutter zu werden, bedeutet für viele doch nur, Verantwortung zu übernehmen und sich zu benehmen wie eine Erwachsene. Ich höre oft, wie junge Frauen sich beim Kaffeetrinken über die Ansichten und Regeln ihrer Mütter beschweren. Ich stehe fest auf der Seite der Mütter. Besonders jetzt, wo die jungen Leute anfangen, sich so komisch zu aufzuführen, sich so komisch zu kleiden und immer verrücktere und noch verrücktere Musik zu hören.

Aber ich hab auch Verständnis für die jungen Mädchen. Ich weiß noch, wie ich jung war, verliebt in Elvis. Ich wünschte, damals wäre eine Mutter zu Hause gewesen, die mich ein bisschen ausgeschimpft hätte, statt ein Geist in einem Bademantel mit einer Flasche Gin in der Hand, die sich in mein Zimmer schlich, wenn ich weg war, und mir mein Trinkgeld klaute.

Wie auch immer, eines Tages wachte ich auf, war schwanger, und das war's dann. Der Typ hat mich geheiratet, aber das war auch schon das einzig Anständige, was er je auf die Reihe gebracht hat, und im Nu war ich neunzehn, hatte ein Baby und war ganz allein.

Inzwischen ist dieses Baby, Sammy, vierzehn Jahre alt und ein ausgezeichneter Schüler. Ich trinke nicht, und unser Zuhause ist immer blitzblank. Eine Mietwohnung, aber stets blitzblank. Ich komm jeden Tag nach Hause, setze mich in den Sessel und lege eine Stunde die Füße hoch, neben mir ein Glas Pepsi. Weil ich das tue, sind meine Beine immer noch ein Grund, mir hinterherzupfeifen – nicht eine Krampfader. Weniger Trott, mehr Fluss. Schweben. Das sind die Geheimnisse, die ich den jüngeren Mädels verraten würde, wenn sie mich denn fragten. Doch sie fragen nie. Sie denken, sie kennen schon alle Antworten, selbst diejenigen, die's schaffen, im New Orleans Diner zu überleben.

Der Name sorgt für viel Verwirrung, das kann ich Ihnen sagen. Einige Leute meinen, es gäb bei uns typisches Essen aus New Orleans, was immer die dort essen. Doch es ist nur ein Laden, der mal an der Orleans Street lag und dann ist der Eigentümer in die Lombard umgezogen, also hat er beschlossen, es New Orleans Street Diner zu nennen, um seine Kunden zu behalten, doch er hat es vermasselt und das Wort »Street« auf den Speisekarten vergessen, und für neue war er zu knauserig. Er ist Grieche, kann gut mit Geld umgehen und gut kochen, aber zu dämlich, was alles andere angeht.

Die Frau, die mit Mr. B zusammen zu Mittag isst – die fragt ihn Löcher in den Bauch. Aber nicht so, als würden sie sich gerade kennenlernen. Auch nicht wie bei einem Rendezvous. Ich muss noch nicht mal die Worte hören, um das zu wissen. Diese Frau ist wie ein Hund, der einem Eichhörnchen nachstellt, ihr Körper bebt vor Aufregung. Wann immer ich einen Hund so sehe, frage ich mich: *Was willst du mit einem Eichhörnchen? Du wirst gut gefüttert, und so gut kann das doch gar nicht schmecken.* Was immer die Frau von Mr. B will, es wird nicht so wichtig sein, wie sie denkt. Nichts ist das. Die Lektion musste ich immer und immer wieder lernen. Nichts, was du haben willst, ist so wichtig, wie du meinst.

Als ich Mr. B den dritten oder vierten Kaffee einschenke, höre ich ihren Namen, Cleo Sherwood. Sie hat im Werner's in der Küche gearbeitet, allerdings nicht sehr lange. Sie wollte gern kellnern, aber das wollten die Bosse nicht. Um zu kellnern, musste man weiß sein, denn das wollen die Kunden so, sagten sie. Cleo fand, sie wäre zu hübsch, um sie in der Küche zu verstecken. Sie hatte recht. Jetzt ist sie tot. Ich habe es kürzlich im *Star* gelesen. Sie ist die erste Tote, die ich gekannt habe, mal abgesehen von, Sie wissen schon, den Leuten, die eben sterben sollen, Großeltern und so. Es war merkwürdig.

In der Zeitung zu lesen, dass Cleo tot ist. Noch dazu im See. Wie endet ein Mädchen im Brunnen einer Fontäne? Muss wohl Ärger mit 'nem Mann gewesen sein. Wenn eine Frau jung stirbt, steckt immer Ärger mit einem Mann dahinter.

Wenn ich so an Cleo zurückdenke, wird mir bewusst, wie kurz das Leben doch ist, und dass ein Mensch auch ein bisschen leben muss. Als ich an jenem Nachmittag mein Trinkgeld zähle und sehe, dass ich einen ungewöhnlich guten Tag hatte, merke ich plötzlich, wie ich, ohne es wirklich zu wollen, in die entgegengesetzte Richtung zur Bushaltestelle gehe, rüber ins Zentrum, wo die großen Kaufhäuser sind. Hutzler's ist zu groß, ich könnte mir nie vorstellen, bei Hutzler's einzukaufen. Es hat zehn Stockwerke, und es gibt dort so viel zu kaufen, dass es in ein anderes Gebäude übergeht. Hochschild Kohn ist jedoch nicht so angsteinflößend. Ich schiebe mich durch die Drehtüren und gehe hinüber zum Parfumstand, denn er ist das Erste, was ich sehe.

Parfum ist bei mir reine Verschwendung. Ich rieche so ziemlich immer nach Speck und Fritten, egal, wie oft ich mir das Haar wasche. Nicht, dass jemand da ist, der das bemerken würde. Als Sammy in die Schule kam, habe ich beschlossen, das mit den Männern zu vergessen. Wenn er aufs College kommt, bin ich fünfunddreißig. Das ist nicht zu alt, um noch ein wenig Spaß zu haben. Die Frau beim Mittagessen, die hat gut geduftet. So würde ich gern riechen.

»Darf ich Ihnen etwas zeigen?«, fragt eine Verkäuferin. Hübsches Kleid, schönes Haar und wundervolle Hände, bei denen ich meine am liebsten in die Taschen schieben würde.

Stattdessen sage ich, dass ich gern Joy ausprobieren würde, aber nur, weil ich mich an eine Anzeige erinnert habe, auf der stand, dass es das teuerste Parfum der Welt sei. Die Verkäuferin reicht mir widerwillig ein Stück beduftetes Papier, noch nicht einmal einen kleinen Tropfen aufs Handgelenk. Ich schnüffle. Nein, das war nicht der Duft der Frau, die mit

Mr. B zu Mittag gegessen hat. Ich rate einfach und zeige auf eine Flasche mit einer Taube darauf. L'Air du Temps. Ich wage nicht, es auszusprechen. Selbst wenn ich Französisch sprechen könnte, würde es sich mit meinem Akzent lächerlich anhören. Bis vor zwei Jahren wusste ich noch nicht mal, dass ich einen Akzent habe, doch dann brachte Sammy einen Freund mit nach Hause, und ich hörte sie in der Küche reden. »Warum spricht deine Mutter so?« »Wie denn?«, fragte Sammy, mein guter Junge, mein geliebter Junge. »So als wäre sie eine der Beverly Hillbillies.« Das war gemein, weil ich mich überhaupt nicht wie die anhöre. Mein lang gezogener West Virginia-Akzent wurde von den Baltimore-Akzenten um mich herum geschluckt. Mein Akzent ist ungefähr sowas wie Sammy, das nette Ergebnis einer unbedachten Kollision. Die Menschen mögen meine Stimme. Meine Stammkunden, die mögen mich, ihre Gesichter leuchten auf, wenn ich zu ihnen komme, um ihre Bestellung aufzunehmen. Ich werde gemocht und geliebt. Ich werde mit Sicherheit nicht L'Air du Temps vor irgendeiner Verkäuferin sagen, damit sie sich über mich lustig machen kann.

»Das Eau de Cologne ist billiger«, sagt das Mädel. »Doch die Flasche ist nicht so eindrucksvoll.«

»Ich würde nie ein Parfum nur wegen der Flasche kaufen«, versichere ich ihr. Damit sie weiß, dass ich kein Landei bin.

Aber der Preis – heiliger Himmel. Wer konnte so viel ausgeben, nur um gut zu duften? Warum sich nicht ein bisschen Vanilleextrakt hinter die Ohren tupfen und gut is?

Doch als ich es einatme, bin ich sicher, dass das der Duft der Frau ist, die mittags mit Mr. B da war. Und ich weiß, dass dies etwas ist, was ich mir nie werde leisten können, egal wie viele Kilometer ich hin und zurück durchs New Orleans Diner schwebe, egal wie viele neue Gäste auf die Speisekarte gucken und witzeln: »Was, kein Gumbo?« Ich lache immer, als hätte ich den noch nie gehört. *Nein Sööör.* Ich bin so hübsch wie diese Frau, oder könnte es sein. Ich bin hübscher als das Mädel am Parfumstand, mit ihrer spitzen Nase, die schon fast die Decke berührt. Meine Beine sind in Form und meine Haut hat eine schöne Farbe. Ich habe einen großartigen Sohn und wir kommen zurecht. Doch ich werde nie eine Flasche Parfum mit einer Taube obendrauf besitzen, und es ist vermutlich eine von vielen Flaschen, die bei der Frau auf der Kommode stehen, einem dieser Spiegeltabletts, auf das schicke Frauen ihr Parfum stellen.

»Ich fürchte, das ist nicht mein Stil«, sage ich. »Zu fruchtig.«

Sie lächelt nachsichtig, als hätte sie mich bei irgendwas erwischt.

Ich gehe nach Hause, lege meine Füße eine Stunde lang hoch, trinke Pepsi und gucke *Bowling for Dollars*. Die stimmt mich immer froh, diese Sendung. Ich weiß nicht warum. Manchmal sehe ich Ladys aus der Gegend, die ich kenne. Ich ziehe meine Strumpfhosen aus und reibe meine Beine mit Kakaobutter ein. Sie sehen gut aus. Weniger Trott, mehr im Fluss. Ich wäre eine gute Kellnerin in einem Autokino gewesen, so eine auf Rollerskates, aber sowas gibt's in Maryland nicht. Ich denke, das ist so ein kalifornisches Ding oder wo auch immer das Wetter öfter gut ist als schlecht.

Sammy kommt herein, vierzehn Jahre alt und schon zehn Zentimeter größer als ich, und küsst mich, ohne gebeten zu werden, auf die Wange. Letzten Monat hat er mir Maiglöckchenparfum von Rite Aid geschenkt, und wissen Sie was? Das ist besser als Joy oder eine Flasche mit einer Taube obendrauf. L'Air du Temps. Was soll das überhaupt bedeuten? Irgendeine Luft? Ich werde Sammy später fragen. Er ist auf der Hamilton Junior High und hat überall Einsen, selbst in Französisch. Mein Junge, er wird noch Großes leisten. Er ist alles, was ich brauche, und das Beste, was mir je passiert ist.

Während der Werbung lese ich den *Star*. Über Cleo Sherwood steht nichts mehr in der Zeitung, sie ist schon Schnee von gestern. Sie hat mir mal gesagt, irgendwann würde sie berühmt werden, und ich vermute mal, auf eine Art ist sie das jetzt. Oder war's, für einen Tag.

Ich hätte mich vorbeugen und der Lady sagen sollen: »Ich kannte sie, Cleo Sherwood. Was möchten Sie wissen?« Wäre das nicht gut gewesen? Aber die Kunden sollen nicht wissen, wie viel man mitbekommt. Sie denken, ihre Unterhaltungen seien privat. Ich habe schon heimliche Liebespaare bedient, Leute, die sich gerade trennten, Männer, die eindeutig Sachen machten, die sie nicht tun sollten. Ich bringe ihnen ihr Essen, flirte mit meinen Stammkunden und tue ansonsten so, als wär ich taub und quasi blind.

Ich bewege mich über den holperigen Linoleumboden des New Orleans Diner wie auf Rollschuhen und bin die Beste darin, immer im Fluss, kein Trott.

Juni 1966

Mr. Bauer setzte Maddie an der Pressestelle des Polizeipräsidiums ab, wie ein nachlässiger Elternteil, der sein Kind zum ersten Tag im Kindergarten abliefert. Er kam mit bis zur Tür, doch sie musste allein hineinmarschieren und ihren Platz beanspruchen.

Selbst der Newsroom des *Star*, so dreckig und chaotisch er auch war, hatte Maddie nicht auf die schmuddelige Ecke des Polizeipräsidiums vorbereitet, die für die Männer von der Presse abgezweigt worden war. Und es waren ausnahmslos Männer, obwohl John Diller darauf bestand, dass es eine Cop-Reporterin namens Phyllis Basquette gab, die für die andere Abendzeitung arbeitet, die *Light*.

»Wo ist sie?«, fragte Maddie skeptisch.

»Kurvt durch Baltimore, damit ihr Tachostand zu ihren Abrechnungen passt«, sagte Diller.

Maddie vermutete, dass sie veräppelt wurde, nickte aber dennoch. Falls es diese Frau wirklich gab, konnte Maddie sehr gut nachvollziehen, warum sie diesen Raum mied. Der Raum, oder eigentlich das gesamte Gebäude, war einer der männlichsten Orte, die sie je betreten hatte, und das nicht auf eine gute Art, wie, sagen wir, die Bar im Haussner's. (Oder zumindest, wie sie sich die Bar im Haussner's vorstellte; Frauen war das Betreten immer noch untersagt, eine merkwürdige Regel für ein so beliebtes Restaurant, in dem keine Reservierungen angenommen wurden. Andererseits zog sich die Warteschlange stets den gesamten Häuserblock hinunter, also schien sich das nicht geschäftsschädigend auszuwirken.) Ja, sicher, es gab ein paar weibliche Police Officer und Sekretärinnen, und dann noch angeblich diese Phyllis Basquette. Doch es roch nach Männern – nach ihrem Schweiß, dem Tabak, nach Haarcreme und Aftershave. Billigem, schlechtem Aftershave.

Diller machte einen Rundgang mit ihr und zeigte ihr zuerst, wie man einen Polizeibericht anforderte. Sie las die wenigen Details über Cleo Sherwoods Verschwinden durch, das wochenlang nicht bemerkt worden war. Thomas Ludlow, ein Barkeeper, sagte aus, sie hätte in den frühen Morgenstunden des ersten Januars eine Verabredung gehabt und sei abgeholt worden. Der Mann sei groß, schlank und circa dreißig Jahre alt gewesen, und er hätte unter seiner Lederjacke einen Rollkragenpullover getragen. Cleo hatte ihn nicht vorgestellt, und der Barkeeper hatte ihn noch nie zuvor gesehen. Sie trug eine grüne Bluse, eine Hose mit Leopardenmuster, einen kurzen roten Mantel und rote Autofahrer-Handschuhe aus Leder. Maddie notierte all diese Details in ihrem Notizbuch, wenn auch nur, um irgendetwas zu tun.

»Was ist eine *Einser-Frau*?«, fragte sie Diller.

»Eine Farbige«, sagte er. »Die Weißen sind Zweier, die Farbigen sind Einser.«

Diller führte sie von Abteilung zu Abteilung und stellte sie verschiedenen Sergeants vor. Sie wurden munter, als sie den Raum betrat, machten jedoch lange Gesichter, nachdem Diller sie als Kollegin vorgestellt hatte. Ihre üblichen Vorteile bei Männern schienen hier nicht zu wirken. Und als sie versuchte, den Captain des Morddezernats in ein Gespräch über Cleo Sherwood zu verwickeln, war er so wortkarg, dass es fast schon schroff wirkte. »Bisher kein offiziell bestätigter Mord«, brummte er. »Wir warten immer noch auf das Ergebnis der Gerichtsmedizin.«

Während der gesamten Zeit war es ihr nicht möglich, Dillers Verhalten einzuordnen. Der Mann war klein und adrett, und Maddie vermutete, dass er ihr Unbehagen genoss, versuchte, sie zu schikanieren, damit sie ging und ihn in Ruhe ließ. Doch er war derjenige, der am Ende des Rundgangs vorschlug: »Möchten Sie noch ins Leichenschauhaus und nachsehen, ob es im Fall Sherwood Fortschritte gab?«

Sie war nicht sicher, und ihr Mangel an Überzeugung sagte ihr, dass sie zustimmen musste.

»Ist die Leiche noch dort?«

»Ich glaube nicht, dass man sie schon für die Familie freigegeben hat. Doch selbst wenn, wäre die Zeit nicht vergeudet. Wenn Sie über Polizeiangelegenheiten schreiben wollen, sollten sie die Jungs dort kennenlernen.«

Oh, fein – noch mehr *Jungs*.

Das Leichenschauhaus lag nur einen kurzen Fußweg vom *Star* entfernt, vom Präsidium aus dauerte es etwas länger. Auf dem Weg redete Diller über den Tic-Tac-Toe-Mörder, der es offenbar auf die Penner und Säufer im Hafenviertel abgesehen hatte, und deutete auf eine Gasse, in der man eines seiner Opfer gefunden hatte. Fröhlich klärte er sie außerdem über die Details der Wunden auf, die die Zeitung hinter dem Spitznamen versteckte, wodurch die Leser schlussfolgern konnten, was genau den Opfern zugestoßen war. »Normalerweise würde ich einer Lady solche Geschichten nicht erzählen, aber Sie sind ja Reporterin.«

Der Binnenhafen war ein schmutziger Ort. Die Gewürzfabrik McCormick am westlichen Ende aromatisierte die Luft mit dem Duft von Zimt, was einen merkwürdigen Kontrast zur übrigen Umgebung bot. Maddie war selten weiter südlich als bis zum äußeren Hafengebiet vorgedrungen, obwohl sie bei Ausflügen mit Seth zum Fort McHenry hier durchgekommen war. Sie versuchte, sich die armen, kranken Männer vorzustellen, die aus den Bars gelockt und dann tot in Gassen und auf unbebauten Grundstücken zurückgelassen worden waren. Doch selbst die wurden respektvoller behandelt als Cleo Sherwood. Deren Mörder waren benannt, personifiziert und ihre Tode miteinander in Verbindung gebracht worden.

»Wie kann Cleo Sherwoods Tod irgendetwas anders sein als ein Mord?«, fragte sie Diller. »Wie gerät eine Leiche im Januar in den Brunnen der Fontäne?«

»Gute Fragen«, sagte Diller. Doch er versuchte nicht, sie auch zu beantworten.

Das Büro des Gerichtsmediziners war ein heller, steriler Ort. Als Diller und Maddie eintraten, öffneten die Männer, die um eine Bahre standen, ihren geschlossenen Kreis und gaben den Blick auf den toten Körper frei, der dort lag. Es war ein korpulenter Mann, dessen Haut fast lila war. Die Leiche lag so, dass Maddie direkt auf seine Genitalien starrte.

»Darf ich vorstellen, Marjorie Schwartz«, sagte Diller.

»Madeline«, verbesserte sie. Sie überlegte, die Hand auszustrecken, entschied dann aber, dass es unhygienisch war. »Ich hatte gehofft, mit Ihnen über Cleo Sherwood sprechen zu können.«

»O ja, richtig, die Lady im See«, sagte der Gerichtsmediziner. Maddie machte sich im Geiste eine Notiz. Der Spitzname gefiel ihr. Vielleicht würde er die Cleo Sherwood-Story etwas menschlicher machen, so, wie der »Tic-Tac-Toe-Mörder« den Opfern eine gewisse Würde verlieh.

Der Gerichtsmediziner nahm sie mit zu einer Reihe Schubladen, die er scheinbar wahllos aufzuziehen begann, als wisse er nicht mehr, in welchem sich Cleo Sherwoods Leiche befand. Maddie sah einen Mann mit Stichwunden, mehrere nicht weiter auffällige Leichen und schließlich die, wegen der sie gekommen war. Ihr drehte sich der Magen um, doch sie bewahrte Haltung.

»Ihr … Gesicht«, stammelte sie. Es war kaum noch ein Gesicht, und die Farbe war weder weiß noch braun, sondern ein fleckiges Grau.

»Hat ihre Mutter das gesehen?«

»Die Schwester hat sie identifiziert.«

Wie?, wunderte Maddie sich. Stattdessen fragte sie laut: »Was ist die Ursache?«

»Fünf Monate im Wasser – ist nicht unbedingt optimal. Wir konnten jedenfalls feststellen, dass sie nicht ertrunken ist, und das Skelett zeigt keinerlei Hinweise einer Gewalteinwirkung.«

»Nein, ich meine, wie kann es etwas anderes sein als Mord? Wie kommt eine Leiche überhaupt in den Brunnen der Fontäne?«

»Das ist nicht unser Job«, erwiderte der Gerichtsmediziner. »Wie suchen nach der Todesursache. Und bisher konnten wir keine finden.«

»Welche anderen Möglichkeiten gibt es?«

»Unterkühlung. Vielleicht ist sie in dem Brunnen steckengeblieben – am ersten Januar, dem letzten Tag, an dem sie von irgendwem gesehen wurde, war das Wetter sehr mild.«

»Glauben Sie, sie ist zur Fontäne geschwommen, vollständig bekleidet – sie war doch vollständig bekleidet, oder? – und ist in den Brunnen geklettert?«

Er las vom Bericht ab: »›Die Tote trug Hosen mit Leopardenmuster, einen roten Wollmantel und eine grüne Bluse.‹« Er sah auf und sagte: »Sie wären überrascht, was Betrunkene so alles anstellen. Und Leute auf Drogen sind noch verrückter.«

»Sie meinen LSD?« Über diese Droge hatte Maddie im *Time Magazine* furchteinflößende Dinge gelesen.

»In Baltimore? Die? Eher Heroin.«

»Cleo Sherwood war heroinabhängig?«

»Das habe ich nicht gesagt. Das können wir nicht wissen.«

Die Männer beobachteten sie, musterten sie und warteten darauf, dass sie zusammenklappte. Maddie wandte sich an Diller: »Es ist schon fast Mittag. Sollen wir etwas essen gehen? Ich *sterbe* vor Hunger.«

Er ging mit ihr in eine Taverne auf der gegenüberliegenden Straßenseite. »Dieser Laden gehörte mal Babe Ruths Vater«, sagte er. Bei manchen Speisen auf der Karte drehte sich Maddie der Magen um – *Hackepeter, Blutwurst, Saumagen* –, doch sie war fest entschlossen, herzhaft zuzulangen oder doch zumindest so zu tun, als äße sie mit großem Appetit. Sie war es gewohnt vorzugeben, eine Frau zu sein, mit der man Spaß haben konnte und die in fettigen, dickmachenden Speisen schwelgte. Sie bestellte ein Club Sandwich und Pommes, in dem Wissen, dass sie nur an dem Sandwich nagen würde, es dann über ihren Teller schieben und in immer kleinere Teile zerschneiden würde. Diller bestellte ein Bier, sie schloss sich ihm an.

Sie hatte ihn für unaufmerksam gehalten, doch er bemerkte, wie wenig sie aß.

»Ist Ihnen nicht gut?«

»Ich versuche, auf meine Linie zu achten«, sagte sie. »Manche Frauen essen Hüttenkäse. Ich bestelle genau das, was ich will, und esse dann nur ein paar Bissen.«

Schweigend aßen sie – aß er.

»Haben Sie mit ihrer Familie gesprochen?«

Die Frage schien ihn zu verwirren. »Wessen?«

»Cleo Sherwood, die Lady im See.« Sie probierte die Formulierung aus, machte sie sich zu eigen.

»Warum sollte ich das tun?«

»Wieso nicht? Ist das nicht der übliche Ablauf, wenn ein Mensch gestorben ist?«

Er nahm den letzten Bissen seines Hamburgers und tupfte sich mit der Serviette den Mund ab. Er war kein Flegel. Seine Manieren waren so gut wie Maddies, möglicherweise sogar besser. Sein Hemd war schneeweiß, seine Rasur fast wie aus dem Friseursalon, sein Seersucker-Sakko makellos.

»Sie ist farbig.«

»Und?«

Er schien die Frage ernst zu nehmen, wenn auch nur, weil sie neu für ihn war.

»Wenn Farbige sterben, sind das keine großen Storys. Ich meine, es passiert dauernd. Es ist so ziemlich das Gegenteil von Neuigkeiten. Hund beißt Mann. Außerdem, Sie haben doch den Gerichtsmediziner gehört. Vermutlich Drogen. Sie war high und meinte, sie könnte zur Fontäne schwimmen.«

»Aber ihr Tod war so öffentlich. Und so rätselhaft.«

»Darum wurde ihm ja auch Beachtung geschenkt, als sie gefunden wurde. Doch der *Afro* hat schon die meisten Ecken durchkämmt, in die wir wahrscheinlich geschaut hätten. Sie ist nur ein Mädel, das eine Verabredung mit einem üblen Kerl hatte. Da gibt's keine große Story. Nach allem, was ich gehört habe, ist sie mit vielen Kerlen ausgegangen.«

»Was heißt viele?«

»Ich weiß nicht. Ich –«, er suchte nach den richtigen Worten. »Ich wiederhole lediglich, was ich gehört habe. Es gibt gewisse Frauen, leichte Mädchen. So bezahlen sie ihre Miete. Und sie hat in diesem Club gearbeitet, dem Flamingo. Das ist eine Art Playboy-Club für Leute, die sich das Original nicht leisten können. Mädchen in knappen Kostümen, die verwässerte Drinks verhökern, und zweitklassige Bands. Der Besitzer des Ladens ist ein Zuhälter. Das weiß jeder.«

Maddie dachte darüber nach, was sie gesehen hatte, den Zerfall des Körpers, der einst Cleo Sherwood gewesen war. Die Natur war grausam. Als Marilyn Monroe vor vier Jahren gestorben war, hatten die Leute gesagt, ihr Alter und ihre verblichene Schönheit hätten sie zu Fall gebracht, und dass sie eine wunderschöne Leiche zurücklassen wollte. Niemand hinterlässt eine wunderschöne Leiche. Selbst wenn es ein sanfter Tod war, kann nach Ablauf einiger Stunden nur die Kunst des Einbalsamierers eine Leiche noch vorzeigbar machen. Jeden Tag war Maddie ein bisschen weniger schön als am Tag zuvor. Jeden Moment, den sie lebte, starb sie auch.

Die Monroe war sechsunddreißig gewesen, als sie starb. Maddie war erst knapp siebenunddreißig, als sie zu leben beschloss.

»Was, wenn ich mit den Eltern sprechen würde?«

Er zuckte mit den Achseln. »Bisschen makaber, besonders, wenn keine Story daraus wird, aber vermutlich können Sie machen, was Sie wollen, solange Mr. Kummerkasten glücklich ist. Wenn Sie allerdings nach einem Leitartikel suchen, warum besuchen Sie dann nicht das Medium?«

»Welches Medium?«

»Das Medium. Den Psycho, die Hellseherin, oder wie immer man es nennen will. Die Eltern sind zu ihr gegangen, um herauszufinden, wo sie ist. Das könnten Sie benutzen, um einen Artikel über sie zu schreiben. Sie hat gesagt, sie hätte Grün und Gelb gesehen, doch in dem Brunnen gibt es nichts Gelbes, und das einzig Grüne sind die Algen, die es in der Nacht, in der sie verschwunden ist, noch nicht gab. Und der Barkeeper hat der Polizei bereits gesagt, dass sie eine grüne Bluse trug, also war das nicht neu. Ich wette, wenn Sie sie heute bitten, das zu erklären, wird sie Ihnen sagen, das Gesicht wäre zur Sonne gerichtet gewesen – was allerdings nicht stimmt – oder am Ufer hätten Narzissen geblüht, doch auch dem war nicht so, nicht im Januar.« Er lachte, und das Lachen überkam ihn so sehr, dass er kaum noch sprechen konnte; er amüsierte sich. »Aber rufen Sie nicht vorher an, weil – weil« – er klopfte sich jetzt sprichwörtlich auf die Schenkel – »weil ich wette, sie wird nicht sehen, dass Sie kommen.«

Der Cop-Reporter

Ich weiß, was meine Kollegen hinter meinem Rücken über mich sagen. Sie nennen mich Deputy Diller. Sie sagen, ich hätte mich assimiliert, wäre mehr Cop als Reporter. Ich bin als Schreiberling nicht zu gebrauchen. Deswegen berichte ich auch nach dreißig Jahren immer noch von der Polizeiarbeit. Keiner, der als Reporter ernsthaft Karriere machen will, bleibt im Revier. Schauen Sie sich diese kleine Stute an, die glaubt tatsächlich, sie macht Karriere, wenn sie über eine tote Schwarze schreibt. Sie rafft es nicht. Selbst beim *Star*, der nicht versucht, so zu sein wie der schicke *Beacon* mit seinen Auslandskorrespondenten und dem achtköpfigen Mitarbeiterstab in DC, ist das Revier nur eine Zwischenstation, etwas, was man eher früher als später hinter sich lässt.

Ein zweiundfünfzigjähriger Cop-Reporter ist ungewöhnlich. Wenn sie mir ins Gesicht schauen, nennen die anderen Cop-Reporter mich den »Ältesten«. Sie tun so, als würden sie zu mir aufsehen. Sie versuchen, mir meine Informanten zu stehlen, sicher, dass sie mehr aus ihnen herausholen können. Aber ich habe diese Quellen genau deshalb, weil ich nirgendwo hingehe. Diese jungen Typen würden ohne zu zögern jemanden hochgehen lassen. Ich verkehre auch gesellschaftlich mit den Polizisten, über die ich berichte. Ich gehe zu den Taufen ihrer Kinder, gelegentlich zum großen Grillabend ihres Berufsverbandes und schmeiße Runden in den Kneipen, die von Cops frequentiert werden.

Ich bin glücklich im Präsidium. Mir geht immer der Arsch auf Grundeis, wenn ich in die Redaktion muss, außer wenn ich meinen Gehaltsscheck abhole oder mir meine Spesen erstatten lassen will. Das sind für mich die beiden einzigen Gründe, den *Star* zu betreten.

Mein Vater hat in Philadelphia bei der Zeitung gearbeitet, war Kolumnist, eine Legende. Jonny Diller. Er war Jonathan, ich bin John, ein Fehler in der Geburtsurkunde, der haften blieb, daher bin ich kein Junior und lasse mich von niemandem Johnny nennen. Natürlich wollte ich das machen, was mein alter Herr gemacht hat. Es schien ein Mordsspaß zu sein. Weil sein Name regelmäßig auf der Titelseite der Zeitung stand, verhielten die Leute sich ihm gegenüber, als wäre er etwas Besonders. Ich bin beim *Star* gelandet, weil ich auf die Hopkins gegangen bin und den *News-Letter* herausgegeben habe. Ich habe mir immer vorgestellt, dass ich die Hundertsechzig-Kilometer-Reise nach Hause irgendwann vielleicht als Kolumnist oder Politikredakteur antrete.

Es gab nur ein kleines Problem: Ich konnte nicht schreiben. Ich meine, ja, ich kann immer noch Sätze in der richtigen Reihenfolge aneinanderreihen, aber was ich mal an Talent hatte, ist verschwunden. Ich weiß nicht, wie ich's erklären soll. Die Arbeit bei Tageszeitungen ist so organisiert, dass man am Anfang gar nichts schreibt. Du gehst zu einem Tatort, suchst dir einen Münzfernsprecher und gibst dem Redakteur die Fakten durch, damit er sie lesbar zu Papier bringt. Bei einem Abendblatt reicht die Zeit nicht, um zurück ins Büro zu fahren und den Artikel selbst einzureichen. Du kennst jeden Münzfernsprecher der Stadt, und das ist dein Büro.

Bei meinem ersten Mord, es war mein dritter Arbeitstag, schrieb ich die Story mühsam in mein Notizbuch und dachte noch, ich würde sie dem Redakteur diktieren und ihm weitere Arbeit ersparen. Er hat mich angeschissen. Ich erspare ihm keine Zeit, sondern würde sie verschwenden, denn was ich geschrieben hätte, das tauge nichts. »Folgendes brauche ich, und zwar exakt in der folgenden Reihenfolge«, schnauzte er mich an. Und wenn ich mal ein bisschen Farbe reinbringen wollte, oder ein Detail, das ich interessant fand, blaffte er immer nur: »Beantworte einfach nur meine Fragen, Junge.«

Ich dachte mir: Denen werd ich's zeigen. Ich begann, nachts an einem Roman zu arbeiten. Ich brachte alles, was ich hatte, in die Geschichte eines Jungen ein, der in Philadelphia aufwuchs, auf der richtigen Seite der Gleise lebte, sich dann aber mit einem Jungen von der falschen Seite anfreundete. Klassischer Stoff, sowas wie die *Dead End Kids*, der eine wird Priester, der andere ein Krimineller, nur nicht ganz so krass. In meinem Buch wurde der eine Junge Reporter, der andere ein Cop, und alles endet mit einem Missverständnis. Der Reporter besteht darauf, etwas zu drucken, das einen wichtigen Mordfall untergraben und dem Mörder die Chance gegeben hat, ungeschoren davonzukommen. Der Cop tut das, was er meint tun zu müssen, tötet den Mörder und wird festgenommen.

Ich dachte, das wäre eine ganz heiße Geschichte.

Eines Abends saß ich an meiner Schreibmaschine und sah mir an, was ich bisher geschrieben hatte. Bei zwei Seiten pro Tag hatten sich Mitte des Jahres dreihundert Seiten angesammelt, fast ein kompletter Roman. Ich fing an, das zu lesen, was ich geschafft hatte, und mir wurden schlagartig zwei Dinge klar.

Zum einen konnte ich den Reporter meiner eigenen Geschichte überhaupt nicht leiden. Meine Sympathien gehörten eindeutig dem Cop, obwohl der Reporter die autobiografische Figur war.

Zum anderen konnte ich nicht schreiben. Ich hatte überhaupt kein Talent.

Nicht falsch verstehen. Ich war nicht *schlecht*. Ich war nur einfach nicht gut. Ich bin mal gut gewesen, ich schwör's. Ich hab Notizbücher mit Gedichten und Kurzgeschichten gefüllt, hatte am College und an der Highschool Wettbewerbe gewonnen. Doch der *Star* und dieser Textredakteur hatten etwas in mir zerstört, und ich bekam es nicht wieder zurück. Ich fühlte mich wie ein Gott, dem seine Macht entzogen worden war und der zur Strafe gezwungen wurde, in seinem machtlosen Zustand über die Erde zu wandeln. Nur, Strafe wofür? Solange ich meine Storys weiter durchgebe, damit sie umgeschrieben werden, nehmen meine Fähigkeiten zu schreiben immer weiter und weiter und weiter ab. Die engstirnigen Ansichten des *Star*, was eine Story ausmacht, zerstörten meine eigenen.

Doch was, wenn ich befördert würde, ein neues Ressort bekäme – und immer noch nicht schreiben konnte? Was dann?

In dem Augenblick – ich sehe mich immer noch mit aufgerollten Hemdsärmeln im Wohnzimmer am Schreibtisch sitzen, meine (damals) junge Frau war schon längst zu Bett gegangen – war es, als wäre ich ein Mann, der dachte, er könnte fliegen, nur um aus einem Traum aufzuwachen und festzustellen, dass er auf dem Fensterbrett stand. Ich erstarrte. Ich glaube, selbst wenn mir jemand eine Pistole an den Kopf gehalten hätte, hätte ich noch nicht mal eine Taste meiner Schreibmaschine drücken können. Ich entwickelte eine Schreibblockade. Die habe ich bis heute. Ich kann keine Sätze schreiben, nur Wörter. Ich notiere mir die Fakten in meinem Notizbuch, aber das zählt nicht als Schreiben, das ist Steno. Ich kann tatsächlich Steno. Deswegen sind meine Notizen auch so gut und zuverlässig, dass meine Zitate nie angezweifelt werden. Niemand hat mir je vorgeworfen, auch nur ein Wort falsch zitiert zu haben. Wenn alle Zeitungen über dasselbe Ereignis berichten und es besteht eine Diskrepanz bezüglich eines Zitats oder eines Fakts, bin ich derjenige, bei dem es richtig ist. In meinen fast dreißig Jahren im Job hatte ich noch keine einzige Korrektur. Wissen Sie eigentlich, wie ungewöhnlich das ist?

Nach dem Mittagessen bitte ich die Lady, Maddie-Marjorie, ihren Anteil selbst zu übernehmen. Sie wirkt ein wenig überrascht, gibt ihn mir dann aber, wie es sich gehört. Es war ja kein Rendezvous. Ich stecke die Rechnung ein, gehe zurück ins Büro und fülle meine Spesenrechnung aus – einschließlich der fürs Mittagessen, das ich gerade hatte, und schreibe »Sgt. Patrick Mahoney« auf die Rückseite der Quittung – und bekomme ein hübsches Sümmchen ausgezahlt. Nach der Arbeit gehe ich rüber in die Lieblingsbar der Cops, wo ich meine Spesen dazu benutze, eine Runde auszugeben, schnappe mir dann die Rechnung, um die Spesen später einzureichen. Alles legitim. Wenn es nicht zu meinem Job gehört, einen Cop auf ein Bier einzuladen, dann weiß ich auch nicht.

Ich sehe den Streifenpolizisten vom Tessie-Fine-Fall, der als Erster am Tatort war, ein junger Polacke mit dem Ruf, besser zu sein, als ihm guttut. Er bleibt nie länger als auf ein Bier und hat so eine frömmelnde Art an sich, redet ein bisschen zu viel über seine Frau, aber nicht so wie die meisten der Jungs, mit gutmütigen Witzen und Beschwerden. Nein, die Frau dieses Kerls ist eine Heilige, der reinste Engel. Der Herr, wie mich dünkt, gelobt zu viel.

»Wussten Sie, dass diese nette Lady, die Tessie Fines Leiche gefunden hat und später Brieffreundin des Mörders geworden ist, jetzt bei der Zeitung arbeitet?« Wenn ich ein bisschen gebe, bekomme ich vielleicht auch ein bisschen.

Er runzelt die Stirn. »Ich bin nicht sicher, ob sie so eine nette Lady ist.«

»Warum sagen Sie das?«

»Ich will nicht tratschen.«

Was natürlich das Erste ist, was jemand sagt, bevor er anfängt zu tratschen. Dieser hier tratscht besonders gern, obwohl er es nicht so nennt. Das tun Männer nie.

Ich gieße Öl ins Feuer. »Sie hat beschlossen, sich den Fall von Cleo Sherwood näher anzusehen. Die Bardame aus dem Flamingo, die Nutte.«

»Wer interessiert sich denn dafür?«

»Niemand, warum sie also davon abhalten.«

»Sie steht wohl auf Schwarze«, sagt er.

Ich beuge mich vor und schiebe ihm über die Bar hinweg mein Zigarettenpäckchen zu. Ich kenne ihn. Er wird nicht auf ein weiteres Bier bleiben, aber er streckt den Rest in seinem Glas vielleicht über eine Zigarettenlänge.

»Das versteh ich jetzt nicht so ganz.«

»Haben Sie mal einen Streifenpolizisten namens Ferdie Platt kennengelernt? Northwest, schwärzer als Tinte. Sie *kennt* ihn.« Er betont das Wort *kennt*, damit ich weiß, was er andeuten will.

»Und?«

»Ich habe ihn mir mal näher angesehen. Er ist dicke mit Shell Gordon, dem ja das Flamingo gehört. Ich glaube nicht, dass sie versucht, aus Cleo Sherwood eine Story zu machen. Ich glaube vielmehr, sie angelt für Platt nach Informationen. Ich glaube, er hat ihr irgendwas über den Fall von Tessie Fine erzählt, wodurch Bauer wusste, was er wusste. Wenn sie hinter dieser Story her ist, geh ich jede Wette ein, dass Ferdie Platt sie drauf angesetzt hat.«

»Warum sollte er sowas tun?«

Er atmet den Zigarettenrauch aus. »Keine Ahnung. Aber ich hab gesehen, wie er in ihre Wohnung gegangen ist und sie wieder verlassen hat, und die liegt hundertpro nicht in Northwest, so viel ist mal sicher.«

»Und was haben Sie dort gemacht?«

Der Polacke trinkt sein Bier und sagt nichts. Das ist typisch für ihn. Er hat die Seele einer Ratte, er ist eine Petze, die nie erwachsen geworden ist. Er zählt immer die Punkte mit.

»Ich muss los«, sagt er. »Meine Frau schläft erst ruhig, wenn ich zu Hause bin.«

Er geht und lässt mich mit den Puzzleteilen zurück. Diese kleine Hausfrau hat also ihren großen Durchbruch, weil sie einen Cop zum Freund hat, und einen farbigen noch dazu.

Ich frage mich, ob er sie dazu angestiftet hat, diese Briefe an den Mörder von Tessie Fine zu schreiben; ob die Cops sie mit seiner Hilfe manipuliert haben und er ihr gesagt hat, was sie schreiben soll. Doch ich weiß, dass die Cops sehr ungehalten waren, als die Geschichte Schlagzeilen gemacht hat und der *Star* auf die Diskrepanz zwischen dem hinwies, was Corwin ihnen und was er ihr erzählt hat – die Sache mit dem Auto und dem Komplizen. Drei Monate später hält er immer noch daran fest, besteht darauf, dass alles eine Lüge war, er nur Sachen erfunden hätte, um sie in die Irre zu führen. Doch offensichtlich gibt's da draußen einen Komplizen, und das macht die Cops ganz verrückt. Wenn sie den Komplizen hätten, könnten sie die beiden gegeneinander ausspielen und für einen von beiden die Todesstrafe festmachen.

Aber ich bin keine Petze. Ich werde nicht in die Redaktion zurückrennen und allen erzählen, dass dieses neue Mädel mit einem Cop schläft. Ist ja nicht so, dass sie am Ende Polizeireporter würde, zumindest nicht beim *Star*.

Was hast du gedacht, als du die Leiche gesehen hast? Wurde ich dadurch realer für dich? Oder irrealer? Ich wette, es war abscheulich, wie in einem Horrorfilm. Der Schrecken vom Druid Lake. Ich halte es nicht aus, dass ich das bin. Erkennt irgendjemand – du, die Leute im Leichenschauhaus, die Detectives – in diesem Ding noch einen Menschen? Ich werf es den Leuten nicht vor, dass es ihnen egal ist. Mir ist es egal. Ich hege keinerlei Gefühle für diesen Haufen aus Fleisch und Knochen, der verbissen an seinen Geheimnissen festhält. Kompliment, dass du überhaupt so lange hingesehen hast.

Ich weiß, es klingt blöd, aber – ich war vermutlich nackt, oder? Was ist aus meinen Kleidungsstücken geworden? Die dürften auch ziemlich mitgenommen gewesen sein, und an meiner Leiche belassen konnte man sie nicht. Aber sind sie jetzt Beweisstücke? Wurden sie untersucht und dann irgendwo eingelagert? Gesäubert und weggeworfen? Jedes Teil erzählte eine Geschichte, falls sie überhaupt jemand erfahren will. In den Kleidungsstücken, die ich an jenem Abend ausgewählt habe, verbirgt sich eine ganze Welt an Geschichten.

Wegen des milden Wetters hatte ich mich für eine Hose mit Leopardenmuster entschieden, einen leichten roten Mantel und darunter eine smaragdgrüne Bluse, hundert Prozent Seide. Irgendwas an der Kombination hat mich gestört, weil sie mir zu weihnachtlich war, aber ein Mann wartete auf mich und sagte, ich solle nicht trödeln. Keine Zeit verschwenden. Über dem Haar, das tags zuvor geglättet worden war, trug ich einen enganliegenden Schal. Keinen Schmuck.

Alle Kleidungsstücke waren Geschenke meines Liebhabers, aber das erzählt nicht die ganze Geschichte. Jeder Mann kann einer Frau ein Kleid, einen Mantel oder einen Schal schenken. Mein Liebhaber war viel raffinierter. Er musste den richtigen Augenblick abpassen und sich dann auf Gelegenheiten stürzen, die sich ihm boten. So wie er sich auf mich stürzte, als er mich sah. Manchmal waren Änderungen erforderlich. Die nahm er selbst vor. So gut kannte er meinen Körper. Die Vorstellung, wie er über seine Nähmaschine gebeugt saß und diese Kleidungsstücke für mich maßschneiderte – sagen wir einfach, wenn ich daran denke, weiß ich, dass er mich geliebt hat, und dafür habe ich ihn geliebt. Er war ein König, und ich hätte seine Königin sein können, eine bessere als die, die ihm aufgezwungen worden war, die, von der alle sagten, dass er sie behalten müsse, wenn er sein Königreich ausdehnen wollte. Ich habe viele Bücher über Henry VIII und seine Frauen gelesen. Meine Favoritin war Anne Boleyn. In gewisser Hinsicht versuchte ich, ihr Spiel zu spielen, obwohl die Regeln 1965 ein wenig anders waren als im Jahr 1500-irgendwas.

Und in diesem Spiel ging es um so viel mehr, als ich geahnt habe. Um mehr als nur um mich, um mehr als uns alle.

Juni 1966

Eine Frau in einem pinkfarbenen Hausmantel öffnete die Tür, als Maddie bei der Hellseherin klingelte. Madame Claire, die berühmte Seherin, war schwer erkältet, dachte Maddie, stolz auf diese literarische Anspielung und dann verärgert, dass sie sich nicht mehr an den Namen der Hellseherin in *Das wüste Land* erinnern konnte.

Die Frau in dem pinkfarbenen Hausmantel hatte eine heisere Stimme, fast, als hätte sei einen Frosch im Hals, doch sie schien noch nicht einmal einen Schnupfen zu haben. Aber selbst wenn, handelte es sich an diesem milden Junitag wohl eher um eine Allergie als um eine Erkältung.

Maddie hatte bis nach der Arbeit gewartet, um mit dem Bus zu Madame Claires »Studio« zu fahren, einer Wohnung, zu der das Erdgeschoss eines prächtigen alten Hauses in Reservoir Hill umgebaut worden war. Zu ihrer großen Überraschung und Beschämung war sie wegen des zweistündigen Ausflugs zum Leichenschauhaus zurechtgewiesen worden, obwohl ihre Arbeit getan war und sie zudem noch diese viereinhalb Stunden Freizeitausgleich besaß. Maddie begriff, dass zwischen der Erlaubnis, an einer Story zu arbeiten, und tatsächlich daran zu arbeiten, ein Unterschied bestand. Sie schuldete der Zeitung täglich acht Stunden ihrer Zeit. Sie war gut in dem, was sie tat, effizient und clever. Sie konnte die Arbeit statt in acht in sechs Stunden erledigen. Doch die gesparte Zeit stand ihr nicht zur freien Verfügung. Wie der Bergarbeiter in dem Song »Sixteen Tons« schuldete sie der Firma zwar nicht ihre Seele, jedoch ihre Zeit.

Als sie noch Hausfrau war, hatte sie selbst von ihrem

Tempo und ihrer Effizienz profitiert. Sie war ihr eigener Chef gewesen, obwohl sie Milton in dem Glauben gelassen hatte, gewisse Entscheidungen wären seine gewesen. Es war merkwürdig, Männern Rede und Antwort zu stehen, mit denen sie nicht verheiratet war. Es machte sie mürrisch und aufmüpfig, ganz ähnlich wie Seth. *Ich hab meine Arbeit erledigt*, hätte sie gern gesagt. *Wen geht's was an, wenn ich eine verlängerte Mittagspause mache und einen Blick auf den Fall von Cleo Sherwood werfe?* Doch sie hütete sich, darüber zu streiten.

Und nun hatte sie den Bus genommen, um in einen Teil der Stadt zu fahren, durch den sie sich noch bis vor kurzem nicht mal mit dem Auto getraut hätte. Wenn sie ein Taxi nach Hause nähme, würde sie die Fahrt dann als Spesen absetzen können? Wohl kaum. Außerdem gab es hier gar keine Taxis.

Wenigstens wurden die Tage wieder länger, und es würde wahrscheinlich noch hell sein, wenn sie bei Madame Claire fertig war, deren Wohnung sich zufällig in fußläufiger Entfernung zu Miltons Synagoge befand. An dieser Stelle würde sie allerdings nicht mehr lange sein. Chizuk Amuno hatte angekündigt, dass sie im kommenden Jahr das Viertel verlassen und an den Stadtrand ziehen würde. Schließlich lebten dort ihre Gemeindemitglieder. *Wo die Juden sind.* Während der Fahrt hatte Maddie daraus zur Melodie von Connie Francis' »Where the boys are« ein Lied gemacht. *Where the Jews are, no one waits for me.*

Vor nicht mal einem Jahr hatte sie das Stadtzentrum von Baltimore gemieden und sich nur gelegentlich zu einem Symphoniekonzert oder einem Abendessen bei Tio Pepe's oder im Prime Rib dorthingewagt. Sie hatte das Stadtzentrum für schmutzig und gefährlich gehalten. Und da lag sie nicht falsch. Doch da sie nun beim *Star* arbeitete, unweit der verruchten Kneipen am Hafen und von wo aus sie zu Fuß zu den großen Kaufhäusern an der Howard Street gehen konnte – merkte sie, wie sie sich verliebte. Weniger in die Stadt als vielmehr in die Möglichkeit, noch mal neu anfangen zu können, noch dazu in einem Alter, von dem sie früher dachte, ihr Leben wäre dann im Grunde vorbei.

Als Kind hatte sie nachgerechnet: 1928 geboren, wäre sie Mitte des Jahrhunderts zweiundzwanzig und zu Beginn des einundzwanzigsten Jahrhunderts zweiundsiebzig. Sie hatte unterstellt, dass sie sich nicht verändern würde und dass das Erwachsenenalter ein statischer Zustand wäre. Ihr jüngeres Ich hatte richtiggelegen: Mit fünfundzwanzig Jahren war Maddies Leben bereits gefestigt. Das Haus, das sie in jenem Jahr gekauft hatten, ihr zweites in Pikesville, hätte genauso gut ein Mausoleum sein können. Ein elegantes, gut ausgestattetes Mausoleum zwar, aber nichtsdestoweniger ein Mausoleum. Seth war das einzig Lebendige in diesem Haus, und er stand nun kurz davor auszuziehen. Sie hatte sich seinen Abschied wie ein Märchen vorgestellt oder wie in einer Episode aus *The Twilight Zone*. (Eine Fernsehserie, aus der sie sich nichts machte, die aber zu Miltons Favoriten gehörte, weshalb sie sie ständig sahen.) Die Landschaft ihrer beider Leben wäre verdorrt und tot. Und die Leere käme ans Licht.

Erahnte Madame Claire – oh, wie neunmalklug: Claire, kurz für *clairvoyant*, Hellseherin – intuitiv etwas von alledem, als Maddie auf ihrer Schwelle stand? Maddie glaubte nicht an hellseherische Fähigkeiten, doch etwas an dem furchteinflößenden Starren der Frau legte nahe, dass sie Maddies Gedanken lesen könnte, falls sie es denn wollte.

»Haben Sie einen Termin?«

»Ich dachte, Sie wüssten, dass ich komme«, sagte Maddie und bedauerte es sofort wieder. Warum benutzte sie Dillers Witz? Damit würde sie sich bei der Frau nicht beliebt machen.

»Meine Gabe ruht auch manchmal«, erwiderte Madame Claire. »Das verschafft mir die benötigten Atempausen. Meine Gabe kann sehr erschöpfend sein.« Ein vielsagendes

Innehalten. »Wenn ich sie einsetze, erwarte ich eine Bezahlung.«

Maddie dachte an ihr Portemonnaie und die wenigen Geldscheine, die sie dabeihatte, und an ihre leise Hoffnung, ein Taxi nach Hause nehmen zu können.

»Ich bin nicht als Kundin hier. Ich komme vom *Star*. Ich möchte Ihnen gern ein paar Fragen über die Sitzung stellen, die Sie im Anschluss an Cleo Sherwoods Verschwinden durchgeführt haben.«

»Fragen nehmen zwingend die Gabe in Anspruch.«

»Würden drei Dollar ausreichen?«

»Lassen Sie mich die Scheine sehen.« Sie nahm sie von Maddie und schnüffelte regelrecht daran.

Doch sie mussten Gnade gefunden haben, denn sie nahm Maddie mit in das, was früher das Wohnzimmer gewesen sein musste. Das Fenster zur Straße wurde von einem glänzenden roten Vorhang umrahmt, der hoffte, als Satin durchzugehen, doch Maddie sah direkt, dass es ein billiges Imitat war. Es gab eine Kristallkugel und einen Stapel gewöhnlicher Spielkarten. Das alles ignorierte Madame Claire und bat Maddie, ihr gegenüber Platz zu nehmen und die Hände mit den Handflächen nach oben auf den Tisch zu legen. Sodann legte sie ihre eigenen Hände obenauf, wobei ihre Fingerspitzen bis zu Maddies Handgelenken reichten. Wenn sie wollte, hätte sie Maddies rasenden Puls messen können. Doch das tat sie nicht. Sie tat gar nichts.

»Cleo Sherwoods Eltern waren also bei Ihnen?«, sagte Maddie in die beklemmende Stille hinein.

»Die Mutter, nicht der Vater. Der Vater glaubt, was ich tue, ist Teufelswerk.« Stirnrunzeln. »Er ist ein sehr ignoranter Mensch.«

»Was haben Sie gesehen?«

»Ich hielt einen Gegenstand, von dem ihre Mutter glaubt, dass er Cleo viel bedeutet hat.«

»Einen Gegenstand?« *Das* war neu.

»Eine *Hermelin*-Stola.« Ihre Stimme streichelte das Wort, zog es in die Länge. »Ein sehr feines Kleidungsstück.«

»Wie war Cleo an einen Pelz gekommen?«

Die Hellseherin blickte verächtlich. Natürlich. Wie kam eine junge, alleinstehende Frau an einen Pelz?

»Ich weiß, was Sie dem *Afro* erzählt haben. Er schien nicht« – Maddie musste vorsichtig vorgehen – »es passte nicht zu dem Ort, an dem sie schließlich gefunden wurde. Vielleicht das Grün, wegen des Parks oder der Bluse. Aber nicht das Gelb. Hatte es etwas mit dem vorangegangenen Abend zu tun? Diese Farbe Gelb, die Sie gesehen haben?«

Madame Claire nickte. »Ja. Ich habe etwas gesehen, das weiter zurücklag. Sie muss in einem gelben Raum gewesen sein. Gelb war das Letzte, was sie gesehen hat.«

»Sie meinen – sie wurde woanders umgebracht?« Maddie dachte an das Leichenschauhaus und die Szenarien des Gerichtsmediziners. *Ein toter Körper ist schwer. Es wäre unmöglich für einen Mann, selbst für einen kräftigen Mann, ihn hoch- und in den Brunnen der Fontäne zu wuchten.*

»Gelb ist das Letzte, was sie sah«, wiederholte Madame Claire.

Maddie konnte nicht glauben, dass sie für so wenig Information Zeit und Geld verschwendet hatte. Das Detail mit der Stola war neu, aber es reichte nicht für einen Artikel. »Haben Sie noch etwas gesehen?«

Sie schloss die Augen und hielt sie so lange geschlossen, dass Maddie sich irgendwann fragte, ob sie wohl eingeschlafen war. Dann riss sie die Augen mit offensichtlich einstudiertem Geschick auf. »Ein Geheimnis.«

»Cleo Sherwood hatte ein Geheimnis?«

»Nein, ich denke, es ist Ihres.«

Maddie musste sich sehr zusammenreißen, um nicht ihre Hände aus Madame Claires rauen Händen zu reißen.

»Jeder hat Geheimnisse«, sagte sie.

»Ja, das ist richtig. Aber Sie haben eines, das Ihnen Schmerz bereitet hat. Es ist wie ein winziges Steinchen in Ihrem Schuh, und doch laufen Sie weiter. Alles, was Sie tun müssten, um sich besser zu fühlen, wäre stehen zu bleiben und ihn auszuschütteln. Aber das wollen Sie nicht. Ich frage mich, warum. Es ist kein großes Geheimnis, und doch wollen Sie nicht, dass es jemand erfährt.«

Meinte Madame Claire Ferdie, an den sie gerade kurz gedacht hatte? *Sei nicht dumm,* schalt sie sich selbst. *Diese Frau ist eine Betrügerin. Alles nur Mumpitz.* »Vielleicht steht es mir nicht zu, das Geheimnis zu verraten. Oder vielleicht ist es nicht meines allein.«

»Nein, das ist schon vor langer Zeit passiert. Aber ich sehe auch in Ihrer Aura ein Gelb, obwohl es verblasst und langsam verschwindet, als würden die Lichter sehr langsam verlöschen. Ist es eine Straßenlaterne? Ich weiß es nicht. Jetzt ist es fort.«

Maddie legte ihre Hände in den Schoß und brach, nur zur Sicherheit, die Verbindung ab. »Haben Sie wegen dem, was Sie tun, je ein schlechtes Gewissen?«

»Warum sollte ich ein schlechtes Gewissen haben?«

»Ihre Sitzung hat Cleo Sherwoods Mutter Hoffnung gemacht. Aber zu der Zeit, als sie bei Ihnen war, war sie mit an Sicherheit grenzender Wahrscheinlichkeit bereits tot. Sie konnten ihr gar keine richtigen Antworten geben.«

»Ich habe nicht um die Gabe gebeten, und ich zwinge niemanden, zu mir zu kommen. Ich habe *Sie* nicht gezwungen, zu mir zu kommen. Und ich verspreche keine Antworten. Die Menschen fragen mich, was ich sehe, und ich sage es ihnen. Es ist nicht meine Schuld, dass sich das Jenseits nur indirekt mitteilt, dass die Visionen ohne Erklärungen kommen.«

»Können Sie mir irgendetwas über meine Zukunft sagen?

Bisher scheinen Sie nur in meine Vergangenheit geblickt zu haben.«

Madame Claire holte tief Luft, hielt sie an und starrte mit geweiteten Pupillen in Maddies Augen. Maddie fühlte sich wie eine Cobra vor einem Schlangenbeschwörer. Schließlich atmete Madame Claire aus.

»Gefahr«, sagte sie. »Ich sehe Gefahr.«

»Ich bin in Gefahr?« Ihre Stimme war schrill, sie hatte den Heimweg vor Augen.

»Nein, Sie *sind* die Gefahr. Sie werden jemanden furchtbar verletzen und alle möglichen Probleme verursachen.«

Oh, dachte sie, ganz gegen ihren Willen enttäuscht. Das war wieder die Vergangenheit, Milton. Sie hatte ihn verletzt. Und auch Seth. Manchmal fragte sie sich, ob es besser oder schlimmer gewesen wäre, wenn sie Milton alles erzählt hätte, ob ihm das Eingeständnis ihres Betrugs zu diesem späten Zeitpunkt leichter gemacht hätte, dass sie ihn verlassen hatte.

Dennoch – gelb, verblassend. Die Mondfinsternis. Diese verdammte Mondfinsternis.

Sie ging in der Junidämmerung nach Hause und fühlte sich wie ein Wesen aus der griechischen Mythologie, vielleicht Orpheus auf dem Weg in die Unterwelt, um Eurydike zu retten. Sie drückte ihr Kreuz durch und trug ihre Handtasche mit dem Gurt quer über der Brust, wie man es Frauen heutzutage riet. Sie versuchte, nicht zu schnell zu gehen, zum einen, weil ihre Absätze nicht für dieses Tempo gemacht waren, und zum anderen, weil sie ausstrahlen wollte, vor nichts Angst zu haben. Doch sie gehörte hier so offensichtlich nicht hin, dass die Männer, an denen sie vorbeiging, zurückwichen und ihr zusätzlich Platz zu machen schienen. Sahen auch sie die Gefahr?

In dieser Nacht ließ sie ihr Fenster geöffnet; eine riskante Sache, aber die Spätfrühlingsluft war frisch und süß, vielleicht wegen der Gärten an der Kathedrale. In diesem Teil Baltimores gab es so wenig natürliche Düfte. Als würden die Jahreszeiten die Stadt einfach umgehen. Splitternackt schlüpfte sie ins Bett. Etwa gegen zwei Uhr morgens hörte sie leise Schritte auf der Feuerleiter und lauschte, als das Fenster weiter aufgeschoben wurde. Der Körper eines Mannes bedeckte sie, ergriff Besitz von ihr.

»Wir haben doch darüber gesprochen, Maddie«, sagte Ferdie hinterher. »Lass dieses Fenster nicht offen. Ein anderer als ich könnte einsteigen.«

»Vielleicht hab ich das Fenster ja für einen anderen offengelassen.«

Pause. Im Zimmer war es dunkel; sie konnte seine Miene nicht sehen. »Sei nicht so.«

»Wie?«

»So, na ja, wie eine Stripperin, oder eine Lady, die mit jedem mitgeht.«

»So, wie Cleo Sherwood?«

»Du redest immer noch darüber?«

»Ich werde über sie schreiben. Eine Frau ist tot. Vielleicht kann ich den Leuten verständlich machen, dass sie sich dafür interessieren sollten.«

Er seufzte. »Das bezweifle ich.«

»Kanntest du sie?«

»Verdammt, nein. Der Flamingo Club gehört nicht zu meinem Revier.«

»Glaubst du, sie hatte einen Freund? Einen heimlichen?«

Er gab ihr einen Klaps auf den Po, sein Zeichen, dass sie sich auf den Bauch drehen und auf alle viere gehen sollte. Sie hatte ihm einmal erzählt, dass sie immer nur in der Missionarsstellung Sex gehabt hatte, weil Milton nichts anderes wollte.

Das war sowohl die Wahrheit als auch eine Lüge gewesen. Sie und Milton hatten es nur auf die eine Art gemacht, doch obwohl er das immer noch glaubte, war Milton nie ihr einziger Liebhaber, und ihr erster Liebhaber war ein verwegener

Mann gewesen, der sie, ach, zu so ziemlich allem hatte überreden können. *Ein grünes Seidensofa. Die gelbe Mondsichel während einer Finsternis.* Ha, aber das war Madame Claires Trick, richtig? Welche Farben sie auch immer sah, der Kunde ergänzte die Geschichte.

Das Medium

Menschen, welche die Gabe nicht besitzen, fällt es schwer, sie zu verstehen. Und doch ist es vielleicht notwendig. Wenn Sie wüssten, was ich sehe, wie ich sehe – nun, es gab eine Zeit, in der man Frauen wie mich verbrannt hat, und vielleicht war das eine Gnade.

Ich weiß, dass die Frau, die heute zu mir gekommen ist, keine Gläubige ist. Also habe ich entschieden, ihr ein bisschen Angst einzuflößen. Sie ist meine Gabe nicht wert, sie hat nichts Gutes damit im Sinn. Ich sage ihr, sie hätte ein Geheimnis, denn, wer hat keines? Fast ohne es zu wollen, habe ich eine gelbe Aura um sie herum gesehen. Was ich ihr nicht sagen konnte, war, ob es mit ihr zu tun hatte oder ob es noch in der Luft hing, seit Cleo Sherwoods Mutter mich aufgesucht und gebeten hat, dieses Fell zu streicheln. Zu dem Zeitpunkt war ich so sicher, dass das Mädchen noch lebte. Und vielleicht tat sie das ja auch, wer weiß? Ihre Leiche könnte auch im Februar in den See gekommen sein. Aber wenn sie noch am Leben war, wo ist sie dann gewesen? Warum konnte ich sie nicht retten? War das Grün die Farbe der Wände des Raums, in dem sie eingesperrt war? War das Gelb eine einzelne Glühbirne im Kellergefängnis von jemandem?

Mit acht Jahren wurde mir zum ersten Mal klar, dass ich über das zweite Gesicht verfüge. Ich hatte einen Traum. Darin fuhr meine Tante, damals noch eine Jugendliche, im Auto eines Mannes mit, den sie kaum kannte. Er fuhr zu schnell. Sie flehte ihn an, langsamer zu fahren. Der Wagen geriet außer Kontrolle. Meine Tante wurde verletzt, der Mann starb. Ich wachte am nächsten Morgen auf, und genau das war tatsächlich passiert. Meine Tante lag mit gebrochenem Bein im Krankenhaus, und der Mann, der den Wagen gefahren hatte, war tot. Ich erzählte meiner Mama, dass ich dies alles geträumt hätte. Zuerst versuchte sie, mir das auszureden. Sie sagte: »Nein, Liebes, du musst uns in der Nacht reden gehört haben.« Oder: »Vielleicht hast du das in der darauffolgenden Nacht geträumt, und dann hast in deinem Kopf alles durcheinandergebracht, denn an dem Tag, nachdem es passiert ist, herrschte das reinste Chaos, so viele Menschen kamen und gingen, und wir waren so besorgt, dass sie sterben könnte.«

Heute glaube ich, dass Mama sich um mich gesorgt hat. Sie wusste, dass meine Gabe einen Preis haben würde, und so war es auch. Ich kann sie nicht kontrollieren, ich kann sie nicht herbeirufen. Die Leute würden denken, ich wäre eine Schwindlerin, wenn ich diesen Teil zugebe, also erwähne ich das gar nicht. Die Sache ist die, dass jeder, der zu mir kommt, einen guten Rat erhält. Sie bekommen etwas für ihr Geld. Aber nicht jeder hat eine echte übersinnliche Erfahrung. Das liegt nicht in meiner Macht.

Cleo Sherwoods Mutter – sie hat das Echte bekommen. Da war überall grün und gelb. Ich dachte, es könnte die Sonne sein, ich dachte, sie befände sich an einem Ort, wo sie den Kopf nicht drehen konnte und gezwungen war, direkt in die Sonne zu sehen. Vielleicht war es ein Zimmer oder eine Zimmerdecke. Aber ihre letzten lebenden, wachen Minuten war sie von Gelb umgeben, dessen bin ich mir sicher.

Nachdem die Lady gegangen ist – ich brauche meine Kräfte nicht, um zu erkennen, dass sie unzufrieden ist –, knipse ich das Licht aus und beschließe, Feierabend zu machen, obwohl ich abends normalerweise mehr zu tun habe. Die meisten Leute, besonders die kirchenfrommen, besuchen mich lieber, wenn's dunkel ist. Aber ich bin völlig erschöpft. Selbst die kleinste Erschütterung verlangt mir viel ab.

Ich bin siebenundvierzig Jahre alt. Ich war dreimal verheiratet, jedes Mal eine Katastrophe, aber ich rede nie darüber, denn die Leute würden, auch hier wieder, nur an meinen Fähigkeiten zweifeln. Wie kommt es, dass eine Hellseherin sich so schlechte Ehemänner aussucht? Indem sie auf ihr Herz hört. Das Herz weiß nichts und sieht nichts, doch es macht Rabatz und kriegt Wutanfälle, damit es bekommt, was es will. Niemand versteht, was ich tue, wer ich bin, wie meine Fähigkeit funktioniert. Es ist keine Maschine, die ein- und ausgeschaltete werden kann. Die Gabe ist empfindlich. Sie bevorzugt trockenes Wetter gegenüber nassem, Kälte gegenüber Hitze.

Cleos Mutter ist an einem guten Tag zu mir gekommen, es war kalt, strahlend hell und trocken. Wenn die Luft so dünn und schneidend ist, kann ich Dinge wahrnehmen, die ich an anderen Tagen nicht wahrnehmen kann. Ich konnte in Mrs. Sherwoods Seele sehen, und es war das Traurigste, was ich je gesehen habe. Sie liebte ihr Mädchen und wollte, dass ich etwas sehe, was darauf hindeutet, dass sie am Leben ist; vielleicht habe ich es deshalb für möglich gehalten. Ich glaube nicht, dass sie ihren Mann oder ihre anderen Kinder so sehr liebt wie dieses Mädchen, das ihr so viel Ärger bereitet hat. Manche Mütter sind so. Als ich diese Stola streichelte, schien sie fast lebendig zu werden, wie eine Katze, die sich den Rücken kratzt. Und aus ihr stieg ein Duft auf, süß und abgestanden, eine Art Parfum. Es roch nach – *Sehnsucht*. Dieses Mädchen hatte sich etwas ganz furchtbar gewünscht.

Ich habe Gelb gesehen, ein leuchtendes, grelles Gelb. Ich sah eine Frau, deren Gesicht der Sonne zugewandt war, die vielleicht zu nah an sie heranflog, wie es in der alten Sage heißt. Wir sind nicht zum Fliegen bestimmt. Wir sind nicht dazu bestimmt, die Dinge zu sehen, die ich sehe. Ich bin eine gute Frau, eine Kirchgängerin, und es gibt Sonntage – dies würde ich meinem Prediger niemals sagen –, an denen bete ich zu Gott, mich *weniger* sehen zu lassen. Doch Gott sagt, *Suzanne* – mein richtiger Name ist Suzanne –, *ich gebe diese Gabe nur denen, die damit umgehen können.*

Diese Frau, die kam und Fragen über Cleo Sherwood stellte, führte nichts Gutes im Schilde. Ich konnte die Sehnsucht auch an ihr riechen, aber es war keine Süße daran. Sie war wie der Motor eines Wagens, der beschleunigt, beschleunigt, beschleunigt, lärmt und Funken in die Welt hinaussprüht. Sie will etwas erreichen. Das Problem ist nur, dass sie nicht weiß, wohin sie will. Und das macht sie so gefährlich.

Ich genieße mein Abendessen, Schweinekotelett mit grünen Bohnen, und gönne mir zur Beruhigung ein Gläschen süßen Wein. Ich bereite mich aufs Bett vor, auf den Schlaf, den ich fürchte. Meine Träume sind eine Last, denn manchmal werden sie wahr, aber ich weiß nicht, welche sich bewahrheiten und welche nicht. Hatten Sie schon einmal das Gefühl, in einem schrecklichen Traum stecken zu bleiben, und dann wachen Sie auf und sind erleichtert, weil es nicht passiert? Mir wird diese Erleichterung so lange verweigert, bis ich überprüfen kann, dass mein Traum nicht wahr geworden ist. Ja, meine Gabe ist ein Geschenk, aber es ist keines, um das ich gebeten habe, und ich sehne mich danach, es zurückzugeben. Nimm sie mir ab, Gott, es ist nicht richtig. Mach mich zu einer normalen Frau, die mit einem Mann zusammenleben und abends ihren Kopf aufs Kissen legen kann, ohne Angst vor dem, was sie in ihren Träumen besuchen, was nach Tagesanbruch, wenn die Träume und Alpträume für alle anderen enden, noch auf sie warten könnte.

Grün und Gelb, ja? Man bekommt, wofür man zahlt, Maddie Schwartz. Weißt du, was grün und gelb war? Das Polster der Theaterloge, in der ich zwei Wochen vor meinem Tod gesessen habe.

Mein Liebhaber hatte mich mit einem Trip nach New York überrascht und mit zwei Tickets für das Musical Der Mann von La Mancha. *Es waren keine besonders guten Plätze, und soweit ich sehen konnte, waren wir die einzigen Schwarzen im Publikum. Und die Musik – na ja, für meinen Geschmack war sie zu seicht, Alte-Leute-Zeug, aber ihn berührte es, das konnte ich sehen. Ich sah zu, wie ihm die Tränen über die Wangen liefen, allerdings nicht bei dem Lied, das jeder kennt und das andauernd im Radio läuft. (Wohlgemerkt, nur dann, wenn man Alte-Leute-Radio hört.) Am Ende schluchzte er regelrecht – als die Frau sagte, der Mann auf dem Sterbebett sei nicht der Mann, den sie kannte, dass der Mann, den sie kannte und liebte, immer noch irgendwo lebte. In dem Moment dachte ich, er wäre meiner, er hätte entschieden, der Held zu sein, nicht der Mann im Bett. Aber nein, er weinte, weil er seine Grenzen kannte und wusste, wofür er sich letzten Endes entscheiden würde. Er war schwach.*

Ich sah zu, wie er sich die Show über die Show in der Show ansah. Was mich an diesen Unendlichkeit-Witz erinnerte, den wir uns als Kinder erzählt haben: Ich male ein Bild von mir, wie ich ein Bild von mir male, wie ich ein Bild male. Es wird kleiner und kleiner und kleiner, bis man nichts mehr sieht.

Also entschied ich für mich: Ich bin diejenige, die überlebt. Nicht der alte Mann auf der Bühne, nicht die wilden, wun-

derschönen Frauen von Henry VIII, Anne Boleyn und Catherine Howard, und nicht die letzte, die Krankenschwester, über die niemand wirklich spricht und die ziemlich bald nach ihm gestorben ist. Ich werde Mary Boleyn sein, Annes Schwester, die alle zum Narren gehalten hat und ein langes, gutes Leben lebte. Das würde ich wählen.

Es war zu spät. Die Entscheidung zu leben war mir schon abgenommen worden, und ich wusste es noch nicht einmal.

Am ersten Januar um drei Uhr morgens ging ich zu meinem Kleiderschrank, suchte die Kleidung für meine Verabredung aus und achtete darauf, dass keine von Laetitias Klamotten zwischen meinen hingen. Wir liehen uns gegenseitig unsere Kleidung, aber meine war so viel schöner. Es war nicht das erste Mal, dass ich mich so spät verabredet hatte, und an den Feiertagen war ich immer allein, so lief das. Die zweite Schicht, so habe ich sie genannt. Mein Liebhaber war großzügig, aber ich brauchte stets mehr, und hinter der Theke bekam ich nicht so viel Trinkgeld, wie ich eigentlich verdient hätte, und wessen Schuld war das? Alle wussten, dass ich später noch Verabredungen hatte. Nur er nicht. Ich hoffe, er wird es nie erfahren, aber ich bin sicher, dass diejenigen, die ihn gegen mich aufbringen wollten, dafür gesorgt haben, dass er es herausgefunden hat.

Ich schob diesen Pelz ganz nach hinten und vergewisserte mich, dass er in einem Kleidersack steckte, als wäre der Winter schon vorbei. Für mich war er das. Für mich war alles vorbei. Ich wohnte nicht im schönsten Viertel, meine Wohnung war nicht so besonders, trotz der Aussicht auf den Park und den See. Ich vermute, die Gebäude um den Druid Hill Park waren früher, als sie noch von Weißen bewohnt wurden, prächtig, doch das ist schon eine ganze Weile her. Das ist die Geschichte des Viertels, die Geschichte der Welt. Die Weißen machen sich immer gerade rechtzeitig vom Acker. Sie wissen instinktiv, wann die Rohrleitungen hinüber sind, wann die

Elektroleitungen brüchig werden und knistern. Sieh dich an, Maddie Schwartz, wie und wann du aus deiner Ehe geflüchtet bist. Du hast wahrscheinlich gedacht, dass du gerade noch rechtzeitig davongekommen bist.

Ich schob meinen Pelz ganz nach hinten in den Schrank und ging zu meiner Verabredung. Mir graute davor. Aber ich musste gehen. Das Ende war bereits geschrieben und lag nicht mehr in meinen Händen.

Sechs Wochen später, nachdem meine Mama den Vermieter überzeugt hatte, ihr die Tür zu öffnen, fand sie meinen Pelz und erkannte, dass er etwas war, was ich geliebt hatte. Sie nahm ihn mit zu der Hellseherin, die ihr Gesicht in dem hellrosa Seidenfutter verbarg und das weiße Fell streichelte. Es war Kaninchen, aber sie erklärte es zum Hermelin, was einem alles sagt, was man über diese Frau wissen muss, die behauptet, sie habe meine letzten Stunden gesehen. Grün und gelb, na klar. Sicher, ich habe eine grüne Bluse getragen, doch das wahre Grün war die Eifersucht, und ein Gelb gab es da nicht – es sei denn, man zählt die Feigheit des Mannes mit, der verfügt hat, dass ich sterben muss, sich aber nicht dazu herablassen würde, die Sache selbst zu erledigen.

Juni 1966

Sie haben was getan?«

Judith Weinstein wollte gerade einen Löffel Hühnersuppe mit *Kreplach* essen, als Maddie ihr von dem Besuch bei Madame Claire erzählte. Judiths Manieren waren genauso gepflegt wie ihre Kleidung, und es gelang ihr, den Löffel mitten in der Bewegung festzuhalten, ohne auch nur einen Tropfen zu verschütten, aber sie war erfreulich erstaunt über Maddies jüngste Abenteuer.

»Ich bin ins Leichenschauhaus gegangen, um mir Cleo Sherwoods sterbliche Überreste anzusehen. Dann habe ich die Hellseherin aufgesucht, die Cleos Mutter konsultiert hat.«

»Diese tote Schwarze? Die, die in Shell Gordons Club gearbeitet hat?«

»Sie hat im Flamingo gearbeitet. Ist das der Club, den Sie meinen? Wer ist Shell Gordon?«

Judith schnaubte, obwohl es mehr wie das Niesen einer Katze klang, sauber und beherrscht.

»Ich habe es Ihnen doch *gesagt*, Maddie. Stewart ›Peanut Shell‹ Gordon. Er ist ein kleiner Fisch, der gern ein großer wäre, so wie Willie Adams, den er verehrt und gleichzeitig nicht leiden kann.«

»Ich habe noch nie von einem dieser Leute gehört.«

»Ich habe Ihnen doch gesagt, Sie sollen mit mir in den Stonewall Club kommen. Es ist interessant. Obwohl ich das meiste davon von meinem Onkel Donald weiß. Shell Gordon wäre gern ein politischer Strippenzieher, wie Adams. Er teilt am Wahltag eine Menge Laufgeld aus.«

»Laufgeld?«

Judith nippte an ihrer Suppe, eine merkwürdige Wahl an einem so warmen Tag. Die Suppen im Suburban's House waren gut, doch Maddie hatte sich ein Festessen gegönnt – einen Bagel mit Frischkäse und Räucherlachs, und dazu eine kalorienreduzierte Cola. Sie war diese Woche so viel herumgelaufen. Davon abgesehen, mochte Ferdie sie so, wie sie war.

»So holt man sich seine Wähler ins Wahllokal.«

»Aber es ist illegal, Leute dafür zu bezahlen, dass sie wählen gehen.«

Judith lächelte und freute sich über die Chance, in ihrer neuen, noch zarten Freundschaft die Klügere zu sein. »Man bezahlt sie nicht direkt für ihre Stimme. Man bezahlt sie dafür, dass sie wählen gehen.«

»Ich weiß nicht, wo da der Unterschied sein soll.«

»Am Ende gibt es vielleicht auch gar keinen.«

Maddie hatte kein Interesse an einer Lektion in Politik. Sie hatte Judith auserkoren, weil sie eine Vertraute brauchte, jemanden, dem sie von ihrer Arbeit erzählen konnte. Sie nahm an, dass Ferdie von ihren Abenteuern – ins Leichenschauhaus zu gehen oder sich in ein Schwarzen-Viertel vorzuwagen – entweder gelangweilt oder entsetzt wäre. Ihrer Mutter konnte sie auf keinen Fall erzählen, was sie vorhatte. Also hatte sie nach einer Freundin gesucht – und festgestellt, dass sie keine hatte. Sie hatte versucht, Eleanor Rosengren anzurufen, die sie seit jenem schicksalsschweren Abendessen mit Wallace Wright nicht mehr gesehen hatte – wirklich, das war nicht übertrieben, dieses Abendessen hatte ihr Leben verändert. Doch Eleanor hatte merkwürdig distanziert gewirkt. Oben in Pikesville waren Grenzen gezogen worden, und Maddie begriff, dass ihre alten Freunde sich auf Miltons Seite schlagen würden, und zwar so sicher, wie sie jenseits der Stadtgrenze wohnten. Maddie hatte nicht nur Milton, sondern das ganze Viertel verlassen. Ihre neue Lebensweise war eine Mahnung für alle.

Also kehrte sie zu Judith zurück, der eifrigen jungen Frau, die immer sprang, wenn sie rief. Und es war befriedigend, wie glücklich sie auf diese Verabredung zum Abendessen reagiert hatte. Sie hatte sogar vorgeschlagen, dass sie sich ja später noch einen Film im Pikes Theater ansehen könnten, und bot an, Maddie mit dem Wagen ihres Vaters nach Hause zu fahren.

Maddie war davon ausgegangen, dass ihr Tischgespräch um die Heldentaten ihrer Arbeit kreisen würde und Judith nicht viel beizusteuern hätte. Zu ihrer Überraschung – und, ehrlich gesagt, auch zu ihrem Verdruss – hatte auch Judith etwas anzuvertrauen.

»Erinnern Sie sich noch an diese beiden Cops, als wir an dem Tag …« Es war immer noch schwer, über Tessie Fine zu sprechen, die silbrige Sohle dieses Schuhs, das rote Haar, der grüne Mantel.

»Natürlich.«

»Meiner hat mich angerufen.«

Maddie nahm das Wort *meiner* zur Kenntnis. War dann der andere Polizist ihrer gewesen? Er hatte sie zur Tür bringen wollen, aber das war doch bestimmt reine Höflichkeit gewesen? Jedenfalls hatte er sie nicht angerufen oder sich sonst wie bei ihr gemeldet, und sie verspürte einen winzigen eifersüchtigen Stich, als wären sie und Judith zu viert ausgegangen und nur bei Judiths Rendezvous wäre etwas herausgekommen und bei ihrem nicht. Blöd. Sie würde niemals mit einem Polizisten gehen. Oh – sie ging ja mit einem Polizisten. Nein, sie *gingen* nicht miteinander. So konnte man das nicht nennen, was sie und Ferdie taten. Sie errötete, was Judith allerdings nicht zu bemerken schien.

»Was wollte er?«

Judith nahm keinen Anstoß an der Frage, die fast schon an Unhöflichkeit grenzte. »Er hat gefragt, ob ich mit ihm ausgehen würde. Ich wusste ja, dass meine Mutter empört wäre, aber mein Vater ist regelrecht an die Decke gegangen. Ich weiß nicht, ob's war, weil er ein Cop ist oder ein Ire. Jedenfalls sagte er, es käme überhaupt nicht infrage, dass eine seiner Töchter mit ›so einem Mann‹ ausginge.«

»Wie schade«, meinte Maddie ohne Überzeugung. »Er war süß.« Wieder ohne Überzeugung. Sie erinnerte sich nur noch an das geistlose Geschnatter dieses Mannes, an sonst nichts.

»Er möchte sich heute Abend gern mit uns treffen«, sagte Judith. »Am Kino. Wenn das okay ist?«

Maddie fühlte sich töricht, ein wenig benutzt, obwohl sie es gewesen war, die Judith angerufen hatte. Sie empfand fast mehr Loyalität mit den Eltern, die ihr vermutlich altersmäßig näher waren. Wenn Seth mit einer *Schickse*, der Tochter eines Cops, ausgehen wollte, hätte Maddie das nicht gutgeheißen. Aber sie hätte auch vorsichtig darauf geachtet, keine Einwände zu erheben. So war ihre Mutter mit ihrer Highschool-Beziehung zu Allan umgegangen. Hatte so getan, als bereitete ihr das überhaupt keine Kopfschmerzen, und seine Eltern zum Passahfest eingeladen.

Maddie fragte sich, wie ihre Mutter wohl reagiert hätte, hätte sie von ihrer wahren ersten großen Liebe gewusst? Irgendwie hatte sie es geschafft, es vor allen geheim zu halten. Möglicherweise war das ihr eigentliches Talent: geheime Liebschaften. Aber man schrieb das Jahr 1966. Kurtisane zu sein war kein Beruf.

Kurtisane. Sie konnte hören, wie ihre erste große Liebe sie über die Jahre hinweg auslachte. *Euphemismen sind was für Feiglinge, Maddie.* Er hatte viel über sie gelacht, wenn sie es sich recht überlegte. Hatte sich über ihre Ambitionen zu schreiben lustig gemacht und gemeint, sie würde nur eine weitere typische Vorstadtmama werden.

»Natürlich ist das okay«, versicherte sie Judith.

»Und ich dachte«, sagte Judith, »wenn's Ihnen nichts ausmacht – würden wir Ihnen das Geld fürs Taxi geben, für die

Heimfahrt. Weil, wissen Sie, wenn meine Eltern denken, dass ich sie zurück in die Stadt fahren muss und dann wieder nach Hause, dann bedeutet das eine gute Stunde und …«

Nun war sie an der Reihe zu erröten. Normalerweise wäre Maddie jetzt ziemlich eifersüchtig gewesen, allerdings wusste sie, dass, was immer Judith und ihre Verabredung in dieser einen gestohlenen Stunde täten, nicht annähernd an das herankam, was sie und Ferdie im selben Zeitfenster bewerkstelligen würden. Aber, oh, wie wundervoll wäre es, im Kino zu sitzen und mit jemandem, mit irgendwem Händchen zu halten. Gab es immer nur die Wahl zwischen Leidenschaft und Ehrbarkeit?

Der Film hieß *… die alles begehren.* Nach einer gespielt zufälligen Begegnung im Foyer wählte das Trio Plätze in den hinteren Reihen, doch dann bestand Maddie darauf, weiter vorn sitzen zu wollen, da sie ihre Brille vergessen hätte (sie trug keine Brille). Judith und ihr Cop, Paul Sowieso, protestierten schwach. Er war in Zivil. Und – jedenfalls in Maddies Augen – er war auch nicht sonderlich attraktiv. Doch etwas an dem Wissen dieser verbotenen Liebe (Lust) elf Reihen weiter hinten erregte sie. Oder vielleicht lag es auch an Richard Burton, der trotz seines narbigen Teints ziemlich attraktiv war. Sie war sehr aufgewühlt.

Und dann merkte sie, dass der Mann neben ihr seine Hand auf ihr Knie gelegt hatte.

Sie hob sie an, legte sie zurück in seinen Schoß und warf ihm einen kurzen Seitenblick zu. Er wirkte nicht verwahrlost. Er versuchte nicht, sich selbst zu berühren, und sein Blick klebte an der Leinwand. Sie hätte nach einem Platzanweiser rufen sollen – wobei … Er hatte ein recht nettes Profil. Eine fein geschnittene römische Nase, dichtes Haar und hinter seiner Brille lange Wimpern. Da war kein schmutziger Regenmantel, kein geöffneter Hosenstall …

Und erst da schrie Maddie auf.

Nicht, weil sie sich erschreckt hatte, nicht wirklich. Oh, sie hatte Angst, aber nicht vor diesem Mann. Sie war entsetzt über ihre *nicht vorhandene* Angst, überwältigt von dem Gedanken, wie flüchtig auch immer, dass sie diesen Mann aus dem Kino führen und Dinge mit ihm machen oder ihn Dinge mit ihr machen lassen könnte. Sie verwahrloste moralisch, man konnte es nicht anders nennen. Deshalb hatte sie so schnell wie möglich geheiratet. Weil ihre erste Liebe diese schreckliche Lust in ihr geweckt hatte und sie wusste, dass sie sie unterdrücken und bändigen musste. Jetzt war diese Lust wiedererwacht und frei.

Als sie anfing zu schreien, kamen ihr natürlich auch Judith und Paul zu Hilfe, während der Mann mit der römischen Nase auf immer verschwand. Angesichts dessen, was Maddie durchgemacht hatte, war keine Rede mehr von einem Taxi. Die beiden fuhren sie nach Hause. Maddie fühlte sich fast schlecht dabei, dass sie ihnen ihre gemeinsame Zeit raubte. Doch andererseits hatten sie den Film eine Dreiviertelstunde vor Ende verlassen, und so hatten die beiden immer noch mindestens eine Stunde, die sie zusammen verbringen konnten.

Am nächsten Tag meldete Judith sich flüsternd vom Telefon im Juweliergeschäft ihres Bruders.

»Er wollte auf der Cylburn Avenue parken«, berichtete sie. »Ganz in der Nähe – ist das nicht schräg?«

»Nein«, sagte Maddie. *Ja*, dachte sie. *Aber nicht so schräg wie das, was ich gestern Abend tun wollte, also steht mir kein Urteil zu, oder?*

Eine *Freidenkerin*, dachte sie, nachdem sie aufgelegt hatte. *Ich werde zur Freidenkerin.* Wo hatte sie dieses Wort zum ersten Mal gehört? Natürlich bei ihrem ersten Liebhaber. Ob er wohl noch lebte? Er war schon vor Jahren weggezogen, und sie hatte ihn aus den Augen verloren. Doch wäre er gestorben, hätte es in der Zeitung aufgrund der Verbindungen seiner Familie nach Baltimore bestimmt einen Nachruf auf ihn gegeben. Es hätte definitiv einen Nachruf gegeben, wenn seine Frau gestorben wäre. Doch er war noch nicht alt, ging gerade mal auf die sechzig zu. Es gab keinen Grund anzunehmen, dass er gestorben war.

Sie sah sich selbst mit nicht mal achtzehn Jahren, wie sie auf dem Bürgersteig stand und zuschaute, wie Umzugsleute Möbel in einen Lastwagen trugen.

»Wohin ziehen sie?«, hatte sie den am wenigsten einschüchternd wirkenden Mann gefragt.

»New York«, brummte er.

»Ich kenne ihn. Sie«, erklärte sie. »Ich war – ich bin mit ihrem Sohn zur Schule gegangen.«

Den Umzugshelfer interessierte das nicht. Über Monate war Maddies größte Furcht gewesen, dass jemand hinter ihr Geheimnis kommen würde, dahinter, was sie getan hatte. Aber jetzt sah sie, das schlimmste Schicksal war, dass niemand davon wusste. Sie hatte ihr Geheimnis zu gut bewahrt. All die Versprechen und die geflüsterten Worte, für die es keine Zeugen gab; die Schwüre im Tausch gegen etwas, was er ihr nahm und sie nie mehr von ihm zurückfordern könnte. Nur er allein wusste, wie er davon gesprochen hatte, gemeinsam wegzulaufen, über die Visionen, die er gemalt hatte, besser mit Worten als je mit dem Pinsel, über eine Zukunft, in der sie im Village lebten, wahre *Freigeister*, die sich für nichts anderes als Kunst und Liebe interessierten. Sie konnte nicht beweisen, dass irgendetwas davon je stattgefunden hatte. Das wichtigste Ereignis in ihrem jungen Leben wurde gerade auf diesen Lastwagen verladen und ausgerechnet nach New York transportiert, aber wahrscheinlich nicht ins Village, niemals ins Village. Sie würden wahrscheinlich in der Upper East Side leben, in einem Haus und Haushalt der Art, die er nach eigenen Worten so verachtete.

Die Umzugshelfer trugen das grüne Seidensofa in den Lastwagen. Als Siebzehnjährige hatte sie in jenem Sommer auf diesem Sofa ihre Unschuld verloren. »Kannst du nicht noch ein bisschen bleiben?«, hatte er gefragt. »Heute Nacht gibt's eine Mondfinsternis. Ein praktisch einmaliges Ereignis. Und ich weiß, dass deine Eltern sich nie Sorgen machen, wenn du hier bei mir bist.«

Nein, das taten sie nicht. Und selbst mit siebzehn verstand Maddie, wie paradox das war.

Zwei Monate später, im Herbst, lernte sie Milton kennen. Natürlich hatte er angenommen, sie sei noch Jungfrau, und sie sah keinen Grund, ihm zu widersprechen. Sie war es, und sie war es nicht. Sie war jemand anderes, eine neue Maddie. Wenn überhaupt, dann fühlte sie sich unschuldiger und jünger, weil sie von einem älteren Mann entehrt und getäuscht worden war, der keinerlei Bedenken gehabt hatte, ihr mit Worten das abzuschwatzen, was angeblich ihr größtes Geschenk, ihren einzigen Vermögenswert darstellte, den sie einem Mann anbieten konnte, die einzige Mitgift, die noch etwas zählte.

Hatte Cleo Sherwood einen festen Freund gehabt? Alle sagten nein, aber flüchtige Bekanntschaften schenkten einem Mädchen keine Hermelin-Stola. *Cherchez l'homme.* Maddie würde Cleos Liebhaber finden, diesen verheirateten Mann, und Antworten verlangen. Es würde ihren Mangel an Courage ausgleichen, als sie als Siebzehnjährige immer wieder an ihrer Entschlossenheit scheiterte, sich der Frau ihres Liebhabers vorzustellen.

Natürlich kannte seine Frau sie bereits, doch lediglich als Klassenkameradin ihres Sohnes, als das Mädchen, mit dem er gegangen war, mit dem er auf den Abschlussball gehen wollte und das er dann sitzengelassen hatte. Das Mädchen, dessen Porträt ihr Mann in seinem Atelier malte. Das fertige Gemälde wirkte steif, ihm fehlte ihr Charme und ihre Lebendigkeit. Es fehlten alle Qualitäten, die er angeblich in ihr sah, wenn er seine Pinsel niederlegte und mit ihr schlief, wieder und wieder und wieder, in jenem Sommer, als sie siebzehn war.

Der Kinogänger

In meinem ganzen Leben habe ich so etwas noch nie getan, das schwöre ich. Es war nicht geplant. Okay, ja, es war beabsichtigt, neben ihr zu sitzen. Ich darf mir ja wohl noch meinen Platz aussuchen. Das Kino ist nicht sehr voll, und normalerweise sitze ich nicht so gern dicht vor der Leinwand. Mir schmerzen dann Augen und Nacken. Aber ich sehe, wie sie mit einem Pärchen hereinkommt, fast als wäre sie ihre Anstandsdame, und sie dann hinten allein lässt und sich selbst nach vorne setzt. Ich folge ihr, setze mich zunächst auf die andere Seite des Ganges und nach dem Zeichentrickfilm, unmittelbar vor Beginn des Hauptfilms, dann neben sie.

Ich bin … ich möchte nicht erzählen, was ich mache. Ich bin seriös, das können Sie mir glauben. Ich bin ein guter Mensch, ein guter Ernährer. Ja, ich bin verheiratet, aber meine Frau ist mir gegenüber kalt. Sie war schon immer so kalt. Ich glaube nicht, dass sie mich mag. Manchmal frage ich sie: »Magst du mich?«, und sie antwortet: »Ich liebe dich«, als wäre das besser, als sollte das genügen. Tut es aber nicht. Sie muss mich auch mögen, über meine Witze lachen und sich nicht allein durch meine Existenz ausgenutzt fühlen. Wenn ich am Ende des Tages nach Hause komme, scheint meine Frau schon allein meine Anwesenheit als Zumutung zu empfinden. Es ist ein schönes Haus, das ich abbezahle. Es erinnert mich an den alten Mythos von Amor und Psyche, nur, dass sie keine Lust hat, mir einen heimlichen Blick zuzuwerfen, während ich schlafe. Sie käme damit klar, mit dem Monster verheiratet zu sein, solange er einen Gehaltsscheck nach Hause bringt.

Manchmal sage ich ihr also, ich müsse länger arbeiten, und

gehe noch irgendwo etwas trinken oder ins Kino. Aber eines müssen Sie mir glauben: Ich habe noch nie im Leben so etwas getan wie das heute Abend. Und ist es denn wirklich eine so große Sache? Ich berühre ein Bein, ein Knie, über ihrer Kleidung. Sie trägt einen kurzen Rock, deswegen berühre ich überhaupt nur ihr Knie. Ich will sie eigentlich gar nicht berühren, hab's nicht geplant, doch dann verändert sich ihre Atmung irgendwie. Sie wird langsamer, fast wie eine Einladung. Es wirkt sehr sinnlich, obwohl die Szene vor uns auf der Leinwand gerade alles andere als romantisch ist. Sie duftet so gut, nicht nach Parfum, sondern nach etwas organischem, einer angeborenen Essenz, die besser ist als Parfum, Shampoo oder Seife. Es ist, als ginge man an einem blühenden Busch in Nachbars Garten vorbei, direkt hinter dem Zaun, wo ein paar Blüten versuchen, sich davonzustehlen. Zuerst möchte man nur daran schnuppern. Man beugt sich vor, atmet ein. Man kann nicht anders, muss sie berühren und mit dem Finger über die samtig-seidige Blüte streichen, wodurch Pollen durch die Luft schweben. Dann, wenn der Nachbar nicht kommt, überschreitet man die Grenze, pflückt sie und nimmt sie mit. Hat das nicht jeder schon mal getan?

So weit bin ich aber nicht gegangen. Ich habe ihr Knie berührt. Eine freundliche Berührung, flüchtig, vielleicht versehentlich. Ich warte ab. Einen Moment kommt es mir vor, als würde sie erwägen, meine Berührung zu erwidern. Ich kann ihre Gedanken spüren, wie sie ihre Optionen abwägt. Sie legt meine Hand zurück auf meinen Schoß, allerdings sanft und beinahe zärtlich.

Und dann beginnt sie wie am Spieß zu schreien.

Glücklicherweise kenne ich mich im Kino und in der Gegend aus. Ich renne aus dem Notausgang neben der Leinwand, der auf eine Gasse führt. Draußen angekommen, bin ich schlauer, als einfach wegzurennen. Sie werden nach jemandem suchen, der wegzulaufen versucht. Ich hole eine

Zigarette heraus, meine Finger zittern nur leicht, zünde sie an, lehne mich gegen die Rückwand des benachbarten chinesischen Restaurants und inhaliere mehr Fett als Nikotin. Ich sehe einen Mann herauskommen, gefolgt von zwei Frauen, und beobachte, wie sie links und rechts die Gasse hinunterblicken. Ich sehe sie direkt an und rauche so lässig wie möglich.

Sie gehen Richtung Straße, aber schon nicht mehr so eilig, suchen weniger nach dem Täter, versuchen vielmehr die Frau zu trösten und stützen sie auf beiden Seiten, als wäre sie gebrechlich. *Ich habe doch nur ihr Knie berührt*, möchte ich ihnen am liebsten zubrüllen.

Ich gehe nach Hause. Meine Frau sitzt am Küchentisch und löst ein Jumble-Rätsel. Ein Kinderspiel, doch sie braucht fast zwanzig Minuten dafür.

»Wie war die Arbeit«, fragt sie, ohne aufzuschauen, und lässt es noch nicht einmal wie eine Frage klingen. Es ist auch keine Frage. Es ist nur etwas, das man sagt, wenn der Ehemann nach Hause kommt. In ihrer Stimme liegt weniger Zuneigung als in der von *Rosi*, dem Haushalts-Roboter der *Jetsons*.

»Okay.« Ihr Stift kratzt übers Papier. Sie benutzt für das Jumble einen Bleistift. Ich fülle das Kreuzworträtsel der *New York Times* mit Tinte aus.

»Sheila, magst du mich?«

Sie seufzt. »Das schon wieder. Was bist du, das Straßentheater aus *Anatevka*? Wie oft muss ich's dir denn noch sagen: Ich liebe dich.«

»Ich habe dich gefragt, ob du mich magst.«

»Liebe ist besser.«

Ist sie das? Wirklich? Vor vier Jahren habe ich beim Tanzen eine Frau kennengelernt. Sie redete nicht viel, wodurch sie geheimnisvoll und verführerisch wirkte. Sie war mit ihrem Körper, ihren Küssen und ihrer Zuneigung so zurückhaltend wie mit ihren Worten. Ich projizierte so viel in diese Stille, diese Zurückhaltung. Stille Wasser sind tief, et cetera, et cetera. Drei Monate später waren wir verheiratet.

Wie sich herausstellte, waren die Wasser zwar tief, aber es gab dennoch keine Strömung, die einen irgendwohin tragen könnte. Das Wasser schließt sich am Ende nur irgendwann über deinem Kopf.

Juni 1966

Als Maddie in die Straße einbog, in der Cleo Sherwoods Eltern lebten, stellte sie fest, dass sie den Häuserblock kannte. Dieser Abschnitt der Auchentoroly Terrace lag nicht nur in der Nähe der Synagoge und dem alten Lebensmittelladen der Familie Schwartz, sondern war auch die Strecke, welche die Schwartzens früher wählten, wenn sie in ein Restaurant oder Theater im Zentrum der Stadt wollten. Milton nahm gern einen kleinen Umweg in Kauf, um durch seine alte Straße fahren zu können. Diese seltsame Angewohnheit, diese Neigung ihres Noch-nicht-Exmannes hatte Maddie im Stillen Miltons Reise in die Vergangenheit getauft. Er verweilte ewig in seinen Erinnerungen und zeigte Seth die Wegmarken wieder und wieder. Das Haus, den Lebensmittelladen, die Schule. Es ging nicht um Nostalgie. Milton wollte Seth, und möglicherweise auch Maddie daran erinnern, dass seine Jugend hart und entbehrungsreich gewesen war, dass er durch eigene Kraft so weit gekommen war.

»Sind diese Leute arm?«, hatte Seth gefragt, als er sieben oder acht Jahre alt war. Es muss im Sommer gewesen sein, heiß, viele Leute ruhten sich auf den Veranden aus, Kinder rannten die Straße hinauf und hinunter, sprangen vielleicht sogar durch den Sprühnebel eines geöffneten Hydranten.

»Ja«, hätte Milton gesagt. »Aber auch nicht ärmer als meine Familie.«

An diesem späten Juninachmittag war es nicht außergewöhnlich heiß. Zumindest nicht draußen. Aber die Luft im Treppenhaus roch schwer und abgestanden, bis hinauf in den ersten Stock zur Wohnung der Sherwoods, und der Fettgeruch war dermaßen intensiv, dass Maddie sich allein vom Treppensteigen schmierig fühlte.

Vielleicht war das ölige Gefühl auf ihrer Haut aber auch ihr eigenes Schamgefühl, weil sie unangemeldet bei den Eltern einer Toten aufkreuzte und ihnen Fragen zu stellen gedachte.

Selbst wenn sie gewollt hätte, hätte sie vorher nicht anrufen können. Die Familie Sherwood stand nicht im Telefonbuch. Doch Maddie hatte gelernt, nicht um Erlaubnis zu bitten. Eine Erlaubnis konnte einem verweigert werden, wohingegen man meist viel weiterkam, wenn man so tat, als hätte man ein Recht darauf, irgendwo zu sein. Hatte Mr. Bauer es nicht vor gar nicht langer Zeit ihr gegenüber genauso gemacht, obwohl es ihr inzwischen wie Jahre vorkam, seit sie so naiv gewesen war wie diese Maddie Schwartz?

Munter und bereit klopfte sie an die Tür: »Hallo, mein Name ist Madeline Schwartz, und ich komme vom *Star*. Ich würde Ihnen gern einige Fragen über Cleo Sherwood stellen.«

Eine jüngere Frau – Cleos Schwester? – hatte die Tür aufgemacht. Obwohl sie nur den Kopf drehte, um jemanden hinter sich kurz anzusehen, trat Maddie einfach ein. Und wieder hatte sie es satt, auf die Erlaubnis zu warten. Ein Mann, vermutlich Cleos Vater, saß neben dem Fenster zur Straße in einem Ohrensessel und las die Zeitung. Den *Star*, bemerkte Maddie. Ihre Tageszeitung. Er sah weder auf, noch nahm er sie in irgendeiner Weise zur Kenntnis.

Zu seinen Füßen spielten zwei Kinder, Jungs, auf dem Teppich mit Spielzeuglastern. Das mussten Cleos Jungs sein, obwohl sie kaum aussahen wie Brüder. Der Ältere, wahrscheinlich vier oder fünf Jahre alt, war dick – nicht fett, aber gedrungen und kräftig, mit der Fähigkeit zu enormer Konzentration. Er schob seinen gelben Lastwagen über den Teppich, war völlig in sein Spiel vertieft. Der Jüngere sah der Cleo, die Maddie auf einem Foto der *Afro*-Artikel gesehen hatte, bemerkenswert ähnlich. Er hatte ihre hellen Augen und feinen Gesichtszüge, wirkte insgesamt verträumt und verschlossen.

Mrs. Sherwood kam mit schweren Schritten aus der Küche und wischte sich dabei die Hände an der Schürze ab. Sie streckte ihre Hand jedoch nicht zur Begrüßung aus. »Gibt es Neuigkeiten?«, fragte sie.

»Nein, es gibt keine Neuigkeiten«, sagte Maddie. »Aber ich möchte über Cleo schreiben, in der Hoffnung, dass meine Geschichte etwas zu Tage fördert, das dem Gedächtnis von jemandem auf die Sprünge hilft und es uns ermöglicht, den Mörder zu finden. Es wird nicht einfach gewesen sein« – ihr Blick glitt zu den Kindern hinüber und zurück –, »und was auch immer in der Nacht am See passiert ist, es wird Aufmerksamkeit erregt haben, denke ich. Ein Artikel könnte jemanden zum Nachdenken bringen, über Dinge, die zum damaligen Zeitpunkt nicht wichtig erschienen.«

Das war zwar heute nicht ihre wirkliche Mission, aber sie war erfahren genug, um nicht direkt mit der Tür ins Haus zu fallen.

»Der *Afro* hat schon reichlich über *Eunetta* geschrieben«, meinte Mrs. Sherwood. »Es hat schon damals niemanden gekümmert, warum sollte es also jetzt jemanden kümmern?«

»Ich denke, es berührt viele Menschen«, sagte Maddie. Sie log nicht gern, aber das war ja auch keine richtige Lüge. Wenn der Mörder gefasst würde, besonders, wenn es nur deswegen passierte, weil sie nicht hatte lockerlassen wollen, würde das viele Menschen berühren, davon war sie überzeugt. »Ich möchte – gibt es irgendetwas, was ich wissen sollte? Ein Detail, das mir die Hellseherin mitgeteilt hat, schien mir sehr bemerkenswert zu sein. Madame Claire?«

»Ach, *die*. Die hat uns nicht viel geholfen.«

»Die Farben Gelb und Grün hatten für Sie keine Bedeutung?«

»Nein, Ma'am.«

Es war seltsam, von einer deutlich älteren Frau Ma'am genannt zu werden. Doch es bedeutete, Maddie hatte die Sherwoods irgendwie davon überzeugt, dass sie Autorität besaß. War es die Zeitung? Oder weil sie weiß war?

»Mir ist aufgefallen, dass Sie ihr eine Pelzstola gebracht haben. Ist das zutreffend?«

»Ja, Ma'am.«

»Von wem hatte … Eunetta diese Stola?« Es war Maddie nicht entgangen, wie Mrs. Sherwood ihre Tochter genannt hatte, der unausgesprochene Tadel.

»Das weiß ich wirklich nicht.«

»Aber, es war ihre?«

»Ja, Ma'am.«

»Woher hatten Sie sie?«

»Ma'am?«

»Sie hat doch nicht hier gewohnt, richtig? Als sie verschwand. Sie hat sich mit einem anderen Mädchen eine Wohnung geteilt.«

»Ja, Ma'am. Sie hatte eine Mitbewohnerin. Ein Mädchen namens Laetitia. Hat die Stadt verlassen, ohne ihren Mietanteil zu zahlen, ungefähr eine Woche bevor Eunetta –« Sie sah kurz zu den Jungs auf dem Teppich hinüber, die sie überhaupt nicht zu beachten schienen. »Also, letzten Dezember hat Laetitia Eunetta erzählt, sie werde mit einem Gentleman nach Florida gehen, den sie kurz vor Weihnachten kennengelernt hatte. Ein paar Wochen später hat sie ein Telegramm geschickt, dass sie heiraten würde. Schön für sie, aber sie hätte ihren Anteil an der Januar-Miete bezahlen sollen. Und es war niemand da, der das Telegramm empfangen konnte, obwohl sie das vermutlich nicht wissen konnte. Der Vermieter ging davon aus, dass Eunetta genauso flatterhaft war wie Laetitia.« Sie verstummte, offensichtlich in der Annahme, sie hätte alles beantwortet.

»Ich verstehe immer noch nicht ganz, warum Sie die Stola hatten.«

»Es war nur eine Frage der Zeit, bis er die Schlösser ausgewechselt und ihre Sachen auf die Straße gestellt hätte. Also bin ich rüber und habe die schönsten Sachen eingepackt. Die Stola roch nach Zigaretten und Gardenien, also nahm ich an, sie hätte sie erst kürzlich getragen. Darum habe ich sie mit zu Madame Claire genommen. Weil ich dachte, Eunetta hätte sie vielleicht getragen, eine oder zwei Wochen – vorher.«

»Und wer hat sie ihr gegeben?«

»Woher soll ich das wissen?«

Sie verzichtete darauf, Mrs. Sherwood darauf hinzuweisen, dass sie die Frage nicht beantwortet hatte.

»Kann ich sie sehen?«

Der Vater raschelte mit seiner Zeitung und räusperte sich, theatralisch und plump, doch Mrs. Sherwood bat Maddie, ihr in den hinteren Teil der Wohnung zu folgen. Sie führte sie zu etwas, was einst eine ordentliche Abstellkammer gewesen war und nun als überfüllter Kleiderschrank diente, vollgestopft mit Kleidung, Kisten und Spielzeug. Doch Mrs. Sherwood schien ihre eigene Ordnung zu haben und holte zügig eine Stola auf einem Bügel hervor, die in Plastik eingewickelt war. Nicht die richtige Lagerungsweise für einen Pelz, wusste Maddie, erkannte aber sofort, dass es kein besonders schöner Pelz war. Sie bat nicht um Erlaubnis, die Plastikhülle abzunehmen, sondern tat es einfach und suchte nach dem Label. »Fine Furs.« Das war Tessies Familie. Wie klein Baltimore doch war. Sorgfältig untersuchte sie die Stola und prägte sich jedes Detail genau ein.

»Hat sie die für sich selbst gekauft?«

Steif und schnell: »Sie hat nicht *gestohlen.* Eunetta war ein anständiges Mädchen.«

»Nein, ich meine – war es ein Geschenk?«

»Sie hat sehr gut verdient. Wenn man davon ausgeht, was sie uns gegeben hat, damit wir auf die Jungen aufpassen, während sie versuchte … auf eigenen Beinen zu stehen.«

»Richtig. Sie war Buchhalterin? Das hat doch so im *Afro* gestanden, richtig?«

»Nicht – ganz. Sie war Kassiererin, hat hinter der Theke im Flamingo Club an der Pennsylvania Avenue ausgeholfen. Unsere Familie trinkt nicht, aber es gibt nichts daran auszusetzen, Leute zu bedienen, die es tun. Schließlich ist es legal.«

Maddie inspizierte weiter die Stola. Nein, es war kein teurer Pelz, aber er war recht hübsch. Das rosafarbene Acetat-Futter sah aus wie Seide. Und sie war sauber verarbeitet.

»Sie hat sie also für sich gekauft?«

»Das kann ich Ihnen nicht sagen.«

Wohl eher *will ich nicht*.

»Haben Sie noch mehr ihrer Kleidungsstücke?«

»Ich durfte nicht – der Vermieter –«

»Ich werde es niemandem sagen, Mrs. Sherwood. Ich bin einfach nur – neugierig. Ich möchte sie mir vorstellen, sie besser kennenlernen. Wenn ich ihre Kleidung sehen könnte …« Alles, was sie wirklich wollte, war, den Besuch in die Länge zu ziehen.

Nach kurzem Zögern zog Mrs. Sherwood ein Kleidungsstück nach dem anderen heraus, war sichtlich stolz auf die Garderobe ihrer Tochter. Jedes Kleidungsstück steckte in einem Plastiksack aus der Reinigung, aber Maddie brauchte einen Moment, bis ihr klar wurde, dass es noch eine weitere Gemeinsamkeit gab. Sie waren alle leicht aus der Mode. Nicht aus dieser Saison, noch nicht mal aus der letzten. Ein paillettenbesetztes Kleid, das für heutige Verhältnisse zu lang war. Ein von Chanel inspiriertes Kostüm hätte bald zehn Jahre alt sein können, während ein sehr geschmackvolles schwarzes Wollkleid mit einem Label von Wanamaker's genauso aussah wie das, welches Maddie zur Beerdigung ihres Schwiegervaters getragen hatte. Es war damals top modern gewesen – vor zwei Jahren.

Kein einziges Kleidungsstück war gelb oder grün, bemerkte Maddie. So viel zu Madame Claire.

Sie kehrten ins Wohnzimmer zurück. Maddie war in Gedanken immer noch bei diesen Kleidungsstücken. Wanamaker's. Das Kaufhaus in Philadelphia hatte nie eine Filiale in Baltimore besessen. Wie war Cleo an das Kleine Schwarze gekommen, noch dazu an ein so feines, eines von Wanamaker's? Und auf dem Schild stand Größe 14, doch Cleo trug bestimmt höchstens Größe 10.

»Mrs. Sherwood, hatte ... Eunetta einen Freund? Ich weiß, dass sie in jener Nacht zu einer Verabredung gegangen ist, mit jemand Neuem, jemandem, den die Polizei nie gefunden hat und den niemand zu kennen scheint. Aber, war sie mit jemand anderem fest befreundet? Jemandem, der ihr diese Stola und die Kleider geschenkt haben könnte?«

Zu ihrer Überraschung löste diese Frage eine Flut von Tränen bei Mrs. Sherwood aus, die ihr Gesicht in die Hände sinken ließ. »Sie war ein anständiges Mädchen, ist mir egal, was die Leute sagen oder denken, sie war jung und töricht, aber sie war immer anständig und hat nichts angefangen.«

»Sie war töricht«, sagte der Vater. »Da stimme ich dir zu. Sie war töricht und verwöhnt, aber das hast du zu verantworten, Merva. Du hast immer Ausreden für sie gefunden, hast sie nie gezwungen, Verantwortung für etwas zu übernehmen.«

»Wollen Sie damit sagen –« Maddie verstummte, verdutzt über den Schmerz, den ein Metalllastwagen bereitete, den der ältere Junge gegen ihr Schienbein geschleudert hatte. Ihre Strumpfhose war zerrissen, und sie blutete.

»Hör auf, meine Granny zum Weinen zu bringen! Hör auf, über meine Mutter zu reden! Geh jetzt weg. Geh weg geh weg geh weg geh weg geh WEG!«

Der andere kleine Junge hob noch nicht mal den Kopf, sondern schob weiter seinen roten Lastwagen über den Teppich, als sei nichts gewesen.

»*Little Man!* Du hörst sofort auf, Little Man. Was ist nur in dich gefahren?« Die Großmutter war entsetzt, aber Mr. Sherwood nickte, trotz seiner ernsten Miene – sein Gesicht schien nur diesen einen Ausdruck zu kennen, es war unmöglich, sich darauf ein Lächeln vorzustellen –, als hätte der Junge seiner Anordnung Folge geleistet.

Maddie humpelte zur Haustür hinaus und die Eingangsstufen hinunter, und sie blieb erst stehen, als sie mehrere Blocks entfernt war. Sie setzte sich auf eine Bank an einer Bushaltestelle, versuchte, wieder Atem zu schöpfen, und untersuchte die ruinierte Strumpfhose. Sie wusste, dass es ewig dauerte, bis Verletzungen am Schienbein heilten. Diese Wunden öffneten sich immer wieder, klebten an den Hosenbeinen und hinterließen Flecken, wenn man sie auszog. Nach den Sonnenbädern, die sie an diesen milden Sommertagen in den Parks der Stadt nahm, waren ihre Beine gebräunt, doch niemals könnte sie mit nackten Beinen ins Büro gehen.

Aber die Verletzung und die zerrissene Strumpfhose waren es wert gewesen, entschied sie. Ihre Ahnung hatte sich bestätigt. Cleo hatte einen Liebhaber gehabt, jemanden, der sich all diese Geschenke leisten konnte – der es sich jedoch nicht leisten konnte, mit ihr gesehen zu werden. Wenn der Mann, der sie in der Silvesternacht zu ihrer Verabredung abgeholt hatte, jemand gewesen war, den noch niemand zuvor gesehen hatte, wer hatte dann Cleo diese Kleidungsstücke geschenkt?

Hätte der Mann, mit dem sie eine Verabredung hatte, ihr die Stola geschenkt, hätte sie sie dann nicht an diesem Abend getragen, so warm, wie sie war?

Little Man

Die Frau hat meine Mama zum Weinen gebracht. Ich meine Granny. Ich benutze beide Namen, denn sie ist jetzt beides für mich. Am Anfang, als wir hier eingezogen sind, hatte ich eine Mama und eine Großmama. Dann ist Mama ausgezogen, aber sie ist ständig wiedergekommen, fast jede Woche. Sie hat mir erzählt, sie hätte einen Job, wo sie auch übernachten müsste, und dass sie arbeitete, damit wir eines Tages hier in Baltimore ein neues Haus hätten, ein Haus mit einem Daddy – nicht mit meinem Daddy, sondern mit einem neuen Daddy – und vielleicht genug Platz, damit ich mir nicht mehr mit Theodore ein Zimmer teilen muss. Bei Oma schlafen wir in einem Zimmer mit Tante Alice, Theodore und ich zusammen in einem Bett, und er bewegt sich andauernd im Schlaf, und manchmal fällt er auch raus. Okay, vielleicht schubse ich ihn auch manchmal raus, aber das kommt nur, weil er tritt und im Schlaf mit den Armen um sich schlägt, und ich brauche ein bisschen Raum für mich. Das hat meine Mama immer gesagt, als sie auch noch hier gewohnt hat. ICH BRAUCHE ETWAS RAUM FÜR MICH! Dann hat sie sich ein Buch und ihren Mantel geschnappt und ist rausgerannt, und ich hatte Angst, dass sie nie mehr zurückkommt.

Dann ist es eines Tages passiert. Zuerst hat Granny gesagt, sie wäre in einer anderen Stadt. »Ist es Detroit?«, hab ich gefragt. Weil mein Vater nach Detroit gezogen ist. Mein Vater ist in Detroit, und Theodores Vater wurde in einem Krieg getötet, aber ich weiß nicht, wo dieser Krieg ist, und ich glaube auch nicht, dass es überhaupt noch irgendwo Kriege gibt. Aber mein Vater lebt, und er könnte mich holen, doch das tut er nicht. Wahrscheinlich ist das wegen Theodore. »Kein Mann will die Babys von einem anderen Mann.« Das hat Großvater zu Mama gesagt, bevor sie dahin gegangen ist, wohin auch immer sie gegangen ist, ich glaube, nach Saint Louis, es könnte schon Saint Louis sein, denn manchmal hat sie von Saint Louis geredet.

Bevor sie weg ist, war sie hier in Baltimore und hat uns jede Woche besucht. Sie hat uns Geschenke mitgebracht. Granny hat zu ihr gesagt, dass sie das Geld für die Geschenke auch sparen und weglegen könnte, damit wir schneller wieder zusammen wären. Mama hat nur gelacht und gesagt: »Es ist doch nicht dein Geld, oder?« Ihre Kleider wurden immer hübscher und hübscher. Wir hatten die hübscheste Mutter überhaupt, immer, aber nachdem sie ausgezogen ist, hat sie angefangen, überall immer nur schicke Sachen mit viel Pelz zu tragen. Pelz am Arm, Pelz am Hut, und dann, eines Tages, war's ein ganzer Pelz-Umhang. Sie hat gesagt, sie arbeitet für ein Bekleidungsgeschäft und dürfte sich manchmal die Sachen ausleihen, wenn sie nichts darauf verschüttet. Ich weiß nicht, warum sie dort schlafen musste, vielleicht war sie die Nachtwächterin. Jedenfalls war sie deshalb so böse, als Theodore versucht hat, den Umhang anzufassen, den sie Stola genannt hat, und ich hab gefragt: »Wem gestohlen?« Großvater hat darüber gelacht, aber es war kein nettes Lachen. »Hüte dich vor Little Man«, sagte er. »Little Man ist der Clevere von beiden.« »Und was bin ich?«, hat Teddy gefragt. »Der Hübsche«, hat unsere Mama geantwortet. Wer will schon hübsch sein? Hübsch ist was für Mädchen.

Dann, irgendwann nach Weihnachten, ist Mama vorbeigekommen und hat uns die besten Geschenke mitgebracht, die wir je bekommen haben: Tonka-Trucks – einen gelben Laster für mich und einen roten Pick-up-Truck für Teddy –, obwohl doch gerade erst Weihnachten war. Granny hat sie einen Umschlag gegeben und dazu ihre Jacke mit dem Pelz an den Ärmeln. »Warum gibst du mir das?«, hat Granny gefragt. »Ich hab gesehen, wie du sie angesehen hast«, hat sie geantwortet. Granny hat dann gesagt: »Ich geh nirgendwo mehr hin, wo ich sie tragen könnte, das weißt du doch.« »Na ja«, hat Mama dann gesagt, »es gibt doch immer wieder Beerdigungen«, und Granny hat ihr geantwortet, sie soll nicht so reden, das würde Unglück bringen.

Das war das letzte Mal, dass wir sie gesehen haben. »Wann kommt Mama wieder zurück?«, hab ich gefragt. Zuerst antworteten Granny und Granddaddy zusammen, »Bald«, aber ich hab schon gemerkt, dass sie's nicht wussten. Wenn sie dachte, wir könnten sie nicht hören, hat Granny viel geweint. Tante Alice hat auch geweint, mitten in der Nacht. Dann, vor ein paar Wochen, kam ein Mann an unsere Tür, und alle in der Familie haben angefangen zu weinen, aber es war ein Weinen, wie ich's noch nie erlebt hab, also, mehr so was wie ein Schreien. Es war fast wie in einem Gruselfilm, so einem, wie ich ihn manchmal heimlich mit gucke, wenn Tante Alice sich einen ansieht, da gibt's einen über einen Mann, der Ladys klaut und in Statuen verwandelt, und wenn dann was Schlimmes passiert, zuckt man zusammen, aber das fühlt sich irgendwie seltsam gut an. Für mich hat es sich angefühlt, als wär's genauso, die schlimmen Dinge sind alle passiert, und von jetzt an wird vielleicht alles wieder besser.

Aber Mama kommt nicht mehr zurück, nicht wirklich, und es wird auch nichts so richtig besser.

Jetzt haben wir Sommer. Gestern hat Granny schon fast wieder über etwas gelacht, was Teddy gesagt oder getan hat. Teddy sieht Mama sehr ähnlich, nur, dass er ein Junge ist. Die Tanten haben ihn als Baby zum Spaß immer wie ein Mädchen angezogen, und Leute haben Sachen gesagt wie: »Was macht ein Junge bloß mit solchen Augen?« »Sachen angucken«, habe ich gesagt, und die Leute haben gelacht und gelacht, was ich mochte, aber irgendwie auch nicht. Nachdem Mama weggegangen ist, habe ich weiter versucht, lustige Sachen zu sagen und zu machen, um die Leute zum Lachen zu bringen. Und das haben sie auch, aber es war nicht dasselbe. Heute lachen alle anders. Ich hab die Leute früher so leicht zum Lachen gebracht, aber jetzt nicht mehr, wie sehr ich es auch versuche, und wenn sie lachen, dann normalerweise über Teddy, und manchmal weinen sie zum Schluss.

Als ich dann diese weiße Frau sehe, mit ihrem Notizbuch und ihrer Schullehrerstimme, wie sie meine Granny zum Weinen bringt, da steh ich auf und schlag sie mit dem Truck, schlage so fest ich kann damit gegen ihre Beine. Alle fangen an zu brüllen, und ich krieg ziemlich Ärger, und Granny sagt, ich muss mir was einfallen lassen, wie ich der Lady die Strumpfhose bezahle, die kaputtgegangen ist, als ich sie geschlagen hab. Aber ich weiß, dass ich das nicht muss. Sogar Granny hat sich heimlich gefreut, dass ich sie aus der Wohnung gejagt hab.

Ich bring Leute dazu, wegzugehen. Genau das mache ich. Ich hab meine Mama verjagt, und jetzt ist sie für immer fort. Früher hab ich mir Sorgen gemacht, dass sie zurückkommt und nur Teddy mitnimmt, weil Teddy so hübsch ist wie sie und weil er an einen Ort gehört, wo's überall Pelze gibt. Ich war nicht sicher, ob ich dazu passen würde, wenn wir in ein schickes neues Haus einziehen. Außerdem hab ich ja einen Vater und Teddy hat keinen. Sie haben ihn angerufen und gefragt, ob er möchte, dass ich nach Detroit komme, aber er hat viel zu viel zu tun. Außerdem hat er noch gesagt, ich würde Teddy vermissen, und vielleicht hat er damit ja auch recht. Obwohl ich mich manchmal noch fast daran erinnern kann, wie es war, als es nur Mama und mich gab. Glaub ich wenigstens.

Und selbst als Teddy da war, war ich was Besonderes, und wir hatten Sachen, die nur uns beiden gehörten. Sie hat mich immer gebeten, den Reißverschluss von ihrem Kleid hochzuziehen, bevor sie abends ausging. Sie ist diejenige, die mich Little Man getauft hat. »Hilf mir mal, Little Man, du bist der einzige Mann, den ich je brauchen werde.« »Und was ist mit Teddy?« »Er ist süß, aber du bist mein Erster, Baby, und daran wird sich nie was ändern. Du bist der, auf den ich zähle, Little Man. Du wirst in dieser Familie irgendwann das Ruder übernehmen.«

Ich glaub, das heißt dann wohl, ich soll irgendwann zur Navy, wir kennen nämlich keinen, der ein Boot hat. Aber ich kann schwimmen. Mama hat's mir beigebracht. Sie ist nicht gern schwimmen gegangen, wegen der Haare, aber sie hat's gekonnt, sie war stark und schnell und sie ist mit mir zu dem großen Teich am Droodle Hill in der Nähe vom Zoo, und sie hat sich die Haare nass gemacht, ganz allein für mich. Nur für mich.

Du hast es echt verdient, Maddie Schwartz. Ich wünschte, Little Man hätte noch fester zugeschlagen. Ich wünschte, er hätte dir mit diesem Truck den Schädel eingeschlagen.

Und du warst noch nicht fertig, stimmt's? Es hat nicht gereicht, meine Mama zum Weinen zu bringen und meinen süßen, lieben Lionel dazu zu bringen, um sich zu schlagen. Es hat nicht gereicht, diesen Pelz zu berühren, wie Madame Claire es getan hat. Du musstest unbedingt wissen, woher er kam, wer ihn mir gegeben hat. Du musstest picken, picken, picken, stochern, stochern, stochern, ohne zu überlegen, was du da aufwirbelst.

War ich überhaupt real für dich? War ich jemals real für dich? Ich mach dir keinen Vorwurf, dass du mich im Leichenschauhaus nicht in der Leiche sehen konntest, in diesem gesichtslosen Monster. Aber du hast meine Fotos gesehen, hast meine Kleider berührt, du bist in mein Elternhaus eingedrungen. Du hättest wahrscheinlich auch versucht, durch die Zimmer zu gehen, in denen ich mit Laetitia gewohnt hab, wären sie nicht längst neu vermietet gewesen.

Mein Leben hat dich nie wirklich interessiert, nur mein Tod. Das ist aber nicht dasselbe, weißt du.

Juli 1966

Bitteschön«, sagte Bob Bauer und warf einen Umschlag auf Maddies Schreibtisch.

»Verteilen Sie jetzt die Gehaltsschecks?«, fragte sie. Sie war gern vorwitzig zu Bob Bauer und hatte den Bogen raus, nicht wirklich mit ihm zu flirten, aber auch nicht *nicht* mit ihm zu flirten.

»Der Boss hat mir zwei Tickets für das Spiel der Orioles morgen Abend geschenkt. Für meine Arbeit an der Corwin-Story. Ich kann nichts damit anfangen, und da hab ich mir überlegt …«

Er beendete die Überlegung nicht. Maddie war sich nicht mal sicher, ob er überhaupt daran gedacht hatte, zugeben zu können, dass sie das, was sich zu einer der besten Storys des Jahres entwickelte, gegen diesen wenig mehr als gewöhnlichen Bürojob eingetauscht hatte. Bob Bauer hatte einen Artikel nach dem anderen über den hartnäckig schweigenden Mörder, seinen immer noch unbekannten Komplizen und die gleichermaßen rätselhaften Experimente in Fort Detrick veröffentlicht, wohin Corwin als Siebenter-Tags-Adventist aufgrund seiner Wehrdienstverweigerung aus religiösen Gründen versetzt worden war und wo man ihm dann Bazillen verabreicht hatte. Bauer hatte sogar Corwins Mutter interviewt, die betrübt gesagt hätte, ihr Sohn wäre nach der Army nie mehr derselbe gewesen.

Maddie fühlte sich wie der Hans aus »Hans und die Bohnenranke«, nur dass die Bohnen, die sie im Tausch für die Kuh ihrer Familie erhielt, eben nur Bohnen waren. Sie war nicht sonderlich beeindruckt von zwei Baseballtickets, selbst wenn es gute waren, vier Reihen hinter der Spielerbank der Orioles. Doch sie nahm sie, weil sie überlegte, Seth zu fragen, der von einem solchen Ausflug begeistert und vielleicht sogar beeindruckt sein würde, dass seine Mutter so gute Plätze hatte. Seth sammelte Baseballkarten und sprach von Brooks Robinson, als wäre er ein Prophet des Alten Testaments.

»Ich hab schon was anderes vor«, sagte Seth, als sie ihn an diesem Abend anrief. »Ich kann nicht.«

»Kann man das nicht verschieben?«, fragte Maddie. »Das ist doch so eine wunderbare Gelegenheit. Die Mannschaft spielt gut dieses Jahr, oder?« Sie war ziemlich sicher, dass die Orioles in dieser Saison gut spielten. Sie las keine Sportnachrichten, aber der *Star* brachte traditionsgemäß auf der ersten Seite einen Cartoon, der das Spiel des Vorabends zusammenfasste. Die Zeichnung des namensgebenden Wappenvogels der Orioles hatte in diesem Sommer meist glücklich und in Feierstimmung ausgesehen.

»Wir haben uns doch erst gestern Abend gesehen«, sagte Seth. Richtig. Ein weiteres halbherziges Abendessen im Suburban House. Er hatte mit offenem Mund gekaut. Maddie hatte Kaffee getrunken. Nichts auf der altbekannten Speisekarte hatte sie angesprochen. Sie hatte begonnen, in der Bibliothek des *Star* die *New York Times* zu lesen und sich Rezepte abzuschreiben, die unter dem Namen eines Mannes namens Craig Claiborne veröffentlicht wurden. Besonders angetan war sie von einem kürzlich erschienenen Artikel über Reste. Es war ihr nie in den Sinn gekommen, dass man ein Hühnchen im Voraus braten konnte, um es dann absichtlich kalt zu essen. Sie hatte kaltes Hühnchen für minderwertig gehalten, etwas, was man vor dem Kühlschrank isst, wie Milton es bei seinen spätabendlichen Hungerattacken getan hatte, die zu mehr Pfunden in seiner Bauchgegend führten, was ihn wiederum in den Tennisclub in Cross Keyes trieb, was schließlich Wally Weiss in ihr Leben zurückbrachte und sie hierher. Erst letzte Woche hatte sie Ferdie kaltes Hühnerfleisch und gegrillte Tomaten als vollständige Mahlzeit angeboten und ihn damit schwer beeindruckt. Sie hatte ihm nicht erzählt, dass es ein Rezept aus der Zeitung gewesen war. Sie spürte, dass er es blödsinnig finden würde, gebratenes Hühnchen nach einem Rezept zuzubereiten.

»Gibt es eine Regel, die es dir verbietet, mich an zwei Abenden in der Woche zu treffen?«, hatte Maddie gefragt.

»Ich hab was anderes vor«, hatte Seth wiederholt.

»Ein Rendezvous?«

»Mom!« Er packte mindestens drei Silben und so viel Verachtung in dieses eine Wort, dass Maddie nicht den Mut aufbrachte, das Thema weiter zu verfolgen. Sie ließ ihn machen. Und als Ferdie später am Abend kam und sie satt waren von Steak und Bier und Sex – derselbe Artikel über Reste hatte übrigens empfohlen, ein Extrasteak zu grillen und daraus später Sandwiches zu machen, nicht, dass Maddie sich von ihrem Gehalt ständig Steaks leisten konnte –, fragte sie Ferdie: »Magst du Baseball?«

* * *

Keine vierundzwanzig Stunden später spielten sie die Scharade von zwei Fremden, die freundlich miteinander plauderten, nachdem sie festgestellt hatten, dass sie im Memorial Stadion zufällig nebeneinandersaßen. Genau genommen war es Maddie, die plauderte. Ferdie liebte Baseball und die Orioles, wie sich herausstellte. Seine Augen verließen nur selten das Spielfeld. Er klatschte und jubelte voller Begeisterung. Einmal, als ein bestimmter Spielzug ihn ganz besonders entzückte – Maddie hatte Tagträumen nachgehangen und nicht genau mitbekommen, was passiert war –, sprang er so unerwartet auf, dass die Menschen in ihrer unmittelbaren Umgebung erschrocken zusammenzuckten. Die meisten Fans der Orioles neigten eher zu zurückhaltender Höflichkeit.

Er war der einzige Schwarze in ihrem Abschnitt, stellte Maddie fest. Aber es waren natürlich auch sehr gute Plätze. Ihre Augen wanderten über das Stadion und suchten nach den preiswerteren Plätzen, den oberen Tribünen. Fast alle Fans waren weiß. Gut möglich, dass es im Stadion mehr Schwarze auf dem Spielfeld gab als auf den Sitzplätzen. Mochten Schwarze kein Baseball?

Sie hätte Ferdie um ein Haar berührt, bemerkte aber gerade rechtzeitig, dass sie das nicht durfte. Sie hatte ein Ticket, er hatte ein Ticket. Es war reiner Zufall, dass sie nebeneinandersaßen. Sie plauderten, wie Fremde es in einem Stadion tun, auf höflich distanzierte Weise. *Mögen Sie Baseball? Ja, als Jugendlicher habe ich im Patterson Park gespielt, normalerweise als Outfielder, obwohl ich auch Pitchen konnte. An der Poly war ich Center Fielder.* Auf eine Art erfuhr sie hier mehr über ihn, als sie je im Bett erfahren hatte.

Ein Oriole, die Nummer sechs, schlug; sein Schläger erwischte den Ball, doch er prallte schräg ab und flog in hohem Bogen hinter ihn und genau auf sie zu, landete jedoch mehrere Reihen hinter ihnen. Ferdie, dessen Blick der Flugbahn folgte, hätte ein Teenager sein können, so sehr stand ihm die Sehnsucht im Gesicht geschrieben. Er beobachtete den glücklichen Mann, der den Ball mit bloßen Händen fing und ihn einem kleinen Jungen hinter sich gab, und nickte erfreut über die Großzügigkeit des Mannes.

Der Sex an diesem Abend war besser denn je, was Maddie überraschte. Sie wusste gar nicht, dass es noch besser werden konnte. Doch Ferdie schien berauscht zu sein – vom Sieg der Orioles, von ihrem frechen Spiel, und er nahm Maddie mit einem solchen Enthusiasmus, dass sie schon besorgt war, man könnte ihre kleinen Schreie über das Geräusch des Ventilators in ihrem Fenster hinweg bis auf die Straße hinaus hören.

»Ich mag diesen Ventilator nicht«, sagte Ferdie.

»Weil er laut ist?« Sie war dankbar für das Wapp-wapp-wapp der altmodischen Flügel gewesen.

»Weil du das Fenster offenlassen musst, wenn du ihn benutzt. Das ist nicht sicher, Maddie.«

»Du hast dieses Viertel doch für mich ausgesucht.«

»Ich weiß. Aber – ich habe dabei, ehrlich gesagt, eher an mich gedacht. Ich brauchte einen Ort, an den ich kommen und gehen konnte, ohne dass es jemanden interessiert. Ich dachte, es wäre hier sicher genug. In dem Winter, in dem ich dich kennengelernt habe und alles – auch Fenster – fest verschlossen war und mich an der Feuertreppe nur interessiert hat, dass ich rauf- und runterkommen konnte, bevor du ein Telefon hattest. Aber jetzt – jetzt mache ich mir Sorgen. Du weißt doch noch, wie wir uns kennengelernt haben.«

Maddie blickte auf das große, samtige Usambaraveilchen.

»Ist doch alles gut gelaufen. Ich hab's zu Fuß nicht weit zum *Star*. Das spart mir das Busticket. Und wenn ich während der Arbeit mit dem Bus oder einem Taxi unterwegs bin, bekomme ich die Auslagen erstattet.«

»Es heißt, du bist bei Cleo Sherwoods Eltern gewesen.«

Das überraschte sie. »Wer erzählt das?«

Ferdie seufzte. »Es wird dir noch mal was passieren, wenn du in solche Viertel gehst. Überall brechen Unruhen aus. Das könnte auch hier bei uns in Baltimore passieren.«

»Aber es sind immer nur Schwarze, die verletzt werden. Hast du die Nachrichten aus Cleveland gesehen?« Zwei Schwarze waren dort ermordet und mehrere Weiße dafür verhaftet worden.

»Hinter dem Mord an Cleo Sherwood gibt es keine *Story*, Maddie. Sie ist einfach ein Mädchen, das mit dem falschen Mann ausgegangen ist.«

»Sie hatte einen festen Freund. Vielleicht ist er eifersüchtig geworden, vielleicht …«

»Der Barkeeper im Flamingo hat den Mann beschrieben, mit dem sie gegangen ist.«

»Und dieser Mann war nicht ihr Freund.« Sie war stolz, dass sie es wie eine Tatsachenfeststellung präsentierte, dass sie so gut informiert klang, aber sie hatte nicht die geringste Ahnung, ob es der Wahrheit entsprach.

»Der Barkeeper im Flamingo ist mit niemandem befreundet«, sagte Ferdie.

»Ich meinte –« Sie sprach nicht weiter. Ferdie wusste, was sie meinte. Er tat nur begriffsstutzig.

Er legte Maddie eine Hand auf die Hüfte, ein Zeichen, dass er nichts weiter dazu zu sagen hatte. Sie schämte sich für ihre Taille. In den aktuellen Modemagazinen waren spindeldürre Mädchen in Bikinis abgebildet, die fast müde um ihre Knochen schlackerten. Maddie war immer sehr stolz auf ihre schlanke Figur gewesen, doch verglichen mit diesen jungen Mädchen wirkte sie regelrecht feist. Altmodisch, wie eine Frau aus einer anderen Zeit. Sie wollte modern und schnittig sein, wie eine Rakete für ihre Mission zu den Sternen.

»Ich wünschte –« Ferdie beendete den Satz nicht direkt, und in diesem strahlenden, offenen Moment fühlte Maddie sich gleichzeitig ängstlich und erregt. Was wollte Ferdie wirklich?

»Ich wünschte«, wiederholte Ferdie, »ich hätte diesen Baseball gefangen. Ich hätte ihn auch einem Kind geschenkt. Aber ich wünschte, ich wäre derjenige gewesen, der ihn gefangen hätte. Das wäre doch mal ein Ding gewesen, stimmt's?«

Nummer sechs

Am Ende des dritten Innings steht mir Lopez gegenüber, und der Läufer vor mir ist am zweiten Base. Lopez kann wild sein. Er hat diese Saison bereits sechs Batter getroffen, aber nicht versucht, sie vom Home Plate wegzutreiben. Er hat den Ball nicht unter Kontrolle.

Erster Ball.

Zweiter Ball. Knapp an mir vorbei. Ich spüre die Anspannung meiner Mannschaftskameraden auf der Spielerbank.

Erster Strike, ich schaue hinterher.

Zweiter Strike – er springt von meinem Schläger ab, in die Tribüne.

Es ist meine dritte Saison bei den Orioles, obwohl ich '64 kaum auf dem Spielfeld war. Ein Schlagversuch, ein Strike Out, acht Mal im Line-up. Letztes Jahr habe ich hundertsechzehn Spiele gespielt und 231-mal geschlagen. Nicht großartig, aber besser als Etchebarren, und an meiner Leistung in der Defense gibt's nichts auszusetzen. Außerdem bin ich vier Mal von einem Pitch getroffen worden. Es macht mir nichts, einen Treffer abzubekommen, aber so will ich eigentlich nicht zur Base.

Der nächste Pitch wird ein Curveball, so gerade eben noch drin. Ich schwinge, treffe, dann kommt ein Run und ich bin am ersten Base. Wir liegen 2–1 vorn.

Die Oriole-Fans sind fast zu höflich, murmeln eher leise vor sich hin, statt kräftig zu brüllen, aber sie Buhen auch nicht viel, also ist das vermutlich ein Ansporn. Trotzdem, selbst in dem relativ ruhigen Memorial Stadion merkt man, die Fans wissen, dieser Sommer ist etwas Besonderes. Wir sind magisch. Hier stehen wir, fast im All-Star Break, wir liegen 54–25 vorn, und ich nähere mich dem 300sten Schlag. Ich werde es nicht ins All-Star-Team schaffen. Das wird natürlich Frank sein, vermutlich auch Brooks. Aber eines Tages schaffe ich es, jede Wette. In den All-Star-Kader, vielleicht ein oder zwei Golden Gloves. Ich bin jetzt zweiundzwanzig Jahre alt, verdiene achttausend Dollar im Jahr und wache jeden Tag mit einem Lächeln auf.

Das hier habe ich gewollt, seit ich acht war. Willie Mays war mein Held, doch als ich eine Chance sah, in die Major League zu kommen, dachte ich, *So kann ich den Ball nicht fangen, ich muss meinen eigenen Stil finden*. Ich wollte nicht, dass irgendwer behauptet, ich würde Willie kopieren. Doch ich kann flache Bälle halten, kann Bällen in Lücken nachjagen. Wenn ich einen nicht fange, kannst du drauf wetten, dass es ein Home Run ist.

Nach dem Spiel sitze ich in meinem Wagen, einem 65er Dodge Dart, den ich zu einem guten Preis gekauft habe, als das 66er-Modell rauskam, und die Kids umschwärmen mich und bitten um Autogramme. Ich bleibe, bis auch das letzte Kind sein Autogramm hat. Die Fans sind letztendlich unsere wahren Bosse. Wenn sie nicht kommen, haben wir keinen Job. Ich signiere Karten, Bälle, Papierfetzen, alles.

Heute kommt ein Typ zu mir, kaum älter als ich. Er bittet mich nicht, irgendetwas zu signieren. »Ich bin Ferdie Platt und wollte Ihnen nur mal die Hand schütteln, Mr. Blair. Sie leben Ihr Leben.« *Mister*, obwohl er mindestens sechs oder sieben Jahre älter ist.

Aber er hat absolut recht. Das hier ist mein Leben, und ich genieße es.

Juli 1966

Das Flamingo war für Maddie eine kleine Enttäuschung. Nicht, weil es ihm an Prunk mangelte – beim nur zweitbesten Club an der Pennsylvania Avenue hatte sie nicht viel erwartet –, sondern wegen seiner langweiligen Durchnittlichkeit, dem vollständigen Mangel an Gefahr. Natürlich war es erst sechs Uhr abends und noch zu früh für die meisten, doch der Club kam ihr nicht anders vor als der Woodholme Country Club an einem Themenabend.

Sie setzte sich an die Bar und bestellte einen Wermut. Der Barkeeper war ein Weißer, ein untersetzter Mann mit dunklem Haar und tiefliegenden Augen. Konnte das *der* Barkeeper gewesen sein, der den Typen beschrieben hatte, mit dem Cleo Sherwood verabredet gewesen war? Sie hatte in einem Club, der einem Schwarzen gehörte und der hauptsächlich von Schwarzen besucht wurde, keinen Weißen erwartet. Sie vermutete, dass ein Weißer ihr weniger feindlich gesinnt sein würde, doch er lehnte sich zurück, verschränkte die Arme vor der Brust und unternahm keine Anstalten, ihr einen Drink einzuschenken.

»Wir bevorzugen es«, sagte er, »wenn unsere weiblichen Gäste in Herrenbegleitung kommen. Und selbst dann setzen wir sie nicht an die Bar. Der Eigentümer findet, das ist –« Er suchte nach einem Wort. »Anrüchig.«

»Ich bin kein Gast«, sagte Maddie.

»Gut, sie begreifen schnell. Warum gehen Sie dann nicht und leisten den Ladys in Hutzler's Teehaus Gesellschaft? Das scheint eher Ihr Fall zu sein. Oder, wenn Sie was Richtiges trinken wollen, wie wär's mit dem Emerson Hotel.«

»Ich bin Reporterin.«

Lag da Belustigung in seinen verschlafenen Augen? Wie auch immer, er bediente sie und verschwand dann ans andere Ende der Theke, um sich auf den weiteren Abend vorzubereiten. Sie nippte an ihrem Drink, war überrascht, dass er sich durchaus mit dem Wermut messen konnte, den sie in anderen Bars getrunken hatte, und wurde sich dann bewusst, wie blödsinnig das war. Es gab nicht viele verschiedene Wermut-Sorten. Weine, ja. Whiskeys, sicher, aber bei Wermut gab es nach Maddies Erfahrung nur süß oder trocken. Dieser hier war ein süßer.

Ein Mädchen kam herein, in Hosen und Bluse, und warf erst Maddie einen neugierigen Blick zu, dann dem Barkeeper.

»Was ist Ihre Geschichte?«, fragte Maddie den Barkeeper.

»Hab keine.«

»Jeder hat eine Geschichte.«

»Ich glaub, das stimmt nicht. Sie würden staunen, wenn Sie wüssten, wie viele Geschichten ich mir jeden Abend anhören muss, die eigentlich gar keine sind. Was ist Ihre?«

»Habe ich doch schon gesagt. Ich bin Reporterin.«

»Welches Blatt?«

»Der *Star*.«

»Nie gelesen.«

»Welche Zeitung lesen Sie denn?«

»Den *Beacon*.«

»Warum?«

»Es ist die dickste, und ich hab einen Sittich.«

Maddie nippte an ihrem Glas. Noch bis vor kurzem wäre sie von seiner Feindseligkeit und seinen Ablenkungsmanövern verunsichert gewesen. Sie hätte angefangen zu plappern oder vielleicht sogar zu flirten. Nun war sie durch seine Haltung lediglich davon überzeugt, sich zumindest am richtigen Ort zu befinden. Dem letzten Ort, den Cleo Sherwood gesehen und den sie mit einem Mann verlassen hatte, den niemand kannte oder wiedererkannte. *Diesem* Mann zufolge.

»Ich arbeite an einer Story über Cleo Sherwood.«

»Da gibt's keine Story.«

»Wie können Sie das sagen? Eine junge Frau ist gestorben, unter mysteriösen Umständen. *Natürlich* ist das eine Story.«

»Vielleicht sollte ich sagen, *hier* gibt's keine Story. Was auch immer mit Cleo passiert ist, es hat nichts mit dem Flamingo zu tun.«

Die junge Frau, die Maddie zuvor gemustert hatte, war aus einem Hinterzimmer zurückgekehrt und trug nun das unverkennbare Kostüm des Clubs: Netzstrumpfhosen und Body mit Federn am Ausschnitt und ums Steißbein. *Oh, wie traurig und wie trostlos,* dachte Maddie. Gab es jemanden, der so was mondän fand? Sie dachte an Cleo und die überraschend erlesenen Kleidungsstücke, die sie besessen hatte. Kleider, die ihr jemand geschenkt hatte, da war sie sich sicher. Finde den Mann, der ihr die Kleidung geschenkt hat, und finde – nun, irgendwas.

»Kannten Sie Cleo?« An das Mädchen gerichtet, nicht den Barkeeper. Wie zu erwarten, sah sie hilfesuchend zum Barkeeper. Er begegnete ihrem Blick, nichts weiter.

»Wie sollte ich?«, sagte sie und stellte Gläser auf ein Tablett. »Ich hab ihren Job übernommen. Als sie hier war, war ich noch nicht hier.«

Der Barkeeper konnte vielsagend blicken, das musste man ihm lassen.

»Guter Punkt.« Maddie wandte sich wieder an den Barkeeper. »Aber Sie kannten sie. Sie haben mit ihr zusammengearbeitet. Sie haben den Mann beschrieben, mit dem sie an jenem Abend – am frühen Morgen –, am Neujahrsmorgen gegangen ist. Sie haben den Mann beschrieben und was sie trug.«

»Jep.«

»Erzählen Sie's mir.«

»Steht alles im Polizeibericht, den Sie vermutlich gelesen haben. Glauben Sie, ich würd etwas anderes sagen? Ich werd nichts anderes sagen.«

Sie klappte den schmalen Stenoblock auf und betrachtete ihre Notizen. *Cleo stellte den Mann, der gegen vier Uhr morgens in die Bar kam und mit dem sie verabredet war, nicht vor. Sie hatte sich umgezogen und trug nun eine grüne Bluse, eine Hose mit Leopardenmuster und einen kurzen roten Mantel. Sie trug hochhackige Schuhe, hatte eine große grüne Handtasche. Autofahrer-Handschuhe aus rotem Leder. Bei dem Mann handelte es sich um einen großen, dunkelhäutigen Schwarzen in schwarzer Lederjacke und Rollkragenpullover, vielleicht Mitte dreißig, kurzgeschnittenes Haar. »Sehr schlank, ziemlich dunkel.«* Diese Merkmale waren im Polizeibericht zweimal erwähnt worden. Weil es der Barkeeper für bedeutsam hielt oder die Polizei? *Ich hatte den Eindruck, sie war verärgert, dass er reingekommen war. Sie sagte: »Ich hab dir doch gesagt, du sollst draußen warten.« Vielleicht wollte sie nicht mit ihm gesehen werden, aber warum, das kann ich Ihnen nicht sagen. Ich kannte ihn nicht. Hatte ihn nie zuvor und seitdem nicht wiedergesehen.*

»Erzählen Sie mir von ihr. Ich meine, von Cleo. Wie war sie so?«

Sein Gesichtsausdruck wurde sanfter. Zu sagen, er war kein gutaussehender Mann, war noch recht wohlwollend. Er hatte eine schlechte Haut, sein Haar war zwar dick, wich aber dennoch unübersehbar zurück, die Nase war knollig. Aber wie alle Barkeeper wirkte er vertrauenerweckend, und das nicht nur auf Gäste. Es erschien durchaus wahrscheinlich, dass Cleo mit ihm geplaudert hatte. Wahrscheinlich wusste er mehr über sie als ihre Mutter.

»Sie war nett«, sagte er. »Klug. Toller Charakter, quirlig. Sie hatte Besseres verdient als das, was sie in dieser Welt bekommen hat. Gilt für die meisten Menschen.«

»Der Mann, mit dem sie sich an diesem Abend getroffen hat …«

»Ich kannte ihn nicht. Mehr gibt's dazu nicht zu sagen.«

»Aber es muss doch mehr geben. Ich möchte wissen, wer *sie* war. Ich möchte wissen, wovon sie geträumt hat, was sie sich wünschte.«

»Was immer es war, es ist mit ihr gestorben.«

Ein dünner, finster wirkender Schwarzer kam herein. Genau wie die Kellnerin in der Lage gewesen war, den Blick des Barkeepers zu interpretieren, wusste der Barkeeper sofort, was im Kopf dieses Schwarzen vorging.

»Sie sagt, sie sei Reporterin, Mr. Gordon. Ich wollte sie nicht vor die Tür setzen.«

Das war also Shell Gordon.

»Was hat eine Reporterin in meinem Club zu suchen? Hier gibt's nichts zu berichten.«

Er hatte seine Frage an den Barkeeper gerichtet, aber der Barkeeper antwortete nicht, und Maddie fühlte sich mutig. »Ich komme vom *Star*. Ich arbeite an einer Geschichte über das persönliche Schicksal von Cleo Sherwood.«

»Lassen Sie das Mädel ruhen«, sagte er. »Hat sie nicht schon genug Schaden angerichtet?«

Die Wahl seiner Worte entging Maddie nicht. Welchen Schaden hatte Cleo angerichtet? Sie war immerhin tot. Hatte sie ihren Eltern Kummer bereitet? Eindeutig. Hatte sie ihre Kinder sitzenlassen? Ja. Aber niemandem war mehr Schaden zugefügt worden als ihr selbst.

»Wieviel zahlen Sie Ihren Mädchen?«

»Sie sind zu alt, um hier zu arbeiten«, entgegnete Mr. Gordon. »Unter anderem.«

»Ich frage, weil Cleo Sherwood recht teure Kleidungsstücke besaß. Ich bin überrascht, dass sie sich so etwas leisten konnte, wo sie doch hinter der Bar gearbeitet hat. Cocktailkleider, Pelze.«

Sie wusste nur von einem Pelz, aber *Pelze* klang deutlich besser, substanzieller.

Mr. Gordon ging zur Theke und nahm Maddies Wermut. »Geht aufs Haus«, sagte er, »wenn Sie *jetzt* gehen. Wenn Sie bleiben, werden Sie ihn sich nicht leisten können. Sie können es sich nicht leisten, hierzubleiben.«

Sie wusste, dass er ein mächtiger Mann war. Aber als weiße Frau glaubte sie, ihn ausstechen zu können, selbst auf seinem eigenen Territorium. Er würde ihr nichts antun. »Und wenn ich nicht gehe?«

Mr. Gordon wandte sich an den Barkeeper. »Spike? Begleite sie bitte raus. *Sofort.*«

Zum ersten Mal schien sich Barkeeper Spike sichtlich unwohl zu fühlen. Er hatte wahrscheinlich schon viele Männer und sogar ein paar Frauen aus dem Laden begleitet. Doch er wusste nicht, wie er sich Maddie nähern sollte, wie er sie anfassen sollte. Vielleicht ging man einfach davon aus, dass sie jetzt eingeschüchtert wäre und von selbst ginge. Falls ja, dann war sie stolz darauf, sie jetzt zu zwingen, Farbe zu bekennen. Shell Gordon hatte ihren Drink wieder auf die Bar gestellt. Sie nahm das Glas und nippte daran.

Spike seufzte, klappte den Thekenzugang hoch und kam auf ihre Seite der Bar. Er war groß und muskulös. Er könnte sie problemlos vom Barhocker zerren. Doch offensichtlich zögerte er, Hand an sie zu legen. Er erinnerte Maddie an einen Hund aus einem Cartoon. Fang, so hieß der Hund, oder jedenfalls so ähnlich, hatte eine kratzige Stimme, wie dieser Mann.

»Miss –«

»Mrs.« Verheiratet zu sein klang beeindruckender. Außerdem, rein formal war sie das ja auch noch.

»Sie wurden gebeten zu gehen.«

»Ich glaube nicht, dass Sie das Recht haben, ablehnen zu können, jemanden zu bedienen.«

»Das habe ich ganz bestimmt«, sagte Shell Gordon.

»Dann rufen Sie die Cops«, sagte Maddie.

»Glauben Sie, das würde ich nicht?«

»Oh, ich denke, das werden Sie. Ich bin nur gespannt, was Sie als Grund für Ihre Anzeige angeben werden.«

»Wir bedienen hier im Flamingo keine Frauen ohne Herrenbegleitung. So ein Laden sind wir nicht.«

Maddie lachte, und das schien Shell Gordon wütender zu machen als alles, was sie bisher gesagt hatte.

»Der Flamingo ist ein Club mit Ansprüchen«, sagte er, und dabei stieg ihm Farbe ins Gesicht, das nicht viel dunkler war als Maddies. »Es ist ein Lokal für Gentlemen – und Damen. Einige der besten Bands Amerikas haben im Flamingo gespielt. Es ist mein Club, und ich mache hier die Regeln. Wenn Sie eine unserer hervorragenden Bands hören möchten, kommen Sie in Herrenbegleitung wieder. Immer vorausgesetzt, Sie kennen überhaupt einen Gentleman.«

Maddie versuchte, die Situation zu beurteilen. Sie konnte ihren Sitzstreik fortsetzen, nur, wohin sollte das führen? »Ich gehe gern, sofern mich Mr. – wie war noch mal Ihr Nachname, Sir? – zu meinem Wagen begleitet. Es ist heutzutage nicht unbedingt eines der sichersten Viertel.«

»Bring sie raus, Spike.«

Draußen auf der Pennsylvania war es immer noch hell, das Wetter warm und schwül. Maddie setzte auf ihre Lüge noch eins drauf. »Es steht ein paar Blocks entfernt, tut mir leid.«

Er grunzte. Schweigend gingen sie einen Block, dann sagte sie: »*Mochten* Sie sie?«

»Was?«

»Cleo. Mochten Sie sie?«

»Sicher. Jeder mochte sie.«

»Außer der Mann, der sie umgebracht hat, wie's aussieht.«

Schweigen.

»Würden Sie mir eine Sache über sie erzählen, egal was? Ein

Detail, das ich noch nicht kenne, noch nicht gelesen habe.« Sie wartete einen Herzschlag. »Oder im Leichenschauhaus gesehen habe.«

Ein weiteres langes Schweigen, bis sie verzweifelt dachte, er würde gar nichts mehr sagen. Dann: »Sie war wie Poesie.«

»Was?« Sie hatte keine Antwort erwartet und schon gar nicht eine Antwort, die gleichzeitig zärtlich und provokativ war.

»Es gab da so ein Gedicht, das wir in der Schule auswendig lernen mussten. Ich hab's nie begriffen. Es handelte von einer Frau, deren Blick überall war.«

»›My Last Duchess.‹«

»Genau, ja.«

»›Ihr gefiel, was immer sie sah, und ihr Blick war überall.‹«

Er zuckte mit den Achseln.

»In der Nacht, als sie verschwunden ist, hatte sie eine Verabredung. Das steht außer Frage. Sie haben bei der Polizei ausgesagt, dass sie eine Verabredung hatte. Sie haben ihn beschrieben, Sie haben sie beschrieben, sehr ausführlich. Doch es gab noch einen anderen Mann, oder? Einen Mann, den Sie häufiger gesehen haben, nicht nur in dieser einen Nacht?«

»Hören Sie, das haben Sie alles falsch verstanden.«

»Ich wünschte, Sie würden mir sagen, inwiefern.«

»Sie heben Steine hoch, aber es ist nichts darunter. Der andere Mann, mit dem sie zusammen war – der hatte überhaupt nichts damit zu tun.«

»Wie können Sie da so sicher sein?« Wahrscheinlich hatte sie noch zwei oder drei Häuserblocks, bis sie ihm gestehen musste, dass sie gar kein Auto besaß. Vielleicht konnte sie bei einem der Wagen am Straßenrand so tun und nach ihrem Schlüssel suchen. »Hören Sie – als ich jünger war, viel jünger, hatte ich ein Geheimnis. Es gab da einen Mann, einen verheirateten Mann. Er hätte mein Leben ruinieren können. Und um ein Haar hat er auch genau das getan, aber ich hatte

Glück. Wenn ihr verheirateter Freund nicht Teil der Geschichte ist, dann war's das. Aber es gibt einen festen Freund, oder? Und jeder scheint Angst zu haben, dass es jemand erfährt. Warum?«

»Lassen Sie sie in Frieden ruhen. Bitte.«

»Erzählen Sie mir eine Sache, die niemand sonst über sie weiß. Nur eine.«

Er dachte einen Moment nach. »Sie hätte nicht gewollt, dass Sie ihm Schwierigkeiten bereiten. Er bedeutete ihr etwas.«

»Hat sie ihn geliebt?«

»Ich hab gesagt, was ich gesagt hab. Sie denken zu viel über die Worte nach. Es sind nur … Worte.«

Maddie hätte sagen können, dass Milton ihr immer noch etwas bedeutete. Es war etwas anderes als Liebe. Es befand sich fast in einem anderen Universum.

»Ich habe das Gefühl, Sie wissen mehr, als Sie mir verraten.«

»Das ist doch immer so.«

»Meinen Sie damit, jeder weiß mehr, als er sagt, oder jeder weiß mehr als ich?«

»Beides. Sie haben gar kein Auto, stimmt's?«

»Nee.« Ihr war fast schwindelig vor Hinterlist.

»Ich rufe Ihnen ein Taxi und bezahle die Fahrt, wenn Sie versprechen, nie mehr wiederzukommen.«

»Ich gebe keine Versprechen.«

»Dachte ich mir. Ich übernehme die Fahrt trotzdem.«

Er fand schnell ein Taxi. Als sie auf der Rückbank saß, beugte er sich zu ihr und sagte: »Sie werden Menschen wehtun, wenn Sie nicht damit aufhören. Vielleicht sogar sich selbst.«

Madam Claire hatte so ziemlich dasselbe gesagt. Aber Madame Claire, erinnerte Maddie sich, laberte nur Scheiße.

Der Barkeeper

Ich rieche Ärger sofort. Man könnte sagen, das ist mein Beruf, mein eigentlicher Job, während das Mixen von Drinks nur dazu da ist, meine Hände zu beschäftigen. Ich bin hier, um zu gewährleisten, dass der Ärger auf dem Absatz kehrtmacht, wenn er hier reingekommen ist. Mr. Gordon hat nicht den besten Ruf, aber er war immer gut zu mir, und ich geb mein Bestes, ihm gegenüber loyal zu sein.

Aber dass sie Ärger bedeutete, war jedem sofort klar. Sogar die Kellnerin, nicht gerade die Hellste unter der Sonne, hat das sofort geschnallt. Und Mr. Gordon, der durchschaut so was sofort. Jeder, der versucht, ihn über den Tisch zu ziehen, schreit geradezu nach Ärger.

Ich hab früher für einen Kerl namens Maguire gearbeitet, der im Hafen Geschäfte machte. Hatte 'ne nette kleine Hehlerei laufen, nichts wirklich Großes, aber dann ging's eines Tages mit ihm durch, und er wollte mit seinem Laden ganz legal Geld verdienen. Hat sich Geld geliehen, um in Southwest ein großes Lagerhaus zu kaufen, von wo aus er Bauschutt verkaufen wollte, womit er sich komplett übernommen hatte. Irgendwann waren seine Schulden so hoch, dass er sie unmöglich jemals wieder hätte zurückzahlen können. Aber Mr. Gordon ist Geschäftsmann, hat immer den allmächtigen Dollar im Auge. Also setzten sie sich zusammen, haben darüber geredet, was man tun könnte. Mr. Gordon war so nett wie jeder Banker, obwohl klar war, dass die Vertragsstrafen bei Zahlungsverzug erheblich empfindlicher ausfallen würden. Er übernahm das Lagerhaus, mit allem, was sich darin befand, und reduzierte die Schulden bis auf einen Betrag, dessen Tilgung Maguire tatsächlich aufbringen konnte. Im Verlauf des Treffens fragte Mr. Gordon, ob Maguire mich ihm überlassen würde, gewissermaßen als eine Art Schuldschein, bis alles beglichen war. Ich glaube, es amüsierte Mr. Gordon irgendwie, sich einen weißen Mann zu kaufen. Oder, vielleicht wollte er damit auch nur sagen, dass er mich umbringen würde, wenn mein Boss seinen Zahlungen nicht nachkäme.

Mein Boss hat nicht lange gefackelt und gesagt: »Klar können Sie Tommy haben.« Mr. Gordon hat geantwortet: »Tommy ist ein Name für kleine Jungs. Ich werde dich Spike nennen, weil du wie ein Hund aussiehst, den ich mal kannte, einen Spaniel, der hieß Spike.« Und wieder, die Entscheidung, mich zu übernehmen, mir einen neuen Namen zu geben und mich mit einem Hund zu vergleichen schien ihn zu amüsieren. Wir alle taten so, als wär's nur vorübergehend, aber ich wusste, dass Mr. Gordon mich behalten wollen würde, wenn ich gute Arbeit leistete.

Und wenn ich nicht gut war – nun, ich wollte nicht herausfinden, was passieren würde, sollte ich Mr. Gordon jemals enttäuschen.

Das meiste Geld machte Shell Gordon damals mit Glücksspiel und Nutten, aber, jepp, er steigt jetzt ins Drogengeschäft ein. Da ist einfach zu viel Geld drin, als dass man es links liegenlassen könnte. Trotzdem liebt er das Flamingo und möchte, dass es ein richtig nobler Laden ist. Als würde er Krieg mit sich selbst führen. Einerseits möchte er sauber sein, andererseits lockt zu viel Geld. Und um sauber zu sein, braucht er die krummen Geschäfte. Vielleicht denkt er, er könnte irgendwann aus den Gaunereien aussteigen, doch das wird nie passieren. Er hat zu viele Geheimnisse. Und wenn du klug bist, dann redest du nicht darüber, niemals.

Ich sorge im Flamingo hinter der Bar für die Drinks, doch hauptsächlich kümmere ich mich um die Mädchen; helfe ihnen, den optimalen Punkt zwischen Animation und Service zu finden. Für Mr. Gordon ist es wichtig, dass das Flamingo seriös bleibt. Er hat genug andere Lokale, in denen die Mädchen anschaffen, und ehrlich gesagt landen am Ende auch viele Flamingo-Mädchen dort, aber im Club toleriert er solche Sachen nicht. Er weiß, dass viele Leute sagen, er wäre nur eine billige Kopie des Phoenix, andererseits ist zum gegenwärtigen Zeitpunkt aber fast alles an der Pennsylvania Avenue billiger Abklatsch dessen, was mal war. Die Läden, die Häuser, selbst die Menschen sind schlaffer und schmutziger. Wenn die Mädels mit den Gästen ausgehen wollen, ist das schon okay, solange es in ihrer Freizeit passiert und in ihren eigenen Klamotten. Wir sind kein Bordell. Es ist ein respektabler Club, in dem die zweite Garde an Musikern auftritt – im Phoenix sieht man die Besten, da braucht man sich nichts vorzumachen –, einer, in dem die Gentlemen und Ladys sich wie zu Hause fühlen sollen.

Ezekiel »EZ« Taylor ist Mr. Gordons Lieblingsgast. Er ist ganz vernarrt in den Kerl. Ein dicker Mann, schüchtern, redet nicht viel. Er kommt wegen der Musik. Trinkt kaum etwas. Bestellt einen Portwein, um den anderen Gesellschaft zu leisten, nippt den ganzen Abend daran und übernimmt dann die Rechnung. So höflich ist er. Er möchte immer nur, dass sich alle um ihn herum wohlfühlen, dass es ihnen gut geht. Das mag Mr. Gordon an ihm, seine Art des Gebens und Nehmens. Das und seinen Sinn für Zahlen, der fast so gut ist wie der von Mr. Gordon.

Ich hab ihn mal gefragt, *Was hat das mit den Reinigungen auf sich, Mr. Taylor? Das scheint doch kein Weg zu sein, um reich zu werden.*

Er sagte: »Denk mal genau drüber nach, Spike. Wer kauft Kleidung, die chemisch gereinigt werden muss?«

»Reiche Leute«, sagte ich. »Aber …« Es war mir zu peinlich, meinen Satz zu beenden.

Er lächelte. Noch mal, das war eben so seine Art. Er wollte

immer, dass es den Menschen gut ging, sie sich wohlfühlten. »Sie wollten sagen: ›Schwarze haben doch kein Geld.‹«

»Ich meine, manche schon. Allem Anschein nach Sie, Mr. Taylor. Und natürlich Mr. Gordon.«

»Und viele andere. Mehr, als Sie denken, und ihre Zahl wächst und wächst und wächst. Aber, die Sache ist die: Man braucht nur Menschen, die nach etwas *streben*, sich *Hoffnungen machen*. Sagen wir, da ist eine Lady, sie unterrichtet an einer Schule, spart auf einen schönen Mantel, vielleicht sogar einen Pelz. Wohin bringt sie den, wenn er gereinigt werden muss? Glauben Sie, sie möchte dafür zu einer Reinigung oben im Norden fahren? Nein, sie möchte ihn irgendwo in ihrem eigenen Viertel reinigen lassen. Darum hat EZ Kleeners –«

»›Fünf bequem erreichbare Reinigungen im Großraum Baltimore. EZ hat's drauf!‹« Das war so ein Werbespot, den jeder in Baltimore kannte, genau wie: »Mami, ruf Hampden« oder »Mehr Würstchen von Parks, Mom, bitt-ääää.« Ray Parks war Willie Adams Ticket zu mehr Respekt. Shell Gordon hofft, dass EZ Taylor seines wird.

»Leute wie wir geben ihr Geld nach Möglichkeit lieber im eigenen Viertel aus. Und ich sag Ihnen noch etwas, Spike. *Nomen est omen*. Ich bin ein geborener Taylor. *Taylor – tailor* – Schneider. Verstehen Sie? Ich habe bei Hamburgers angefangen, in der Änderungsschneiderei. Aber die Sache ist doch, einen Anzug lässt man nur ein einziges Mal ändern. *Gereinigt* werden muss er immer wieder. Mehr hatte ich nicht, nur diese Idee, aber mehr war nicht nötig. Biete das an, was alle ständig brauchen. Die erste Reinigung habe ich sechs Blocks von hier aufgemacht, direkt nach dem Krieg. Was ist ihre große Idee, Spike? Vielleicht liegt die Antwort in Ihrem Namen. Vielleicht sollten Sie ein Messergeschäft aufmachen oder einen Sicherheitsdienst.«

Ich lächelte, weil ich ja nicht wirklich Spike heiße. Ich bin Thomas Ludlow, und ich hab keine Ahnung, was mein

Schicksal ist. Ich sehe mich als Ritter, stets auf der Suche nach Damen in Not, aber mein Name deutet auf eine Person, die nicht über ihre soziale Stellung hinauswachsen kann. Ludlow? *Laid low* – flachliegen.

Aber einer wie ich kann doch einem EZ Taylor nicht widersprechen. EZ ist reich. Ich bin ein Junge aus Remington, der für einen zweitklassigen Ganoven gearbeitet hat, der wiederum bei Shell Gordon Spielschulden hatte und mich dann verkauft hat. Wie auch immer, ich mochte EZ. Alle mögen ihn. Der netteste, freundlichste Kerl überhaupt. Er hat's nicht verdient, dass irgend so eine Reporterin in seinem Leben herumstochert. Er hat nichts getan, so viel ist mal sicher. EZ hat das Recht, mühelos dahinzurollen, ohne zu wissen, was unter der Oberfläche passiert. Das ist mit das Beste daran, wenn man reich ist. Dass man so lässig vor sich hin schippern kann.

Ich mochte EZ sogar noch, als er sich in Cleo Sherwood zu verlieben begann. Eine Menge Männer haben Gefallen an Cleo gefunden. Ich bin einer davon. Nicht, dass je was zwischen uns gelaufen wär. Cleo interessierte sich nur dann für einen Mann, wenn er entweder gut aussah oder eine dicke Brieftasche hatte. Ich weiß, ich kann nichts davon bieten. Das eine werde ich nie sein, und mit der anderen Sache sieht's nicht wirklich gut aus.

Aber das war schon okay. Dann kriegte ich mit, wie sie sich in Mr. Taylor verliebt hat, und das hatte ich nicht erwartet. Ich meine, wir sprechen hier von richtiger Liebe, nicht von nur mögen von wegen der Geschenke, die er ihr machte. Oh, sie hat mir nichts erzählt, aber ich hab ihr Strahlen gesehen. Er nahm sie mit an Orte, an denen sie noch nie zuvor gewesen war, in schicke Restaurants und sogar mit auf Reisen. Ich dachte die ganze Zeit: *Das ist doch nur Show, sie kann doch keinen Mann lieben, der so viel älter ist, ganz egal, wie viel Geld er hat.* Aber schon bald strahlten die zwei so sehr, dass

Mr. Gordon nicht anders konnte, als es zu bemerken. Er war nicht erfreut.

»Das muss aufhören«, hat er zu mir gesagt. Ich hab nur genickt. Ich bin doch nicht Amor. Ich entscheide nicht, wer sich in wen verliebt. Jedenfalls haben wir Cleo zu mir hinter die Theke gestellt und sie nicht mehr an den Tischen im Club bedienen lassen, wenn Mr. Taylor da war.

Mr. Gordon hatte auch eine kleine Unterhaltung mit Mr. Taylor. Er sagte, ja, ja, ja, er verstünde, er müsste ein glücklich verheirateter Mann sein, wenn er Mr. Gordon helfen sollte, seine Träume zu verwirklichen. Dann hatte Mr. Gordon eine ernste Unterhaltung mit Cleo, und sie versprach, sie würde Schluss machen mit ihm, ganz lieb und freundlich. Doch am Ende erreichte Mr. Gordon damit nur, dass die zwei noch heimlicher vorgingen, was wiederum alles nur noch aufregender machte. Jetzt hintergingen und täuschten sie alle, nicht nur Mrs. Taylor. Cleos Augen glänzten wie Smaragde. Es war ein Wettkampf, und sie war überzeugt, sie würde gewinnen. Wenn man sie fragte, worin denn der Siegespreis bestünde, konnte sie es einem nicht sagen. Ich weiß es. Ich hab sie gefragt. Sie wollte einfach nur gewinnen. Sie redete davon, zu Mrs. Taylor zu gehen und ihr alles zu erzählen.

Dann kam der Tag, an dem Mr. Gordon mich bat, etwas ganz Schreckliches zu tun. Ich sagte, ich könnte das nicht. Er sagte, wenn ich es nicht tun würde, würde er einen anderen fragen, einen, dem's egal war, wie der Job erledigt wurde. Cleo musste weg. Gleichgültig wie, egal wann, aber ich musste es tun. Und wenn ich nicht bereit wäre, es zu tun, dann könnte man sich möglicherweise ja wohl auch nicht mehr auf mich verlassen. Vielleicht müsste ich dann auch weg. Das, was er wollte, war verrückt. Es war noch nicht mal ein gutes Geschäft. Es war gar kein Geschäft, Punkt.

Muss ich noch mehr erzählen?

Nachdem ich die Lady ins Taxi gesetzt hatte, mochte ich

nicht mehr zur Arbeit zurück. Mein Herz fühlt sich allein und schmerzt, und das ist seit dem 31. Dezember jede Nacht so. Ich weiß noch, wie ich Cleo nach ihren Kleidern gefragt habe. »Wie nennt man so einen Mantel, der vorne offen ist? Welchen Sinn haben Handschuhe, wenn Löcher drin sind?« Weil ich wusste, dass ich später in der Lage sein musste, eine sehr genaue Beschreibung abzugeben.

Sie fehlt mir. Ich vermisse sie jeden Tag. Ich vermisse sie mehr als alles andere auf der Welt. Es machte mir nichts, dass sie mich nicht geliebt hat.

Die andere Sache – nun, über die andere Sache versuch ich nicht so viel nachzudenken.

Oh, Tommy. Ich war die Einzige, die dich so genannt hat, weißt du noch? Nicht Spike, nie Spike. Tommy. Spike ist ein Hundename, und du warst von keinem das Haustier. Nicht mal meins. Ich hab dich unterschätzt, Tommy. Aber das haben alle anderen auch.

Aber sieh mich an, wie ich mich bei dir entschuldige. Dein Leben ist zwar nicht so toll, aber es ist immer noch deins, du hast es noch. Ich mach dir keinen Vorwurf, aber bemitleiden werde ich dich auch nicht.

Tommy.

Juli 1966

»Die sind sehr … kräftig«, meinte Judith und betrachtete die Stoffe auf der Theke im Store.

»Ich habe mir meine Nähmaschine wiedergeholt«, sagte Maddie. »Ich könnte dir ein Sommerkleid nähen. Das Schnittmuster, das ich für dieses Kleid verwendet habe – das könnte dir mit ein paar kleinen Veränderungen gut stehen.« Judith hatte breitere Hüften als Maddie und weniger Busen, jedoch nicht viel, und das Schnittmuster machte eine gute Figur.

»Ich trage nicht viele bedruckte Stoffe«, sagte Judith. »Lass mich mal darüber nachdenken.«

Maddie fühlte sich zurückgewiesen. Nein, sie fühlte sich, als sollte sie sich zurückgewiesen fühlen, doch dann wurde ihr klar, dass sie einen moderneren Geschmack hatte als ihre junge Freundin. Judith war in vielerlei Hinsicht eine konservative junge Frau. Sie trug ihr Haar immer noch toupiert mit Außenwelle, wohingegen Maddie im Büro einen Nackenknoten trug und ihr Haar in der Freizeit buchstäblich herunterließ. Und, nein, Judith trug nicht viele bedruckte Stoffe. Sie mochte diesen aufeinander abgestimmten Stil, bei dem Schuhe, Handtasche und Kleid dieselbe Farbe hatten. Da sie noch zu Hause wohnte, konnte sie sich eine für eine junge Frau durchaus ansehnliche Garderobe leisten. Heute war sie ganz in Gelb gekleidet – gelbe Pumps, pastellgelbe Leinenjacke, am Ausschnitt mit einem Schmuckketten-Clip in Form eines Schmetterlings gesichert.

»Die ist hübsch«, meinte Maddie und berührte den goldenen Kopf des Schmetterling-Clips leicht mit einem Finger. Seine grünen Augen leuchteten.

»Korvette's«, sagte Judith. »Nur zwei achtundneunzig.«

Maddie bekam große Augen, als überraschte sie dieses Detail. Der Clip war auf seine Art hübsch und sah nicht aus, als wäre er von Korvette's. Doch hier, zwischen den Betty Cooke-Kreationen, wirkte der unechte Gold-Schmetterling mit seinen Glasaugen fast wie ein Affront. Sie entschied, für sich selbst einen Ballen Stoff zu kaufen, während ihr Blick fast sehnsüchtig über den Schmuck glitt. *Oh, sich solch wunderschöne Dinge leisten zu können.* Doch es würde kaum einen Mann geben, der verstünde, wie schön diese Stücke waren. Männer waren so schrecklich konservativ bezüglich ihrer Vorstellung davon, was Frauen sich wünschten. Cleo Sherwoods geheimnisvoller Freund, den Maddie noch identifizieren musste, hatte ihr Kleider gekauft, keinen Schmuck. Ein auffälliges Detail. Eine Pelzstola, wenig überraschend. Aber die übrigen Kleidungsstücke – ein Chanelkostüm. (Tja, nur eine Kopie, aber eine ganz hervorragende.) Dieses wirklich bemerkenswerte Kleid, etwas, was eine der Supremes tragen würde. Das absolut perfekte Kleine Schwarze von Wanamaker's. Das schienen ihr keine typischen Geschenke für eine Geliebte zu sein, falls man Cleo Sherwood so nennen konnte.

Nicht, dass das eine Rolle spielte. Maddie hatte so viel Zeit in die Recherche um Cleo Sherwood verschwendet, dass es niemanden mehr interessierte, was sie entdeckt hatte. Sie hatte einen Artikel über die Hellseherin vorgeschlagen, dann einen über die trauernden Eltern, nur um gesagt zu bekommen, nein, im Moment nicht. »Vielleicht heute in einem Jahr«, hatte Cal gesagt. »Zum Jubiläum.«

»Jubiläum?« Wie konnte man in diesem Zusammenhang so ein wunderbares Wort benutzen?

»Sie wissen schon, heute vor einem Jahr wurde sie als vermisst gemeldet, oder besser, heute vor einem Jahr wurde sie gefunden. Rhabarber, Rhabarber, Rhabarber.«

Im Juni 1967, vielleicht im Januar, wenn sie Glück hatte. Es fühlte sich an wie eine Ewigkeit.

Beim Mittagessen im Village Roost klagte sie Judith ihr Leid. Sie und Judith pflegten eine merkwürdige Art von Beziehung. Sie unterhielten sich, wie Frauen es gern tun, doch sie schienen zusammenhanglose Monologe zu halten, reduziert auf gesellschaftlich akzeptable Happen. Maddie redete über ihren Job. Judith deutete, nicht zum ersten Mal, an, wie sehr sie sich einen privaten Bereich wünschte, um sich mit ihrem Freund zu »treffen«.

»Hat Paul denn keine eigene Wohnung?«

»Nein, nicht Paul«, sagte Judith. »Ein Neuer. Er hat keinen Vater mehr und lebt noch zu Hause bei seiner Mutter und einer deutlich jüngeren Schwester – da gibt's keine Privatsphäre.«

»Du hast einen neuen Freund?«

Sie errötete. Offensichtlich war es einer Frau möglich, vor Stolz zu erröten, wie Maddie bemerkte. »Ich glaube, ich hab gerade zwei! Ich weiß gar nicht, wie ich da hineingeraten bin, Maddie. Dieser Typ, also Patrick Monaghan, der ist mir beharrlich auf den Fersen geblieben, seit wir vor zwei Wochen zu viert im Autokino waren. Ich käm nicht mal im Traum darauf, in ein Autokino zu gehen, wenn nicht zu viert, weil, na ja, du weißt schon.«

Maddie wusste, ja, obwohl sie noch nie ohne Seth auf der Rückbank in einem Autokino war. Der siebenjährige Seth war begeistert gewesen über das Abenteuer, im Schlafanzug ins Kino zu gehen und durch die Windschutzscheibe einen Film zu gucken. Das war das Merkwürdige an Autokinos. So ziemlich alles am Filmerlebnis selbst war eher suboptimal – der Sound, der Film, die Wirkung des Films, die Erfrischungen, für die man ziemlich weit und weiß der Teufel wohin latschen musste. Doch für ein Kind war der Reiz des Neuen alles. Wie hatte der kleine Junge, der sich so leicht von der

Welt um ihn herum begeistern ließ, mürrisch und einsilbig werden können? War er bei Milton genauso? Sie wünschte sich, sie könnte einfach fragen.

»Paul kannte Patrick von der Highschool, und ich hatte ihn schon bei verschiedenen Treffen des Stonewall Democratic Club gesehen. Wir haben ihn mit einem Mädchen verkuppelt. Ich hab das nicht geplant, ich schwör's.«

Also hast du es geplant, dachte Maddie.

»Jedenfalls hat er mich direkt am nächsten Tag angerufen, und irgendwie hat er was. Aber – Monaghan! Meine Eltern würden tot umfallen. Und er ist auch nicht viel respektabler als ein Cop. Er arbeitet für die Behörde, die für Schanklizenzen zuständig ist. Aber, na ja, er ist echt süß. Der starke, ruhige Typ. Ich glaube, ich könnte mich echt in ihn verlieben.«

»Es hört sich für mich etwas – voreilig an, sich irgendwo privat mit ihm treffen zu wollen.«

»Wir müssen vorsichtig sein! Ich meine, ich gehe immer noch mit Paul, und es würde das andere Mädchen schrecklich verletzen, wenn sie wüsste, dass Patrick hinter mir her ist. Wir denken nur an die anderen.«

An die anderen denken, während man sie betrügt, dachte Maddie. Aber, war es Betrug? Das andere Mädchen hatte keine Besitzansprüche auf diesen Patrick; Judith war es mit Paul nie ernst gewesen. Konnte es gar nicht. Sie hatte Maddie mehrfach erklärt, dass sie einen Juden heiraten musste. Doch andererseits – konnte es ihr in diesem Fall auch mit Patrick nicht ernst sein.

»Geheime Liebschaften«, sagte Maddie. »Die Welt ist voller geheimer Liebschaften.« Ihr wurde bewusst, dass sie kurz davor stand, ihr eigenes Geheimnis preiszugeben, und fügte hastig hinzu: »Ich denke dabei natürlich an Cleo Sherwood. Ich bin sicher, sie hatte einen festen Freund – oder einen Gönner. Aber niemand erzählt mir irgendetwas. Ich bin ins

Flamingo gegangen, und die haben mich wie eine Aussätzige behandelt.«

»In Shell Gordons Club?«, fragte Judith.

»Ja, er hat mich rausgeschmissen.« Ein bisschen melodramatisch, aber im Grunde stimmte es ja.

»Nun, wenn Shell Gordon sich Sorgen macht, dann hat's wahrscheinlich was mit Ezekiel Taylor zu tun.«

Maddie hätte begeistert darüber sein sollen, den Namen zu hören, irgendeinen Namen. Doch es war eine Enttäuschung, dass das, wonach sie intensiv gesucht hatte, einer jungen Frau so locker über die Lippen kam und dass sie es schon lange gewusst hätte, wenn ihr nur in den Sinn gekommen wäre, Judith mehr Fragen zu stellen, als das Gespräch das erste Mal auf Shell Gordon gekommen war.

»Wo habe ich den Namen schon mal gehört?«

»Hast du wahrscheinlich nicht.« Vielleicht war es nur Maddies Fantasie, aber sie hatte den Eindruck, Judith würde das *du* betonen, fast so, als wäre Maddies Unwissen charakteristisch für sie und jeder andere hätte es gewusst. »Aber du musst doch schon von EZ Kleeners gehört haben. ›Egal, was wir für Sie reinigen sollen, EZ hat's drauf!‹«

»Das ist eine chemische Reinigung, oder?«

Plastiktüten. Alle Kleidungsstücke waren in Plastiktüten. Sie hatte sich die Etiketten angesehen, aber vielleicht war das eigentlich Wichtige die Kassenzettel der chemischen Reinigung, das Papier auf den Bügeln.

»Ja. Außerdem ist er der Mann, den Shell Gordon unterstützt, um Verda Welcome im Vierten Bezirk aus dem Rennen zu werfen.«

»Und Taylor war Cleo Sherwoods Freund?«

»Keine Ahnung. Ich habe nur gesagt, wenn Shell Gordon jemanden schützt, dann wird es höchstwahrscheinlich Taylor sein. Die zwei halten zusammen wie Pech und Schwefel. Und das ist nicht nur so dahingesagt. Kleidung ist nicht das Einzige, was bei EZ Kleeners gereinigt wird. Zumindest erzählt man sich das.«

»Wer erzählt das?«

Ein unbekümmertes Achselzucken. »Leute. Freunde meines Onkels. Die sagen auch, Shell Gordon sei ein Baltimore-Junggeselle, was auch immer das heißt.«

Maddie ließ diesen Ausdruck eine Weile wirken und begriff schließlich. »Ezekiel Taylor kandidiert also für den Senat. Aber offensichtlich kann ein Mann, der für ein solches Amt kandidiert, keine Geliebte haben.«

»Oh, sie können sie schon *haben*, Maddie. Aber sie müssen sie verstecken. Falls – und ich weiß wirklich gar nichts darüber –, aber falls EZ Taylor tatsächlich mit dieser Frau, von der du so besessen bist, ein Verhältnis hatte, dann müsste er lediglich diskret sein. Frauen wählen keinen Mann, der seine Ehefrau demütigt, besonders schwarze Frauen nicht und ganz besonders dann nicht, wenn auch noch eine Frau im Rennen ist. Aber Taylor hält sich an die Regeln, zeigt sich mit seiner Frau in der Öffentlichkeit, tritt nichts los.« Sie lächelte über Maddies staunende Miene. »Ich habe dir doch gesagt – der Stonewall Democratic Club ist ein guter Ort, um Leute kennenzulernen. Und um auf dem neuesten Stand zu bleiben. Ich hab dort viel darüber gelernt, wie die Stadt heute funktioniert. Und ich baue meine Kontakte aus. Einer der Senatoren, den mein Bruder gut kennt, meint, er kann mir vielleicht einen guten Job bei einer Bundesbehörde besorgen. Aber ich müsste herausfinden, wie ich dorthin pendeln kann, denn es wäre unten in Fort Meade – wahrscheinlich hab ich schon zu viel gesagt.«

»Alle sagen mir immer wieder, dass der feste Freund keine Rolle spielt, weil Cleo in der Silvesternacht ja mit einem anderen Mann losgezogen ist, mit jemandem, den keiner kennt«, sagte Maddie fast zu sich selbst. »Aber was, wenn das alles Teil eines Plans war? Was, wenn jemand diesen Mann beauftragt hat, Cleo umzubringen?«

»Oder was, wenn Cleo gestorben ist, während sie mit Taylor zusammen war, und sie mussten sich eine Geschichte einfallen lassen, um zu vertuschen, was wirklich passiert ist? Wie man so schön sagt, lass dich nie mit einem toten Mädchen erwischen – oder einem lebenden Jungen.«

»*Wer* sagt das?«

Judith lachte nur. »Ist doch egal, wirst du drüber nachdenken?«

»Worüber soll ich nachdenken?«

»Ob wir deine Wohnung benutzen dürfen, wenn du nicht da bist.«

»Ich bin immer da, Judith. Außer mittwochs, wenn ich abends mit Seth essen gehe.«

»Selbst das kleine Fenster würde reichen …«

Ja, das wusste Maddie. Es reichte. Es könnte aber auch zu lang sein. »Judith, pass auf dich auf.«

»Ich pass immer auf.«

»Auf dein Herz. Das ist das, worüber sie nie sprechen. Sie sind immer so beschäftigt damit, uns darüber aufzuklären, dass wir, nun, unseren Körper beschützen sollen. Aber Körper sind belastbar, Körper können eine Menge Schmerz aushalten. Anders als dein *Herz*. Wenn der erste Mann, den du in dein Herz lässt, kein guter Mensch ist, wirst du nie mehr dieselbe sein.«

Diesmal war Judiths Erröten eher von der traditionellen Sorte, das helle Rot der Verlegenheit. »Ehrlich, Maddie, wir werden nur – also, *das* werden wir nicht tun.«

»Du könntest ihn im Kino treffen, so, wie du's mit Paul gemacht hast.«

»Ja, aber ich möchte mit diesem Mann reden«, sagte Judith, fast so, als wäre sie über diesen Wunsch überrascht. »Wenn's nur ums Knutschen ging, ja, klar, dann könnten wir ins Kino gehen. Aber ich möchte ihn kennenlernen. Er ist so still. An dem Abend im Autokino hab ich gemerkt, wie er mich angesehen hat. Er will auch mehr über mich erfahren. Aber ich kann noch nicht mal länger mit ihm telefonieren, ohne dass meine Eltern misstrauisch werden.«

Maddie hatte nicht viel Erfahrung darin, andere Frauen zu beneiden, aber inzwischen kannte sie das eine oder andere. Ferdie war auch so ein starker, verschwiegener Typ. Sie trafen sich bereits seit fast sechs Monaten, und sie wusste praktisch nichts über ihn.

»Wie finde ich diesen Ezekiel Taylor?«

»Maddie, du solltest wirklich meinen Bruder kennenlernen, den aus der Politik.«

»Judith, ich bin nicht – ich bin glücklich so, wie's ist. Man muss mich nicht verkuppeln.«

»Mein Bruder will auch nicht verkuppelt werden. Aber er *weiß* sehr viel, Maddie. Er wird wissen, ob du auf der richtigen Fährte bist. Ich sag's dir doch immer wieder …«

»Ich weiß, ich weiß. Ich sollte mit zu den Treffen des Stonewall Democratic Club kommen.«

Der B'hoy

Als ich die Bar des Lord Baltimore betrete, weiß ich sofort, welche Brünette meine Brünette ist, diejenige, mit der ich mich auf Bitten meiner kleinen Schwester treffen soll. Die Frau zittert wie ein Windhund und vertilgt eine Brezel nach der anderen. Judith hat mir versichert, dass es kein geselliges Treffen ist. Gott, ich will's hoffen. Judith scheint die einzige Person in unserer Familie zu sein, die ein Gefühl dafür hat, wer ich wirklich bin, obwohl wir natürlich nie darüber gesprochen haben. Sie erzählt den Leuten, ich sei mit meinem Job verheiratet, sei viel zu sehr im Stress für eine romantische Beziehung, von Heirat und Familie mal ganz zu schweigen. Das ist nicht ganz falsch. Es liegt mehr Wahrheit darin als in den meisten Sachen, die man über mich sagen könnte. Ich hätte gar keine Zeit für eine Familie, selbst dann nicht, wenn ich eine haben wollte.

Aber, o mein Gott, müsste ich eine Braut auswählen, würde meine Mutter platzen, wenn es jemand wie diese Madeline Morgenstern Schwartz wäre, selbst wenn sie über die Sache mit der Scheidung nicht so glücklich wäre. Meine Mom urteilt ziemlich hart über andere Frauen. Kann man's ihr verdenken? Mein Vater – nun, sagen wir einfach, wir sind alle glücklich, dass die einzige öffentliche *Schanda* in der Familie Weinstein der Bankrott des Weinstein's war. Nicht, dass ich etwas darüber wüsste. Ich will's auch gar nicht wissen. Das ist das Besondere in der Familie Weinstein: Niemand stellt Fragen, und niemand stochert irgendwo herum.

Sie nippt an ihrem Martini, die Augen züchtig gesenkt. Sie flirtet ganz automatisch, das sehe ich, es ist für sie so selbstverständlich wie das Atmen. Die Frauen, mit denen ich normalerweise zu tun habe, sind entweder Flirterinnen oder Dampfwalzen. Ich frage mich manchmal, in welchem Lager Judith einmal landen wird. Wenn sie erst einmal mit einem Kerl zusammen ist, wird sie wahrscheinlich eher wie unsere Mutter, wird versuchen, alles zu kontrollieren, was der übliche Weg ist, wenn man gar nichts unter Kontrolle hat. Ich glaube nicht, dass Judith viel von dem mitbekommen hat, was ich über unsere Eltern weiß. Sie war so klein damals, eigentlich noch ein Baby, als das alles passierte. Da sie noch zu Hause wohnt, ist sie irgendwie immer noch ein Baby. Sie möchte gern ausziehen, aber ich weiß nicht genau, warum. Ich versuche, ihr über jemanden, der jemanden kennt, eine Stelle als Sekretärin bei der NSA zu beschaffen. Ich hasse es, um einen Gefallen zu bitten, und bin nur höchst ungern jemandem verpflichtet. Doch ich tu's für Judith. Aber falls sie wirklich glaubt, sie bekäme die Erlaubnis, runter nach Howard County zu ziehen, kennt sie unsere Mutter schlecht. Nur eine Heirat holt sie aus diesem Haus. Und der Junge sollte besser jüdisch sein. Judith hat *Scheigez*-Fieber. Sie glaubt, ich wüsste es nicht, aber ich weiß es. Rothaarige, ständig läuft sie mit irgendeinem Rotschopf herum. Das lässt sie mal lieber, sonst wird sie enterbt; nicht, dass es viel zu erben gäbe.

»Was müssen Sie wissen?«

»Warum ist Shell Gordon so daran interessiert, dass Ezekiel Taylor von den Demokraten für den Senat nominiert wird?«

Ich mag es, wie sie sofort ihr großes Geschütz auspackt. Erfahrene Reporter palavern, spielen mit einem, verschwenden deine Zeit. Sie hat null Ahnung, was sie tut, aber wenigstens bin ich sie dann schnell wieder los.

»Er erkennt schlicht und einfach die Möglichkeiten. Willie Adams liegt im Clinch mit Verna Welcome und glaubt, sie sei ihm gegenüber nicht loyal. Jerry Pollock, der immer den

Vierten Bezirk gewonnen hat, glaubt, er bekäme seinen Sitz zurück. Bei so vielen Bewerbern und zwei offenen Sitzen im Senat ist alles möglich. Aber, um Ihnen Ihre Illusionen zu nehmen: Shell hatte keinen Grund, Cleo Sherwood loszuwerden. Sie hat Ezekiel glücklich gemacht, und durch diese Affäre hatte Shell EZ nur noch mehr in der Hand.«

Ich erzähle ihr nichts davon, dass ich gehört habe, Shell hätte versucht, neue Mädchen für EZ zu finden, doch der will im Moment überhaupt nichts davon wissen. Vielleicht wartet er, wie die Wahl ausgeht und ob er danach eine neue Stufe der Diskretion einführen muss. Er hat keine großen Chancen, und vielleicht gefällt ihm das so. Aber Shell wird nicht aufgeben, was Taylor angeht. Er ist fast wie eine nörgelnde Ehefrau, die versucht, ihren Mann zu zwingen, ehrgeiziger zu sein.

Das Mädel runzelt die Stirn. Es ist ein hübsches Runzeln. »Aber wenn sie an die Öffentlichkeit gegangen wäre, wenn sie einen Wirbel gemacht hätte, dann wäre das für alle schlecht gewesen.«

»Mädchen wie sie machen nie einen Wirbel. Sie wusste Bescheid. Außerdem war sie in der Nacht ihres Verschwindens mit einem anderen Mann zusammen. Das ist eine verbürgte Tatsache.«

»Ach ja, ist es das?«

Es fällt schwer, nicht die Hand auszustrecken und diesen ernsten kleinen Kopf zu tätscheln. »Jeder liebt eine gute Verschwörungstheorie. Ich wette, Sie denken auch, die Warren Commission hat sich geirrt, als sie zu dem Ergebnis kam, dass Lee Harvey Oswald der alleinige Täter war.«

»Nein – nein. Es ist mir nie in den Sinn gekommen, das anzuzweifeln.«

»Das Leben ist sehr einfach, Miss.«

»Mrs.«, korrigierte sie.

»In der Mehrzahl der Fälle sind die Dinge genau so, wie

sie erscheinen. Vielleicht reicht das dann nicht für einen guten Film oder einen Zeitungsartikel, aber so funktioniert die Welt. Okay, sicher, dieses Mädel, das man im Brunnen der Fontäne gefunden hat, sie war mit EZ Taylor befreundet. Erfolgreiche Männer, reiche Männer – die hatten schon immer Frauen nebenher. Das ist keine große Sache.«

»Doch wenn es rauskäme, könnte er nicht für den Senat kandidieren.«

»Das hätte niemand herausgefunden. Solche Dinge passieren ständig, Ma'am.« Hihi. *Ma'am* gefällt ihr genauso wenig wie *Miss*. Sei vorsichtig, was du dir wünschst, Süße. »Ständig, auf allen Ebenen. Männer sind Männer. Selbst Präsidenten hatten Seitensprünge – nehmen Sie Warren Harding. Roosevelt wahrscheinlich. Johnson, nahezu sicher. Aber es herrscht Konsens, dass niemand darüber redet, solange es diskret läuft und man den Schein wahrt. Und Taylor ist sowieso ein Außenseiter. Shell hat noch nicht die Koalitionen geschmiedet, die er braucht, um seinen eigenen Kandidaten erfolgreich zu positionieren. Vielleicht in zwei bis vier Jahren, aber nicht in diesem Jahr.«

Sie wirkt gedemütigt, aber nicht geschlagen. So wie die ihr Kinn hält, wird sie weitermachen. Nicht mein Problem. Ich habe ihr erklärt, wie's läuft – genau, wie ich es meiner kleinen Schwester versprochen habe. Das Einmaleins der Politik in Maryland. Es geht ausschließlich um Geld und Organisation. Bei den Vorwahlen der Demokraten geht es um die eigentliche Wurst, ganz besonders in Baltimore City, und der Gewinner bekommt alles, ohne Stichwahl. Am Morgen des 14. September kennen wir den Gewinner, aber bis November tun wir weiter so, als sei's ein Wettbewerb.

Ich bezahle für unsere Drinks oder versuche es zumindest. Sie übernimmt die Rechnung und sagt, sie setze es auf ihre Spesenrechnung. Sagt, eine Zeitungsreporterin dürfe es nicht zulassen, von einer Informationsquelle eingeladen zu werden.

Ich frage mich, woher sie das wohl hat? Ich lade ständig Journalisten ein, schicke ihnen zu Weihnachten Whiskey und zu Ostern einen Schinken.

An der Ecke Charles und Mulberry trennen sich unsere Wege. Es ist schon fast dunkel, aber sie sagt, sie wohne gleich um die Ecke.

»Wohnen Sie in dieser Gegend?«, fragt sie mich.

»Oh, ich nehme einfach den Bus an der Charles Street«, sage ich, ohne ihre Frage zu beantworten.

Als ich allein bin, nehme ich einen Umweg; nicht, dass mir jemand folgen würde. Ich gehe ins Leon's, ein diskretes Lokal an der Park Avenue, keine zehn Blocks von ihrer Wohnung entfernt, und doch ein komplett anderes Universum.

Dort angekommen, wird mir klar, dass ich eigentlich nur einen Drink möchte. Ich habe keine Energie für Gesellschaft. In dem Moment, als ich durch die Tür des Leon's trete, hebt sich eine Last von meinen Schultern. Es ist manchmal einfach nur eine Erleichterung, an einem Ort etwas zu trinken, an dem man ganz man selbst sein kann. Ich kann endlich ich sein. Nicht Donald Weinstein, *Macher*, *Mensch*, der ehrgeizige Stabschef eines Kerls, der in acht Jahren Gouverneur sein könnte. Ich war nur ein kleiner Hecht und ein Fußsoldat, aber jetzt bin ich ein B'hoy, habe das Sagen, schließe Geschäfte ab, setze mich durch. So richtig geschafft habe ich es dann, wenn ich einen Spitznamen habe, wie Harry »White Shoes« McGuirk oder selbst Shell Gordon, der hinten in der Ecke sitzt und ein Bier trinkt. Mir ist es egal, wie mein Spitzname lautet, solange es nicht *Fagalah* ist.

Mein Leben, meine Vorlieben – viele Leute wissen Bescheid, doch niemand spricht je darüber. Ich denke, dass die Leute – mein Boss, meine Schwester – glauben, sie täten mir damit einen Gefallen, das Offensichtliche zu ignorieren und Witze über »Baltimore-Junggesellen« zu machen. Ich habe zwei Freunde, Ron und Billy, die sich ein kleines Haus etwas außerhalb teilen, oben im Nordwesten. Alle scheinen zu denken, dass es nur zwei freizügige Jungs auf der Jagd nach Frauen sind. Ron fährt einen schicken kleinen Sportwagen, und beide sehen ziemlich gut aus. Letztes Jahr war ich über Halloween dort oben, und der kleine Junge von gegenüber tauchte als Frau verkleidet vor der Tür auf, hat »Süßes-oder-Saures« gefordert. Wir haben uns kaputtgelacht und dem Kleinen eine Extraportion Süßigkeiten spendiert. Ein Haus voller Männer auf einer Halloween Party – eines Tages wird er zurückblicken und die Punkte verbinden. Zum Henker, vielleicht ist er ja irgendwann sogar einer von uns. Wer weiß? Ich war schon Teenager, als ich mir darüber bewusst wurde, und Mitte zwanzig, als ich es endlich wagte, meine Sehnsüchte auszuleben. Und ich muss so vorsichtig sein, während die Ezekiel Taylors dieser Welt nur darauf achten müssen, ihre Ehefrauen nicht bloßzustellen.

Ein früher Mentor hat mal zu mir gesagt, das Geheimnis, um im Beruf klarzukommen, sei ein Notizblock und ein Stirnrunzeln; alle vermuten, dass man gerade irgendwas Wichtiges tut. Aber ich habe das Gefühl, dass das auch für mein Leben gilt, dass ich ständig mit einem unsichtbaren Notizblock in der Hand und konzentriert gerunzelter Stirn durch die Straßen von Baltimore renne und niemand kriegt mit, was ich eigentlich vorhabe. »Er ist mit seinem Job verheiratet«, sagt meine Mutter, gleichermaßen stolz wie verzweifelt.

Das stimmt. Habe ich denn eine andere Wahl?

Juli 1966

Sie hatte sich Sorgen gemacht, dass Judiths Bruder sie bis vor die Tür bringen oder vielleicht sogar einen Annäherungsversuch unternehmen würde. Sowie sie einen Block westlich der Charles Street war, nahm sie ein Taxi.

Männer sind letztendlich doch keine Hilfe, sagte sie sich. Männer verrieten sich nicht gegenseitig. Und letzten Endes stellten Männer immer nur Männer an die erste Stelle. Es ergab keinen Sinn, dass Cleo Sherwood von einem Fremden im Rollkragenpullover umgebracht worden war, der danach nie mehr gesehen wurde. Klar, sowas konnte passieren. Frauen stießen ständig schlimme Dinge zu. Doch Maddie war überzeugt, dass Ezekiel Taylor das Verbindungsglied war. Und es kümmerte niemanden, denn niemand interessierte sich für Cleo. Nun, Maddie schon. Es berührte sie genug, um Taylors Alibi infrage zu stellen. Und es gab nur einen Weg, um das zu tun. Persönlich.

Das Taxi brachte sie zu einem der immer noch prächtigen Straßenzüge in der Nähe des Parks. Nicht sehr weit, registrierte ihr Hirn, vom See und der Fontäne entfernt. Ihre eigenen Großeltern hatten einst in dieser Straße gelebt; die Park School hatte nicht weit von hier ihren ersten Sitz. Es war noch recht früh. Sie wettete, dass Mr. Taylor keiner von denen war, die direkt nach Hause eilten. Verheiratete Männer, die mit jungen Mädchen schäkerten, eilten nicht nach Hause. Da kannte Maddie sich aus. Sie kannte sich mit verheirateten Männern besser aus, als es ihr lieb war. Es war an der Zeit, dieses Wissen anzuwenden. So wie sie auf ihre Erinnerungen an den ehemaligen Knutsch-Ort zurückgegriffen hatte, um die Leiche von Tessie Fines zu finden, würde sie sich nun ihre Reue zunutze mache, und ihren Nachforschungen über das Leben einer jungen Frau auf die Sprünge helfen, die einen ähnlichen Fehler begangen hatte. Maddie hatte sich der Frau ihres Liebhabers nie gestellt. Aber der Frau, die mit Cleo Sherwoods Liebhaber verheiratet war, würde sie von Angesicht zu Angesicht gegenübertreten.

Das Haus der Taylors war eine Grande Dame unter Raufbolden. Die meisten der anderen großen alten Häuser waren in kleinere Einheiten aufgeteilt worden; sie zeugten von dem Verlust jedweder Selbstachtung, die dieses Viertel einmal besessen hatte. Die winzigen Gärten waren ungepflegt, und in der makellos geschnittenen Hecke der Taylors hatte jemand das Einwickelpapier eines Schokoriegels hinterlassen. Die bessergestellten Schwarzen begannen aus dem Viertel wegzuziehen, so wie die Juden aus Miltons Generation es getan hatten. Diese wunderschönen alten Stadthäuser – keine Reihenhäuser, dazu waren sie zu breit, architektonisch zu unterschiedlich – hatten damals so vieles zum Ausdruck gebracht. Träume und große Ziele. Doch es würde der Tag kommen, an dem alle von ihnen notdürftig in Wohnungen zerstückelt wären. Sie war überrascht, dass die Taylors geblieben waren.

Nachdem das Taxi sie abgesetzt hatte, stand sie mehrere Minuten auf dem Bürgersteig und wusste, wie deplatziert sie wirken musste, doch das war ihr egal. Sie war es leid, sich darüber den Kopf zu zerbrechen, was andere über sie dachten, und noch mehr leid war sie es, wie sie ausgebremst wurde. In erster Linie von Shell Gordon und denen, die für ihn arbeiteten. Doch auch von den Cops, Reportern und selbst von Judiths Bruder Donald. Die Welt befahl ihr ständig, wegzuschauen und einem uralten System keine Beachtung zu schenken, in dem Männer Erfolg hatten und unbequeme Frauen einfach verschwanden.

Aber nicht mit Maddie. Sie hob das Kinn, reckte die Schultern und marschierte zur Tür des großen, wunderschönen Hauses mit den Buntglasscheiben und klingelte.

Die Ehefrau

Als ich diese Weiße erblicke, die rotzfrech vor meiner Haustür steht, wünsche ich mir zum ersten Mal, dass ich auf Ezekiel gehört hätte, als er vorschlug, Hauspersonal einzustellen. Natürlich haben wir Hilfe – eine junge Frau (nicht zu jung), die einmal die Woche kommt, um die groben Putzarbeiten zu erledigen –, doch vor einigen Jahren kam es Ezekiel in den Sinn, wir sollten festangestelltes Personal haben, das auch bei uns wohnt. Zumindest hat er es mir so dargestellt.

Eines Tages kam ich nach unten und sah ihn mit einem jungen Pärchen am Küchentisch sitzen, einem Ehepaar (zumindest sagten sie das, oder ich dachte es, aber wahrscheinlich hätten es auch Bruder und Schwester sein können). Sie kamen vom Land und waren gerade erst aus dem Bus gestiegen. Ich konnte das Landleben noch an ihnen riechen, vermutlich hatten sie morgens vor der Abfahrt noch ihre Pflichten erledigt. Sie liefen vor etwas weg, dessen war ich mir sicher.

Doch Ezekiel, der schon immer Interesse an jungen Menschen hegte, weil wir, wie er *sagt*, nicht mit eigenen Kindern gesegnet wären, hatte sie an diesem scheußlichen Café in der Nähe der Greyhound-Station gesehen und mit nach Hause gebracht. Zumindest war er so geistesgegenwärtig, sie nicht über unsere Teppiche trampeln zu lassen, sondern durch die Hintertür in die Küche zu bringen.

»Das sind Douglas Frederick«, sagte er, »und Claudia Frederick. Sie sind aus Dorchester County.« Mir fiel auf, dass er mir nicht sagte, warum sie denselben Nachnamen trugen. Also konnten sie Mann und Frau oder Bruder und Schwester sein. »Sie sind ohne eigenes Verschulden ein wenig in Schwierigkeiten geraten und hielten es für angeraten, Cambridge zu verlassen.«

»Hmmmm«, war alles, was ich sagte, aber ich wusste, was im Sommer 1963 in Cambridge los war.

»Familiäre Gründe«, fügte der junge Mann hinzu. Er war gerissen, das sah ich sofort, doch er war nicht so schlau, wie er glaubte, und er würde nie schlau genug sein, um Ezekiel Taylor zu hintergehen. Er hatte die Liebenswürdigkeit meines Mannes mit Schwäche verwechselt, während Ezekiel es sich in Wahrheit leisten konnte, liebenswürdig zu sein, weil er keinerlei Schwäche besaß. Na ja, bis auf diese eine. Sie liegt ihm im Blut, er kann nicht anders. Wenn einem etwas im Blut liegt, was will man da schon machen?

Das Mädchen sagte gar nichts. Sie wirkte, als wäre sie es gewohnt, dass die Mannsbilder das Reden übernahmen, in ihrer Anwesenheit und über sie. Sie hatte helle Augen. Nicht blau, nicht grün, nicht haselnussbraun. Nur hell. Wenn ich mich auf eine Farbe festlegen müsste, würde ich sagen gelb, so hell, wie gelb nur eben sein kann, die Farbe von Urin, wenn man gesund ist.

Ezekiel nahm die Zügel des Gesprächs in die Hand. Einige Männer reden sehr schnell, wenn sie versuchen, etwas durchzudrücken. Nicht so mein Ezekiel. Er nimmt das Tempo heraus, lässt seine Worte ausrollen und wie einen Fluss mäandern, als hätte er kein bestimmtes Ziel. Doch ein Fluss ist geschäftig, verfolgt einen Zweck. Ein Fluss ist voller Leben und Absichten, von denen viele miteinander im Konflikt stehen. Es ist ein Mikrokosmos, eine eigene Welt. Ein Fluss birgt Leben und Tod. Auch das ist die Natur der Dinge.

»Ich sehe also diese zwei, die völlig überfordert wirken und auf die Speisekarte starren, zwei kleine Kaninchen, die ihr Geld zählen, das nicht ausreicht für ein anständiges Frühstück, er hat ihr von seinem abgegeben, und ich dachte mir –

wir könnten doch ein Paar gebrauchen, das uns im Haushalt hilft.«

Ein paar was?, dachte ich.

»Einen Mann für alles und ein Mädchen, die kochen und putzen kann und hier wohnt.«

»Ich bin eine gute Köchin, Ezekiel«, sagte ich. »Du magst, was ich koche.«

»Ich *liebe*, was du kochst, Schatz. Ich möchte nach wie vor, dass mein Frühstück von deinen Händen zubereitet wird und von sonst niemandem, aber würde es dich nicht entlasten, wenn nicht du diejenige wärst, die jeden Abend das Essen auf den Tisch stellen muss?«

Mich entlasten, um was zu tun? Ihn entlasten, um was zu tun?

Er kann meine Gedanken lesen, mein Mann, das konnte er schon immer. Er sagt: »Mehr Zeit für deine kirchlichen Aktivitäten und was immer du sonst tun möchtest. Du sollst nur das beste Leben haben, das ich dir geben kann, Hazel. Ich tue es für dich.«

Das Mädchen hielt den Blick auf ihren Schoß gesenkt, wo ihre Hände wie zwei sich windende Tiere miteinander verknotet waren, wie etwas Neugeborenes, blind und hilflos. Die Hände sahen hart aus, trocken und gesprungen, doch es waren keine hart *arbeitenden* Hände. Ich kenne den Unterschied. Ich bin auch vom Land, was sehr lange her ist, so lange schon, dass die Leute dazu neigen, es zu vergessen, selbst Ezekiel. Er vergisst, dass ich jung, süß und schlank gewesen bin, den Blick gesenkt und in einem lächerlichen, selbstgenähten Kleid, und dass er noch nie jemanden so sehr wollte, wie er mich gewollt hat. Also hat er mich bekommen. Ezekiel Taylor bekommt für gewöhnlich immer, was er haben will.

Aber diesmal nicht, entschied ich an jenem Tag. Nicht unter meinem Dach. Ich musste eine Grenze setzen. Also sagte ich nein zu Douglas und Claudia. Das war vor drei Jahren, und ich hatte seitdem nicht mehr an sie gedacht, bis ich diese weiße Lady auf meinen Eingangsstufen stehen sah und mir wünschte, ich hätte jemanden, der an meiner Stelle die Haustür öffnen und sagen könnte: »Gehen Sie, Mrs. Taylor ruht sich gerade aus.«

Ich mache einfach nicht auf, denke ich. *Niemand kann mich zwingen, meine eigene Tür zu öffnen.* Doch ich kann sie schemenhaft durch das Lochmuster des Spitzen-Vorhangs sehen, und sie sieht mich. Vielleicht, denke ich, verkauft sie Kosmetik. Und wie ein Kind folge ich genau in dem Moment, in dem ich es ausspreche, meinem eigenen Wunschdenken, und als ich die Tür öffne, bin ich überrascht, dass diese Frau keinen Koffer bei sich hat. Ding-dong, hier ist Ihre Avonberaterin. Doch in Reservoir Hill sieht man heutzutage nicht mehr viele Avonberaterinnen.

»Ich bin Madeline Schwartz«, stellt sie sich vor und strahlt wie ein neuer Penny. Sie ist Ende dreißig, ein wenig älter, als sie durch mein geätztes Glas aussah. Ich bin Mitte fünfzig, doch ich wirke viel jünger. Ich gehe mühelos als Mitte vierzig durch. Doch es ging nie darum, jung zu wirken. Wie ich schon sagte, es liegt einem im Blut.

»Ja?« Ich nenne ihr nicht meinen Namen. Wenn man auf meiner Schwelle steht, davon gehe ich aus, dann weiß man, wer ich bin und wo ich stehe.

»Ist Mr. Taylor zu Hause?«

»Ist er nicht.« Ich weiß, wie ich mit drei Worten alles sage, was ich zu sagen habe. Und sie ist klug genug, das Nicht-Gesagte zu verstehen: *Und selbst wenn, würde ich ihn nicht zur Tür holen. Wir schließen in diesem Haus keine Geschäfte ab. Wenn Sie wirklich mit Ezekiel Taylor sprechen müssen, dann sollten Sie das wissen. Hier werden keine geschäftlichen Transaktionen getätigt, nicht einmal solche, die nicht finanzieller Art sind. Nicht unter meinem Dach. Glauben Sie, Shell Gordon betritt mein Haus? Niemals. Ezekiel geht zu ihm.*

»Mein Name ist Madeline Schwartz«, wiederholt sie. »Ich arbeite für den *Star*. Ich würde gern mit Ihnen über die Nacht sprechen, in der Cleo Sherwood verschwunden ist.«

»Wer?«, sage ich.

»Eine junge Frau, deren Leiche im See gefunden wurde.«

»Warum?«

»Sie hat im Flamingo gearbeitet, in einem Lokal, in dem ihr Mann verkehrt.«

»Hunderte von Leuten *verkehren* im Flamingo, Miss.« Die Frau hat nicht gesagt, dass sie eine Miss ist, doch welche anständige verheiratete Frau würde auf meiner Türschwelle erscheinen und nach meinem Ehemann fragen?

»Trotzdem, ich dachte –«

»Das hier ist nicht das Büro meines Mannes. Es ist unser Zuhause. Wir halten sehr viel von ...« Mich verlassen die Worte, und sie springt ein:

»Der strikten Trennung von Kirche und Staat?«

Ich verstehe den Bezug. Ich bin eine gebildete Frau. Ich habe immerhin auf der Coppin studiert, um Lehrerin zu werden, als ich Ezekiel kennenlernte. Doch die Art, wie sie es sagt, erwischt mich auf dem falschen Fuß, fast, als wäre es ein Witz. Über die Kirche macht man keine Witze. Ohne die Kirche wüsste ich nicht, wer ich bin, wie ich von einem Tag zum nächsten kommen sollte. Ganz speziell die Kirche, nicht Jesus. Natürlich liebe ich Jesus, er gibt meinem Leben einen Sinn, doch die Kirche, ihr Zeitplan, ihre Rituale – die Kirche verleiht meinem Leben Kontur. Es mag sich vielleicht für manchen komisch anhören, aber ich sehe meine Tage als Bäume, wie in den Tarzan-Filmen. Jeden Morgen stehe ich auf, ergreife eine Liane und hoffe, dass sie lang genug ist und meine Arme stark genug sind, um mich zur nächsten zu bringen. Ich gehe zur Kirche, wechsle das Altartuch, die Jahreszeiten vergehen, die Jahre vergehen. Geburt, Tod und Auferstehung von Jesus Christus. Wieder und wieder und wieder.

»Das hier ist mein Zuhause«, sage ich und bin mir wohl bewusst, dass ich von *unser* zu *mein* übergegangen bin. Aber es stimmt. Ich habe hier das absolute Sagen. Hier herrscht Anstand. Hier ist alles unter meiner Kontrolle. Cleo Sherwood und ihre Brut sind nie über meine Schwelle getreten. Mir kommt plötzlich ein Gedanke – was, wenn ich Claudia und ihren »Ehemann« in unser Haus gelassen hätte? Was, wenn es hier letztendlich doch ein Baby gegeben hätte? Vielleicht hätte sie es mir überlassen, hätte ich es haben können. Ein Baby hätte alles verändern können. EZ wünschte sich Babys so sehr.

»Ich bin gekommen, um mit Ihnen zu reden. Speziell darüber, was Sie und Ihr Mann in der Neujahrsnacht gemacht haben. War er hier bei Ihnen? Die ganze Nacht?«

Doch ich schließe meine Tür. Langsam, majestätisch. Ich will, dass sie einen Blick auf die Welt hinter mir erhascht, die wunderhübschen Zimmer, die feinen Antiquitäten, einige davon aus Frankreich. Gott hat mir keine Kinder geschenkt, also habe ich unser Zuhause – *unser* Zuhause, Ezekiel, deines und meines, den Ort, an den du schließlich zurückkehrst, jeden Abend oder frühmorgens – zu einem gesegneten Ort, einem wunderschönen Ort gemacht. Ich führe ein schönes Haus, decke einen feinen Tisch und koche feine Mahlzeiten. Ich höre Radio und bin auf dem neuesten Stand. Ich habe alles getan, was ein Mann von einer Frau verlangen kann, außer, ihm Kinder zu schenken. Er hat mir die Unzulänglichkeiten meines Körpers verziehen, also verzeihe ich ihm seine.

Dieses freche Stück lungert noch eine Minute vor meiner Haustür und drückt dann ein zweites Mal auf die Klingel, als wäre ihr erstes Gespräch mit mir nur eine Generalprobe gewesen. War es nicht. Wir sind fertig.

Es ist nicht meine Schuld, dass Cleo Sherwood eine leichtsinnige Frau gewesen ist, die nicht am Leben bleiben konnte. Es ist nicht mein Fehler. Ezekiel hat noch nicht einmal mitbekommen, dass ich von ihrer Existenz wusste. Und wenn ich nicht einmal wusste, dass sie am Leben war – und wenn man so tut, als würde jemand nicht existieren, ist es dann nicht dasselbe, als wüsste man nicht, dass jemand lebt? –, woher soll ich dann etwas darüber wissen, wie sie gestorben ist?

Vielleicht hätte ich zulassen sollen, dass sie bleiben, Douglas und Claudia. Vielleicht wäre dann alles anders gekommen. Sie hätte mir wie eine Tochter sein können. Sie war vom Land, arm und ungebildet, aber ich bin auch vom Land gekommen, damals. Und nun seht mich an. Ich habe wunderschöne Kleider, Perlen und ein Haus voller Satin, Brokat und Samt. Wenn ich mich damit arrangiert hätte, dass diese Dinge unter meinem Dach passieren, vielleicht wären dann alle in Sicherheit gewesen.

Doch ich konnte es nicht, konnte es einfach nicht. Eine Lady hat ihre Grenzen. Das ist Teil dessen, was mich zu einer Lady macht, dass sie ihre Grenzen kennt und respektiert. Was auch immer Cleo für meinen Mann gewesen ist, sie war niemals eine Lady und wäre auch keine geworden. Sie wäre niemals seine Frau geworden, und es ist mir egal, ob sie herumgerannt ist und geschwatzt hat. Sie war verblendet.

Und nun ist sie tot.

Du bist zu ihrer Tür gegangen und hast geklingelt. Ich bin fast beeindruckt, das muss ich dir lassen, Madeline Schwartz. Du hast das getan, was ich mir so gewünscht habe, das, was ich mir geschworen habe, zu tun. Oh, ich habe das oft geübt, so viel ist sicher.

Begreifst du, warum ich tot bin, Madeline Schwartz? Weil ich darüber geredet *habe, es zu tun, nichts weiter. Gesagt habe, ich würde sie damit konfrontieren. Versprechen waren gemacht, und ich war bereit, sie einzufordern. Hätte ich es getan? Ich weiß es nicht, doch andere stellten sicher, dass ich nie mehr die Chance erhielt, meine wütenden Selbstüberschätzungen einzulösen.*

Oh, Maddie Schwartz, hast du überhaupt eine Ahnung, was du angerichtet hast?

TEIL III

August 1966

»Cleo Sherwood hatte ein Verhältnis mit Ezekiel Taylor, da bin ich mir ganz sicher.«

Bob Bauer hatte den Mund voll. Er hatte gerade von einem Sandwich abgebissen und war entschlossen, es zu genießen. Er war ein bemerkenswert ordentlicher Esser, stellte Maddie fest, und nicht der Typ, der hastig zu Ende kaute, nur weil jemand auf eine Antwort wartete.

»Na und?«, sagte er schließlich und tupfte an seinem Mundwinkel einen nichtexistenten Tropfen Salatsauce ab.

»Sie hatte ein Verhältnis mit einem verheirateten Mann, einem Politiker …«

»Einem *Kandidaten*, noch dazu keinem besonders aussichtsreichen. Es genügt nicht, nur einen bekannten Namen zu haben. Nur weil man aus Seide Flecken entfernen kann, heißt noch lange nicht, dass man Senator werden kann.«

»Ich hab gehört, er plant längerfristig.« Sie bestellte einen Kaffee und nach einem kurzen inneren Kampf eine Portion Fritten. »Er geht gar nicht davon aus zu gewinnen, doch irgendwo muss er ja anfangen.«

Bob Bauer lächelte, als wäre ihre Äußerung lustig gemeint gewesen. »Sie hören Dinge, hm? Auf der Damentoilette des *Star*? Beim Frisör?«

»Ich lasse meine Haare im Vierten Bezirk glätten, wenn Sie's genau wissen wollen.« Das stimmte, obwohl die Küchenfee, die Ferdie ihr empfohlen hatte, so still war wie die Sphinx und keinen Kommentar zu irgendetwas abgab, noch nicht mal zum Wetter. »Also, ja, ich höre so dies und das. Obwohl meine Quelle ein politischer Berater ist.«

»Und arbeitet Ihre Quelle für einen anderen Kandidaten? Oder hat er Grund, einen anderen Kandidaten zu unterstützen? Wenn er Berater ist, wird er sehr wahrscheinlich für den Erhalt des Status Quo sein.«

»Nein – oder besser, ich glaube nicht. Außerdem hat er mir nichts über die Affäre erzählt. Das habe ich selbst herausbekommen, nachdem ich mit ihrer Mutter und verschiedenen anderen Leuten gesprochen habe.«

»Also hatte er eine Affäre«, sagte er. »Darüber können Sie keinen Artikel schreiben.«

»Sie hat in Shell Gordons Club gearbeitet, und der unterstützt Taylor im Vierten Bezirk.«

»Maddie, ist Ihnen aufgefallen, wie viele Artikel der *Star* über das Rennen um den Senatssitz im Vierten Bezirk gebracht hat? Null. Keinen einzigen. Ezekiel Taylor hatte also eine Freundin, die ist umgebracht worden. Wo sehen Sie da die Story?«

»Was ist denn, wenn sie umgebracht wurde, *weil* sie Taylors Freundin war?«

»Sagt die Polizei, er werde verdächtigt?«

Nachdem sie Dillers Zustimmung eingeholt hatte, fragte Maddie bei den zuständigen Detectives der Mordkommission nach, ob Taylor oder Gordon im Mordfall Sherwood als Verdächtige gehandelt würden. »Das bleibt jetzt bitte unter uns«, sagte sie und kam sich dabei enorm wichtig vor. »Ich verfüge über Informationen, dass sie eine Affäre mit Mr. Taylor hatte, was seinen politischen Ambitionen nicht gerade zuträglich war.« Die Detectives, die alles an ihr leicht amüsant zu finden schienen, hatten nur mit den Achseln gezuckt und gemeint, Motive seien etwas für Perry Mason. Sie hatten daran erinnert, dass Cleo Sherwoods Tod offiziell nicht als Mord galt. Und dann hatte einer der Jüngeren gefragt, ob sie mit ihm ausgehen wolle, doch sie hatte so getan, als habe sie die Einladung nicht verstanden.

»Sie glauben nach wie vor dem Barkeeper«, sagte Maddie. »Aber wenn sie mich fragen, sind seine Angaben nicht ganz koscher. Sie enthalten fast zu viele Details. Warum hat er sich den Mann, der sie abgeholt hat, so genau angesehen, sich genau gemerkt, was er trug, was sie trug? Männer achten nicht so auf Kleidung. Und ein Kerl wie dieser Spike schon gar nicht.«

»Dennoch besteht Ihre Story im Wesentlichen daraus, dass ein prominenter Schwarzer eine Affäre hatte, und das war's. Das können Sie nicht schreiben, und wir werden's nicht drucken. Das ist Verleumdung, Maddie. Außerdem geht es niemanden etwas an. Es würde den Eindruck erwecken, als verbreite die Zeitung Klatsch und Tratsch, den sie von einem anderen Wahlkampfteam erhalten hätte.«

»Er hat ihr Kleidung geschenkt«, sagte Maddie.

»Na, was für eine Sensation.«

»Kleidung, die seinen Kunden gestohlen wurde«, sagte sie. »Zumindest bin ich ziemlich sicher, dass er sie aus seinen Reinigungen hatte. Wissen Sie, ein Kleidungsstück trug ein Etikett von Wanamaker's, und es war nicht aus dieser Saison …«

»Wollen Sie über Polizeiarbeit oder über Mode berichten? Mal im Ernst, Sie ziehen ständig voreilige Schlüsse, die Sie nicht untermauern können. Sie haben ein paar Kleidungsstücke gesehen. Vielleicht wurden sie vergessen. Kennen Sie das Kleingedruckte? ›Kleidungsstücke, die nicht innerhalb von drei Monaten abgeholt werden, gehen über in das Eigentum von etc. etc.‹ Und selbst wenn Sie recht hätten, Maddie, wie würde der Vorspann lauten? ›Ezekiel Taylor, Kandidat für den Vierten Bezirk, hat sich an Kleidungsstücken aus einer seiner fünf EZ-Reinigungen bedient?‹ Hören Sie, es ist toll, dass Sie sich solche Mühe geben, aber das hier ist eine Sackgasse. Ein Mädel ist gestorben. Wir wissen noch nicht einmal, wie. Wenn sie in einem Auto oder im Bett gefunden worden wäre, würde es sie nicht interessieren. Das einzig Interessante an der Geschichte ist der Ort, an dem ihre Leiche gefunden wurde. Lassen Sie's gut sein. Im August ist nie viel los. Halten Sie Augen und Ohren offen, bieten Sie sich an, in der Lokalredaktion auszuhelfen. Dort werden Sie bestimmt eine Story finden, die es tatsächlich in die Zeitung schafft.«

Niedergeschlagen kehrte sie ins Büro zurück. Der August lief schleppend. Als hätte die Welt ihr Tempo gedrosselt und den langen heißen Tagen angepasst. Die Orioles sorgten bei ihrer Jagd nach dem Siegeswimpel für einiges Aufsehen, ebenso die anstehenden Vorwahlen, die in Anbetracht der Überlegenheit der Demokraten über die meisten Rennen in Baltimore und sogar im Bundesstaat entscheiden würden. George Mahoney, Außenseiter-Kandidat der Demokraten für das Amt des Gouverneurs, war im Wahlkampf so viel unterwegs gewesen, dass er den Journalisten zum Beweis seine abgelaufenen Sohlen zeigte. Im August waren sogar die abgewetzten Schuhsohlen eines Politikers einen Artikel wert. War es wirklich so naiv gewesen zu denken, sie könnte über Cleo Sherwood und Ezekiel Taylor schreiben?

Selbst die Briefe an den Kummerkasten waren weniger geworden. Die Beschwerden, die hereinkamen, waren noch kleinkarierter, sofern das überhaupt möglich war. Probleme mit Verkehrsampeln, Leute, die wollten, dass auf der Charles Street die Einbahnstraßenregelung aufgehoben wurde. Gelegentlich erreichten sie falsch adressierte Schreiben von Leuten, die sich einen Ratschlag in Liebesangelegenheiten erhofften. Diese wurden an das *Dear Abby*-Büro in Chicago weitergeleitet, doch gerade die fehlgeleitete Korrespondenz tat Maddie besonders leid. Man musste schon sehr unglücklich verliebt sein, um sich versehentlich an den Kummerkasten zu wenden.

Männern ist die Liebe egal, grummelte sie im Gehen vor sich hin. Männer glaubten, die Liebe würde keine Rolle spielen, wäre keine *Nachricht*. Vielleicht hatten sie recht. Männer, die ihre sie liebenden Frauen betrogen, war die älteste Geschichte der Welt.

Und dann lief Maddie, dort, auf dem August-heißen Asphalt, ein eiskalter Schauer über den Rücken, wie sie ihn noch nie erlebt hatte. Ihre Knie zitterten derart, dass sie sich eine Bushaltestelle suchen und auf eine Bank setzen musste. Damals, vor achtzehn Jahren – was hatte sie damals dorthingetrieben? Warum dachte sie ausgerechnet *jetzt* daran?

Sie war noch keine zwanzig und mit Milton verheiratet, die Flitterwochen waren vorüber, das Geld knapp, doch das Leben war angenehm, abgesehen davon, dass sie nicht schwanger wurde. Die Leute sagten, es sei normal, dass sie sich zu viele Sorgen machte, doch Maddie plagte eine ganz spezielle Sorge und sie hatte Angst, ihrem Arzt davon zu erzählen. Was, wenn sie nie schwanger würde? Wenn sie keine Mutter würde, was wäre sie dann? Sie hatte all ihr Geld – ihr Leben, noch keine zwei Jahrzehnte davon – auf diese eine Karte gesetzt, darauf, Miltons Ehefrau und Partnerin zu sein. Ein Heimchen, doch man konnte für zwei Menschen kein Heim erschaffen. Sie verfolgte, wie sich die Kinderwagen in ihrem bescheidenen Viertel vervielfachten. Wenn das Baby erst einmal geboren war, würden sie und Milton die Wohnung verlassen, um in ein Haus zu ziehen und das Leben würde endlich beginnen. Sie musste ein Baby bekommen, Babys.

Während dieser Zeit, in der sie unter großer Angst und Anspannung litt, erwähnte eine Freundin, dass in einer Galerie das Porträt einer Debütantin angeboten würde, die verblüffende Ähnlichkeit mit Maddie besäße. Maddie ging hin, um es sich anzusehen, und es war eindeutig das Porträt, das Allan Durst Sr. keine drei Jahre zuvor, in dem Sommer, als sie siebzehn war, von ihr gemalt hatte. Das Bild zu sehen tat weh. Zum einen musste sie sich eingestehen, dass er nur ein sehr mittelmäßiger Künstler war. Die Pinselführung war gekonnt, mehr nicht, es fehlte ihr jeglicher Funke oder Witz, nun, da sie nicht mehr durch einen verliebten Dunstschleier darauf blickte.

Und es tat weh, zu erkennen, dass das Mädchen auf dem Bild nicht mehr existierte, als das Gemälde fertig war, dass es nie mehr zurückgeholt werden konnte. Das Mädchen, das Milton nie haben konnte, das niemand haben konnte. Der Preis, den Allan Sr. so hartnäckig für sich selbst beansprucht hatte.

Maddie fragte den Galeristen, wie das Bild in seinen Besitz gelangt sei. Sie könnte angedeutet haben, dass die Herkunft fragwürdig war, dass es sich eindeutig um ein Porträt von ihr handelte, das irgendwann aus dem Haus ihrer Eltern verschwunden war. »Wenn ich nur Kontakt mit dem Besitzer aufnehmen könnte, dann könnten wir die Angelegenheit sicher klären.« Sie ging davon aus, dass Allans Frau ihn gezwungen hatte, sein Atelier von seinen Trophäen zu säubern. Aber es war Allan selbst, und die angegebene Adresse war in New York, in der Upper East Side, wie sie immer vermutet hatte.

Zwei Wochen später nahm sie den Bus nach New York. Milton sagte sie, sie nähme an einer Fahrt des B'nai B'rith teil, um sich das Musical *Carousel* anzusehen, und werde in Midtown in einem Hotel übernachten, wo sie sich mit Eleanor Rosengren ein Zimmer teilen würde. Lüge auf Lüge auf Lüge, und das ganze Gebäude würde zerbröckeln, wenn Milton jemals auf die Idee käme, Eleanor oder ihrem Mann gegenüber etwas zu erwähnen. Aber Maddie wusste inzwischen, dass er es nicht tun würde. Er war einfach nicht an ihrem täglichen Leben interessiert. Auch er war auf ein Kind bedacht und nahm es persönlich, dass Maddie nicht schwanger werden konnte.

Maddie stand vor dem Haus, in dem Allan wohnte. Es war schon April und doch schneite es. Sie hatte ein Buch dabei, als würde das eine angemessene Ausrede dafür bieten, an einem verschneiten Tag in New York an einer Straßenecke zu stehen. Irgendwann kam Allan ohne Hut heraus. Er war vierundvierzig, und man sah ihm sein Alter inzwischen an. Genau genommen hatte man ihm sein Alter schon immer angesehen – es war nur so, dass sie es mit siebzehn nicht wahrgenommen hatte. Doch er war durchaus attraktiv. In dieser Beziehung hatte sie sich nicht geirrt.

Sie trat ihm in den Weg, bereit auszurufen, wie klein die Welt doch sei. Aber in dem Augenblick, als ihre Blicke sich trafen, konnte sie sich nicht verstellen. Sie begann zu weinen, und nicht gerade auf eine schöne Art und Weise. Wortlos ergriff er ihren Ellenbogen und führte sie in seine Wohnung. Er machte ihr einen starken Drink, stellte mit ein paar Dingen aus dem Eisfach ein spätes Mittagessen für sie zusammen, machte Smalltalk. Sie versuchte, die Sache mit dem Bild zu erklären und ihren Stolz mit der Behauptung wiederzuerlangen, sie sei von dem Galeristen kontaktiert worden, der unsicher war, ob er das Recht besäße, das Bild zu verkaufen. Allans geduldige Unterstützung ihrer Täuschung bewirkte, dass sie sich in gewisser Weise schlechter fühlte. Er sagte, seine Frau sei in Mexiko, da sie beschlossen habe, während der kalten Wintermonate in New York nicht malen zu können. Allen Jr. war selbstverständlich auf dem College, Yale.

Selbstverständlich? Ach ja, er war ja auch in Yale gewesen. Er hatte es oft genug erwähnt.

»Mein Sohn ist noch ein Junge«, sinnierte er. »Und hier bist du, im selben Alter, jeder Zentimeter eine Frau.« Er blickte auf den goldenen Ring an ihrem Finger, kommentierte ihn aber nicht.

»Du hast mich zur Frau gemacht.«

»Nein, Liebes, du warst schon eine Frau, bevor wir uns kennenlernten. Und ich wollte, dass du es wenigstens einmal im Leben genießt, wenn du diesen Körper für das benutzt, wofür er geschaffen wurde. Eine Frau wie du sollte die Geliebte eines Königs sein. Für einen Sommer könnte ich dir diese Erfahrung schenken.«

»Dann warst du also ein König?«

Darüber hatte er gelacht. »Ach, Maddie, ich weiß, ich bin ein Schuft. Ich bin ein schrecklicher Mensch. Das habe ich dir die ganze Zeit zu erklären versucht. Du warst wunderschön, du wolltest mich, und ich war wehrlos. Ich bin sicher, dass es irgendein freudscher Kampf mit Allan war, ein Verlangen, ihn zu ersetzen, um mich als Patriarch durchzusetzen. Und du weißt im Grunde deines Herzens, dass du dankbar sein solltest. Gib's zu – was immer du jetzt hast, es ist nicht dasselbe.«

»Es ist besser«, sagte sie.

»Lüg nicht.«

»Tue ich nicht.« Tat sie nicht.

»Weißt du, ich behaupte nicht, ich hätte eine Liebestechnik, an die kein anderer Mann heranreichen kann. Aber was wir hatten, war sinnlich, wir haben uns ineinander verloren. Das kannst du in einer Ehe nicht haben.«

Sie wollte ihm das Gegenteil beweisen. Und seltsamerweise, unlogischerweise, war die einzige Möglichkeit, dies zu tun, mit ihm ins Bett zu gehen. Sie entweihten sein Ehebett, lagen in Sichtweite der Arbeiten seiner Frau. (Die, das erkannte sie nun, außergewöhnlich und vollendet waren. Sie wünschte, sie könnte sich eines davon leisten.) Der Sex machte Spaß und war athletisch, doch nach Miltons gemütlichem Bauch erschien ihr Allan bleich und dürr. Sie hatte ihn überwunden.

Direkt am nächsten Abend, weniger als eine Stunde nach Verlassen des Busses, schlief sie mit Milton, mit einer Leidenschaft und einem Selbstvertrauen, die ihn so erfreuten, dass er vorschlug, sie solle sich öfter einen Theaterbesuch gönnen.

Neun Monate und zwei Wochen später wurde Seth geboren, ein dickes Baby, das fast fünf Kilo wog. Sie bezweifelte nie, dass es Miltons war. Er sah von der ersten Minute an genauso aus wie sein Vater.

Sechzehn Jahre später saß sie auf einer Bank im Zentrum von Baltimore und hatte immer noch keinen Grund, an Miltons Vaterschaft zu zweifeln. Mit Allan Durst Sr. zu schlafen, war *damals* kein Fehler gewesen. Sie hatte seinen Fluch gebrochen, und deshalb konnte sie endlich mit Milton ein Kind empfangen. Angesichts der Tatsache, dass sie in dem Sommer ihres siebzehnten Lebensjahres so leicht schwanger geworden war, hatte sie erwartet, dass es mit zwanzig auch leicht sein würde. Doch Seth war das erste und letzte Kind, das sie bis zum Ende austrug.

Erst jetzt, zwanzig Jahre später, erkannte sie, wie dicht sie an einem Unglück vorbeigesegelt war und wie leicht ihr Leben durch ihre Affäre und selbst durch das eine Mal in New York hätte aus den Fugen geraten können. Warum war sie solche Risiken eingegangen? Zumindest hatte Allan sich geirrt. Ihre Sinnlichkeit war keine flüchtige Sache, ein Geschenk, das er ihr nur für eine kurze Saison gemacht hatte. Sie war immer schon ein Teil von ihr gewesen und war es auch jetzt. Wenn sie jemals wieder heiraten würde, wenn sie den Luxus besäße, selbst wählen zu können, würde sie diese Art von Leidenschaft in der Ehe erleben. Es musste möglich sein.

Sie versuchte, nie an den Geist eines Kindes zu denken, das in der Kellerpraxis des Arztes zurückgelassen wurde, den Allan Sr. in jenem Sommer für sie gefunden hatte, daran, wie sich ihr Herz anfühlte, als würde es in zwei Hälften gefaltet, als jeder sagte, es sei zu schade, dass Seth als Einzelkind aufwachsen müsse. Vielleicht hätte Milton ihr verziehen, dass sie bereits vor der Ehe mit einem anderen Mann zusammen gewesen war, doch was mit siebzehn in der Praxis des Arztes passiert war, hätte er niemals akzeptiert. Dennoch war sie für ihre Sünden bestraft worden, oder nicht? Nur der eine Sohn, obwohl sie sich doch ein Haus voller Kinder gewünscht hatte, wenigstens drei, wenigstens eine Tochter. Einer Tochter hätte sie eine so gute Mutter sein können.

Selbst anständige Mädchen machen Fehler, wenn sie verliebt sind. Aber sie verdienen es nicht, für sie zu sterben. Maddie war mit dem Leben davongekommen. Cleo Sherwood nicht.

April 1966

Am nächsten Tag meldete sie sich krank. Ihre Probezeit war vorbei, und sie hatte das Recht dazu. Sie war nicht sicher, was passieren würde, fände man heraus, dass sie eigentlich gar nicht krank war, aber sie machte sich keine Sorgen, erwischt zu werden. Niemand vom *Star* würde sich in der Auchentoroly Terrace herumtreiben, um zu beobachten, wann Mr. Sherwood das Haus verließ, um zur Arbeit zu gehen. Warten, bis die Luft rein ist, dachte sie, als sie morgens um kurz vor acht ihren Posten bezog. Sie dachte über die Herkunft dieser Redewendung nach und sprang in Gedanken zu dem Gedicht von Longfellow über Paul Revere, das sie als Kind hatte auswendig lernen müssen. Dann dachte sie an Edward R. Murrows sonore Stimme – »This is London« –, diese Radiosendungen, wegen denen sie zur Radio-AG gegangen war, ihre Entscheidung, bei der Schülerzeitung mitzumachen – so viele scheinbar unbedeutende Momente, und doch führten alle auf dieses Leben hin, endlich ihr richtiges Leben. Geh und such Tessie Fine, hatte ihre Mutter gesagt. Das hatte sie getan, und nun war sie hier, saß an einer Bushaltestelle in einem Schwarzen-Viertel, auffällig wie – sie kam immer noch nicht auf den richtigen Vergleich. Jedenfalls fiel sie auf.

Sie saß auf der Bank an der Bushaltestelle auf der Parkseite der Auchentoroly Terrace, die Sonne im Nacken, und dachte darüber nach, dass ihre Mutter vor rund sechzig Jahren in genau dieser Straße zur Schule gegangen war und dass ganz in der Nähe, bis zum Tod seines Vaters 1964, Miltons Familie gewohnt hatte. Die Zeit verflog, so viel war sicher.

Kurz nach halb neun verließ Mr. Sherwood die Wohnung. Sie geriet für einen Moment in Panik. Was, wenn er genau zu dieser Haltestelle kam? Das hätte sie einplanen müssen.

Glücklicherweise ging er in Richtung Westen. Er trug eine Art Uniform, einen grünen Einteiler. Tankwart? Hausmeister? Ihr wurde bewusst, dass sie keine Ahnung hatte, was er beruflich tat.

Selbst nachdem Mr. Sherwood die Wohnung verlassen hatte, wollte sie nicht an die Tür klopfen. Die Kinder würden dort sein, die Jungs, und möglicherweise auch Cleos Schwester und ihre Brüder. *Eunetta*, erinnerte sie sich. *Nenn sie nicht Cleo.*

Schon bald würde der Sommer vorüber sein. Es war fast acht Monate her, seit sie Milton verlassen hatte, und sie kamen mit der Scheidung kaum weiter. Sie hatte gedacht, er würde das unvermeidliche Ende ihrer Ehe akzeptieren, wenn sie erst einen Job hätte und es so schien, als wäre sie nicht länger auf sein Geld angewiesen. Nur, sie brauchte sein Geld. Sie konnte nicht ewig so weiterleben, von Woche zu Woche gerade so eben über die Runden zu kommen. Wie lange würde sich das noch hinziehen? Würde es sich hinziehen wie dieser Sommertag, an dem sie darauf wartete, wann Mrs. Sherwood endlich ihre Wohnung verließ?

Eine Ehe kann sich ewig hinziehen, dachte sie, *aber es kommt selten vor, dass eine Mutter mit kleinen Kindern ihr Zuhause nicht verlassen muss, schon allein, um nicht den Verstand zu verlieren. Kleine Jungs essen viel und trinken eine Menge Milch.*

Sie behielt recht. Kurz vor der Mittagszeit erschien Mrs. Sherwood und verschwand Richtung Süden. Maddie gab ihr einen Block Vorsprung, schlenderte dann hinter ihr her und blieb zurück, als sie den Lebensmittelladen an der Ecke betrat. Als sie mit einer einzelnen, prall gefüllten Tüte wieder herauskam, wartete Maddie bereits.

»Kann ich Ihnen helfen?«, fragte sie. Sie wusste, dass sie ablehnen würde, aber es machte einen höflichen Eindruck.

»Nicht nötig«, sagte Mrs. Sherwood, verlagerte das Gewicht der Tüte auf ihren Armen und lenkte ihren Blick auf den Bürgersteig.

Maddie passte sich ihrem Tempo an.

»Hat Eunetta sich Ihnen anvertraut?«

»Ich weiß nicht, was Sie meinen.« Die Augen immer noch gesenkt, als würden sie dieses alte Kinderspiel spielen, *Wer auf die Linien tritt, hat verloren.*

»Hat Sie Ihnen erzählt, dass sie verliebt war? Hat sie von ihm erzählt?«

»Wann genau? Meine Tochter war ständig verliebt, Ma'am. Die beiden Jungen, meine Enkel – das war auch Liebe.«

Auch.

»Also war sie wieder verliebt. Hat sie von ihm erzählt?«

»Mir nicht, nein.«

»Aber, Sie müssen es gewusst haben. Dass sie mit Ezekiel Taylor zusammen war. Eine Mutter hat das im Gefühl.«

Maddie glaubte kein Wort von dem, was sie sagte. Ihre Mutter hatte nie die leiseste Ahnung von Allan Sr. gehabt. Und wenn doch – nun, dann hätte ihre Familie für sie das jüdische Äquivalent eines Klosters gefunden und Maddie weggesperrt.

»Ich bin keine dumme Frau, Miz Schwartz. Ich weiß, was diese Kleidungsstücke gemeinsam hatten.«

Maddie nicht. Machte sie das zu einem Dummkopf?

»Er hat sie ihr geschenkt?«

»Die haben ihr alle perfekt gepasst, obwohl die Größen auf den Etiketten unterschiedlich waren. Passten ihr wie angegossen.«

Maddie dachte an die Figur der Frau, die sie schemenhaft hinter dem Spitzen-Vorhang gesehen hatte. Die sie beschwor – ihr befahl –, zu gehen. Groß. Nicht dick, aber breiter als die schmale Cleo. Sie fragte sich, ob Taylor so weit gegangen war, seiner Frau einige Kleidungsstücke zu entwenden und sie ändern zu lassen, damit sie Cleo passten.

»War es ernst zwischen den beiden?«

»Er hat eine Frau. Wie ernst könnte es da wohl gewesen sein?«

»Was glauben *Sie*?«

»Meine Tochter ist tot. Das ist ernst. Ernster wird's nicht.«

Sie hatte es geschafft, ein paar Schritte zurückzubleiben, sodass es nicht aussah, als wäre Maddie ihre Begleitung. *Mrs. Sherwood will nicht mit mir gesehen werden*, dachte Maddie verwundert. Hatte sie Angst, ihr Mann könnte es erfahren? Oder war es ihr einfach nur unangenehm? Waren das Tränen in ihren Augen? *Wer auf die Linien tritt, ist tot.* Sie hatte noch einen Häuserblock Zeit, diese Frau dazu zu bewegen sich ihr zu öffnen, ihr zu vertrauen, sie hereinzulassen. Nicht in ihre Wohnung, aus der war sie für immer verbannt worden, das wusste sie. Aber in ihr Leben, um ihr die Geschichte von Cleo zu erzählen.

»Erzählen Sie mir vom letzten Mal, als Sie Eunetta gesehen haben. Bitte! Ich bin auch eine Mutter. Ich weiß, wie das ist.«

Mrs. Sherwood seufzte und stützte die Tüte auf ihrer Hüfte ab.

»Sie hat den Jungs Spielsachen mitgebracht, was keinen Sinn ergab. Weihnachten war noch keine Woche her, und dann kam sie mit zwei neuen Lastwagen an. Sie hat sie so verwöhnt. Hat ihnen ständig Sachen gekauft, wo sie doch eigentlich nur ihre Mama wollten. Mein Mann sagt, ich hätte sie verwöhnt, aber das hab ich nicht. Sie brannte dafür, etwas zu tun, jemand zu sein. Ich hab nur versucht, ihr dabei nicht im Weg zu stehen.«

»Könnte es sein, dass sie wusste, sie steckte in Schwierigkeiten? Dass sie wusste, dass jemand ihren Tod wollte?«

Mrs. Sherwood stolperte über die hochstehende Kante einer Gehwegplatte. *Wer auf die Linie tritt.*

»Nein«, sagte sie. »Sie sagte, sie würde vielleicht eine Reise machen, aber wenn, dann würde sie mir rechtzeitig Bescheid geben. Als eine gewisse Zeit verging und ich nichts von ihr hörte, da habe ich mir zuerst keine Sorgen gemacht. Sie war so unbesonnen. Dann kamen die Gedanken – sie hat mir eine von ihren Jacken geschenkt, die mir so gut gefiel.« Kurze Unterbrechung. »Ich sagte, ›Die passt mir niemals, bei deinen langen Armen.‹ Aber sie passte mir. Sie hatte sie für mich ändern lassen, nur für mich. Sie sagte, es sei ein verspätetes Weihnachtsgeschenk.«

»Mrs. Sherwood – warum sollte jemand Eunetta umbringen?«

»Da braucht's doch kein Warum, oder? Oder wenn es ein Warum gibt, dann hat es vor so langer Zeit angefangen, lange bevor einer von uns wissen oder sehen konnte, in welche Richtung sich das entwickelte. Sie war kein schlechtes Mädchen. Aber sie hat nie ein Blatt vor den Mund genommen. Wenn man sehr, sehr hübsch ist, fängt man an zu glauben, dass man mit allem davonkommen kann. Aber ich schätze, das kannten Sie auch.«

Kannten? Es hatte etwas leicht Bissiges, wie schnell Mrs. Sherwood Maddie mit der Macht der Schönheit gesalbt hatte, nur um dann anzudeuten, dass es vorbei war.

»Haben Sie ihn je kennengelernt? Ezekiel Taylor?«

»Nein. Es gab keinen Grund. Ich wäre nicht seine Schwiegermutter geworden, egal, wie Eunetta darüber dachte.« Sie schnaubte. »Das wäre ja mal was gewesen, einen Schwiegersohn zu haben, der älter ist als ich.«

Da war es also. Ezekiel Taylor war Cleos Freund, das hatte ihre Mutter gerade bestätigt, und Cleo hatte geglaubt, er würde vielleicht ihr Ehemann. Würde das seine politischen Ambitionen zunichtemachen? Nein, denn wie Maddie inzwischen wusste, galt es nicht als Nachricht, wenn ein Kandidat nebenher eine junge Freundin hatte.

Aber was wäre, wenn die Freundin nicht zum Schweigen gebracht würde, was wäre, wenn sie drohen würde, einen Aufstand zu machen?

Der Status quo beruhte darauf, dass Frauen sich an die Regeln eines Spiels hielten, das sie nie gewinnen konnten. Cleo Sherwoods eigene Mutter sagte, das Einzige, was man tun konnte, wenn Cleo sich etwas in den Kopf gesetzt hatte, war, ihr aus dem Weg zu gehen. Könnte Cleo Sherwood wirklich Ezekiel Taylor gewollt haben, der älter als ihre eigenen Eltern ist? Sie hätte zumindest das Leben der Frau eines reichen Mannes oder der Frau eines Senators des Bundesstaats wollen können.

Als sie die Stufen des Hauses der Sherwoods erreichten, wartete Cleos Schwester Alice vor der Tür.

»Mama, ich habe dir doch gesagt, dass ich zur Arbeit muss …« Sie brach ab und starrte Maddie verärgert an. »Was wollen *Sie* denn hier?«

»Nichts«, sagte Maddie.

August 1966

Sie wartete auf den richtigen Augenblick. Sie war gleichmütig und seltsam zuversichtlich, dass die Welt ihr die Gelegenheit geben würde, die sie brauchte. Sie war voller Energie, selbst wenn die Nächte mit Ferdie bedeuteten, dass sie nur vier oder fünf Stunden Schlaf bekam. Sie ging gegen die Sommerflaute an, arbeitete härter denn je, schloss gegen drei ihre Arbeit ab und ging dann auf einen Sprung in die Lokalredaktion, um Cal Weeks zu sagen, dass sie ihm zur Verfügung stand, wenn er Hilfe brauchte.

»Ich bin nicht befugt, Ihnen Überstunden zu bezahlen«, sagte er misstrauisch wie immer.

»Ich bin nicht auf Überstunden aus«, erwiderte sie. »Mr. Heath ist in den nächsten beiden Wochen im Urlaub und hat seine Kolumnen bereits alle geschrieben, also gibt's für mich nicht viel zu tun.«

Er gab ihr Pressemitteilungen zur Überarbeitung. Maddie entdeckte, dass selbst Cal Weeks ihr noch ein paar Dinge beibringen konnte, wie zum Beispiel Wörter, die man vermeiden sollte. »Seien Sie vorsichtig mit Begriffen wie *zuerst* und *bloß*, weil sie oft unpräzise sind. Und das Wort *einzigartig* braucht nie ein Attribut.« Er kannte sich außerdem sehr gut in der Stadt aus und wusste, wer die eigentlichen Strippenzieher waren. Und er mochte sie. Das war immer so bei Männern, wenn Maddie es wollte. Als sie dann sah, dass Ezekiel Taylor an der Gwynn Oak Avenue seine sechste chemische Reinigung eröffnete, bot sie an, darüber zu berichten.

»Ich weiß nicht, Maddie. Er ist einer von acht Kandidaten im Vierten. Könnte nach Begünstigung aussehen.«

Sie hatte sich auf seine Einwände vorbereitet. »Heute Nachmittag um vier. Ich habe die Mittagspause ausfallen lassen, also sind's für mich mehr oder weniger unbezahlte Überstunden. Was, wenn ich einfach vorbeifahre und mal höre, ob es was Neues von ihm gibt? Eine politische Linie vielleicht? Oder irgendwas über Senatorin Welcome?«

Weeks schnaubte. »Ihre Zeit, Ihr Geld.«

Das Taxi, das sie zur Gwynn Oak nahm, würde sie nicht auf ihre Spesenabrechnung setzen.

Maddie kannte die ersten Anzeichen, sobald ein Viertel auf der Kippe stand, von weiß zu schwarz überzugehen. Die neu eröffnete Reinigung von EZ Kleeners befand sich neben einem Schönheitssalon in einer Gegend, die gerade erst anfing, sich zu verändern. Die Schilder mit »Reserviert« oder »Verkauft«, die unter den ursprünglichen »Zu Verkaufen«-Schildern baumelten, standen für *Bloß weg hier!* Sie verstand nicht, wieso die Weißen der Stadt nicht neben Schwarzen wohnen wollten, aber so war es. Die diesbezügliche Massenhysterie führte zu einem rapiden Wertverfall der Immobilien. War es Borniertheit, unter den eigenen Leuten leben zu wollen? Die christlichen Viertel hatten die Juden nicht haben wollen. Wollten sie im Grunde immer noch nicht. Die weißen Frauen, die ins Pietro's gehen, um sich die Haare schneiden und stylen zu lassen, wären froh über die Bequemlichkeit einer Reinigung in der Nachbarschaft, aber sie würden Mr. Taylor nicht als Nachbarn haben wollen.

Sie kam gerade rechtzeitig zum Durchschneiden des Bandes, was nie eine Nachricht wert war, wie sie von Cal Weeks wusste. Aber mehr gab's nicht – das Durchschneiden des Bandes, das von einem Fotografen des *Afro* pflichtschuldig abgelichtet wurde. Der *Afro* hatte offensichtlich andere Standards als die Lokalredaktionen der Tageszeitungen in der Stadt.

Mr. Taylor besaß dieses Charisma mancher erfolgreicher Männer, so eine Art, einem das Gefühl zu geben, man würde ihn attraktiv finden, auch wenn er nicht erfolgreich wäre. Obwohl er beleibt war, sich langsam bewegte und bedächtig und leise sprach, war sein Blick scharf und wachsam. Maddie spürte, wie er sie kurz taxierte, als sie mit ihrem Reporterblock in der Hand auf ihn zutrat.

»Madeline Schwartz vom *Star*«, sagte sie.

Er lächelte, aber es war ein Lächeln, das keine Zähne zeigte. »Freut mich zu hören, dass der *Star* dies für berichtenswert hält.«

»Nun ja, Sie kandidieren für den Senat von Maryland. Obwohl ich annehme, dass sie das Reinigungsbusiness hinter sich lassen werden, sollten Sie die Wahl gewinnen.«

»Wie Sie sicher wissen, Miss, ist die Legislative von Maryland nur ein Teilzeitparlament. Es wäre mir eine Ehre, meinen Bezirk zu vertreten, aber meinen Job brauche ich trotzdem noch.«

Dass die Legislative von Maryland nur ein Teilzeitparlament war, war ihr neu. Es war ihr nie in den Sinn gekommen, darüber nachzudenken. Allerdings beabsichtigte sie nicht, sich lange mit Politik aufzuhalten. Es gab andere Themen, die sie mit Ezekiel Taylor zu besprechen hatte.

»Eine Sache, die ich Sie fragen wollte … Kennen Sie eine junge Frau namens Eunetta Sherwood?«

»Eunetta –« Er runzelte die Stirn.

»Die meisten Menschen kannten sie als Cleo, aber ihre Eltern zogen ihren Vornamen Eunetta vor.« Sie wollte ihn daran erinnern, dass Cleo die Tochter von jemandem war. »Sie hat im Flamingo gearbeitet. Sie wissen doch, Shell Gordons Club, drüben an –«

»Ich kenne Mr. Gordon und das Flamingo. Die junge Frau allerdings –«

»Nach ihrem Verschwinden fand ihre Mutter Kleidungsstücke aus Ihren Reinigungen in ihrer Wohnung. Viele Kleidungsstücke. Sogar einen Pelz.«

»Ich kenne natürlich nicht alle meine Kunden.«

»Natürlich nicht. Aber Mrs. Sherwood, Cleos Mutter – von ihr weiß ich, dass Cleo sagte, sie werde Sie eines Tages heiraten.«

Den Bruchteil einer Sekunde zögerte er – und dann lachte er, und Maddie war beeindruckt. Diesen Mann konnte so leicht nichts erschüttern. »Die Geschichten, die Mädchen ihren Müttern erzählen. Ich bin verheiratet, Miss –«

»Mrs.«, korrigierte sie. »Schwartz.«

»Ja, ich gehe ins Flamingo, wenn dort eine Band spielt, die mir gefällt. Ich gebe gutes Trinkgeld. Wer weiß, welche Geschichten sich eine junge Frau ausdenken kann, weil als Anerkennung für eine freundliche Bedienung ein paar Geldscheine auf einem Tisch liegen. Ich bin sicher, Cleo Sherwood wusste, wer ich war. Und ich bin sicher, dass ich sie das eine oder andere Mal hinter der Theke gesehen habe. Wenn Sie mich jetzt bitte entschuldigen …«

Er ging mit gemächlichem, unbekümmertem Schritt zu seinem Auto. Warum sollte er auch bekümmert sein? Er hatte sie schachmatt gesetzt. Oder vielleicht war die bessere Metapher das Pokern. Maddie war sich ihrer Gewinnerhand so sicher gewesen, dass sie gar nicht auf die Idee kam, er könnte auch bluffen und mauern. Die Männer machten die Regeln, brachen die Regeln und warfen die Mädchen weg.

Was hatte sie erwartet? Dass er schwitzen und stammeln würde? Dass er ihr gestehen würde, ja, Cleo Sherwood musste sterben, weil sie seine ehrgeizigen Pläne, seine Lebensgrundlage bedrohte?

An diesem Abend sah sie sich eine Wiederholung von *Perry Mason* an, eine Folge, die eindeutig *Oliver Twist* nachempfunden war, nur dass die von Victor Buono gespielte Figur des Fagin umgebracht wurde. Mason verteidigte den angeklagten Jungen, ein Mitglied der Bande. Er spürte etwas Gutes in ihm.

Am nächsten Tag sagte Cal Weeks: »Und? Nichts Neues vom Zerschnippeln des roten Bandes?«

»Nö«, erwiderte Maddie.

»Nicht mal im August ist so ein Werbezirkus einen Artikel wert.«

Wer war Dompteur? Wer war Elefant?

September 1966

Labour Day. Wo war ich heute vor einem Jahr?, fragte Maddie sich. Im Club, die Träger ihres Vichy-Karo-Badeanzugs heruntergeschoben, um ihre Bräune zu pflegen, damit sie noch ein paar Wochen länger hielt. Ihre Mutter hatte immer gesagt, Maddie solle keine Sonnenbäder nehmen, weil sie zu schnell braun wurde. Welch merkwürdige Vorstellung, dass alles, was man mühelos erreichen konnte, vermieden werden musste, aber im Kern entsprach das Tattie Morgensterns Weltanschauung.

Diesen Sommer war Maddie nicht so nussbraun wie sonst, doch selbst wenn sie es gewesen wäre, hätte sie neben und unter Ferdie immer noch bleich gewirkt. Den Großteil der Feiertage befand sie sich unter ihm, ohne dass sie die Hitze und der sich sammelnde Schweiß störte. Sie liebten sich, bis die Laken klebrig waren, bis es sich anfühlte, als wären sie unter Wasser, dann nahmen sie gemeinsam eine kalte Dusche, wechselten die Bettwäsche und machten sich bereit für eine zweite Runde. Es war ein Luxus, ein weiteres Set Bettwäsche griffbereit zu haben, doch sie hatte an der North Liberty Street eine günstige Wäscherei gefunden. Sie konnte ihre Wäsche morgens auf dem Weg zur Arbeit dort abgeben. Vor der Frau, die ihr schmutziges Wäschebündel in Empfang nahm und kein Englisch sprach, brauchte sie sich nicht zu schämen. Vermutlich verstand sie es, doch sie sagte nichts, denn nur, was andere über einen sagen, tut weh, nicht das, was sie denken.

Doch an diesem speziellen Abend, der selbst für kleine Büroangestellte und Streifenpolizisten ein Feiertag war, zumindest für *diese* kleine Büroangestellte und *diesen* Streifenpolizisten, schliefen sie nach der Dusche nicht mehr miteinander. Ferdie zog sie an sich, streichelte ihr Haar und murmelte etwas, was sie nicht im Geringsten erwartet hätte.

»Ich glaub, ich habe ne Story für dich.«

»Eine Story?«

»Für die Zeitung. Es passiert morgen.«

»Wie kannst du wissen, was morgen passiert?«

»Weil es, genau genommen, gerade jetzt passiert. Schon begonnen hat. Aber der Typ wird nicht vor morgen offiziell angeklagt. Wann ist Redaktionsschluss?«

»Man kann den ganzen Tag abgeben, bis nachmittags um zwei.« Konnte es wirklich sein, dass Ferdie einen wertvollen Tipp für sie hatte? Immerhin hatte er die Interna über Tessie Fine gekannt. »Aber es wäre am besten, es in allen Ausgaben zu haben und dann über den Tag hinweg zu aktualisieren.«

»Aber es soll heute Abend passieren. Ich habe einen Tipp bekommen. Ich meine – der Mann, der es mir erzählt hat, hat nicht bemerkt, dass es ein Tipp war. Für ihn war's Getratsche. Er prahlt gern mit seinem Wissen. Fühlt sich dann wichtig. Er erzählt mir gern Polizeigeschichten, erklärt mir, wie mein Job gemacht wird, um mir zu zeigen, wie gut vernetzt er ist. Dass er der Größte ist und so weiter. Kommt ihm gar nicht in den Sinn, dass ich jemanden von der Presse kenne.«

»Ferdie, worum *geht* es?« Sosehr sie darauf brannte, so sicher war sie, dass es nichts weiter sein würde, eine echte Enttäuschung. Sie hatte sich so oft geirrt, wenn sie dachte, sie hätte eine Nachricht. Wie konnte Ferdies Urteil da besser sein?

»Ein Mann wird heute Abend aufs Präsidium kommen und den Mord an Cleo Sherwood gestehen.«

Keine Enttäuschung.

»Wer?«

»Der Barkeeper des Flamingo.«

»Der weiße Typ? Spike?«

»Genau der. Tommy Soundso. Es war alles erfunden, was er der Polizei erzählt hat. Er hat sie umgebracht. Er sagte ihr, er sei in sie verliebt, sie lachte ihn aus, und er brachte sie um. Aber er kann dem Haftrichter erst morgen vorgeführt werden, wenn die Gerichte wieder arbeiten. Also wird er heute Abend in Untersuchungshaft sitzen.«

»Wie kriege ich die Story?«

»Wenn du mir vertraust, hast du sie. Der Typ, der bei eurem Blatt die Nachtschicht hat, dem wird keiner was sagen, richtig? Es ist Feiertag, wahrscheinlich arbeitet nur die zweite Garde. Das hier ist eine solide Sache, Maddie. Hör zu, ruf sofort die Mordkommission an. Sag denen, du arbeitest beim *Star* und hättest einen Tipp bekommen. Sie werden es bestreiten. Aber dann sagst du: ›Ich zieh die Sache durch, wenn Sie mir nicht sagen, dass ich mich irre. Sie müssen es weder bestätigen noch dementieren, sie müssen gar nichts sagen.‹ Das machen Reporter ständig.« Kurzes Schweigen. »Zumindest hat man mir das gesagt.«

Würde das klappen? Es schien ein gefährliches Spiel zu sein. Diller wäre stinksauer, in seinem Ressort übergangen zu werden, aber was machte das schon, wenn der Tipp stimmte?

Sie starrte auf ihr Telefon, dunkelrot und regungslos, gleichgültig ob seiner Rolle, die es spielte, während sich ihr Leben veränderte. »Wie ist die Nummer?«

Ferdie ratterte sie runter, sagte dann: »Aber ruf nicht von hier aus an. Warte noch eine Stunde, dann nimmst du ein Taxi, fährst in die Redaktion und machst es von dort, okay?«

Sie hielt das Versprechen zu warten, brach aber die anderen, rief von zu Hause an und schenkte es sich, ins Büro zu fahren. Nachdem sie aufgelegt und der Detective der Mordkommission durch sein Schweigen bestätigt hatte, dass Thomas Ludlow ohne einen Anwalt gekommen war, um den Mord an Eunetta »Cleo« Sherwood zu gestehen, wählte sie die Nummer der Lokalredaktion und sagte, als hätte sie es schon tausend Mal gesagt: »Cal, Maddie Schwartz am Apparat. Stellen Sie mich bitte zum Redakteur durch. Ich habe einen großen Durchbruch im Fall Cleo Sherwood.«

Cal fragte sie natürlich aus. Aber sie wusste genau, was sie tat, und sie hatte ihn wegen all der undankbaren Aufgaben, die sie während der Flaute im August erledigt hatte, für sich gewonnen.

Und um zehn Uhr am nächsten Morgen wusste es fast die ganze Stadt: Ein weißer Mann hatte Cleo Sherwood wegen des alltäglichen Verbrechens, ihn nicht zu lieben, getötet. Es war keine Story für die Titelseite, und Maddie verstand das hinter dieser Tatsache steckende Kalkül: Die Tote war eine Schwarze, sie wurde aus Liebe oder genauer gesagt aus Mangel an Liebe getötet. Aber die Story war gut genug für den Lokalteil, das Ende der quälenden Geschichte der Lady im See.

Mr. Heath war aus dem Urlaub zurück, und sie ging ihren üblichen Aufgaben mit der gewohnten Effizienz nach, während sie darauf wartete, ins Büro des Chefs zitiert zu werden. Sie verstand und akzeptierte, dass sie nicht weiter an der Story arbeiten würde – dass jemand aus einem anderen Ressort, Polizei oder Gericht, über Tommys Vorführung vor den Haftrichter berichten würde und Diller im Präsidium nach einer Fortsetzung Ausschau halten würde. Das war in Ordnung. Sie wollte keine Polizeireporterin werden.

Nach Redaktionsschluss schaute Bob Bauer kurz an ihrem Schreibtisch vorbei.

»Hey, Mrs. Aufmacher.«

Sie errötete unwillkürlich.

»Sie haben also Ihre Quellen, was?«

»Hab ich.«

»Die wären?«

Sie zögerte. Er beugte sich vor, die Stimme tief und ernst.

»Sie verraten niemandem Ihre Quellen. Keinem anderen Reporter, nicht den Chefs. Nicht vor Gericht, falls es dazu kommen sollte. Egal, was Sie tun: Schützen Sie Ihre Quellen.«

Diese Bemerkung schien seltsam zu sein, aber klar war, dass Bob, wie immer bestens informiert, gewusst haben musste, was auf sie zukommen würde. Denn als sie kaum eine Stunde später ins Büro des Lokalchefs zitiert wurde, geschah dies nicht, um sich ein Lob abzuholen. Es geschah, weil ein wütender John Diller wollte, dass sie wegen Wilderei in seinem Revier abgemahnt wurde.

* * *

Dreißig Minuten später verließ Maddie erschüttert, aber trockenen Auges das Büro und ging auf die Damentoilette, wo sie sich Wasser ins Gesicht spritzte und mit zitternden Händen das Waschbecken umklammerte.

»Alles in Ordnung?«, fragte Edna, die dort mit Kaffee, Zigarette und ihrem aktuellen Artikel saß.

»Denke schon.«

»Hab Ihre Verfasserzeile gesehen. Gute Arbeit. Diller ist angepisst, oder?«

»Kann man so sagen.«

»Er hat Panik, dass ihn jemand in seinem Sandkasten vom Thron stößt. Als ob irgendwer der Meister von diesem Haufen sein wollte. Das Polizeiressort ist eine Durchgangsstation. Keiner, der was auf dem Kasten hat, bleibt dort.«

»Er – er wollte, dass ich ihm meine Quelle nenne. Er behauptet, er weiß, wer es ist. Ich versteh nicht, was das für eine Rolle spielen sollte.«

»Wie schon gesagt, er hat Panik.«

Der Mann war Maddie eher bösartig als ängstlich vorgekommen. Er hatte gefaucht und gegeifert wie Rumpelstilzchen, kurz davor, sich selbst auseinanderzureißen. »Ich weiß, wer Ihnen von dem Geständnis erzählt hat. Das ist keine *Quelle*. Sie haben die Seriosität der Zeitung riskiert, als Sie ihm vertrauten!«

»Nur, dass ich recht hatte. Tommy Ludlow hat gestanden.«

Der Chef der Lokalredaktion hatte sie wie zwei sich zankende Schulkinder behandelt. »Es war ein Feiertagswochenende, John. Sie hatte einen Tipp, sie ist ihm nachgegangen, und er hat sich als richtig erwiesen. Keine große Sache.«

»So arbeiten wir hier nicht. Es war schludrig, es war dilettantisch, es war –«

»Was wollen Sie damit sagen, Mr. Diller?« Es kostete Maddie so viel Willenskraft, nicht zu weinen, dass ihre Stimme ein wenig kreischte.

»Sie wissen nicht, was Sie tun. Diesmal haben Sie Glück gehabt mit Ihrer Ein-Quellen-Story – und noch dazu *dieser* Quelle. Lassen Sie die Finger von meinem Ressort!«

»Sie wussten, dass ich versucht habe, über Cleo Sherwood zu schreiben. Und Sie hatten kein Problem damit, als ich den Artikel über Lady Law abgegeben habe. Das war für Sie in Ordnung.«

»Weil es kaum eine richtige Story war. Es war Presseerklärungsmüll.«

»Ich versuche nur, eine Journalistin zu werden. Was ist daran so falsch?«

Als Diller leise vor sich hin schimpfend gegangen war, seufzte der Lokalchef. »Die Story war gut, Maddie. Aber ich möchte nicht, dass Sie sich Hoffnungen auf einen Job als Reporterin machen. Das ist was für junge Leute. Wenn wir einen Neueinsteiger einstellen würden, würde ich mir wünschen, dass es jemand ist, der noch eine lange Zukunft vor sich hat.«

Der.

Jetzt, auf der Damentoilette, starrte sie ihr aschfahles Spiegelbild an. Wenn Diller die Identität ihrer Quelle wirklich kannte, welche Konsequenzen hatte das dann für sie und für Ferdie? Würde er Schwierigkeiten bekommen? Sie wünschte, sie könnte ihn anrufen und sich trösten lassen. Aber sie konnte ihn nie anrufen. Sie hatte seine Nummer nicht, und sie wusste nicht, wo er wohnte. Wenn sie Ferdie finden wollte, bestand ihre einzige Chance darin, nach Northwest zu fahren, die Straße hinunterzugehen und aus vollem Halse zu schreien, genau so, wie sie ihn vor neun Monaten gefunden hatte. Ansonsten musste sie darauf warten, dass er zu ihr kam.

Sie beschloss, rüber zum New Orleans Diner zu gehen und einen Kaffee zu trinken, bevor sie zumachten. Sie saß an der Theke, während die Kellnerin, an die sie sich noch von ihrem Mittagessen mit Bob Bauer erinnerte, auf die Ellenbogen gestützt dasaß und Zeitung las. Maddies Story las.

»Ich hab das geschrieben«, sagte sie. Eigentlich nicht ganz richtig. Der Redakteur, Ettlin, hatte es mit Hilfe ihrer Notizen geschrieben. Doch sie konnte nicht anders.

»Dann sind Sie« – die Kellnerin hob den Blick von der Verfasserzeile zu Maddie und wieder zurück – »Madeline Schwartz?«

»Ja.«

»Ich hab sie gekannt. Cleo, meine ich. Von damals im Werner's.« Sie schien gleichzeitig aufgeregt und schüchtern zu sein. Maddie bemerkte jetzt zum ersten Mal, wie jung die Frau war, jünger als Maddie, mit Sommersprossen auf der Nase und dem Brustansatz, den sie in ihrer pinkfarbenen Uniform sehen ließ.

»Wie war sie so?«

Die Kellnerin brauchte für ihre Antwort so lange, dass Maddie schon annahm, nicht gehört worden zu sein. Doch dann: »Hungrig. Sie hatte Ziele. Sie wusste nur nicht genau welche.«

Wem sagst du das, dachte Maddie. Außer – sie wusste, was

sie wollte. Sie würde Journalistin werden. Und nicht irgendeine Journalistin. Eines Tages würde sie wie Bob Bauer sein. Eine Kolumnistin, jemand, der sich die Storys aussuchen konnte.

Oh, es wäre nicht dasselbe. Es würde härter sein. Und obwohl sie das Ziel klar erkennen konnte, wie es vor ihr glänzte und glitzerte, sah sie den Weg dorthin nicht. Es schien absurd. Ihr war gerade eben verkündet worden, dass sie nicht einmal die Polizeireporterin der Nachtschicht sein durfte, die Zeitung sie niemals anstellen würde. Und doch war sie Cleo Sherwood nicht unähnlich. Wenn sie wirklich etwas wollte, dann bekam sie es auch. Sie hatte Allan Durst gewollt, hatte ihn mindestens so sehr verführt wie er sie. Sie hatte Milton gewollt, den Mantel der Ehrbarkeit, den er versprach, als Durst sie verließ, entjungfert und fast ruiniert. Sie hatte ein Kind haben wollen. Dann hatte sie ihre Freiheit gewollt. Siebenunddreißig mochte alt oder etwas spät sein, um all das zu tun, aber unmöglich war's nicht. Immerhin gab es … nun, Grandma Moses. Lieber Himmel, es musste doch jemand anderen geben als Grandma Moses.

* * *

Als sie in den Newsroom zurückkehrte, herrschte im vierten Stock jene besondere Energie, die nach Redaktionsschluss eher ungewöhnlich war. »Was ist passiert?«, fragte sie einen der Laufjungen.

»Ne Schießerei im Gerichtsgebäude«, sagte er. »Bei der Anklageerhebung gegen dieses Typen, der gestanden hat, die Lady im See umgebracht zu haben.«

Sie hatte den Ausdruck morgens in ihrer Story benutzt, und nun war er da, hatte sich bereits festgesetzt und verewigt. Maddie hatte ernsthaft vergessen, dass sie ihn dem Rechtsmediziner gestohlen hatte.

»Was ist passiert?«

»Der Typ wurde angeschossen, als man ihn am Seiteneingang aus dem Transporter holte.«

»Ist er tot?« Sie empfand einen merkwürdigen Anflug von Sympathie für den Mann, der sie zum Wagen begleitet hatte und Cleo Sherman mit einem Gedicht verglichen hatte.

Dann fiel ihr wieder ein, dass er sie getötet hatte.

»Ist jetzt in der Notaufnahme des Mercy Medical Center. Wir wissen noch nichts über seinen Zustand.«

»Und wer hat auf ihn geschossen?«

»Cleo Sherwoods Vater.«

Maddie machte sich noch nicht mal die Mühe zu fragen. Sie schnappte sich ihr Notizbuch und fuhr zur Auchentoroly Terrace. Dort angekommen wurde sie von einer bestürzten, schluchzenden Mrs. Sherwood hereingelassen. Innerhalb von nicht mal zwölf Stunden wurde der Mord an ihrer Tochter aufgeklärt, und ihr Ehemann startete einen schlecht durchdachten Rachefeldzug. Ihre Tochter war tot, und nun wanderte ihr Mann hinter Gitter, möglicherweise sogar wegen Mordes.

Gegen acht Uhr abends sprach Maddie Cal Weeks in dem Wissen an, dass er bis dahin zu Abend gegessen hatte.

»Hat schon jemand mit der Mutter gesprochen?«

»Mit wem?«

»Merva Sherwood. Sie war die Mutter von Cleo Sherwood.« Cal sah sie verwirrt an. »Ihr Ehemann – Cleos Vater – wurde festgenommen, weil er heute versucht hat, Cleos Mörder zu erschießen.« Dann fügte sie hinzu: »Ihre Eltern möchten sie lieber bei ihrem richtigen Namen nennen, Eunetta.«

»Es war keiner zu Hause, als ein Reporter dort eintraf. Sie sind wahrscheinlich bei Verwandten untergeschlüpft.«

»Ich hab mit ihr gesprochen. Ich war früher schon mal in ihrer Wohnung – in meiner Freizeit. Mich hatte der Tod von Cleo sehr interessiert. Ich hab immer gedacht, dass es eine Antwort geben müsste. Und jetzt, denke ich, gibt es sie.«

»Haben Sie Notizen gemacht?«

»Ja.«

»Füttern Sie den Redakteur damit.«

»Aber ich bin jetzt hier, und der erste Redaktionsschluss ist doch erst –«

»Geben Sie's dem Redakteur. Keine Angst, Sie bekommen Ihre Verfasserzeile.«

»Darüber mache ich mir keine Gedanken. Ich habe ihrer Mutter gesagt, ich würde die Story schreiben. Wenn Sie meine Notizen wollen, müssen Sie mich den Artikel schreiben lassen.«

Wenn sie schon nicht alles, was sie über Cleo Sherwood wusste, in die Zeitung bringen konnte, so konnte sie zumindest die Geschichte ihrer Mutter erzählen. Die Geschichte einer Frau, die ihre Tochter verloren hatte und nun ihren Ehemann verlieren würde. Eine Frau, die einen Schrank voller wunderschöner Kleider hatte und nicht die geringste Ahnung, woher ihre Tochter sie hatte. Sie konnte von der Hellseherin erzählen, den nach wie vor rätselhaften Visionen von Gelb und Grün. Von der Kellnerin, die sie aus dem Werner's kannte. Sie mussten den Artikel kräftig kürzen – »Mein Gott, es ist doch nur eine Randspalte!« –, aber sie kämpfte darum, das Detail über all die geänderten Kleidungsstücke auf den papierumwickelten Drahtbügeln von EZ Kleeners im Artikel zu behalten. Sie wollte Ezekiel Taylor wissen lassen, dass jemand seine Geheimnisse kannte.

September 1966

Egal, wie heiß es ist – und 1966 war es ziemlich heiß –, der September wird immer der Herbstanfang sein, und der Herbst wird immer der eigentliche Beginn des Jahres sein. Maddies Mutter ging davon aus, dass die verlorene Tochter für Rosch ha-Schana und Jom Kippur in den Morgenstern'schen Haushalt zurückkehren würde. Leicht gequält erinnerte sich Maddie daran, wie sie jahrelang darum gekämpft hatte, ihrer Mutter die Festessen abzuringen, wie sehr sie darauf bestanden hatte, ihre eigenen Traditionen einzuführen, und wie sie beim letzten Pessachfest ihre Mutter mit ihrem Rezept für Charosset verärgert hatte, weil es aus Feigen und Datteln bestand. Das alles erschien ihr jetzt so trivial.

Die Vorwahlen fanden zwei Tage vor Rosch ha-Schana statt, und Maddie meldete sich freiwillig fürs Auszählen. Es war eine ruhmlose Aufgabe, allerdings nicht weniger ruhmlos als die Jobs, die sie trotz ihres großen »Aufmachers« mit der Sherwood-Story weiterhin jeden Tag erledigte. Sie tippte die Auszählungsergebnisse der einzelnen Wahlbezirke der Stadt, und ihre flinken Finger verharrten kurz, als sie die Zahlen des Vierten Bezirks für den Senatssitz eingab. Ein Newcomer, Clarence Mitchell III, hatte die meisten Stimmen erhalten, doch Verda Welcome folgte dichtauf. Ezekiel Taylor landete abgeschlagen auf dem vierten Platz.

Wie unsinnig es von ihr gewesen war zu glauben, dass irgendetwas davon mit Cleo zu tun gehabt hatte. So was nannte man späte Einsicht. Nun, im Rückblick sah Maddie die Welt so, wie sie war, und welchen Platz die Frauen darin hatten. Solange sie Diskretion wahrten, durften Männer sich nebenher eine Freundin halten. Manche Männer fühlten sich sogar berechtigt, die Frau umzubringen, die ihre Liebe nicht erwiderte. Cleo Sherwood war nicht wichtig genug gewesen; sie hätte das Wahlergebnis nicht beeinflussen können. Sie hatte nie irgendeine Rolle gespielt.

Hier war Ezekiel Taylor mit unbeschädigtem Ruf, während seine Wahlkampagne mit dem schmutzigen Geld von Shell Gordon unterstützt worden war. Wie dumm Maddie gewesen war. Als ungelöstes Rätsel war Cleos Tod interessanter gewesen. Aufgeklärt war er langweilig. Die rasende Verzweiflungstat ihres Vaters vor dem Gerichtsgebäude hatte mehr Aufmerksamkeit erregt als der Mord an seiner Tochter. Es war eine Sache, dass ein Weißer eine Schwarze umbrachte, nach der er verrückt war. Aber der Vater dieser Frau, der vor dem Gerichtsgebäude aus der Menge heraus zu schießen begann und dabei einen jungen Polizeibeamten mit einem Streifschuss erwischte – nun, er würde wahrscheinlich genauso lange im Gefängnis sitzen wie der Mörder seiner Tochter, wenn nicht sogar länger.

Während Maddie weiterhin Anrufe entgegennahm und die Zahlen aktualisierte, wurde sie sich einer Stimmungsänderung bewusst, die sich im Newsroom blitzschnell ausbreitete. Die Ergebnisse lieferten eine Überraschung, etwas völlig Unerwartetes. Sogar die abgestumpfte Edna wirkte überrumpelt, die hier war, um ein Feature über etwaige Muster zu schreiben, die in den landesweiten Ergebnissen zu erkennen waren.

»Was ist los?«, fragte Maddie Bob Bauer, der gerade seine Kolumne aus der Schreibmaschine gezogen hatte. Doch anstatt »Artikel« zu rufen, zerknüllte er das Blatt und spannte ein frisches ein.

»Verdammt, es ist viel zu knapp, um ein Ergebnis vorherzusagen. Nachdem alle Bezirke erfasst sind, liegt Mahoney mit weniger als hundertfünfzig Stimmen vorn. Es wird eine Neuauszählung geben. Clarence Mitchell aus dem Dritten hat bereits angekündigt, dass er die Schwarzen für Agnew mobilisieren will, falls Mahoney der Kandidat ist.«

»Wie konnte Mahoney gewinnen?« Den ganzen Sommer über hatte Maddie das Rennen um die Wahl des Gouverneurs in den Zeitungen verfolgt. Mahoney war ein totaler Versager auf Bundesstaatsebene.

»Sickles und Finan haben die Basis gespalten. Und Mahoney hatte eine simple Botschaft, die da lautete: »Dein Haus ist deine feste Burg«.«

»Aber war das nicht rassistisch?«

»Für Sie vielleicht. Für jemanden, der dabei zusieht, wie der Wert des eigenen Hauses in den Keller geht, weil das Viertel sich verändert, sieht das anders aus. Leg dich nicht mit einem Mann an, wenn's um sein Haus geht. Er definiert sich darüber.« Er blickte auf das Blatt in seiner Schreibmaschine. »Das ist es, das ist es. Leg dich nicht mit einem Hausbesitzer an. Ich hab meine Einleitung, Maddie, wenn Sie mich jetzt also entschuldigen ...«

Den ganzen nächsten Tag regnete es. Die Niederschlagsmenge kam auf fast zehn Zentimeter, ein Rekord. Es war jedoch kein reinigender Regen, einer, der die Stadt erfrischte. Die hohe Luftfeuchtigkeit blieb, und Maddies glatt gebügeltes Haar schien zu schrumpfen, als ihre natürlichen Locken zurückkehrten. Jeder im Verlag war müde und schlecht gelaunt, arbeitete auf der Grundlage von zu wenig Schlaf und zu viel Kaffee.

Am Donnerstag besuchte sie ihre Eltern, brachte eine selbstgemachte Pastete aus Hühnerleber und Pistazien mit.

»Ist die von Seven Locks?«, fragte ihre Mutter.

»Um ehrlich zu sein, ich habe sie selbst gemacht.« Hatte sie wirklich. Eine ziemlich aufwendige Sache, bei der die Hühnerleber durch ein Sieb gestrichen werden musste. »Sie ist koscher.«

Ihr Vater pickte die Nüsse heraus – »Sind schlecht für meinen Darm«, verkündete er –, aber dass ihre Mutter nichts an der Pastete auszusetzen fand, war eine Form der Anerkennung. Leider gab ihr das die Gelegenheit, direkt zur Kritik an Maddies Privatleben überzugehen.

Sie begann: »Jom Kippur steht vor der Tür.«

»Natürlich.«

»Du gehst also wieder nach Hause zurück? Wenn du Milton bittest, dich zurückzunehmen, würde er das vielleicht in Erwägung ziehen. Letztendlich gehört zur Sühne ja auch, anderen zu vergeben.«

»Ich habe nichts zu sühnen«, erwiderte Maddie scharf. »Und es gibt nichts, wofür man mir vergeben müsste.«

»Gehst du mit jemandem?« Die Frage ihrer Mutter hatte etwas Listiges, eine Andeutung, unausgesprochen, doch Maddies Mutter konnte unmöglich wissen, was an der Ecke Mulberry und Cathedral vor sich ging.

»Nein.« Das war nicht gelogen. Denn schließlich ging man ja nicht wirklich mit jemandem, dachte Maddie, mit dem man in seiner Wohnung immer nur Sex hatte. Sie dachte an den Abend im Stadion, wie prickelnd es gewesen war, einfach neben ihm zu sitzen, Schulter an Schulter.

Dann dachte sie an John Diller, der mit zusammengekniffenen Augen sagte: *»So eine Quelle«*.

»Wirklich, Maddie«, sagte ihre Mutter, »ich verstehe das, glaub mir. Im Sommer vor deinem Abschlussjahr an der Highschool, da bin ich ein bisschen durchgedreht. Das ist normal. Man verbringt sein Leben damit, ein Kind großzuziehen, dann wird es Zeit für das Kind, weiterzuziehen. Das geht jeder Frau so, die ich kenne. Debbie Wasserman wurde im Giant drüben in Ingleside beim Ladendiebstahl erwischt. Sie ist den ganzen weiten Weg dort rausgefahren, um einen Sara Lee-Marmorkuchen zu stehlen.«

Maddie strich etwas Pastete auf ein Stück Toast. Die Pastete war wirklich exzellent. In ihrer winzigen Küche mit den zwei

Kochplatten war sie eine bessere Köchin als in Pikesville, mit einer Gefriertruhe voller Käsebrötchen von Hutzler's und all ihren kleinen Tricks, um ein Abendessen heimelig und hausgemacht erscheinen zu lassen.

»Das trifft meine Situation nicht, denke ich. Ich habe Verstand. Er ist vor Unterforderung fast verkümmert und jetzt möchte ich ihn nutzen.«

»Bei einer Zeitung. Noch dazu beim *Star.*« Bei den Morgensterns wurde morgens der *Beacon* gelesen und nachmittags die *Light*, und allen, die diesem Beispiel nicht folgten, begegnete man mit großem Misstrauen. Ihre Mutter hatte noch nie etwas von Maddie gelesen. »Hör zu, ich sage es dir ja nur, Madeline. Ich weiß *Bescheid.*«

Ihre Mutter sah sie direkt an, und Maddie fühlte sich plötzlich wieder wie sechzehn, allerdings nur für einen kurzen Moment. Sie fragte sich, was ihre Mutter wirklich wusste. Vermutete sie, dass Maddie keine Jungfrau mehr war, als sie heiratete, dass sie einen Abtreibungsarzt unten an der Park Heights besucht hatte? Sie konnte unmöglich herausbekommen haben, dass Maddie Allan ausfindig gemacht und wieder mit ihm geschlafen hatte, dann nach Hause gekommen war und mit Milton ein Kind gezeugt hatte. Noch unwahrscheinlicher war, dass sie irgendwelche Gerüchte über Maddie und Ferdie gehört hätte. (Wie blödsinnig sich die Namen zusammen anhörten, und doch auch wieder passend.) Und wenn Diller von ihnen wusste – na und? Es war ja nicht so, als würde ihre Mutter im Seven Locks-Supermarkt zufällig dem Polizeireporter des *Star* in die Arme laufen. Oder seiner Frau.

»Am ersten Oktober könntest du schon wieder zu Hause sein«, sagte ihre Mutter jetzt. »Jede Ehe hat ihre Höhen und Tiefen.« Ihr Blick glitt kurz zu ihrem Mann, der die Pistazien auf dem Teller zu einem ordentlichen Haufen aufgetürmt hatte. Er war für sie ausgewählt worden, Tatties Eltern hatten ihn zum einzigen passenden Bewerber für ihre älteste Tochter auserkoren, nicht anders als bei einem *Schidduch* oder wie in Zeiten von Anatevka. Die jüdisch-deutschen Eltern ihrer Mutter wären entsetzt über einen solchen Vergleich, selbst wenn er sich nur in Maddies Kopf abspielte, aber er war durchaus zutreffend. Ihr Vater gehörte noch nicht einmal zur ersten Generation; er war auf dem Schiff unterwegs in die USA geboren worden. Vor sechzig Jahren. Wie konnten 1906 und 1966 Teil desselben Jahrhunderts sein? 1906 gab es noch keine Weltkriege, die meisten Menschen besaßen weder Telefon noch Autos. 1906 durften nach dem Gesetz Frauen nicht wählen und schwarze Männer schon, allerdings nur theoretisch.

Ihre Eltern schienen ihr unendlich fern zu sein. Sie schien sich selbst fern zu sein. Maddie konnte nicht glauben, dass sie mit der Frau verwandt war, die stets auf genau diesem Stuhl saß und genau diese Rosch ha-Schana Mahlzeit zu sich nahm, minus der Leberpastete. Ein Schauer überkam sie, fast, als würde ein Geist durch sie hindurchgehen, doch es war der Geist ihres früheren Selbst. Vergiss 1906 und 1966. Maddie konnte nicht glauben, dass 1965 und 1966 Teil desselben Jahrhunderts waren. Sie war anders. Konnte ihre Mutter denn nicht sehen, wie anders sie war?

Eine Woche später, an Jom Kippur, ging sie nicht in die Synagoge, fastete jedoch aus Gewohnheit bis Sonnenuntergang. Dann bestellte sie mit Seth zusammen im Paul Cheng's mehr, als sie essen konnten, und ließ den Rest einpacken, zuversichtlich, dass Ferdie noch vorbeikommen würde.

Was er auch tat.

Oktober 1966

»Wann hat du Geburtstag?«

Ferdies und Maddies Gliedmaßen waren ineinander verknotet, und sie genossen die erste richtig kalte Herbstnacht, eine Nacht, in der die dicken Decken wieder ins Bett zurückkehrten und man das Fenster nur knapp fünf Zentimeter offen stehen ließ. Selbst hier, weit über dem Verkehr und Dreck der Mulberry Street, roch die Luft frisch und rein.

»Warum fragst du?«

»Warum sollte ich nicht fragen? Wir sind jetzt schon fast ein Jahr zusammen, und du hattest noch keinen Geburtstag, zumindest nicht, dass ich wüsste.«

»Erst neun Monate«, sagte Maddie.

»Ist doch fast ein Jahr, oder?« Amüsiert, aber auch ein klein wenig verletzt darüber, dass sie das, was immer es zwischen ihnen war, herunterspielte.

»November«, sagte sie. »Am zehnten November.«

»Und dann wirst du achtunddreißig.«

Jetzt war es an ihr, verletzt zu sein. Sie fand nicht, dass man ihr das wirkliche Alter ansah. Ferdie musste sein Fettnäpfchen bemerkt haben, denn er fügte schnell hinzu: »Ich hab mir an dem Tag, an dem wir uns kennenlernten, deinen Führerschein geben lassen. Ich wusste noch das Jahr, aber nicht mehr das Datum. Was wünschst du dir zum Geburtstag?«

»Ich brauche kein Geschenk.«

»Vielleicht möchte ich dir aber gern etwas schenken, schon mal daran gedacht?«

Fast instinktiv, fast, begann sie ihn zu küssen, ihren Körper an seinem hinunterzubewegen, vorbei an diesem schlanken Oberkörper, dem runden Bauchnabel, und weiter hinunter, hinunter, hinunter. Erst später wurde Maddie bewusst, wie oft sie genau das getan hatte, um gewisse Themen zu umgehen. Wenn Ferdie etwas sagte, das romantisch klang, oder sich anhörte, als wäre er ihr Lebenspartner, dann hatte sie ihn mit Sex abgelenkt. Lenkte auch sich selbst damit ab. Sie befriedigte ihn gern, denn er revanchierte sich genauso. Ihre eigene Lust war für die anderen Männer, die sie kannte, zweitrangig gewesen. Manchmal hatte sie es genossen, manchmal hatte sie nur so getan, doch Milton hatte nie einen Unterschied bemerkt. Allan hatte die Verführung gemocht, den Spannungsaufbau. Sie fragte sich jetzt zum ersten Mal, ob Allan Jungfrauen deshalb bevorzugt hatte, weil sie keine Erfahrungen hatten, mit denen sie vergleichen konnten. Als erster Liebhaber war man zwangsläufig der Beste.

»Achtunddreißig ist so ein blödes Alter«, sagte sie später. »Man ist noch keine vierzig, aber irgendwie ist man *doch* schon vierzig.« Ein Herzschlag. »Wie alt bist du? Wann hast du Geburtstag?«

»Dezember. Am fünfundzwanzigsten Dezember.«

Sein Alter nannte er jedoch nicht.

»Ah, dann hast du wahrscheinlich nie so richtig Geburtstag. Aber mir bedeutet der fünfundzwanzigste Dezember gar nichts. Wir können das machen, was die Juden machen: chinesisch essen.« Sie fügte nicht hinzu, *und ins Kino gehen*, obwohl eine Matinee und anschließend beim Chinesen essen gehen im Haushalt der Familie Schwartz Tradition gehabt hatte.

»Im Bett.« Er wirkte niedergeschlagen.

»Kennst du den alten Witz? Nimm deinen Glückskeks, lies dein Schicksal vor und füge dann *im Bett* hinzu. Funktioniert immer.« Er lachte nicht. »Wir können an deinem Geburtstag alles tun, wozu du Lust hast.«

»Ich würde gern ...« Ihr blieb fast das Herz stehen aus lauter Angst, dass er sie um etwas bitten würde, was sie ihm nie erfüllen könnte. Stattdessen vergrub er sein Gesicht zwischen ihren Brüsten, doch er versuchte nicht, sie abzulenken. »Ich würde dir gern die Welt zu Füßen legen, Maddie.«

»Ich brauche die Welt nicht«, sagte sie. »Du hast mir mehr gegeben, als du dir je vorstellen könntest.«

Mit diesen Worten zog sie einen Bademantel über und ging, um ein Tablett mit Snacks vorzubereiten. Der zweite Film auf Kanal 2 war *Nachts am Teufelspunkt*, irgendein Kriminalfilm, während als Mitternachtsfilm auf Kanal 11 *Her Master's Voice* lief, anscheinend eine Komödie – ungleiches Liebespaar, Shakespeares Lieblingsthema, nur deutlich schlechter umgesetzt. Maddie ließ Ferdie wählen und war überrascht, als er sich für die Komödie entschied, die bereits eine halbe Stunde lief.

Morgen im Büro würde sie müde sein, wenn sie so lange aufblieb. Aber was machte das schon? Sie musste nicht frisch sein, um Post zu öffnen, ans Telefon zu gehen oder Mr. Kummerkasten das Mittagessen zu holen.

»Ich werde dir das beste Geschenk überhaupt machen«, sagte Ferdie plötzlich, seine Hand auf ihrer Hüfte. Sie dachte, er wollte erneut mit ihr schlafen, doch er schaute den Film weiter. Irgendwann schlief sie ein, und als um halb sieben ihr Wecker klingelte, zeugte nur das Tablett mit dem leeren Teller und zwei leeren Gläsern davon, dass er überhaupt da gewesen war.

Oktober 1966

Milton wollte sich mit ihr treffen. Zum Mittagessen, wie er sagte. Anstatt sich darauf zu verlassen, dass Seth die Nachricht übermittelte, hatte er selbst angerufen. Nur sie beide, sagte er. Er schlug das Danny's vor, eines ihrer alten Lieblingslokale, und Maddie musste erklären, dass sie höchstens eine Stunde Mittagspause hatte und fast immer an ihrem Schreibtisch aß. Wenn sie im Danny's angekommen war, hätte sie bestenfalls die Zeit, einen Drink zu bestellen, ihn herunterzukippen und dann wieder ins Büro zu gehen.

»Dann eben Abendessen. Tio Pepe's?«

Nein, das war ihr eine Nummer zu vornehm. Sie schlug stattdessen das Marconi's vor, was von ihrer Wohnung aus zu Fuß erreichbar war. Sie hätte Zeit, nach Hause zu gehen, sich umzuziehen und sich mit ihm dann dort zu einer sehr schicklichen Uhrzeit, nämlich um halb sieben, zum Abendessen zu treffen. Außerdem war das Restaurant, obwohl das Essen im Marconi's hervorragend war, sehr hell ausgeleuchtet und nicht im Geringsten romantisch.

Trotzdem beunruhigte sie seine Bitte. Es hatte schon früher Anrufe gegeben, manche böse, manche freundlich, andere eine Mischung aus beidem. Doch sie hatten sich seit Januar nicht mehr allein und unter vier Augen gesehen. Er hatte ihr weiterhin ein wenig Geld geschickt, doch nie zu einem verlässlichen Termin und nie denselben Betrag zweimal. Bei ihren wöchentlichen Treffen händigte Seth ihr einen Umschlag mit Bargeld aus. »Fürs Essen, sagt Dad.« Er beinhaltete immer weitaus mehr, als sie für das Abendessen im Suburban House oder bei Paul Cheng's Cantonese brauchte, doch grundsätzlich weniger als ihre Monatsmiete. Eine merkwürdige Geste, die man entweder als freundlich gemeint oder als feindselig interpretieren konnte. Maddie hatte entschieden, es als großzügig aufzufassen. Sie hatte dem Mann das Herz gebrochen. Und weshalb? Es wäre für Milton vermutlich viel einfacher gewesen, wenn sie ihn wegen eines wohlhabenderen, erfolgreicheren Mannes verlassen hätte – wie beispielsweise Wallace Wright. Wenn sie ihn für irgendwen oder irgendetwas Greifbares verlassen hätte. Aus seiner Sicht musste es kränkend sein, von seiner Frau verlassen zu werden, nur, damit sie bei der Zeitung als Bürokraft arbeiten konnte, mit wenig Hoffnung auf einen beruflichen Aufstieg. (Seit der Story über die Sherwoods hatte sie keine anständige Verfasserzeile mehr bekommen. Ihre Leistungen waren als Glückstreffer abgetan worden, Kunststücke, die sie nicht wiederholen konnte.) Er war natürlich auch noch nie in ihrer Wohnung gewesen, ahnte aber sicher, wie es dort aussah. Die ganze Bude hätte bequem in ihr Wohnzimmer in Pikesville gepasst.

Ja, wie verwirrend dieses ganze Abenteuer für Milton wohl sein musste. Wie verwirrend es für Maddie war.

Sie wählte ihre Garderobe sorgfältig, versuchte einen Mittelweg zwischen ihrem alten und ihrem neuen Selbst zu finden. Eines ihrer längeren Kleider, bis kurz über dem Knie. Hochhackige Schuhe statt der Stiefel, die sie inzwischen bevorzugte. Sie steckte ihr Haar hoch und toupierte es nur ein klein wenig an. Ihr einziger Schmuck war eine Anstecknadel, die sie im Second-Hand-Laden in Fells Point gefunden hatte, ein geschwungenes »M« aus Sterlingsilber. Sie dachte oft darüber nach, warum die Frau, der es einmal gehört hatte, es weggegeben und wofür das »M« gestanden hatte. Sie wusste noch, wie entzückt sie während der Hochzeit gewesen war, dass ihr Monogramm, zwei kleine Ms – Madeline Morgenstern – auf den beiden Seiten eines S für »Schwartz« stehen würde. Es war so wunderschön symmetrisch, wie diese beiden Ms das S einklammerten. Wie sie für die bestickten Teile ihrer Aussteuer geschwärmt hatte.

Doch jetzt schien ihr, als hätten diese beiden Ms, die vom S in den Schatten gestellt wurden, ihr Leben nur allzu gut vorhergesagt. Eine Dienerin, zunächst von Milton, dann von Seth.

Sie trug einen blassen Lippenstift auf, einen der moderneren Farbtöne.

Milton wirkte im grellen Licht des Marconi's nervös. Ach je. Er beugte sich vor, hätte sie fast auf die Wange geküsst, besann sich dann aber eines Besseren und bot ihr einen ulkig festen Handschlag an. Plumpvertraulich.

Bis der Hacksalat kam, unterhielten sie sich über Seth, dann über die Arbeit – Miltons, nicht Maddies –, während sie auf den Hauptgang warteten. (Seezunge für Milton, Kalbsbries für Maddie. Sie hätte gern den überbackenen Hummer genommen, doch war es aus ihrer Sicht unbeholfen, das teuerste Gericht auf der Speisekarte zu bestellen. Und sie hielt noch an der Gewohnheit fest, in Anwesenheit des aufmerksamen Milton keine Schalentiere zu essen.) Die Unterhaltung war angenehm, doch unterschwellig spürte sie, wie Milton das, was er eigentlich sagen wollte, immer wieder hinausschob.

Über der Eiscreme mit der berühmten Schokoladensauce, platze er damit heraus: »Du trägst deine Ringe gar nicht mehr.«

»Sie wurden …« Sie hatte die Geschichte fast vergessen. »Sie wurden mir gestohlen. Noch aus meiner ersten Wohnung. Das war einer der Gründe, warum ich umgezogen bin.«

»Ich weiß nicht, ob du jetzt einen sichereren Stadtteil gewählt hast.«

»Ich wohne keine zwei Blocks von hier entfernt. Wenn es sicher genug ist, um zum Abendessen herzufahren, wie schlimm kann's dann schon sein?«

Sie bereute, ihm gesagt zu haben, dass ihre Wohnung ganz

in der Nähe lag. Er würde wahrscheinlich darauf bestehen, sie bis zur Haustür zu bringen. Was, wenn er versuchte, sie zu küssen? Sie hatte Milton geliebt, das hatte sie wirklich. Wäre Wally Weiss nicht gewesen, wäre ihr möglicherweise nie klar geworden, dass sie ihn nicht mehr liebte. Sie erinnerte sich zärtlich an seine breite, behaarte Brust, wie geborgen sie sich bei ihm gefühlt hatte.

Sie brauchte sich heute nicht mehr geborgen zu fühlen.

»Tut mir leid, dass ich wegen der Scheidung nichts unternommen habe. Aber es ist fast ein Jahr her. Mir wurde geraten, auf böswilliges Verlassen zu klagen.«

Seltsam, am liebsten hätte sie sich verteidigt. *Böswilliges Verlassen.* Sie hatte niemanden böswillig verlassen. Sie hatte ihr eigenes Leben gerettet.

»Bekäme ich dann Unterhalt?«

»Brauchst du welchen?«

Ah, die Frage traf sie, denn die Antwort lautete, ja, brauchte sie. Doch sie konnte sich nicht überwinden, das zuzugeben. »Ich bin nur neugierig, was das Gesetz dazu sagt. Wir waren fast zwanzig Jahre zusammen.«

»Ich werde vermutlich das Haus verkaufen. Seth will auf die Penn.« Eine unlogische Schlussfolgerung. Oder doch nicht?

»Dafür ist doch genug Geld da, oder nicht? Ohne das Haus zu verkaufen?«

»Geld ist nicht das Problem. Maddie – ich habe jemanden kennengelernt.«

Natürlich. *Natürlich.*

»Und sie will nicht in ›meinem‹ Haus wohnen.«

»Das hat sie so nicht gesagt. Aber, wenn Seth auszieht – sie ist noch recht jung.«

»Was heißt jung?«

»Fünfundzwanzig.«

Natürlich.

»Dann bin ich wenigstens noch nicht alt genug, um ihre Mutter sein zu können, du hingegen könntest ihr Vater sein.«

Milton sah sie enttäuscht an. Es war das erste Mal, dass er Maddie so ansah, als wollte er sagen: *Maddie, das ist unter deiner Würde.* Richtig. Es stimmte noch nicht mal. Technisch gesehen hätte Milton mit sechzehn ein Kind zeugen können, doch das war unwahrscheinlich. Dazu war er nicht frühreif genug gewesen. Zwischen dem Laden und dem Studium hatte er keine Zeit für Mädchen gehabt.

»Wie heißt sie?«

»Ali.«

»Das die Abkürzung für … was?«

»Ich – ich weiß es nicht!« Verwirrt darüber, so liebestoll zu sein, dass er noch nicht einmal den richtigen Namen seiner Freundin kannte.

Was sollte Maddie sonst noch fragen? Über die neue Liebe ihres Ehemannes zu reden, war eine einzigartige Unterhaltung, die sie so noch nie geführt hatte und auch nie wieder führen würde. Sie war nicht missgünstig, nicht wirklich. Sie wollte Milton nicht. Sie wollte das Leben nicht, das er mit dieser Ali erschaffen wollte, was letztendlich eine Neuauflage seines Lebens mit ihr sein würde. *O Milton*, hätte sie gern gesagt. *Du bist doch noch jung. Es gibt in dieser Welt so viel zu tun und zu sehen. Kehre nicht zu Windeln und Donadio dem Clown zurück.*

»Du solltest dir Koteletten stehen lassen«, platzte sie heraus.

»Was?«

»Ich dachte nur gerade, dass sie dir gut stehen würden.« Fand sie wirklich. Er hatte bisher noch sein volles Haar. Es war dicht und noch fast ohne graue Spuren. Sie fragte sich, wie Ali wohl aussehen mochte. Entweder sah sie genauso aus wie Maddie oder wie der komplette Gegensatz. Maddie würde es schmeichelnder finden, wenn er die gegensätzliche Nummer gezogen hätte. Eine weitere blauäugige Brünette würde andeuten, dass sie nur zum selben Typ Frau gehörte, wohingegen eine zerbrechliche Blondine nahelegte, dass er nie ganz über sie hinwegkommen würde, dass sie auf ewig bei ihm bleiben würde, ungefähr so wie Windpocken.

Er bestand tatsächlich darauf, sie nach Hause zu begleiten, und sie spielte mit der Idee, ihn mit nach oben zu nehmen und ihm zu zeigen, was ihr Körper in den vergangenen Monaten gelernt hatte. Die Versuchung, ihn als ihren Besitz zu markieren, war groß. Doch auch unfair und kleinkariert, das wusste sie.

»Du wirst einen Anwalt brauchen«, sagte er. »Ich werde die Kosten übernehmen. Und es wird alles ganz einfach sein, das verspreche ich. Ich verhalte mich dir gegenüber anständig.«

Natürlich wirst du das. Ali ist begierig, zu heiraten. Ich bin im Vorteil.

Doch sie würde ihre Macht nicht ausnutzen. Sie gab ihm einen höflichen Kuss auf die Wange und dachte bei sich, dass sie ein merkwürdiges Trio abgeben würden. Vielleicht auch ein Quartett, und bei dem Gedanken daran, wie Milton und Ali, Maddie und Ferdie an allen Wegmarken von Seth auftauchen würden, musste sie lächeln. Highschool-Abschluss und Abschlussball. Collegeabschluss, Hochzeit, Enkelkinder. All die Dinge, die noch kamen. Natürlich würde Ferdie nicht bei ihr sein. Möglicherweise irgendwann ein anderer Mann, wenn es das war, was sie wollte. Was wollte sie?

Sie würde jetzt Geld haben. Nicht viel, aber genug. Sie könnte sich eine bessere Wohnung suchen, und vielleicht auch einen neuen Job, in dem es Aufstiegschancen gab.

Als Milton sich verabschiedete, kehrte für einen kurzen Moment sein alter, schmachtender Blick zurück. Doch darin lag auch Verwirrung. Er kannte sie nicht mehr. Verständlich. Sie kannte sich auch nicht mehr.

Oktober 1966

Ausgerechnet an Halloween brach sie zusammen. Ein Halloween ohne Kinder, die Süßes oder Saures forderten. An der Ecke Mulberry und Cathedral hätte es genauso gut ein weiterer Montagabend sein können. Der einzige Lichtblick war Ferdie, der zwar von den belanglosen Angriffen des Tages auf Recht und Ordnung erschöpft war, doch auch für etwas brannte.

»Ich hab heute mit Pomerleau gesprochen. Nur im Vorbeigehen. Er hat den Bezirk besucht.«

»Du meinst den neuen Hauptkommissar?« Es gab mal eine Zeit, da hätte Maddie ein solches Detail nichts gesagt. Doch inzwischen las sie die Zeitung von vorne bis hinten. Las auch die Konkurrenz. Ihr Kopf war voll mit den Nachrichten des Tages.

»Er hat verkündet, dass wir diesen Monat unterm Strich einen Zuwachs an Männern hatten. Das ist nach über einem Jahr, in dem die Anzahl der Pensionierungen und Kündigungen höher war als die Neuzugänge, eine klare Trendwende. Jetzt wird er anfangen, schwarze Cops zu befördern. Es wird sich manches ändern, Maddie. Ich könnte Detective werden, und das schon bald. Vielleicht sogar in der Mordkommission. Schon seit längerem bearbeite ich dort einen der Typen. Er vertraut mir. Er erzählt mir Sachen.«

»Das ist schön«, sagte sie geistesabwesend. Diese Unterhaltung kam ihr allmählich so vor wie die Gespräche, die Milton und sie damals geführt hatten. Und das war nicht gut.

Doch der Sex im Anschluss daran war gut, also beschloss sie, sich keine Gedanken zu machen. Genau genommen schienen

Ferdies Karriereträume den Sex noch besser zu machen, als wäre er in seiner eigenen Vorstellung ein anderer Mann, und sie damit automatisch neu für ihn und er neu für sie.

»Detective«, gurrte sie an irgendeiner Stelle und es erregte ihn. Seine Augen weiteten sich, und ohne groß zu fragen, ob sie das auch wollte, drehte er sie auf den Bauch und benutzte den Gürtel des Bademantels, um ihr die Hände auf den Rücken zu fesseln.

»Sie haben bereits eine Verwarnung wegen Ladendiebstahl, Miss«, sagte er. »Jetzt muss ich Sie festnehmen.«

Im Schlafzimmer hatten zwischen ihnen schon immer Rollenspiele stattgefunden, vermutlich weil es außerhalb des normalen, anständigen Lebens lag. Sie konnten es sich leisten, verrückt zu sein, jene Seiten an sich zu zeigen, die noch niemand gesehen hatte.

»Ich tue alles«, sagte sie. »Alles.«

Und dem war so. Dies war eine der Seiten ihres Lebens, die sich weiterentwickelte, veränderte und wo sich ihr Potenzial entfalten konnte. Die Nacht war kühl, doch nachdem sie fertig waren, mussten sie duschen. Sie quetschten sich gemeinsam in die lächerlich kleine Nasszelle, fingen wieder von vorne an und mussten nach der Dusche gleich wieder duschen. Es war bereits zwei Uhr morgens, als sie endlich kurz davor standen einzuschlafen. Zumindest sie begann einzudösen. Ferdie hingegen war hellwach.

»Mein Freund bei der Mordkommission hat mir etwas über Tessie Fine erzählt.«

»Was denn?«

»Sie sind ziemlich sicher, dass sie endlich wissen, wer der Komplize ist. Die Frau, die gekommen ist, um ihn abzuholen.«

»Welche Frau?«

»Seine Mom, Maddie. Sie glauben, er hat seine Mom angerufen und dass sie gekommen ist und ihn abgeholt hat. Doch das Einzige, was die Detectives beweisen können, ist, dass er seine Mutter von der Zoohandlung aus angerufen hat. Die Aussagen der beiden, er habe nur angerufen, um Bescheid zu sagen, dass es später würde, stimmen überein. Dabei bleiben sie unerschütterlich. Die Detectives haben ihn hart bedrängt, und jetzt ist er bereit, sich schuldig zu bekennen, allerdings nur zu Totschlag. Natürlich kann es keinen Deal geben.«

Sie setzte sich im Bett auf. »Das ist eine Mordsstory.«

Ferdie packte ihren Arm, als würde sie jeden Moment zur Tür stürzen. »Nein, Maddie. Nein. Darüber kannst du nichts schreiben. Man würde sofort wissen, dass es von mir kommt.«

»Du hast mir den Tipp mit Ludlow gegeben.«

»Das war was anderes.«

»Inwiefern?«

Sein Blick glitt von ihr ab. »Das hätten dir ein Dutzend Leute erzählen können. Und niemand weiß von uns.«

Maddie dachte an Dillers feindseligen Blick im Büro des Lokalchefs.

»Wenn damals niemand über uns Bescheid wusste, dann weiß auch jetzt keiner von uns. Daran hat sich nichts geändert. Das sind sensationelle Nachrichten. Die Mutter vertuscht das Verbrechen des Sohnes.«

»Sie versucht nicht, ihn zu decken. Sie versucht, ihren eigenen Hals aus der Schlinge zu ziehen. Und bisher spielt ihr Sohn dabei mit.«

»Könnte ich sagen, dass die Polizei den schon seit langem flüchtigen Komplizen identifiziert hat?« Im Kopf schrieb sie die Story bereits.

»Nein, Maddie.« Seine Stimme war scharf, fast wie ein Aufschrei. »Diese Informationen sind unter Verschluss gehalten worden. Sie werden wissen, dass ich es war. Du kannst nicht darüber schreiben.«

»Aber – Tessie Fine war mein Mord. Ich hab sie gefunden.«

Er stand auf und begann, sich anzuziehen. Normalerweise wartete er, bis sie eingeschlafen war, und ging erst dann.

»Ich weiß nicht, was das ist, Maddie, diese Sache mit dir und den Toten, aber es läuft aus dem Ruder. Kannst du dir nicht einen anderen Weg suchen, um weiterzukommen?«

»Und was ist mit dir? Du bist doch hier derjenige, der Detective bei der Mordkommission werden will.«

»Verstehst du überhaupt, wie viel mir das bedeutet? Ich bin vor fast zehn Jahren zur Polizei gekommen. Es gibt keine Aufstiegsmöglichkeiten, nicht wirklich. Beziehungsweise, bis Pomerleau vor einem Monat anfing, gab es keine. Das wird sich jetzt ändern, Maddie. Es war hässlich dort, ein Ort, an dem Schwarze nicht weiterkamen. Ich weiß nicht, ob du das Gefühl kennst, einen Traum zu haben. Ich würde nie etwas tun, bei dem ich deinem Traum im Wege stehe. Diese Informationen dürfen dieses Zimmer nicht verlassen.«

»Sie sind jetzt in meinem Kopf. Und ich kann sie nicht einfach vergessen. Sie gehen dorthin, wo ich hingehe.«

»Du weißt, was ich meine. Du darfst es niemandem erzählen. Hör zu, wenn ich herausfinde, dass es einen Durchbruch gibt, wenn sie kurz davor sind, sie festzunehmen, irgendwie so etwas – dann sage ich es dir. Bis dahin aber kannst du nicht darüber schreiben.«

Wohlüberlegt sagte sie: »Ich werde nichts über die Entwicklungen bei der Polizei schreiben.«

»Sei nicht so spitzfindig, Maddie.«

»Bin ich gar nicht«, sagte sie. »Ich verspreche – ich werde nichts schreiben, was man zu dir zurückverfolgen könnte.«

Keine achtzehn Stunden später klopfte sie an die Tür einer weiteren Mutter.

November 1966

Was haben Sie sich nur dabei gedacht?, wurde Maddie in den Wochen nach ihrem Besuch bei Angela Corwin am Nachmittag des 1. November oft gefragt. Kann man diese Frage überhaupt so stellen, dass sie offen und nicht anklagend klingt? Hat jemand je Was haben Sie sich nur dabei gedacht? als Einleitung zu einem Kompliment gefragt? Maddie glaubte, nicht, nein. Dennoch erzählte sie, mehr oder weniger, die Wahrheit:

»Ich dachte, Mrs. Corwin würde vielleicht mit mir sprechen, von Mutter zu Mutter, auf eine Art, wie sie bisher vielleicht noch nicht mit den Detectives gesprochen hatte.«

Das stimmte. Zumindest fast. Sie hatte sich eingeredet, es wäre Ferdie gegenüber kein Vertrauensbruch, wenn sie Mrs. Corwin dazu bekäme, ihr gegenüber ein Geständnis abzulegen, oder wenn ihr zumindest versehentlich etwas herausrutschte. Sie war nicht sicher, ob Ferdie das genauso sehen würde, glaubte aber, sie könnte ihn im Zweifelsfall davon überzeugen. Der Sohn hatte mit ihr kommuniziert. Warum nicht die Mutter? Maddie hatte die Leiche von Tessie Fine gefunden. Sie hatte den Mörder dazu gebracht, ihr ein Detail zu verraten, das er während des Polizeiverhörs verschwiegen hatte, genau das Detail, das zur Jagd auf seinen Komplizen geführt hatte. Ständig stahlen die Leute ihr die Story – ihre Storys. Das hier würde ihre eigene werden.

Zunächst schien alles gut zu laufen. Mrs. Corwin war eine winzige Frau mit reizenden Manieren. »O ja, ich erinnere mich an Ihren Namen«, sagte sie. Sie bat Maddie einzutreten und fragte, ob sie Kaffee oder Tee wünsche. Sie stellte einen

Teller Kekse auf den Tisch, Kekse aus einer Bäckerei. »Von Bauhof's in Woodlawn«, sagte sie. »Die lassen Silber's alt aussehen.« Maddie nahm sich einen rosa-weißen Keks. Er war köstlich. Wenn Woodlawn nicht so weit entfernt wäre und sie immer noch Gäste bewirten würde, hätte sie diese Kekse angeboten und so getan, als wären sie selbstgebacken.

»Ich liebe meinen Sohn«, sagte Mrs. Corwin, »aber er ist ziemlich verrückt, wissen Sie. Geistesgestört. Doch sie werden ihn nicht auf Unzurechnungsfähigkeit plädieren lassen. Sie wollen nicht, dass die Information durchsickert.«

»Welche Information?«

»Über die Experimente in Fort Detrick.«

»Ah ja, Bob Bauer hat darüber berichtet. Operation Whitecoat.« Sie wies nicht darauf hin, dass dies bedeutete, die Information war bereits durchgesickert und die Welt wusste von den Bazillen-Experimenten.

»Er war Wehrdienstverweigerer. Wir sind Siebenten-Tags-Adventisten.« Sie nippte an ihrem Tee. »Aber wir haben nichts gegen Juden.«

Maddie wusste nicht, ob das an sie gerichtet war, sich auf Tessie Fine bezog oder beides.

»Also haben Sie keine Zweifel daran, dass Ihr Sohn sie umgebracht hat.«

»Ich möchte mit einer Fremden nicht schlecht über Stephen reden.«

»In seinen Briefen an mich hat er seine Schuld nicht eingestanden. Gerade eben erst habe ich gehört, dass er auf Totschlag plädieren will, doch davon will man nichts wissen, weil er die Leiche versteckt hat.«

»Nein, natürlich nicht. Sie sind fest entschlossen, ihn als Lügner hinzustellen, wenn Sie mich fragen. Sie haben das Gesuch auf geistige Unzurechnungsfähigkeit abgewiesen, weil er angeblich die Voraussetzungen nicht erfüllt, obwohl er eindeutig verrückt ist. Also sagt er weiter einfach das, was sie von ihm hören wollen, doch es ist nie gut genug. Ich sage das jetzt wirklich nur sehr ungern, aber – mein Stephen war nie besonders helle. Das war eine solche Enttäuschung für mich. Ich war auf der Woodland Highschool und hatte nur Bestnoten.«

Maddies Augen weiteten sich, als wäre das eine außergewöhnliche Leistung.

»Die Gene seines Vaters waren – nun, nicht das, was ich erwartet hatte. Ganz und gar nicht. Dann hat er uns verlassen. Das war fast eine Erleichterung. Doch jedes Mal, wenn ich Stephen ansehe, sehe ich ihn vor mir. Wie merkwürdig, dass ich einen Rotschopf geheiratet habe, obwohl ich mir gar nichts aus ihnen mache. Ich glaube, das ist passiert, weil ich als Kind von einer roten Tabby-Katze gekratzt wurde. Meine Familie war sehr wohlhabend.«

Maddie ließ die Frau reden, reden, reden, obwohl sie schon bald verzweifelt die Hoffnung aufgab, dass Mrs. Corwin je etwas Relevantes von sich geben würde. Ihre Stimme war seltsam hypnotisch – piepsig, aber auch leise. Es war, als hörte man einer Maus zu. Einer geschwätzigen Maus.

Nach einer sehr verwirrenden Geschichte über das Golfspiel ihres Vaters im Forest Park – »Wir konnten uns einen Privatclub leisten, doch er war ein großer Verfechter des Egalitarismus, wenn man von Geburt an aus hochherrschaftlichem Hause kommt, macht man sich darüber keine Gedanken« –, versuchte Maddie, dazwischenzugehen.

»Wissen Sie, die denken immer noch, Ihr Sohn hätte einen Komplizen. Wenn sie diese Person finden könnten, würde dies Ihrem Sohn ein Druckmittel geben. Oder der Komplize hätte ein Druckmittel. So wurde es mir erklärt.«

»Stephen hatte doch noch nicht mal Freunde, es fällt mir schwer zu glauben, dass er jemanden gefunden haben soll, der ihm geholfen hat.«

»Er hat doch hier angerufen, oder? Am Nachmittag des Mordes an Tessie Fine?«

Die Frau wurde schmallippig. In ihrem ganzen Leben hatte Maddie diesen Ausdruck nie richtig verstanden, doch jetzt sah sie es, an der Art, wie Mrs. Corwins Lippen sich zusammenzogen.

»Wie sind Sie an diese Informationen gekommen? Hat die Polizei wieder ihre Version verbreitet?«

Maddie dachte daran, dass sie vorsichtig sein und die Polizei außen vor lassen musste. »Ein Vögelchen hat es mir geflüstert. Ein kleiner Vogel von *C&P Telephone.*« Dann, sanft, als wollte sie eine Entschuldigung anbieten: »Sie waren es, Mrs. Corwin, nicht wahr? Die Stephen geholfen hat?«

»Hat mein Junge mit Ihnen geredet?«

»Was? Nein, nie. Ich meine, er hat mir letztes Frühjahr ein paar Briefe geschrieben, hat aber dann den Kontakt abgebrochen, als sie veröffentlicht wurden.«

»Ja, er hat Ihnen geschrieben. Und deswegen steckt er nun in dieser Klemme. Es gab keinen Komplizen. Er hatte an jenem Tag den Wagen. Ich weiß nicht, warum er deswegen immer noch lügt. Er hat etwas sehr Böses getan, und nun muss er sich dem stellen. Es ist nicht wirklich sein Fehler. Die Experimente –«

»In Fort Detrick.«

»Ja.« Sie blickte auf den Teller. »Ich werde noch ein paar Kekse holen, die Sie mit nach Hause nehmen können, Miss Schwartz.«

»Mrs.« Maddie fragte sich, ob sie das noch war oder noch sein würde. Schon bald würde sie geschieden sein. Wie nannten die Leute geschiedene Ladys? Auf jeden Fall würde es eine neue Mrs. Milton Schwartz geben. Ali, wofür das auch immer stehen mochte. Es musste eine Abkürzung sein.

Mrs. Corwin kam mit einer weißen Bäckerei-Pappschachtel zurück, die mit rot-weißem Band verschnürt war. »Oh, so viele kann ich doch nicht mitnehmen …«, sagte Maddie und hob protestierend die Hand, aber Mrs. Corwin schob ihr nachdrücklich die Schachtel entgegen. Es fühlte sich fast so an, als versuchte die Frau ihr mit der Schachtel in die Magengrube zu boxen, nur, um sie dann fallenzulassen. Warum war die Schachtel denn jetzt rot? Wie war die Farbe auf die Schachtel gekommen?

Dann sah sie ein Steakmesser in Mrs. Corwins winziger Faust. Es war nicht groß, aber groß genug. Die Frau versuchte vergebens, ein zweites Mal zuzustechen, diesmal in Maddies Brust. Sie schaffte es, Mrs. Corwins Hand abzuwehren, packte ihr Handgelenk und drehte es, sodass das Messer zu Boden schepperte. Mrs. Corwin schrie vor Schmerz auf. *Warum schreist du, wo ich doch diejenige bin, die niedergestochen wurde?*, dachte Maddie. Sie erlebte ein für sie völlig neues Gefühl – eine hochaufgeladene Energie, eine Klarheit der Gedanken. Ihr wurde bewusst, dass sie eigentlich Schmerz empfinden müsste, doch da waren keine Schmerzen.

Zwischen den Schreien spuckte und zischte sie Worte heraus. »Dumm, dumm, dumm. Ich war nur nett, hab ihm geholfen, das Mädchen von seinem Leiden zu befreien. Ich versuche nur, nett zu Ihnen zu sein.«

Gütiger Gott, die Mutter hatte ihn *instruiert.* War es möglich, dass sie sogar …

»Genau wie die Hühner auf Tantchens Farm, genau wie die Hühner auf Tantchens Farm, wo lag denn da das große Problem? Einfacher als bei Hühnern, weil Hühner vor einem weglaufen, vorher und nachher.«

Wenn sie genug Zeit hätte, würde diese Frau sie umbringen, da hatte Maddie keine Zweifel. Sie musste hier weg, nur wie? Konnte sie rennen? Sie fühlte sich, als könnte sie. Sie fühlte sich, als könnte sie rennen, Berge erklimmen und tun, was immer sie tun musste, um zu überleben.

Zu ihrer Verwunderung gab sie der Frau jedoch zunächst eine kräftige Ohrfeige und schrie ihr ins Gesicht: »Schäm dich!« Wo war das Telefon? Gab es ein Telefon? Natürlich gab es ein Telefon, Stephen Corwin hatte an dem Tag seine Mutter aus der Zoohandlung angerufen.

Sie schubste die Frau mit ungeheurer Kraft von sich, heftig genug, dass sie mit dem Rücken flach auf den Boden fiel, und stürzte dann in die Küche, wo sie einen Stuhl unter den Türknopf schob und die Null wählte.

»Schicken Sie die Polizei, schicken Sie die Polizei!«, keuchte sie. »Eine Frau versucht mich umzubringen.« Man fragte nach der Adresse, und sie hatte einen Filmriss, doch dann erinnerte sie sich. Noch während sie sprach, wühlte sie in den Schubladen nach einem eigenen Messer. »Ein Messer«, sagte sie dem Telefonisten. »Sie hat mit einem Messer auf mich eingestochen.«

Sie hörte, wie draußen ein Wagen angelassen wurde, blinzelte durchs Fenster und sah Mrs. Corwin hinter dem Lenkrad eines älter aussehenden Wagens sitzen. Sie wirkte komisch klein. War Maddie in Sicherheit? Vermutlich, ja. Als die Polizei eintraf – ob Sekunden, Minuten oder Stunden später, konnte sie nicht sagen –, war der Adrenalinschub, der sie gerettet hatte, längst verebbt. Sie drückte sich ein Geschirrtuch auf den Bauch und sah zu, wie das Blut heraussickerte. Ich werde das überstehen, dachte sie. Sie war fast sicher, dass alles gut ausgehen würde.

Dann: *Sie hat es getan. Sie hat so gut wie gestanden. Selbst wenn Stephen dem Mädchen den Hals umgedreht hat, dann nur deshalb, weil sie's ihm befohlen hat. Tessie Fine war noch am Leben, als die Mutter dort eintraf.*

Die Polizei würde im Krankenhaus mit ihr reden. Sie würde ihnen sagen müssen, was passiert war und was Mrs. Corwin ihr gesagt hatte. Und dann? Sollte sie den *Star* anrufen und denen mitteilen, was sie erfahren hatte?

Nein, dachte sie. Dann sagen sie ihr nur wieder, sie solle mit dem Redakteur reden.

November 1966

Sie brachten sie ins Sinai, dasselbe Krankenhaus, in dem sie Seth zur Welt gebracht hatte. Milton bestand darauf, dass man sie über Nacht dortbehielt, und Maddie war vor Dankbarkeit den Tränen nahe, dass er da war und die Sache in die Hand nahm. Wenn sie stattdessen auch nur eine Nacht bei ihm zu Hause in Pikesville verbracht hätte, hätte das die Uhr für ihre rechtmäßige Scheidung zurückgedreht und damit seine Heirat mit Ali Sowieso hinausgezögert. Das hatte er gewusst, erfuhr sie später. Aber selbst als sie das begriff, war es ihr gleichgültig. Sie hätte sowieso nicht bei ihm in Pikesville sein wollen. Doch um allein in ihrer Wohnung zu sein, war sie körperlich und seelisch noch zu labil.

Sie wurde in ein Einzelzimmer mit eigenem Fernseher verlegt und schaute den Abend lang zu, wie die Geschichte sich weiterentwickelte. Mrs. Corwin war nicht sehr weit gekommen; sie hatte ihren Wagen auf dem Northern Parkway zu Schrott gefahren. Weil sie Maddie niedergestochen hatte, saß sie nun in Haft, und man ging davon aus, dass sie wegen ihrer Rolle im Mordfall Tessie Fine vor Gericht gestellt werden würde. Sie war die Komplizin ihres Sohnes, und sie hatte auf Maddie eingestochen, weil sie annahm, ihr Sohn hätte es Maddie erzählt.

Es war eine große Genugtuung, ihren Namen aus Wallace Wrights Mund zu hören. Er beschrieb sie als Reporterin im Einsatz. Nicht ganz korrekt, aber was machte das schon. Sie hatte sich selbst beauftragt. Sie hatte ihr Versprechen gegenüber Ferdie nicht gebrochen. Der Herausgeber der Zeitung rief persönlich an, dienstbeflissen wie immer, und machte deutlich, dass er von Maddie erwartete, dem *Star* einen Exklusivbericht zu liefern, sobald sie genesen war.

»Wir brauchen einen Bericht aus erster Hand«, sagte er. »Auge in Auge mit einer Mörderin. Ich könnte Sie jetzt direkt zum Redakteur durchstellen, oder morgen früh, wenn Sie jetzt schlafen müssen …«

Doch Maddie war inzwischen ein alter Hase darin, Männern nichts zu versprechen, und glitt mit gewohnter Anmut durch das Telefonat. »Ich werde mich melden, sobald ich mich dem gewachsen fühle«, sagte sie.

Sie war ehrlich erschöpft, und doch konnte sie nicht einschlafen. Es war fast Mitternacht, als sie die Augen schloss. Ein paar Stunden später erwachte sie desorientiert aus einem gottlob traumlosen Schlaf. Wo war sie? Was war los? Sie war im Krankenhaus. Man hatte auf sie eingestochen. Sie hatte der Polizei geholfen, die Mittäterin zu finden, eventuell sogar die Täterin. Da jetzt beide in Haft saßen, konnte die Polizei die eine unter Druck setzen, damit sie kooperierte, um so für den anderen die Todesstrafe zu erwirken. Die Mutter wäre bestimmt froh über den Tod ihres Sohnes und würde, ohne mit der Wimper zu zucken, auf den Handel eingehen, wenn es für sie von Vorteil wäre. Wie widernatürlich sie war, doch andererseits – was war schon natürlich? Man könnte auch sie, Maddie, widernatürlich nennen, wenn Seth irgendwann etwas in den Sand setzen sollte. *Was kann man schon erwarten, wenn einen die Mutter mit sechzehn verlässt und sich aus dem Staub macht?*

Sie hatte nur genäht werden müssen, denn Mrs. Corwin war keine versierte Angreiferin gewesen. Es würde eine unschöne Narbe zurückbleiben – Maddie dachte an Ferdie und seinen runden Bauchnabel –, doch die würde ja selten jemand sehen. Acht Tage vor ihrem achtunddreißigsten Geburtstag hatte Maddie die Zeit zweiteiliger Badeanzüge bereits hinter sich gelassen, von Bikinis ganz zu schweigen.

Jemand war im Zimmer. Eine Krankenschwester? Nein, eine Schwarze, die am Müll herumfummelte. Wie rücksichtslos, dachte Maddie. Der Müll könnte doch bestimmt bis morgen warten.

Die Frau wandte sich zu ihr um und sagte: »Was hast du nun schon wieder angestellt, Madeline Schwartz?«

»Maddie«, korrigierte sie automatisch, unsinnigerweise. »Nur meine Mutter nennt mich Madeline. Kenne ich Sie?«

»Nein, aber nicht, weil du es nicht genug versucht hättest.« Die Frau saß auf dem Besucherstuhl aus Resopal, auf dem keine sechs Stunden zuvor noch Milton gesessen hatte. Selbst im Halbdunkel konnte Maddie sehen, dass die Frau, deren schlanke Gestalt sackartig von einer trostlosen Uniform umhüllt war, eine fabelhafte Figur hatte sowie helle Augen unter dunklen Wimpern.

»Wer sind Sie?«

»Ich war Cleo Sherwood.«

Maddie halluzinierte. Oder träumte. Sie kniff sich unterhalb des Ellenbogens ein paar Mal in den Arm. Doch die Frau verschwand nicht. Als Maddies Augen sich an das Halbdunkel gewöhnt hatten, konnte sie das Gesicht deutlicher erkennen.

»Cleo Sherwood ist tot.«

»Ja, ist sie und wird sie für immer bleiben. Aber, meine Güte, du konntest sie einfach nicht in Ruhe lassen, oder?«

»Ich verstehe nicht –«

»Nein, tust du nicht. Du verstehst es nicht, du raffst es nicht. Du begreifst gar nichts und wirst es auch nie.«

»Ich wollte doch nur wissen, wer Sie umgebracht hat, wie Sie in den Brunnen der Fontäne gekommen sind. Als mir klar wurde, wessen Freundin Sie waren –«

»*Wessen.*« Das wiederholte Wort fühlte sich an wie ein Vorwurf. Aber, was genau warf man ihr vor?

»Wer hat Sie umgebracht?«

»Shell Gordon hat angeordnet, mich umbringen zu lassen.

Denn es war der einzige Weg, mich davon abzuhalten, die zweite Mrs. Taylor zu werden. Denn genau so wär's gekommen. Ezekiel – nicht EZ, niemals EZ, nicht für mich – war der Sitz im Senat egal. Auch Shell war ihm egal, und das war das eigentliche Problem. Es war eine Sache, mit Hazel verheiratete zu sein, und nebenbei allem in Baltimore nachzustellen, was einen Rock trug. Aber die wahre Liebe finden? Zu wissen, was Glück bedeutet? Das hat Shell innerlich zerfressen. Ezekiel würde sein Leben mit mir teilen, und es gab keinen Job und keine Frau, die Shell hätte vor seiner Nase baumeln lassen können, die seine Meinung geändert hätte.«

Maddie erinnerte sich an Judiths lässig hingeworfene Worte. *Sie sagen auch, Shell Gordon sei ein Baltimore-Junggeselle, was auch immer das heißen soll.*

»Er hat Tommy befohlen, Sie umzubringen. Aber wen hat Tommy umgebracht? Wessen Leiche lag in dem Brunnen?«

»Die meiner Mitbewohnerin, *Laetitia*. Aber Tommy hat sie nicht umgebracht. Sie hat zwei Tage nach Weihnachten eine Überdosis genommen. Also haben wir ihr meine Kleider angezogen, allerdings nicht meine Lieblingssachen, haben getan, was getan werden musste und sie an einem Ort deponiert, wo sie eine Weile nicht gefunden werden würde.«

Selbst in ihrem vernebelten Zustand fand Maddie die Geschichte nicht ganz rund. Wenn Thomas Ludlow von Shell Gordon den Auftrag bekommen hatte, Cleo umzubringen, warum hatte er dann nicht einfach behauptet, er hätte es getan und Cleo laufen lassen? Warum musste es denn überhaupt eine Leiche geben?

»Wer sind Sie wirklich?«

»Nun, ich bin Laetitia Tompkins. Ich bin während der Feiertage durchgebrannt und habe meiner Mitbewohnerin aus Elkton ein Telegramm geschickt. Seitdem lebe ich in Philly. Nah genug, um von Zeit zu Zeit heimlich herzukommen, nur um einen Blick auf die Menschen zu werfen, die ich zurückgelassen habe. Ich dachte, ich könnte es ihnen eines Tages erzählen. Aber nein. Es ist alles aus dem Ruder gelaufen. Jetzt sitzt mein Vater im Gefängnis, wo er vermutlich sterben wird. Nett zu wissen, dass er mich doch geliebt hat, aber es herauszufinden, war ein Weg durch die Hölle.« Pause. »Und du bist schuld.«

»Ich habe doch nichts anderes getan, als eine Story zu schreiben. Irgendjemand hätte sowieso darüber geschrieben.«

»Stimmt. Aber du hattest bereits so viel Staub aufgewirbelt. Bist zu der Hellseherin gegangen. Hast vor meinen Jungs mit meiner Mutter gesprochen.«

Maddie fühlte sich immer noch, als würde sie träumen. Doch manchmal kann man auch in Träumen klar denken.

»Tommy konnte das nicht wissen. Das über Ihre Eltern. Und es besteht kein Zweifel, dass sie Sie für tot halten. Doch jemand anderes weiß es. Ihre Schwester, die bei Ihnen zu Hause wohnt?«

»Du hättest mich in Ruhe lassen sollen. Das war alles, was ich wollte. Du kannst einfach nichts auf sich beruhen lassen. Wer war ich denn schon für dich? Die Lady im See? Nun, ich war keine Lady, und ich war nie in einem See. Alles, was du geschrieben hast, war eine Lüge, ob du es nun wusstest oder nicht. Zumindest quälst du jetzt andere Menschen. Lass mich in Ruhe, Maddie Schwartz. Ich warne dich.«

»Warum brauchten Sie eine Leiche? Warum konnte Tommy Shell Gordon nicht einfach sagen, dass Sie für immer fort wären, irgendwo begraben, wo niemand Sie je finden würde?«

»Ich habe nicht gesagt, dass wir eine brauchten. Ich sagte, wir hatten eine, und wir haben sie benutzt.«

Maddie grübelte über den zufälligen Tod von Laetitia, dem Mädchen, das niemand vermissen würde. Vielleicht hatte Thomas Ludlow tatsächlich etwas zu beichten. Vielleicht hatte er Cleo genug geliebt, um das zu tun, was auch immer notwendig gewesen war.

Oder hatte Cleo Laetitia umgebracht, ohne die Sache richtig zu durchdenken, und dann in ihrer Panik Tommy angerufen? Es schien nach wie vor selbst für zwei Leute unmöglich, eine unbewegliche Leiche erst über den Zaun zu transportieren, dann über den See und nach oben und in den Brunnen. Aber – eine Verabredung zu viert, ein scheinbar spontanes Wagnis. *Lass uns rüber zur Fontäne rudern, hochklettern und von dort die Lichter der Stadt anschauen.* Vielleicht war Cleo an jenem Abend mit dem Mann ausgegangen, den Thomas Ludlow beschrieben hatte, aber vielleicht hatte sie Ludlow mit Laetitia verkuppelt. Vielleicht waren es auch nur sie drei.

»Aber –«

»Adieu, Maddie Schwartz.«

Maddie sah fast verwundert zu, wie die Frau sich erhob, ihrem langen, wunderschönen Körper gestattete, die zusammengesunkene Haltung einer Reinigungskraft einzunehmen und auf den Flur hinauszuschlurfen. Maddie hätte alles Recht der Welt, sich am nächsten Morgen zu fragen, ob es nur ein Traum gewesen war. Doch es war die Wahrheit. Cleo Sherwood war am Leben, und Maddie konnte es niemals jemandem erzählen.

Als sie wieder zurück in den Schlaf sank, registrierte sie, dass die Krankenhauswände hellgrün waren, und der Resopalstuhl gelb.

November 1966

Noch vor ihrem achtunddreißigsten Geburtstag war Maddie wieder zu Hause. Sie erwartete Ferdies Besuch und war neugierig, wie das versprochene Geschenk aussehen würde, doch er kam nicht. Vielleicht war ihm nicht klar, dass sie schon wieder in ihre Wohnung zurückgekehrt war.

Thanksgiving kam und ging, mit neunzehn Grad irritierend warm. In New York führten die ungewöhnlichen Temperaturen zu einem bizarren Smog-Ereignis, das eine Decke aus dichtem, schwärzlichem Dunst über die Stadt legte, bis eine Kaltfront sie auflöste. Am letzten Novembersonntag war das Wetter wieder normal und die Temperaturen spätherbstlich. Doch in Maddies Wohnung im zweiten Stock war es von jeher sehr warm, also schlief sie weiter bei leicht geöffnetem Fenster. Zumindest redete sie sich das ein.

Sie schlief noch nicht, tat jedoch so, als sie hörte, wie gegen zehn Uhr abends das Fenster aufgeschoben wurde.

Nur, dass Ferdie nicht wie gewöhnlich zu ihr ins Bett kroch. Nachdem sie sich ein oder zwei Minuten schlafend gestellt hatte, schlug sie die Augen auf. Da war er, ohne Uniform. Er trug Hosen, einen Pullover mit V-Ausschnitt und darunter ein Hemd. Sein Haar war länger – oder voller. Es wuchs hoch, nach oben, nicht nach unten. Es stand ihm gut. Er sah aus wie der Boxer, dessen Foto Anfang des Monats in der Zeitung abgedruckt war und der in London eine atemberaubende Schauspielerin umarmt hatte, stellte Maddie fest.

»Wie oft habe ich dich schon wegen dieses Fensters gewarnt, Maddie.«

»Es wird hier oben doch immer so heiß.« Sie schob die Decke zur Seite und war froh, dass sie die Weitsicht besessen hatte, ein hübsches Nachthemd anzuziehen.

»Du warst ziemlich beschäftigt in letzter Zeit.«

»Ja, vermutlich«, sagte sie lachend, uninteressiert an einem Gespräch. Sie streckte die Arme nach ihm aus. Doch er blieb am Fenster stehen.

»Du hast es mir versprochen, Maddie. Du hast versprochen, nichts zu schreiben.«

»Ich habe versprochen, nichts zu schreiben, was auf dem basiert, wovon *du* mir erzählt hast. Und das habe ich auch nicht.«

»Klar, vielleicht glauben die Zeitungsleser, dass du zu ihr gegangen bist, um mit ihr zu reden – was habt ihr besprochen, so von Mutter zu Mutter? Niemand auf meinem Revier hat sich davon täuschen lassen. Sie wussten, dass jemand es dir gesagt haben musste. Ihnen war sofort klar, dass ich es gewesen sein musste.« Pause. »Dass wir zusammen waren.«

»Aber wie –«

»Irgendein anderer Cop hat mal gesehen, wie ich dieses Haus verlassen habe und dann in einem Streifenwagen weggefahren bin. Damit haben sie mich drangekriegt. Nicht, weil ich mit dir geredet habe, sondern wegen der unerlaubten Benutzung eines Streifenwagens. Ich und mein Freund in der Garage, bei dem ich mir nachts einen Streifenwagen ausleihen und ihn ein paar Stunden fahren durfte, bis er am nächsten Tag wieder eingesetzt wurde. Hast du dich je gefragt, wie ich nachts hergekommen bin, Maddie? Weißt du, wo ich wohne, wie weit das von hier ist, und dass mitten in der Nacht keine Busse fahren?«

»Du hast nie über dich reden wollen.«

»Vielleicht habe ich darauf gewartet, gefragt zu werden.«

Sie hatte versucht, ihm Fragen zu stellen, dessen war sie sich ziemlich sicher. Er war ihnen stets ausgewichen. War er?

»Ich dachte, du bist verheiratet.«

»Bin ich nicht.«

»Dass du andere Frauen hast.«

»Ich will ehrlich sein. Hatte ich. Zu Anfang. Aber dann – Maddie, ich liebe dich.«

Dazu hatte sie nichts zu sagen.

»Das ist vermutlich die Antwort darauf. Du liebst mich nicht.«

»Doch, tue ich, Ferdie. Aber du musst doch wissen, dass das nicht geht.«

»Weil ich schwarz bin.«

Ja und nein, dachte sie. Es war illegal, weil er schwarz war. Aber es war unmöglich, weil er jünger war. Weil er ein Cop war und sie Madeline Morgenstern Schwartz, und weil sie nicht für immer eine Bürokraft bei einer Zeitung bleiben würde. Sie könnte sich in der Öffentlichkeit mit – sie kramte in ihrem Hirn nach einem schwarzen Mann von Rang – Sidney Poitier zeigen. Mit Andrew Young. Mit Harry Belafonte Jr. Aber Ferdinand Platt war auf vielen Ebenen unmöglich, und die Hautfarbe war nur eine davon. Oder nicht?

»Das ist es nicht.«

»Weißt du, welcher Tag im letzten Jahr mein glücklichster war? Als wir zusammen bei dem Baseballspiel waren. Selbst wenn ich deine Hand nicht halten oder sie dir auf den Rücken legen konnte, als wir durch die Menge gingen. Einige Leute wussten, dass wir zusammen sind. Das habe ich an ihren Blicken gesehen. Die meisten Menschen konnten wir täuschen, aber nicht alle. Ich war so stolz, an deiner Seite zu sein. Ich liebe dich, Maddie.«

Sie konnte diese Worte nicht erwidern, obwohl es so einfach sein würde, und so wahr. Sie wäre nicht an sie gebunden, und doch konnte sie sie nicht aussprechen, noch nicht mal in der Vergangenheit. »Ich glaube nicht, dass ich erneut die Frau von irgendwem sein möchte, Ferdie. Ich möchte dich nicht verlieren, aber ich möchte auch mich selbst nicht verlieren.«

»Ich jedenfalls habe meinen Job verloren«, sagte er.

»Weil du nach Dienstschluss in einem Streifenwagen gefahren bist?«

»Sie haben mich kündigen lassen. Ich hätte bleiben können, doch dann hätte es für mich keinen Aufstieg mehr gegeben. Ich bin mit unserer Arbeit hausieren gegangen. Hätte damit fast einen Zivilisten umgebracht.«

Maddie brauchte einen Herzschlag, um zu begreifen, dass sie mit dem Zivilisten gemeint war. Sie hob ihr Nachthemd und zeigte ihm die ringförmige, wellige Narbe. Dann zog sie sich das Nachthemd über den Kopf.

»Maddie –«

»Es tut mir alles so leid. Es tut mir leid wegen des Jobs. Es tut mir leid –« Sie konnte ihm nicht sagen, was sie sonst noch alles bedauerte. Thomas Ludlow und Cleos Vater taten ihr leid. Sie bedauerte, dass Cleos Mutter nie erfahren würde, dass ihre Tochter noch am Leben war. Selbst Shell Gordon tat ihr leid, gefangen in so vielen Identitäten und nie in der Lage, das auszudrücken, wonach er sich wirklich sehnte, klein und gemein genug, um anderen verwehren zu wollen, was er niemals haben könnte. Ihr tat Laetitia leid, tot, ohne jemanden, der um sie trauerte, die als leichtsinniges Mädchen in die Geschichte eingehen würde, das durchgebrannt war und von dem man nie mehr etwas hörte. Mrs. Taylor tat ihr leid, die in ihrem wunderschönen Haus mit einem Mann zusammenlebte, der eine andere liebte. Cleos Kinder taten ihr leid.

Doch am meisten tat sie sich selbst leid. Weil sie, wie Ezekiel Taylor, kurz davor war, eine zweite Chance zu wahrer Liebe zu haben, aber nicht mutig genug, sie zu ergreifen.

»Wir hätten es nicht tun sollen«, sagte er. »Wir hätte erst gar nicht damit anfangen sollen.«

»Mein Ring wurde nicht gestohlen«, sagte sie. »Ich habe es getan, um das Geld von der Versicherung zu bekommen.«

»Ich weiß«, sagte er. »Ich habe dir von Tommy Ludlow

erzählt, weil wir hofften, du würdest dann aufhören. Shell hat Tommy befohlen, sich schuldig zu bekennen, damit du aufhörst.«

»Ich weiß«, sagte sie. Stimmte nicht.

Er kam ins Bett. Ein letztes Mal kam er zu ihr ins Bett, und zum ersten Mal blieb er bis zum Sonnenaufgang. Maddie begleitete ihn nach unten und gab ihm vor der Haustür einen Abschiedskuss, in Sichtweite der Kathedrale und erkennbar für jeden, der um sieben Uhr morgens auf der Mulberry Street unterwegs war.

Und dann ging sie zur Arbeit.

Der Frauenclub von Roland Park, Oktober 1985

Und nun zu unserer Referentin. Madeline Schwartz arbeitet seit 1966 beim *Beacon*, wo sie ihre Karriere mit einem erschütternden Bericht darüber begann, wie sie beinahe von Angela Corwin umgebracht wurde, die man später wegen des vorsätzlichen Mordes an Tessie Fine verurteilte, eines kleinen jüdischen Mädchens, das in der tropischen Zoohandlung getötet worden war, in der ihr Sohn gearbeitet hatte. Für seine Rolle in dem Verbrechen wurde Stephen Corwin zum Tode verurteilt, doch die Gesetzesänderung 1972 durch den Obersten Gerichtshof der USA wandelte alle Todesstrafen in lebenslängliche Freiheitsstrafen um. Schwartz fing beim *Beacon* als allgemeine Redakteurin an, wechselte dann ins Ressort Lokalpolitik, doch am besten ist sie für ihre Arbeit beim Feuilleton bekannt, zunächst als Reporterin für Hintergrundgeschichten, jetzt als Kolumnistin. Im Jahr 1979 war sie in der Kategorie ›Literarische Reportagen‹ für den Pulitzer-Preis nominiert.«

Maddie ging in Gedanken ihre Einleitung durch. Das hier war nicht das Manuskript, das sie vorgelegt hatte, so viel war sicher. Nahe dran, aber hier und da ausgeschmückt. Obwohl sie es gewesen war, die den *Star* aus ihrem offiziellen Lebenslauf gestrichen hatte. Sie hatte die Geschichte über Angela Corwin und ihren Beinahe-Tod genommen, sie für einen Job beim *Beacon* eingesetzt und nie mehr zurückgeblickt. Nach dem *Star* war der *Beacon* ein wenig verstaubt und langweilig, doch man war bereit, ihr eine Chance als Reporterin zu geben.

»Ich begrüße Sie«, sagte sie. »Und zu den ›Nominierten des Pulitzer-Preises‹ zu gehören ist eine sehr bemerkenswerte Art, zum Ausdruck zu bringen, dass man bei der Vergabe des Pulitzers zu den *Verlierern* gehörte.«

Vornehme Selbstironie war bei einem solchen Publikum beliebt, doch zu ihrem Brautjungfernstatus bei diesem Preis hatte sie stets ein zwiespältiges Verhältnis gehabt. Es nervte sie, dass sie in jenem Jahr nicht gewonnen hatte, dem ersten, in dem ein Preis für literarische Reportagen vergeben wurde. Und noch ärgerlicher war, dass der Preis an einen Kollegen bei der *Light* ging, der weniger manierlichen Schwester des *Beacon*. Er hatte über Gehirnoperationen geschrieben, während ihre Story sich um ein Kind mit einer seltenen Herzkrankheit drehte. »Hirn triumphiert über Herz, nehme ich an«, hatte Bob Bauer gesagt, als sie sich Ende jener Woche trafen, um etwas trinken zu gehen. Es lag ein Hauch von Neid in der Bemerkung; Bauer hatte alle Preise des Bundesstaates gewonnen und auch ein paar Landespreise, doch er war nie auch nur in die Nähe eines Pulitzers gekommen.

Maddie hatte ebenfalls fast alles gewonnen und hatte immer noch viele Jahre vor sich.

Als hoch gehandelte Kolumnistin war sie in den Mittagsrunden der Damenclubs sehr gefragt. Der *Beacon* verfügte über ein Redner-Büro und bezahlte seine Journalisten sogar für diese Präsentationen, da der Verlag darin ein probates Mittel sah, die Beziehungen zur lokalen Leserschaft zu festigen. Maddie hatte gelernt, so zu wirken, als würde sie ihre Reden aus dem Stegreif halten, ihre Geschichten dabei aber ausreichend zu variieren, damit man ihr nicht vorwerfen konnte, sie wären auswendig gelernt oder kämen aus der Dose.

»Ich werde oft gefragt« – eine Lüge, sie wurde nie gefragt –, »was Hintergrundgeschichten genau sind. Was macht einen Menschen interessant? Nun, ich glaube, dass eigentlich alle

Menschen interessant sind, wenn man weiß, wie man die richtigen Fragen stellt, und wenn man sich Zeit nimmt. Ich denke, ein guter Journalist sollte in der Lage sein, das Telefonbuch aufzuschlagen, mit dem Stift auf irgendeinen Namen zu tippen, denjenigen anzurufen und eine Story zu finden. Manchmal tue ich genau das.«

(Wieder eine Lüge, das hatte sie noch nie getan.)

Sie erzählte von ihrem letzten Triumph, einem Exklusivinterview mit den Eltern eines Kindes, das von einer als Krankenschwester verkleideten Frau aus dem Sinai-Krankenhaus entführt worden war, die einige Tage später geschnappt wurde, als sie versuchte, ein anderes Krankenhaus zu überreden, ihr eine Geburtsurkunde auszustellen. Die Eltern waren sehr verwundert, wie einfach sich jemand ins Sinai einschleichen konnte. Maddie erzählte nicht, dass es genau genommen recht simpel war. Eine Uniform und eine gebeugte Haltung war alles, was dafür nötig war.

»Das Gesetz verlangte von den Eltern, dass sie einen Elternschaftstest ablegen«, erzählte sie ihrem gebannten Publikum. »Doch der Richter blickte von dem pausbäckigen Baby zu seinem Vater und sagte: ›Ich glaube, wir alle wissen, wie das Ergebnis ausfallen wird.‹«

Sie kannte ihre Rede so in- und auswendig, dass sie sich fast loslösen und wie ein Geist über dem Geschehen schweben konnte. Selbst als sie die Geschichten über die Storys erzählte, die sie zu einer lokalen Legende machten – den leicht eingeschnappten Zeitungsstandbesitzer, den letzten Hutmacher der Stadt, das Wunderkind am Klavier –, dachte sie über die Geschichten nach, die nie geschrieben worden waren, die Menschen ohne ein Porträt. Ezekiel »EZ« Taylor zum Beispiel, der 1968 urplötzlich seine Reinigungskette verkaufte und als Grund die Unruhen und das Wetter nannte. Er sagte, er sei Asthmatiker und ihm sei geraten worden, wegen seiner Gesundheit weiter in den Westen zu ziehen, nach New

Mexico, um genau zu sein, doch seine Frau bliebe wegen ihres Engagements in der Kirche lieber in Baltimore. Hat EZ sich letztendlich auf die Suche nach Cleo gemacht? Eines war sicher: Nirgendwo in New Mexiko gab es einen Telefonbucheintrag auf den Namen Ezekiel Taylor. Das hatte Maddie mehrfach überprüft.

»Ich habe meinen Job beim *Beacon* bekommen, weil ich frech war und darauf bestand, dass ich die Reporterin war und nicht die Story. Es war für beide Seiten riskant, doch der Herausgeber meinte, er habe etwas in mir gesehen. Ich glaube, es war meine Bereitschaft, in der untersten Gehaltsstufe anzufangen.«

Es gab Tage, an denen Maddie an die reine Zufälligkeit der Ereignisse glaubte, daran, dass EZ wegen seiner Gesundheit nach New Mexico gegangen war und dass Shell Gordon, der immer noch nachtragend war wegen einer Frau, die er als Rivalin empfunden hatte, einen treueren Attentäter gefunden hatte, um den Job zu beenden, den Thomas Ludlow nicht zu Ende gebracht hatte.

Und dann gab es Tage, an denen sie glaubte, dass dieses ungleiche Paar sich irgendwo aufhielt, eventuell in New Mexico, möglicherweise aber auch nicht, und glücklich darüber war, dem Schicksal getrotzt zu haben. Nicht dem Schicksal von Cleos Tod, sondern der Unwahrscheinlichkeit, wahre Liebe zu finden, eine Liebe, die einen hält, die es wert ist, alles andere dafür aufzugeben.

»Zu einem der größten Einschnitte in meinem Reporterleben kam es, weil ich mich furchtbar verlaufen hatte, und das in meiner eigenen Heimatstadt …«

Sie hatte versucht herauszufinden, ob Cleos Söhne noch bei ihrer Großmutter lebten, doch die Familie war umgezogen, kurz nachdem Maddie zum *Beacon* gegangen war. In einen anderen Bezirk, meinte ein Nachbar. Aufs Land, sagte ein anderer. Sie konnte die Mutter nirgends finden, und Alice

Sherwood, Cleos Schwester, hatte ihr die Tür vor der Nase zugeschlagen, als sie versuchte, mit ihr zu sprechen.

»Natürlich erinnere ich mich auch an die, die davongekommen sind. Jedes Jahr schreibe ich einer gewissen Schriftstellerin aus Baltimore und bitte sie um ein Interview. Und jedes Jahr schickt sie mir eine höfliche Absage.«

Ferdie war reich geworden. Reich und fett, was sie verwunderte. Er hatte die Polizei verlassen und sich mit einem Sicherheitsdienst selbständig gemacht. Der Zeitpunkt war genau richtig, Verbrechen und Sicherheit beschäftigten die Gemüter. Er machte jede Menge Geld, heiratete, hatte drei Kinder und besaß am Ende mehr Einfluss in der lokalen Politik, als Shell Gordon oder Ezekiel Taylor es je hatten. Einmal hatte Maddie ihn wiedergesehen, auf der anderen Seite eines Raumes, bei einer großen Veranstaltung zur Sammlung von Wahlkampfspenden, wo er den Personenschutz des Kandidaten übernommen hatte. Selbst mit seinen zusätzlichen fünfundzwanzig Kilo war er noch ungeheuer attraktiv. Wenn er sie auch nur eines Blickes gewürdigt hätte, dann hätte sie sich mit ihm in ein Hinterzimmer verzogen. Doch seine Frau blieb dicht an seiner Seite und war sich ihres Schatzes wohl bewusst. Hätte Maddie damals in die Zukunft blicken und sehen können, was aus ihm werden würde – aber *nein*. Sie hatte recht gehabt, was sie selbst anging. Sie wollte nicht die Frau von irgendwem sein. Sie liebte ihr Leben. Und sie nahm eine gewisse Traurigkeit an Ferdie wahr, über das, was er nie geworden war, niemals würde sein können. Er hatte immer Detective werden wollen, und das hatte Maddie ihm genommen.

»… was das zweite Mal in meiner Karriere war, dass jemand mir gegenüber unerwartet ein Geständnis ablegte. Er blickte mit diesen großen, braunen Augen zu mir auf und sagte: ›Ich habe Jimmy gesagt, er soll es sein lassen.‹«

Maddie war inzwischen Großmutter geworden, nicht untypisch für eine Frau, die bald siebenundfünfzig wurde, doch sie hatte allen Grund, überzeugt zu sein, dass sie immer noch gut aussah. Ausgerechnet Wallace Wright, der gerade seine zweite Ehe hinter sich hatte, hatte sie erst vor kurzem gefragt, ob sie mit ihm ausgehen wolle. Sie hatte ihm einen Korb gegeben und gesagt, sie sei in einer Beziehung. Das war sie. Er war vierzig und, Gott steh ihr bei, Gärtner, aber nicht *ihr* Gärtner, also war es nicht total Lady Chatterly. Man konnte das, was sie taten, auch nicht wirklich Beziehung nennen. Er kam in ihre Wohnung, vögelte sie durch und ging wieder. Genau genommen ähnelte es sehr dem Arrangement, das sie und Ferdie gehabt hatten, nur mit anderen Getränken und Snacks. Zudem hatte sie jetzt auch noch ein Arrangement für tagsüber. Einen pompösen alten Richter, der fast sicher schwul war und von Zeit zu Zeit eine repräsentable Begleitung brauchte, was beiden gut passte.

»Als mir die Kolumne im *Beacon* übertragen wurde, war ich eine der ersten weiblichen Kolumnisten, die den Freibrief bekamen, über die Welt im Allgemeinen zu schreiben. Meine Kolumne mag zwar im Feuilleton sein, aber kein Thema ist ausgeklammert. Am einen Tag schreibe ich vielleicht über Reagan, am nächsten über den Irrsinn auf dem Parkplatz der Rotunda.«

Wissendes Gelächter, zumindest was den Parkplatz des nahegelegenen Einkaufszentrums anging.

Cleo Sherwood hatte behauptet, dass Maddie Leben ruiniert hätte. Stimmte das? Ferdie war vielleicht kein Detective im Morddezernat geworden, aber er war erfolgreich. Judith Weinstein, die letztendlich Paul Monaghan geheiratet hatte, hatte sie etwas aus den Augen verloren. Thomas Ludlow war vor acht Jahren aus dem Gefängnis entlassen worden und betrieb nun seine eigene Bar an der Franklintown Road, aufgrund seiner Vorstrafe jedoch mit dem Namen eines anderen Mannes auf der Ausschank-Lizenz. Cleos Vater war im Gefängnis gestorben. Aber nichts davon war Maddies Schuld. Cleo war diejenige gewesen, die ihren Tod vorgetäuscht hatte, mit Ludlows Unterstützung. Ludlow war derjenige gewesen, der sich zu einem Geständnis entschieden hatte, nachdem Maddie gewagt hatte, Hazel Taylor mit der Geschichte zu konfrontieren. Ferdie war derjenige gewesen, der ihr diesen »Tipp« gegeben hatte, dank der freundlichen Unterstützung Shell Gordons. Männer. Sie versuchten, den Kreis zu schließen, nur, um dann alles kaputt zu machen.

Was war mit Laetitia, der wahren Lady im See? Wer war sie, wie war sie gestorben? Der vermeintliche Täter hatte gestanden, eine Strafe war verhängt, der Gerechtigkeit mehr oder weniger genüge getan worden. Spielte es wirklich eine Rolle, wessen Leiche in dem Brunnen gewesen war? Spielte es eine Rolle, ob die richtige Person hinter Gittern gelandet war?

Und doch – Maddie stellte sich drei Menschen vor, vielleicht auch vier. *Es ist so warm. Lasst uns am Zoo über den Zaun klettern, ich weiß, wo sie die Boote liegen haben. Wir können draußen auf dem See aufs neue Jahr anstoßen. Oder vielleicht auf den Brunnen der Fontäne klettern.* Drei Menschen, vielleicht vier, sitzen auf dem Brunnenrand und kippen Drinks. Zwei Mitbewohnerinnen, die manchmal Klamotten tauschen. Wie leicht wäre es für eine zu fallen oder gestoßen zu werden.

Wie konnte das alles Maddies Schuld sein?

Wenn diese Gedanken sie befielen, war der einzige Ausweg, zu ihrer Schreibmaschine zu gehen und fröhliche 750 Wörter über ihr letztes Abenteuer auf dem Rotunda-Parkplatz zu schreiben. Oder in ihrer Vergangenheit zu graben – das eine Mal, als sie im Kino befummelt worden war, taugte immer für einen Lacher. Die Hand eines Mannes auf einem Bein wirkte inzwischen so unschuldig. In passenden Abständen stattete sie auch der Tessie-Fine-Story und ihrer Rolle darin einen Besuch ab. Das war es, was sie tat, das hier war ihr Leben, ein Leben, das sie gewählt hatte. Sie schrieb über sich selbst. Der Grund dafür war, redete sie sich ein, dass sie so viel über andere geschrieben hatte, doch in ihrem Herzen wusste sie, dass sie immer nur über sich selbst schrieb, dass die einzige Geschichte, die sie wirklich kennen würde, ihre eigene war.

Und möglicherweise noch nicht mal die.

»Dieser gebildete Kreis wird wissen, dass ›Nur den Bogen schlagen‹ aus E.M. Fosters *Wiedersehen in Howards End* stammt. Aber wissen Sie auch, wie es weitergeht? ›Nur den Bogen schlagen von der Prosa zur Leidenschaft, dann werden beide erhöht werden, und die höchsten Höhen, zu denen menschliche Liebe sich aufzuschwingen vermag, werden sichtbar. Nicht länger in Bruchstücken leben!‹ Meine Kolumne umschließt alle Aspekte des Lebens, sie feiert alle Menschen. Dieser Kreis wird auch wissen, dass das *Ouija*-Brett hier in Baltimore erfunden wurde; letztes Jahr habe ich über die Erben dieses Vermögens geschrieben. Ich sehe mich selbst als den Zeiger, das kleine Stück Plastik, auf das man seinen Finger legt und dann, vermutlich unterbewusst, zu den Antworten lenkt, die man sich wünscht. Ich erzähle Ihnen die Geschichten, die *Sie* hören möchten und beantworte Ihre Fragen. Ich bin Ihr Instrument. Ohne meine Leser habe ich keine Aufgabe.«

Sie nahm zu donnerndem Applaus wieder Platz, trank einen Schluck Wein. Das war das Beste, wenn man vor Presbyterianern sprach. Sie servierten Alkohol zum Mittagessen.

Wo bin ich, Maddie Schwartz? Wo bist du? Warum rede ich nach all den Jahren in meinen Gedanken noch immer mit dir? Vermutlich, weil du der letzte Mensch gewesen bist, der mich gesehen hat, mein richtiges lebendes Selbst, Eunetta ›Cleo‹ Sherwood. Nicht Tommy in der Silvesternacht, obwohl das immer die offizielle Version bleiben wird. Du warst es, in deinem Krankhausbett, zehn Monate später, und du warst zu groggy und zu überwältigt von deinem eigenen Drama, um wirklich auf mich zu achten. Ich war tot, und du hättest es beinahe auch geschafft. Ist das Leben an deinem inneren Auge vorbeigezischt? Meines spielt sich vor meinen Augen so langsam ab, jeden Tag aufs Neue. Wo wäre Cleo jetzt? Wie würde ihr Leben aussehen? Ich habe das Krankenhaus verlassen und mich für immer von Cleo Sherwood verabschiedet. Habe mich von meinen Eltern verabschiedet, meinen kleinen Jungs, von Baltimore.

Aber von meinem Leben habe ich mich nicht verabschiedet, auch nicht von der Liebe. Mein Leben war reich, war voll. Glücklich. Ich habe eine Menge geopfert, also habe ich jetzt kein schlechtes Gewissen, dass ich glücklich bin. Meine Jungs hatten mich vielleicht nicht bei sich, aber sie haben beide die McDonogh besucht, sind zu feinen jungen Männern herangewachsen und anschließend aufs College gegangen. Meine Schwester hat meiner Mama erzählt, sie hätten Stipendien bekommen, und sie hat für sich entschieden, ihr zu glauben, weil sie nicht den Luxus besitzt, ihrem geschenkten Glück genauer ins Maul zu schauen. Nachdem ich mein Schicksal nun kenne und weiß, dass ich immer in der Lage war, für jene zu sorgen, die ich liebte, würde ich im Rückblick nichts anders machen. Kannst du dasselbe von dir behaupten?

Habe ich dir alles erzählt? Nein. Ich hätte dir keine weiteren Geheimnisse anvertraut, Maddie Schwartz. Wer kann es mir verdenken? Du bist mit meinem Leben und meinem Tod achtlos umgegangen. Gott sei Dank hast du ein anderes totes Mädchen gefunden, dem du nachjagen konntest. Ich bin glücklich, ich habe bekommen, was ich wollte.

Einmal habe ich dich gesehen, Maddie Schwartz, bevor das alles hier angefangen hat. Du hattest einen Mann, den du nicht wolltest. Ich wollte am Ende einen Mann, von dem alle sagten, ich könnte ihn niemals haben. Ich habe dich gesehen, wie du mich siehst, wie ich dich sehe. Es ist wie in dem alten Witz, den wir Kinder uns erzählt haben: Ich male ein Bild von mir wie ich ein Bild von mir male wie ich ein Bild von mir male. Das Bild geht weiter und weiter, die Worte gehen weiter und weiter, bis sie keinen Sinn mehr ergeben, bis das Bild so winzig ist, dass man nichts mehr erkennen kann.

Nachwort der Autorin

Als ich im Februar 2017 mit diesem Buch begonnen habe, hatte ich keine Ahnung, dass es ein Zeitungsroman werden würde; in gewisser Hinsicht hat mich Madeline Schwartz genauso überrascht, wie sie ihren langjährigen Ehemann überrascht hat. Ich hatte nicht den Wunsch, einen Zeitungsroman zu schreiben, doch ich war schon bald darin gefangen, mir die Welt vorzustellen und wieder aufleben zu lassen, in der mein Vater lebte, als er 1965 einen Job bei der Zeitung annahm, die damals noch *The Sun* hieß. Viele, viele Kollegen, seine und meine, haben mir dabei geholfen. Unter anderem: G. Jefferson Price III, David Michael Ettlin und Joan Jacobson.

Die kleineren Details des Romans entsprechen den Tatsachen, außer, wenn sie es nicht tun. Die beiden Morde, die im Zentrum stehen, sind eindeutig inspiriert von zwei Fällen aus dem Jahr 1969, aber meine Versionen entsprechen nicht den Tatsachen, obwohl ich Jonathan Hayes unendlich dankbar bin, dass er mir bei der theoretischen Autopsie der Lady im See geholfen hat. Das Gouverneurs-Rennen in Maryland 1966 wurde akkurat wiedergegeben, bis hin zum Wetter am Tag nach den Vorwahlen, ein Detail, das ich im *Time Magazine* nachgelesen habe. Zwei echte Menschen – Violet Wilson Whyte (Lady Law) und Paul Blair, der Center Fielder der Orioles, kommen in diesem Buch »zu Wort«; ich habe die Interviews mit ihnen gelesen und im Fall von Blair Videos mit ihm angesehen, in der Hoffnung, ihren richtigen Stimmen nahezukommen. Ich konnte nie beweisen, dass Whyte tatsächlich in *To Tell The Truth* aufgetreten war, doch ich halte mich an den uralten Rat aus *Der Mann, der Liberty Valance erschoss:* Druck die Legende.

Die erste Rohfassung dieses Buches war am 28. Juni 2018 fertig. Am nächsten Tag fuhr ich mit meiner kleinen Tochter an die Küste von Delaware zu meiner Mutter. Nach einer Stunde Fahrt rief ich sie an, um ihr zu sagen, wir hätten zu Mittag gegessen und wären in etwa zwei Stunden bei ihr. Sie fragte, ob ich in der Nähe von Annapolis im Stau gesteckt hätte. Nein, sagte ich, warum sollte ich? »Es hat dort eine Schießerei gegeben.« Als ich erfuhr, dass sie in einem Zeitungsverlag stattgefunden hatte, wusste ich, es war sehr wahrscheinlich, dass mein Freund Rob Hiaasen unter den Opfern sein würde. Während ich mir nun normalerweise an dieser Stelle die Zeit nehme, allen zu danken, die mir geholfen haben, hoffe ich, dass meine Freunde und die Menschen aus meinem Verlagsleben verstehen werden, dass ich dieses Buch mit einer Reihe von Namen beenden möchte, die an jenem Tag gestorben sind. Dieses Buch widme ich Rob Hiaasen, Gerald Fischman, John McNamara, Rebecca Smith und Wendi Winters sowie ihren Angehörigen.

Glossar

B'nai B'rith – hebräisch: »Söhne des Bundes«; 1943 von zwölf deutschen Juden in New York gegründete Organisation zur Förderung von Toleranz, Humanität und Wohlfahrt sowie zur Aufklärung über das Judentum.

B'hoy – englisch (USA, New York), umgangssprachlich für Bowery Boy; ursprünglich Bezeichnung für junge Männer und Frauen der irischen Arbeiterklasse im Lower Manhattan (New York City) des 19. Jahrhunderts; später auch für urbane Junggesellen, die gern lachen, trinken und raufen; Gegensatz zum Ideal des maßvollen, anständigen Mannes

Bar Mizwa / Bat Mizwa – hebräisch: »Sohn oder Tochter der Pflicht«. Der Begriff bezeichnet die Aufnahme in die Gemeinschaft der Personen, die die religiösen Gebote befolgen, für Jungen im Alter von dreizehn und Mädchen im Alter von zwölf Jahren. Damit ist einerseits der Status der Religionsmündigkeit wie auch der Tag, an dem diese erworben wird, und die damit verbundene Feier gemeint. (Quelle: Glossar der *Jüdischen Allgemeinen Zeitung*: www.juedische-allgemeine.de/glossar/, im Folgenden J. A.)

Chanukka – hebräisch: Weihung; das acht Tage dauernde, jährliche Fest erinnert an die Wiedereinweihung des Zweiten Tempels in Jerusalem im Jahr 165 v. d. Z. Nach der Überlieferung stand im geschändeten Tempel nur noch ein einziger Krug mit koscherem Öl zum Betrieb des siebenarmigen Leuchters bereit, dessen Inhalt gerade mal für einen Tag reichte. Für die Herstellung neuen geweihten Öls wurden aber acht Tage benötigt. Durch das Wunder von Chanukka hat das Licht jedoch genauso lange gebrannt, bis zusätzliches Öl hergestellt wurde. Daran erinnern die acht Lichter des Chanukka-Leuchters. Jeden Tag wird ein Licht mehr angezündet, bis am Ende alle brennen. Das Fest beginnt jeweils am 25. Tag des Monats Kislew (November/Dezember). (J. A.)

Charosset – hebräisch; ist Bestandteil des traditionellen Sederessens zu Beginn des Pessachfestes und symbolisiert, dass Leben und Tod untrennbar miteinander verbunden sind. (Seder ist das hebräische Wort für »Ordnung«, das als Kurzbezeichnung für den Sederabend verwendet wird. Im Kreis der Familie oder Gemeinde wird des Auszugs aus Ägypten gedacht. Dies geschieht in einem langen, streng geregelten Ablauf – daher die Bezeichnung »Seder«.) Durch die braune bis graue Farbe erinnert Charosset als einzige süße Sederspeise an die Mischung aus Lehm, Stroh und Kuhmist, aus der in der Sklaverei Hütten und Paläste gebaut wurden. Die Masse wird aus Datteln, Früchten, Zimt, Nüssen, Mandeln, Ingwer und Wein gestampft und löffelweise in einem frischen, zusammengefalteten Salatblatt gereicht. (J. A.)

Eruv – hebräisch: Zaun, der – real oder symbolisch – ein jüdisches Wohngebiet umgibt.

Fagalah – jiddisch für schwuler junger Mann

Gojim – jiddisch, Plural von *Goi*; bedeutet »Nation« oder »Volk«. Ursprünglich wurde der Begriff für jedes Volk verwendet, später bezeichnete er hauptsächlich Angehörige nichtjüdischer Völker. (J. A.)

Jom Kippur – hebräisch: Tag der Sühne; jüdischer Versöhnungstag und gleichzeitig der höchste jährliche Festtag im Judentum

Koscher – rituell »reine«, »taugliche« oder »geeignete« Nahrungsmittel, Gegenstände oder Handlungen

Kreplach – jiddisch: Kreplech (Krapfen); Teigtaschen, gefüllt mit Rinderhack oder Leberfarce, ähnlich Ravioli. Werden an wichtigen Feiertagen gegessen.

Luftmensch – beschreibt im Jiddischen einen Träumer.

Macher, Mensch (oder auch Mentsch) – jiddisch; Betonung eines besonders guten Menschen

Ouija-Brett – Hilfsmittel, um mit Geistwesen in Kontakt zu treten. Weitere Bezeichnungen sind Alphabettafel, Hexenbrett, Witchboard oder Seelenschreiber.

Pessach – hebräisch: Vorüberschreiten; Familienfest und einer der wichtigsten Feiertage des Judentums, der an den Auszug aus Ägypten erinnert.

Poz – jiddisch: vulgärer Ausdruck für Penis

Rosch ha-Schana / Rosch Haschana – hebräisch: Anfang des Jahres; jüdisches Neujahrsfest. Die Mischna, die wichtigste Sammlung religiöser Überlieferungen des rabbinischen Judentums, legt dieses Fest als Jahresbeginn und für die Berechnung von Kalenderjahren fest. Rosch Haschana fällt auf den 1. und 2. Tischri (September / Oktober). Mit Rosch Haschana beginnt eine Zeit der Umkehr und Sühne, die an Jom Kippur ihren Höhepunkt findet. (J. A.)

Schabbat / Sabbat(hebräisch)/Schabbes(jiddisch) – wöchentlicher Ruhetag der Juden, heiligster Tag der Woche. Beginnt Freitagabend bei Sonnenuntergang und endet Samstagabend.

Schanda – jiddisch: Schande

Scheigez (oder Schegez) – jiddisch; nichtjüdischer junger Mann, Bursche

Schickse – jiddisch; abfällig für Nichtjüdin (bezeichnet etwas Unreines)

Schidduch – hebräisch: Partie, passendes Gegenstück; Arrangement, bei dem zwei Juden einander vorgestellt werden, in der Erwartung, dass sie zueinander passen, heiraten und ein glückliches Paar werden.

Tora – von hebräisch: Gebot, Weisung, Belehrung; bezeichnet die fünf Bücher Mose, die der erste und wichtigste Hauptteil des Tanach sind, der hebräischen Bibel

treife / treif (Jiddisch)/ trefa / tref (hebräisch) – unrein, für den Genuss verbotenes bzw. nicht zum Verzehr geeignetes Fleisch. Ursprung: Von Raubtieren gerissenes Aas.

Zniut – hebräisch: Sittsamkeit, Bescheidenheit, Demut

Laura Lippman

Laua Lippman, geboren 1959 in Atlanta, hat nach ihrem Journalismus-Studium zwanzig Jahre lang in diesem Beruf gearbeitet, davon zwölf bei der *Baltimore Sun*. Literatur spielte schon früh eine wichtige Rolle in ihrem Leben, aber erst die Begegnung mit weiblichen Detektiven von Schriftstellerinnen wie Sara Paretsky, Sue Grafton und Marcia Muller ermutigte sie dazu, selbst zu schreiben. Lippmans Kriminalromane wurden vielfach ausgezeichnet, unter anderem mit dem weltweit renommiertesten Preis für Kriminalliteratur, dem Edgar Allan Poe Award. Lippman ist mit dem Drehbuchautor David Simon (*The Wire*) verheiratet.

KAMPA POCKET

Laura Lippman

Der Geliebte der Verlobten

Der erste Fall für Tess Monaghan

Kriminalroman

Aus dem amerikanischen Englisch

von Gerhard Falkner und Nora Matocza

Tess Monaghan ist arbeitslos. Seit die Zeitung *Baltimore Star* eingestellt wurde, hält sich die Journalistin mit Gelegenheitsjobs über Wasser. Der Zufall will, dass ihr Bekannter Darryl »Rock« Panson an akutem Liebeskummer leidet und er Tess eine hübsche Summe Geld bietet, um seine Verlobte Ava zu beschatten, die sich seit einiger Zeit reichlich seltsam verhält. Tess nimmt die Ermittlungen auf und beobachtet, wie sich die junge Anwältin jeden Mittag mit ihrem Chef Michael Abramowitz im Renaissance Park Hotel trifft. Haben die beiden eine Affäre? Tess' erster Fall scheint gelöst, da wird Abramowitz tot in seiner Kanzlei aufgefunden. Und der letzte registrierte Besucher war ausgerechnet Rock. Natürlich macht sich Tess sofort daran, seine Unschuld zu beweisen. Aber diesmal geht es um Mord, und Tess droht sich bei den Ermittlungen zu weit aus dem Fenster zu lehnen.

»Die Welt der Kriminalliteratur ist reich an unangepassten Kommissarinnen und Detektivinnen. Brauchen wir da noch eine? Unbedingt, wenn sie Tess Monaghan heißt.«
Die Welt

KAMPA POCKET

Laura Lippman
Die Witwe des Millionärs

Der zweite Fall für Tess Monaghan
Kriminalroman
Aus dem amerikanischen Englisch
von Ulrich Hoffmann

Basketball gehört zu Baltimore wie Geldsorgen zu Tess Monaghan. Noch bekannter ist die größte Stadt im US-Bundesstaat Maryland allerdings für ihre hohe Kriminalitätsrate. Baltimore hat ein Imageproblem, und eine neue Basketballmannschaft soll Abhilfe schaffen. Großunternehmer und Millionär Gerard »Wink« Wynkowski nimmt sich der Sache an, ist aber selbst kein Saubermann. Ein gefundenes Fressen für die Presse. Der *Beacon* macht mit einem reißerischen Artikel über Wink auf – und wenig später wird der Millionär tot in seinem Auto gefunden, das mit laufendem Motor in der Garage steht. Selbstmord? Die Chefetage des *Beacon* bestreitet vehement, den vernichtenden Artikel freigegeben zu haben. Und so wird kurzerhand Tess Monaghan, ehemalige Journalistin und frischgebackene Privatdetektivin, abgestellt, um in der Redaktion zu ermitteln. Ärgerlicherweise hat ausgerechnet ihr alter Kollege und Freund Kevin Feeney den folgenschweren Artikel geschrieben.

»Die beste Krimiautorin weit und breit.«
The Village Voice, New York

KAMPA POCKET

Walter Mosley
Der weiße Schmetterling

Ein Fall für Easy Rawlins
Kriminalroman
Aus dem amerikanischen Englisch
von Dietlind Kaiser

Los Angeles, 1956: Im Stadtteil Watts ereignen sich drei rätselhafte Morde, die Opfer sind allesamt leichte Mädchen. Und sie sind schwarz. Polizei und Presse zeigen wenig Interesse an der Aufklärung. Erst als eine Weiße, noch dazu die Tochter eines Staatsanwalts, auf dieselbe Weise ermordet wird, gerät die Polizei in Zugzwang. Easy Rawlins wird mit inoffiziellen Ermittlungen beauftragt, denn er ist schwarz und kennt sich im Viertel und mit den Bewohnern aus, die die Polizei am liebsten sich selbst überlässt. Easy, der sich eigentlich um seine Frau und seine Kinder kümmern will, hat wenig Interesse, zwischen die Fronten zu geraten. Aber ihm bleibt nichts anderes übrig: Als Detektiv ohne Lizenz können die Behörden ihm gehörig an den Karren fahren, und er muss sich mit der Polizei gut stellen, auch um seinem Freund Mouse zu helfen. Der ist ständig in krumme Geschäfte verwickelt und steckt mal wieder in der Klemme.

»Mit *Der weiße Schmetterling* hat Walter Mosley endgültig bewiesen, dass er zu den besten Krimiautoren der USA gehört.«
The New York Times